450년만의 외출

국학자료원

팔순기념문선 발간에 즈음해

나는 다작하는 타입이 아니다. 다작하는 것보다 정치(精緻)한 작품 하나를 완성하는데 보다 심혈을 쏟았다고 할까.
팔순에 들어섰는데도 마음만은

내가 언제쯤 이런 마음에서 벗어날지 알 수 없다. 소설이라는 요술방망이를 팽개치는 날이 언제쯤이 될는지…
내게 있어서 요술방망이라는 것은 별개 아니다.
오직 인간이 되기 위해 글을 써야 한다는, 글은 쓰기에 앞서 좋은 글을 쓰겠다는 욕심부터 버리라는, 저속한 글을 쓴다는 것은 문적(文賊)이며 명성이나 인기를 바래 글을 쓴다는 것은 문기(文妓)의 노리개에 지나지 않는다는 요술방망이였으니. 이런 요술방망이 없이는 절대로 좋은 글은 잉태될 수 없으며 속기(俗氣)를 떠나 전아한 품성을 기르고 문정(文情)과 문사(文思)의 길에서 잠시도 벗어나지 않아야 좋은 글이 씌어 질 수 있다는 마음가짐이 무엇보다도 필요했는지 모른다.
　　　　　　　　　　　　　　－『조용한 눈물』의 「작가의 변」

는 초심을 잃지 않으려고 평생을 아등바등 발버둥 쳤다 할까.
따라서 원고를 출판사에 넘기기 전까지 시간이 닿는 대로 깁고 고치면서 개작은 물론 개제까지 서슴지 않았다. 사람은 만족을 모르는 동물인지

내겐 그렇게 고치고 깁고 개작하고 개제해도 작품에 대해 한번도 흡족한 적이 없었다. 욕심이 너무 많아서일까.

우습게 들리겠지만 나는 돈에 대한 욕심을 낸 적이 거의 없다. 어쩌면 돈에 대해 초월했다고 할까. 그것이 집사람에게 바가지의 대상이 되곤 했다. 이 세상에서 가장 큰 욕심, 작품에 대한 욕심 이외는.

이제 마지막 원고를 출판사에 넘겼으니 전집이 나온 뒤에는 어떠한 탈자나 오자 등 오류를 발견해도 만시지탄(晩時之歎), 다시 수정하고 정정해서 전집을 낼 수도 없는 나이이니 나로서는 그것이 너무 아쉽다.

팔순을 살아도
인생을 잘 살았는지 모르겠고
문학이 뭔지는
더 더욱 모르겠다.

글을 쓸 때는 사춘기 소년
글을 쓰지 않을 때는
구순 할아버지.

하늘에 덩그렇게 걸어둘
시 한 줄 썼으면
하는 바람이
팔순을 산 버팀목이려니…

—시「버팀목」
2022년, 신록의 5월에

고희기념 미국여행, 뉴욕 타임스퀘어 광장에서

나이아가라폭포를 배경으로 집사람을 스냅하다(2012년)

저자의 친필 학위논문 원고

450년전 '눈물의 戀書' 국어학자가 소설로

■ 김장동 교수 '450년만의 외출'

98년 안동서 발견 '망부가'

수백년 후손에 절절한 사연

"여보 남도 우리같이 서로 어여삐 여겨 사랑했을까 하고 한결같이 속삭였는데 그런 일을 생각지 아니하시고 저만 버려두고 먼저 가셨는가요."

1998년 9월께 안동시 정상동 고성 이씨(固城 李氏) 묘에서 발견된 450여년전의 '망부가(望夫歌)'가 국어학자의 손에 의해 소설로 발간됐다.

안동대 김장동(金章東·55·국어국문학)교수가 쓴 '450년만의 외출'은 1586년 숨진 이응태(李應台·사망당시 31세추정)씨의 관속에 넣었던 부인의 한글 연서(戀書)가 세상에 알려진 것을 비유한 것. 이 망부가는 발견당시 원문을 구하려는 문의가 끊이지 않는 등 전국적으로 큰 반향을 불러 일으켰다.

소설은 6·25전쟁때 8세의 나이로 전쟁고아가 된 프레지던트 김(President Kim)이 미국에 건너간 후 48년만에 고국에 돌아와 한 의류학자의 도움으로 자신의 손등에 새겨진 문신과 이 편지의 수결(手決)이 일치한 것을 보고 뿌리를 찾는다는 줄거리.

김교수는 "편지 말미에 적힌 '저는 꿈에서나마 자네 볼 것을 굳게 믿고 있답니다'라는 표현에서 '자네'는 남편을 가리키는 2인칭 대명사"라고 말했다. 또 당시 무덤에 있던 다른 편지 17통과는 달리 이 편지만 전문 독해가 가능한 것으로 미뤄 편지에 떨어진 눈물이 방부제 역할을 했다고 주장했다.

안동파크관광호텔서 8일 오후6시 출판기념회를 갖는 김교수는 "수백년 후손들의 심금을 울린 이 편지를 매개체로 사람냄새가 물씬 풍기는 소설을 쓰게됐다"고 말했다.

한국일보 2000.11.7.일자 보도

98년 안동 고성이씨묘 출토 '望夫歌' 소재

소설 '450년만의 외출' 출간

안동대 김장동교수

지난 98년 안동시 정상동 고성이씨 묘에서 미라와 편지글, 머리카락을 섞어 짠 미투리 등이 출토되면서 세간에 알려져 화제를 모은 조선중기 고성이씨 귀래정파 일가족들의 애틋한 가족사

청상과부 애틋한 사연
후손 뿌리찾기 등 담아

랑 이야기(매일신문 98년 9월 26일자 사회면 보도)가 안동대 김장동(55·국어국문학과·사진)교수에 의해 장편소설로 엮어졌다.

소설내용은 지난 98년 4월 출토된 일선문씨 미라와 이응태의 묘에서 나온 「원이 엄마」의 애절한 편지글을 소재로 남편을 여읜 청상과부의 애틋한 망부가와 함께 한국전쟁때 고아로 입양된 그 후손이 한 의류학자의 헌신적인 도움으로 450년만에 조상의 뿌리를 찾아내는 눈물겨운 이야기로 꾸몄다. 책 이름도 지난 98년 안동대박물관에서 전시회를 연 조선시대 복식 특별전 이름 그대로 「450년만의 외출」이다.

오는 8일 오후 6시 안동파크관광호텔 크리스탈 볼룸에서 출판기념회를 갖는 김교수는 「실제 있었던 인물을 등장시켰기 때문에 조심스럽게 접근했으며 이 소설은 한 문중의 이야기가 아니라 현재 우리가 살아가고 있는 삶 자체를 되돌아 볼 수 있다」고 말했다.

안동·권동순기자
pinoky@imaeil.com

450년전 '思夫曲' 소설로 환생

조선중기 미망인 편지 소재로
안동대 김장동교수 장편소설 출간

"당신 언제나 나에게 '둘이 머리 희어지도록 살다 함께 죽자'고 하셨지요. 그런데 어찌 나를 두고 당신 먼저 가십니까…."

1998년 안동시 정상동 택지개발지구 고성이씨(固城李氏)묘에서 미라와 함께 발견된 4백50년전 편지 '사부곡'(思夫曲)이 소설로 환생했다.

안동대 김장동(金章東·54·고전소설·사진)교수는 조선 중기 '원이엄마'로 알려진 한 여인의 애틋한 남편사랑을 소재로 '4백50년만의 외출'(태학사)이란 장편소설을 집필, 8일 출판기념회를 가졌다.

책 제목은 1586년 남편이 31세에 요절하자 아내가 남편의 관속에 넣은 한글편지가 세상에 알려진 것을 비유해 붙여졌다. 이 편지는 발견 당시 원문을 구하려는 작가 쇄도하는 등 큰 반향을 일으켰다. 2백88쪽의

6·25때 8세의 나이로 아가 돼 미국에 입양된 후손 의류학자의 도움으로 자신 등에 새겨진 문신과 이 편지의 수결(手決)이 일치 것을 보고 뿌리를 찾는다는 줄거리다.

金교수는 소설을 쓴 이유에 대해 "요즘 젊은이 게 애틋한 사랑의 진정을 전하고 싶어서"라며 "외 현장에 '편지비'도 세우고 싶다"고 말했다. 그는 시 무덤에서 나온 다른 편지 17봉과 달리 이 편지 독 독해가 가능한 것으로 미뤄 편지에 떨어진 눈 방부제 역할을 한 것같다"고 덧붙였다.

송의호 기자〈yeeho@joongang.co.

● 소설

▶450년 만의 외출(김장동 지음)=1998년 4월 안동에서 450년 전 미이라가 발굴됐다. 이어 연고불명 무덤에서 나온 한글편지. 소설가이자 교수인 저자는 이를 모티브로 450년을 뛰어넘는 인간애를 소설로 그려냈다. 태학사, 8000원.

조선일보 2000.11.11. 보도

▽450년만의 외출(김장동 지음)= 1998년 경북 안동에서 450년 된 미라가 발굴됐다. 그 때 출토된 여성의 편지를 해석해 당시의 일상과 문화를 복원. 태학사 8000원.

동아일보 2000.11.11. 보도

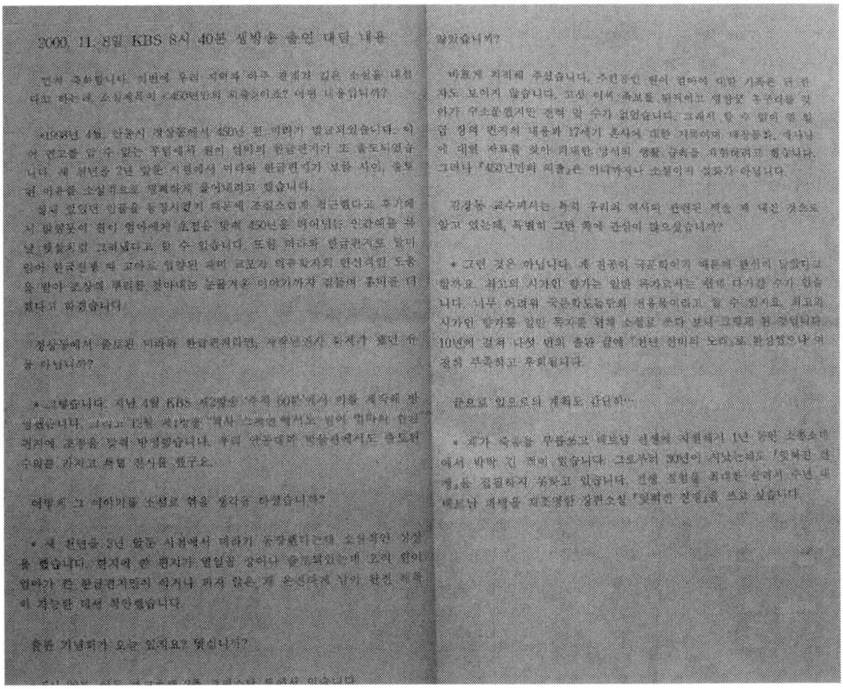
2000. 11. 8일 KBS 8시 40분 생방송 출연 대담 내용

2000.11.8.일 KBS 8시 40분 생방송 출연 대담 원고

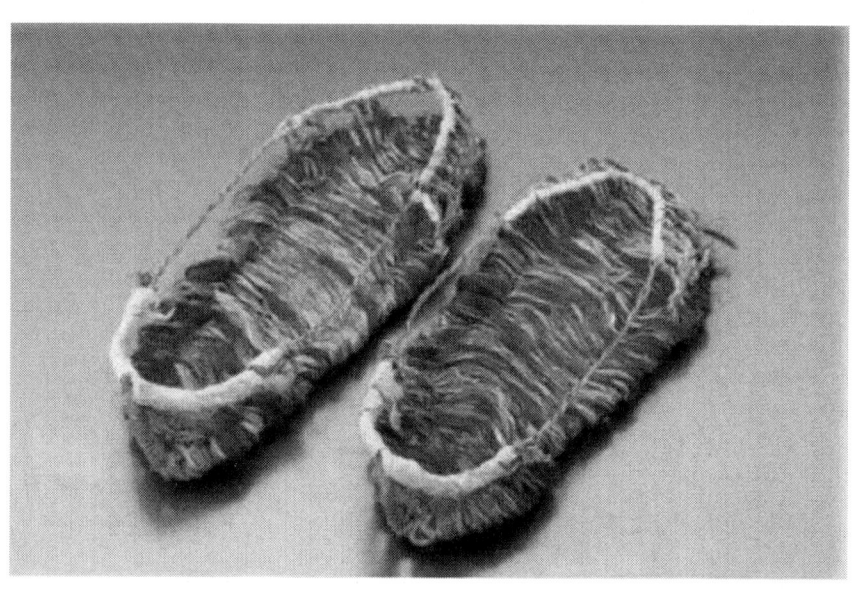

원이 엄마가 병이 완쾌되어 신고 다니기를 염원하면서 자기 머리카락을 잘라 마를 섞어 손수 삼은 미투리(출처, 안동대학교 박물관)

원이 엄마의 한글편지

원이 아버님께 상백
병술년 유월 초하룻날 집에서
자네 나더러 둘이 머리 세도록 살다가 함께 죽자고 늘 말씀하시더니 어찌하여 저를 두고 자네 먼저 가셨는가요. 저하고 어린 자식은 누구에게 의지하며 어떻게 살라 하고 다 버려두고 자네 먼저 가셨는가요. 자네 저를 향한 마음이 어떠했는지, 저 또한 자네 향한 마음이 어떠했는지 너무나도 잘 아시면서요. 네. 한데 눕기만 하면 늘 자네더러 '여보, 남도 우리같이 서로 어여삐 여겨 사랑했을까. 남도 우리 같을까'하고 하나 같이 속삭였는데 그런 일은 생각지 아니하시고 저만 버려두고 먼저 가셨는가요. 자네 여의고는 저는 도저히 살 수 없답니다. 지금 당장이라도 자네한테 가고자 하니 절 속히 데려가 주셔요. 자네 향한 마음이야 이생에서 어찌 잊을 수 있겠으며 기가 막히도록 서러운 마음이야 한도 없고 끝도 없답니다. 이런 제 마음 어디에 의지하라고, 어린 자식 데리고 자네 그리워하며 어떻게 살라 하고 먼저 가셨는지 걱정이 태산 같습니다. 편지 속히 보시고 제 꿈에 와서 자세히 말씀해 주셔요. 편지보고 하시려는 말, 꿈에서나마 자세히 듣고자 해서 이렇게 급히 써서 관에 넣습니다. 자세히 보시고 꼭 제게 와 말씀해 주셔요. 자네는 뱃속에 든 아이를 낳게 되면 아이에게 살길이라도 말씀하시고 저 세상으로 가셨어야 했는데, 뱃속에 든 아이를 낳게 되면 누구를 아비라고 부르게 해야 합니까. 아무런들 제 마음 같이 서러울 수 있을까요. 이렇게 세상 천지에 아득한 일이 하늘 아래 또 있을까요. 자네는 단지 저승으로 갔을 뿐인데 제 마음 같이 서럽기야 할까요. 끝도 없고 한도 없어 다 못 쓰고 대강만 적습니다.

거듭거듭 편지 자세히 보시고 제 꿈에 와서 저한데 자세히 말씀해 주세요. 저는 꿈에서나마 자네 볼 것을 굳게 믿고 있답니다. 몰래 보소서.

하 그지 그지없어 이만 놓습니다.
(원이 엄마의 한글편지 원문을 현대문으로 옮기면서 이해하기 쉽게 다소 윤문했음)

작가의 변

내가 일선 문 씨의 미이라와 원이 엄마의 한글편지를 소재로 소설을 쓰리라곤 생각지도 못했다. 미이라가 출토될 당시 이런 사실을 알지도 못했으며 알았다고 해도 관심도 없었을 것이다.

그런데 소설을 쓰다니, 세상일이란 알다가도 모를 일인가.

이 소설을 쓸 때, 실재 있었던 인물이 등장하며 문중의 이야기가 나오기 때문에 매우 조심스럽게 접근하지 않을 수 없었다. 그것은 이미 살고 간 사람을 욕되게 하는 것은 아닐까 해서였다.

그렇다고 실재 살았던 인물이나 문중 이야기라고 해서 있는 그대로를 소설로 옮긴 것은 아니다. 실재 인물을 등장시켰기 때문에 조그만 사실 하나까지도 소홀히 취급할 수 없었다.

그렇게 해서 태어난 『450년만의 외출』은 문중의 이야기가 아니라 우리 조상이 살아왔고 우리들이 살고 있는, 미래지향적인 이야기로 독자에게 비쳐지기를 바란다.

내가 재직하고 있는 대학 박물관이 안동시 정상동에서 출토된 일선 문씨의 수의와 고성 이 씨 이응태의 무덤에서 출토된 수의를 소재로 전시회를 개최했었다. 그때 전시회의 명칭을 『450년만의 외출』이라고 한 데서 제목을 옮겨왔으나 전시회의 명칭과 소설의 제목과는 의미부터 다르다. 전시회의 명칭인 『450년만의 외출』은 450년 만에 무덤에서 출토된 것을 의미하나 소설의 제목에서는 450년만에 순회전시회를 위해 미국 나들이를 하기 때문이다.

이 소설은 좀 더 일찍 집필할 수도 있었다.

그런데 집필이 늦어진 이유가 있다.

98년 4월, 일선 문 씨가 미이라로 모습을 드러내어 매스컴을 타게 되고, 이어 무연묘가 이응태의 것으로 밝혀지면서 출토된 원이 엄마의 한글 편지가 세상 사람들의 심금을 울렸다.

재직하고 있는 대학 박물관에서는 두 무덤에서 출토된 수의를 소재로 특별전시회를 개최했는데도 나는 이를 소재로 소설을 쓸 여유가 없었다. 당시 나는 본의 아니게도 학내문제에 매달려 있었기 때문에 소설을 집필할 마음의 여유가 전혀 없었기 때문이다.

해가 바뀌어 마음이 어느 정도 진정되자 소설을 쓰기로 마음먹고 자료를 수집했으며 가장 고심한 인물이 주인공인 '원이 엄마'였다. '원이 엄마'에 대해서는 본이나 성조차 알 수 없었기 때문이다.

나는 홍구리를 여러 번 찾아가 나이 든 노인들에게 물어 고성 이 씨가 단 한 집 살았다는 것을 알아낼 수 있었다.

그리고 자료를 뒤져 400여 년 전부터 홍구리에 산 성씨로는 재령 이 씨, 청주 정 씨, 강릉 김씨, 한양 조 씨 등임도 알아냈다.

혼사는 양가가 짝이 맞아야 하므로 양반이면서 벼슬도 한 가문이라야 할 것 같아 고성 이 씨와 대등한 강릉 김 씨로 설정했다.

이런 설정이 사실과 부합한다면 모를까 틀렸다면, 지하에 있는 '원이 엄마'에게 다연히 사죄해야 마땅하다.

그리고 현재 시점에서 등장하는 인물도 있는데 이름이 유사하거나 같다고 하더라도 실재 인물이 아니라 만들어낸 명명(命名)의 인물이다. 그것도 소설을 위해 의도적으로 장치했으며 작의적으로 명명했다.
아니, 『450년만의 외출』은 소설이지 실화나 수기가 아니다.
지난여름은 몹시 무더웠다.
그 무더위에도 사명감 같은 것을 가지고 컴퓨터 앞에 앉아 하루 열 몇 시간씩 소설을 짓다 보면(소설을 쓴다기보다 짓는다는 것이 더 어울린다) 땀으로 범벅이 되기 일쑤였다. 땀의 범벅 속에서 도깨비타법으로 자판을 두드려댔다.
요즘 사람들은 반의고적(反擬古的)인 경향이 두드러진다고 한다.
그런 사람에게 이 소설이 먹혀들지 두려움이 앞선다.
하지만 소설을 끝낸 지금 내가 가장 두려워하는 것은 소설을 거지 같이 쓴 것은 아닐까 하는, 목숨을 걸고 소설을 쓰지 못한 자책감, 그 점이다. 나 같은 둔재는 오래 전부터 소설 쓰기를 포기했어야 했는데 지금도 푼수를 잊고 있으니, 생각할수록 정구죽천(丁口竹天)일 수밖에.
아예 독자에게 싸리 회초리를 한 아름 꺾어다 주면서 스스로 종아리를 걷어 부치고 대 주며 때리라고 해서 매나 실컷 맞는 것이 오히려 배짱 편할는지 모르겠다.

1999년 8월 27일
분당 우거에서 지은이 적음

*재판은 오자를 바로잡고 부분적으로 수정을 했으며 경우에 따라서는 대폭 수정을 가했다. 그리고 독자의 이해를 돕기 위해 『원이 엄마의 한글 편지』를 서두에 덧붙여 놓았다.

2001년 1월 10일

* 선집을 내기 위해 개작하거나 고치기도 했음

2007. 처서에 즈음해

『팔순기념문선』은 마지막 원고를 출판사에 넘기기 전까지 낙을 삼아 틈틈이 수정하고 보완하다 보니, 앞서 세상에 나온 책과는 제목이나 차례, 내용이 다르거나 많아 달라지기도 했다.

이런 작업은 생각하고 생각한 끝에 고심한 결과다.

해서 앞서 세상에 나온 책과는 다소 혼란이 있을 수 있겠지만 달라진 이유야 작품에 대한 불만, 아쉬움, 만족할 수 없는 것을 보다 완결에 가까운 작품을 만들겠다는 허욕(虛慾) 때문이며 그런 허욕이 없다면 문선을 준비하는 의미가 반감될 수밖에 없을 것이다.

2022년, 조추지제에

차례

팔순기념문선 발간에 즈음해 _ 2
원이 엄마의 한글편지 _ 13
작가의 변 _ 15

세상에 어쩌면… ‖ 21
온전한 미이라로 세상에 나온 이유 ‖ 31
47년만의 귀국 ‖ 80
412년 전, 원이 엄마의 한글편지 ‖ 123

남도 우리같이 서로 어여삐 여겨 사랑했을까 ‖ 179
사랑과 영혼 ‖ 221
시공을 초월한 만남 ‖ 288

읽고 나서/ 뿌리, 그 근원을 향한 물음 ‖ 355

세상에 어쩌면…

IMF 체제가 본격적으로 서민들의 목을 조이기 직전이었다.

한국토지개발공사가 안동시 정상동 일대에 주택단지를 조성하기 위해 묘지 이장을 추진하고 있었다.

연고자들이 보상비를 받고 이장하던 1998년 4월 7일이었다.

고성 이 씨 15세인 이명정(李命貞)과 그의 처인 일선(지금의 선산) 문 씨와의 합장묘를 해체하고 시신을 수습하던 중이었다.

한데 극히 드문 일이지만 무덤의 주인인 일선 문 씨가 450년 만에 미이라로 모습을 드러내어 세상 사람들을 깜짝 놀라게 했다.

합장묘이기 때문에 당연히 이명정의 관과 문 씨의 관은 같은 장소에 묻혔으며 그것도 불과 20센티미터도 떨어지지 않은 바로 곁이었다. 특이한 점은 문 씨의 목관은 450여 년의 세월이 흘렀는데도 썩거나 훼손되지 않은 채 염습 상태대로 남아 있는 것이었다.

다만 묻힌 시간과 묻은 사람만이 단지 다를 뿐이었다.

그런데도 이명정의 시신은 형체도 남아 있지 않은데 비해 그네는 온전한 형태의 미이라로 450여 년 동안 묻혀 있다가 세상에 모습을 드러냈으니 사람들의 이목을 끌기에 조금도 부족함이 없었다.

한말에 편찬된 『고성이씨족보』에 의하면, 문 씨의 남편인 이명정은

1504년에 태어나 봉사(종8품)의 벼슬을 했다.

이어 1565년에 사망한 것으로 기재되어 있으나 문 씨에 대해서는 태어난 해와 죽은 연대를 알 수 없었다.

다만 미이라의 상태로 보아 노년에 죽은 것이라기보다는 젊어 죽었거나 중년에 죽었다고 하더라도 곱게 살고 예쁘게 늙어 남보다 앳되어 보이는 것이 아닌가 하는 추정은 가능하다.

그네가 온전한 미이라로 모습을 드러내자 450여 년 전의 상장례(喪葬禮)를 한눈에 알아볼 수 있으며 부장된 수의와 복식 60여 점도 출토되어 조선조 복식사를 다시 쓸 수 있을 정도였다.

그리고 뒤를 이어 보름쯤 뒤인 1998년 4월 24일이었다.

우연의 일치인지는 모르겠으나 일선 문 씨의 묘로부터 얼마 떨어지지 않은 장소에서 무연묘를 해체하고 시신을 수습하던 중, 412년 만에 염습 당시 그대로의 모습인 생생한 미이라가 또 모습을 드러내었다. 그와 함께 여러 장의 편지와 수의 등 부장품도 출토되었다.

출토된 편지 중에는 아버지가 아들에게 보낸 한문 편지가 아홉 장이고 아들이 아버지에게 보낸 한글편지가 두 장이었다.

이런 것이 출토되었다고 해서 화젯거리가 될 리 없었다.

전국적인 매스컴을 타게 된 결정적인 계기는 시신을 덮은 명정(銘旌)에 의해 무연묘의 주인이 밝혀진 점도 있었다.

그러나 그보다는 시신의 가슴 부근에서 발견된 여성이 쓴 한 장의 한글편지에 의해 이를 재확인하게 된 데 있었다.

게다가 412년 동안 이름 없는 무덤으로 남아 있었는데 뒤늦게 무덤의 주인이 언제 태어나서 몇 살에 죽었는지를 알려 준 한글편지가 사람들의 이목을 끌었을 뿐 아니라 감동시켰던 것이다.

한글편지 이외의 다른 편지는 오랜 세월이 흐른 탓으로 삭고 피어 매우 조심스럽게 다루지 않으면 안 되었다.

오랜 세월 땅속에 묻혔던 탓인지 화장지를 물에 넣으면 풀처럼 풀어지듯이 종이가 피어 너덜너덜했으며 판독이 거의 불가능해서 사연을 어림잡을 수도 없을 정도로 훼손되었다.

그런 편지에 비해 1586년 6월 초하루에 쓴 것이 분명한, 이름을 알 수 없는 여성의 한글편지만은 온전하게 남아 있어서 완독할 수 있을 뿐만 아니라 사연이 너무나도 애틋해서 보는 사람들로 하여금 눈시울을 붉힐 정도로 보다 많은 관심을 불러일으켰다.

더욱이 편지를 쓴 주인공은 412년 뒤에야 세상에 알려질 것을 예상하고 쓴 듯한 편지가 뜻하지 않게 주택단지조성을 위해 이장을 하는 과정에서 출토되어 매스컴을 탔으니 흔치 않는 일일 수밖에.

습의를 수습한 뒤 드러난 일선 문 씨의 모습. 왼쪽은 수습 당시의 모습이고 오른쪽은 시신에 새로 옷을 지어 입힌 모습이다.(출처, 안동대 박물관)

무덤의 주인이 밝혀질 수 있었던 것은 무연묘를 해체해 시신을 수습하는 과정에서 철성(鐵城)이란 명정이 나와 무덤의 주인이 고성 이 씨임이 밝혀졌고 가슴 부위에 있던 한글편지가 이를 재확인시켜 주었으며 게다가 죽은 연대까지 알 수 있게 된 것이었다.

고성 이 씨 이응태(李應台)는 일선 문 씨의 직계 손자인데 그도 그네처럼 생생한 미이라로 생전의 모습을 드러내다니.

세상에 할머니와 손자가 서로 약속이라도 한 듯이 미이라로 모습을 드러낸 것도 희한한 우연이 아닐 수 없다.

족보에는 응태가 태어난 연대며 무덤의 위치는 기재되어 있지 않았다. 오직 출토된 편지에 의해 31세가 되던 1586년에 요절한 것을 알 수 있으며 부장품 50여 점과 만시하며 형이 동생을 애도해서 부채에 쓴 한시까지 출토되었으니 놀라운 일이 아닐 수 없다.

이런 부장품보다도 사람들의 마음을 사로잡은 것은 애절한 내용이 담긴 원이 엄마의 한글편지와 머리카락으로 삼은 미투리였다.

지금으로부터 412년 전에 쓴 편지, 세상에 알려질 것을 예상하고 쓴 듯한 편지는 말할 나위도 없거니와 이 세상에서 여인의 머리카락으로, 그것도 여성이 손수 삼은 것으로는 유일한 미투리에 숨겨진 내막이 무엇인지 궁금증을 자아내기에 충분했다.

나는 미투리를 살피다가 뒤늦게 보통 미투리가 아닌 것을 알게 되었으며 편지를 해독하는 과정에서 기존의 생각을 바꿀 수 있는 안복을 누릴 수 있어 얼마나 행복했는지 모른다.

조선왕조 5백년은 남성들의 오만과 독선으로 말미암아 삼강오륜을 일방적으로 이해하고 이를 여성에게만 강압적으로 적용시켜 당시 여성들을 질곡(桎梏)의 뒤안길로 몰아넣었었다.

오륜 중 부부유별이야말로 여성들을 억압하고 짓밟는 수단으로 이용되었는데 한글편지가 그런 것이 아니라는 것을 반증할 수 있는 자료도 된다. 그것도 적어도 임진왜란 전에는 부부가 동등한 관계에서 가정생활은 물론 사회생활을 했다는 것을 증명해 주는 희귀한 한글편지가 더 더욱 시선을 끈 것은 지극히 당연했는지도 모른다.

그런 탓인지 관속 시신의 가슴 부위에서 출토된 한글편지야말로 불가사의한 일이 있기는 있는가 보다 하는 느낌을 들게 했다.

그런 한글편지는 어떤 여성이 쓴 것일까?

여성도 분명히 본관과 성, 부친의 관직까지 족보에 올리는 것이 명문가의 관례이기 때문에 본관과 성은 수록되어 있을 것 같은데도 원이 엄마에 관한 기록은 그 어디에서도 찾을 수 없었다.

『고성이씨족보』에 의하면 이응태의 할아버지인 명정의 배필에 대해서는 일선 문 씨이며 부친은 군수를 지낸 계창(繼昌)이고 기일은 2월 27일이라는 것과 무덤의 위치까지, 아버지인 요신(堯臣)의 배필(응태의 어머니)에 대해서도 울진 임씨, 부친은 장사랑 만종(萬鐘)이며 기일과 무덤의 위치까지 정확히 기재되어 있었다.

이처럼 배필의 본관이나 부친에 대해 기록하는 것이 족보편찬의 관례인데 이런 관례를 깨뜨리고 응태의 배필에 대해서만 전혀 언급되어 있지 않았다. 더욱이 응태는 물론 배필까지도 기일이나 무덤의 위치 같은 것은 수록되어 있지도 않았다.

다만 편지에 나타나 있는 대로 원이 엄마라는 것 외에는 알 수 없는 여인, 한글편지를 쓴 여인은 남편을 끔찍이도 사랑한 것만은 분명해 보였다. 남편을 일러 자네(원문 자내)라는 말을 한 장의 편지에서 무려 열세 번이나 지칭했다면 부부애가 얼마나 지극했는지 짐작이 가고도 남음이 있으며 '남도 우리같이 서로 어여삐 여겨 사랑했을까', '남도 우리 같을까'라는 표현이 이를 짐작케 한다.

출토 당시에는 일선 문 씨의 생생한 미이라 상태를 두고 방송사마다 경쟁하듯이 뉴스로 내보냈으며 원이 엄마가 쓴 한글편지가 출토되었을 때도 다투어 방송했던 것이다.

어떤 방송사는 뉴스 보도로만 다룬 것이 아니라 특집으로까지 제작해서 방송하기도 했다.

1998년 5월 28일, KBS 제2방송 추적 60분 프로는 '다큐 미스터리'로 제작해서 특별 방송을 하기도 했다.

PD는 살아 있는 듯한 생생한 미이라에 대해 집중적으로 조명했으나 합장한 부부의 목관이 나란히 놓여 있었는데도 남편 이명정의 시신은 뼈만 남아 있고 일선 문 씨의 시신은 어째서 온전한 미이라 상태로 남아 있었는지에 대해서는 궁금증을 풀지 못했다.

10월 22일, SBS에서송사도 순간 포착, '세상에 이런 일이'의 프로에서 방송했으나 흥미 이상의 관심도를 드러내지 않았다.

같은 해 12월 12일 토요일, KBS 제1방송 '역사 스페셜'에서 연말 특집으로 원이 엄마의 한글편지에 대해 집중적으로 조명했다.

그러나 황금 시간대를 50분이나 활용하면서도 끝내 '남도 우리같이 서로 어여삐 여겨 사랑했을까', '남도 우리 같을까'하고 강한 여운만 남긴 채 서둘러 종영해서 궁금증만 더하게 했다.

이처럼 교양프로 제작에 인색하기 짝이 없는 방송사가 두 번에 걸쳐 집중적으로 조명한 이유는 어디에 있을까?

물론 편지에 표기되어 있는 그대로라면, '자내'라는 단어에 대해 언어학적인 새로운 평가와 함께 당시 여성의 사회적 지위를 짐작케 해 준다는 점에서 관심이 쏠릴 수 있을 것이다.

그러나 무엇보다도 기사선택의 궁핍성과 특종에 대한 지나친 집착 때문이라는 견해가 오히려 설득력이 있었다.

제 아무리 뛰어난 베테랑 대기자라도 특종을 잡기란 그리 흔하고 쉬운 일이 아니기 때문이다.

KBS '추적 60분'에서 450여 년 만에 온전한 미이라로 세상에 모습을 드러낸 진짜 이유는 밝혀내지 못했다. 게다가 편지가 온전하게 남아 있게 된 원인도 밝혀내지 못했던 것이다. 아니, 열한 장의 편지는 삭아서 만지기만 해도 축축 처지는 데다 판독이 거의 불가능했다.

그에 비해 원이 엄마가 쓴 한글편지만은 같은 한지에 썼는데도 온전히 남아 해독이 가능했던 이유가 키포인트인데도 그런 원인에 대해서는 아예 한 마디 언급조차 하지 않았던 것이다.

나는 그것이 궁금해서 달포 동안이나 잠을 설쳤다. 현대 과학으로도 풀어내지 못한 궁금증을 어떻게 하면 해결할 수 있을까 해서.

편지의 사연으로 보아 원이 엄마라는 여인은 남편이 죽은 뒤 편지를 쓴 것만은 분명했다. 그것도 대렴을 하기 전에 편지를 써서 보공처럼 염을 끝낸 뒤 가슴 부위에 얹어놓은 편지, 한창 살 만한 나이인 20대 후반에 병이 들어 죽었다면 아내로서의 안타까움은 어떠했을까.

여성들이 가장 소중히 여기는 머리카락을 잘라 미투리를 삼으면서 남편의 쾌유를 빌었고 병이 나아 미투리를 신어 보기를 열망한 여인, 그런 여인이라면 남편의 병 수발은 지극 정성이었을 것이 틀림없겠다. '남도 우리같이 서로 어여삐 여겨 사랑했을까.', 남도 우리 같을까.'처럼 끔찍이도 사랑했던 남편이 젊은 나이에 요절했으니 원이 엄마라는 여인은 천붕지괴(天崩地壞), 바로 그것이었을 것이다.

부모를 두고 먼저 간 남편, 아니 시부모를 두고 남편을 앞세운 며느리가 되었으니 모든 것은 며느리를 잘못 맞아들인 탓으로 여기는 시댁에서 받은 원이 엄마의 구박은 오죽했을까.

이응태는 부모를 앞에 세워 둔 채 먼저 저 세상으로 간 불효자식이라고 해서 비조차 세워 주지 않았는지도 모른다.

　박복하고 죄 많은 여인을 며느리로 맞아들였기 때문에 그 죄가 아들에게 미쳤다고, 아니 장승같은 남편을 잡아먹은 년이라고 해서 원이 엄마를 족보에서 아예 빼어버린 것은 아닐까.

　그러기에 원이 엄마는 족보에 올라 있지 않아 본관과 성조차 알 수 없으며 선산에 묻어 주지도, 죽은 뒤 감장도 하지 않아 비록 400여 년이 지났다고 하지만 어디에 잠들고 있는지 알 수 없는지도 모른다.

　나는 시일이 어느 정도 걸리더라도 일선 문 씨의 미이라와 원이 엄마의 한글편지에 숨겨진 비밀을 추적해 밝히기로 결심했다.

　그럴 경우, 원이 엄마의 심정을 얼마만큼 추정해 낼 수 있을까가 문제가 되겠지만 그것은 제쳐두기로 했다.

　그리고 일선 문 씨와 원이 엄마가 시집살이를 한 시기는 16세기 말쯤 되는데 당시 시대상을 그대로 재현할 수 없다는 데 집필의 어려움은 물론 있다. 그것도 끔찍이 사랑했던 부부를 추적해서 지금에 되살린다는 것이 결코 그리 쉬운 일이 아닐 것이다.

　다른 편지의 내용으로 보아 이응태는 무반 후예로 생활이 빈곤한 것 같지 않은 데다 처가살이를 했으며 농사 틈틈이 천렵을 하고 매사냥도 했다는 것을 알 수 있었다.

　해서 좀은 자신감을 가질 수 있었으나 실재 있었던 사람을 두고 사건을 추적한다는 것이 쉽지 않은 데다 그들의 삶을 재현했을 때, 고인들에 대해 누를 끼치거나 후손들에게 폐나 되지 않을까 하는 노파심이 없는 것은 아니었다.

　그런데도 불구하고 지금까지 남아 있는 몇 가지 의혹을 캐고 싶다는 강한 유혹이 그런 우려를 불식시켜 줬다.

　강한 유혹이란 450여 년 만에 온전한 미이라로 세상에 모습을 드러낸 일선 문 씨, 새로운 천년이 시작되려는 시점에 모습을 드러낸 이유가 무엇일까 하는 궁금증이고 또 다른 하나는 한 장의 한글편지로 말미암아 412년 동안이나 이름 없던 무덤의 주인이 밝혀지며 화제로 부상하게 된 원이 엄마, 그네가 편지 말미에 표시한 수결은 또 무엇을 의미하는 것일까 하는 강한 의문점이다.

일선 문 씨의 손등과 손목이 접히는 부분에는 사람들이 그냥 보아서는 놓치기 쉬운 먹물로 새긴 듯한 문양이 남아 있다.

그것도 민간요법으로 손바닥에 물집이 생기면 아리고 쓰리지 않도록 바늘에 실을 꿰어 먹물에 묻혀 따면 물집 진 부분이 검은 흔적으로 남아 딱지가 앉듯이 그렇게 생긴 듯한 문양이었다.

중세 유럽의 기사도의 깃발에서 흔히 볼 수 있는 문장(紋章)과도 같은, 그러나 화려한 채색이나 복잡한 것과는 다른, 단색으로 소박하면서도 의미가 있는 듯했다.

나는 그런 점에 대해서도 관심을 가지고 추적했다.

그 결과, 편지 말미에 희미하게 남아 있으나 관심을 가지고 들여다보지 않으면 무슨 표시인지 알 수 없는 수결 표시와 일선 문 씨의 손등에 표시된 문양의 흔적과는 어떤 일치점이 있음을 찾아낼 수 있었다.

미리 밝혀 두지만 이 일치점으로 말미암아 450여 년 만에 시공을 초월한 만남의 장, 그 실낱같은 인연을 이어줄 수 있게 된다.

내가 왜 이런 궁금증을 앞세워 사실을 추적하려고 하는지 알 수 없다. 굳이 이유를 밝힌다면 원이 엄마의 한글편지가 나를 유혹했다고 할까. 궁금증을 캐는 동안만이라도 나를 구속하고 있는 것으로부터 해방되고 싶다는 욕심 또한 부인할 수 없다.

한편으로는 과거의 사실을 다루기 때문에 시대상에 구애받지 않을 수도 없겠다는 걱정스러운 면도 없지 않아 있었다.

그렇다고 굳이 시대상에 구애받아야 한다는 필요성은 느끼지 않는다. 다만 순수 열정 하나만을 가지고 추적할 것이다. 그것도 편안한 마음으로 사건 추적에 최선을 다할 것이다.

450여 년 전의 과거로 돌아가 당시 인물들의 활동을 몰래 지켜볼 것이며 때로는 그들의 이야기에 귀 기울인다.

끝으로 이야기가 시간적으로 먼 과거에 있다는 것을 위안으로 삼으면서 동시에 결코 현실과 동떨어지지 않은, 오늘날 우리가 살아가고 있는 참모습이라는 점을 보여주기 위해 최선을 다할 것이다.

김규리

온전한 미이라로 세상에 나온 이유

고성 이 씨 31세 손으로 귀래정 주인 이언형(李彦衡)은 개성 유수를 지낸 굉(浤)의 묘를 이장할 때부터 이상한 예감에 휩싸였다.

그랬던 것이 14세 손인 전의감 봉사를 지낸 효칙(孝則)의 묘를 파헤친 순간, 그런 예감은 적중하고야 말았던 것이다.

달포 전부터였다. 이언형은 생각지도 못한 일에 매달려야만 했다.

그것은 주택단지 조성으로 망팔을 바라보는 나이에 조성의 묘를 이장해야 했기 때문이었다.

그는 해마다 여름이면 고성 이 씨 문중에서는 전국 각지에 흩어져 살고 있는 후손들을 임청각파(또는 법흥공파) 종택에 모아놓고 조상의 세덕이며 음덕을 기리곤 했다. 때마다 유수공파 종손이기도 한 그는 문중을 대표해서 후손들에게 강론을 했었다.

강론의 요점은 풍수지리에 관한 것이었으며 조상을 명당에 모셨기 때문에 고성 이 씨인 유수공파나 임청각파가 드러내놓고 자랑할 만한 인물을 세상에 내지는 못했으나 지금까지 대가 끊이지 아니하고 면면히 이어져왔음을 자랑스럽게 말했던 것이다.

그랬던 것이 시 당국은 도시의 갑작스런 팽창으로 시 정책상 새로이 주택단지를 조성하게 되었던 것이다. 시가 선정한 조성지가 하필이면 명당이라고 자부하던 조상을 모신 선산이었으니 자랑삼아 말했던 명당이라는 것도 믿을 것이 못된다고 생각하게 되었다.

이언형은 명당으로 알려진 도산서원이 안동댐 건설로 이전했을 때만 해도 신절골 선영만은 명당이라고 자부했었다.

임하댐이 건설되자 주민들은 수몰민이 되어 졸지에 고향을 잃었다. 그것도 몇 백 년을 두고 회자되던 명당이 흔적도 없이 사라졌다.

그런 것을 눈으로 보고도 이언형은 명당에 대한 미련을 버리지 못했으며 조상의 선영만은 명당이라고 믿었었다. 더욱이 임진 7년 전쟁과 이괄(李适)의 난으로 연좌되어 벼슬길은 막혔으나 멸문지화는 면했으며 손이 끊어지지 아니하고 대를 이어온 것이 조상을 명당에 모셨기 때문이라고 철석같이 믿었던 것이다.

한국토지개발공사가 정상동 일대 14만 2천 평에 걸친 택지를 조성하기 위해 문화유적지표조사를 할 때만 해도 이언형은 자기네 선산이 포함되리라고 믿지 않았다. 아니, 믿고 싶지 않았다.

그런데 본격적으로 시에서 토지 보상비며 이장 비용을 지불하면서부터 우려가 현실로 나타났으며 5백년이나 지켜온 조상의 묘를 이장하지 않을 수 없게 되었다.

시내 쪽 낙동강 강변에 서서 바라보면 물 건너 동쪽 끝자락에 터전을 잡고 있는 마을이 정상동이다.

산과 골짜기의 끝이 낙동강을 만나 제방 속으로 잦아든 듯한 곳, 해서 건너편 제방에서 보면 어디에 마을이 있을까 하고 의심이 드는 곳, 물길을 건너 강기슭까지 가서 보아야 겨우 그곳에 마을이 있고 집들이 있음을 알아차릴 수 있는 데가 정상동이다. 해서 정상동은 오랜 세월 동안 안동의 오지로 남아 있게 되었던 것이다.

안동은 동에서 서로 낙동강 남북 쪽을 따라 일직선으로 펼쳐진 가로형

도시이기 때문에 강줄기 하나를 사이에 두고 시내니, 시외니 하고 다툴 수밖에 없었고 그것도 길 따라 도시가 뻗은 데다 앞은 강, 뒤는 산으로 도시의 부피를 키워내지 못했던 것이 저간의 사실이다.

그런 안동이 최근 들어서 달라지기 시작했다.

용상에서 정상동을 잇는 다리가 개통되면서 강을 사이에 두고 남쪽이 팽창하는 새로운 성장의 시대가 열렸던 것이다.

도시가 확대된다는 것은 바람직한 것만이 아니었다. 그것은 주변 농촌이 빠르게 해체된다는 것을 동시에 의미하기 때문이다.

안동은 근 몇 십 년 동안 변한 것이 없다.

그런 정체된 도시가 뒤늦게 주변 농촌을 급속히 해체시키면서 도시집중화현상을 촉진하고 있었다.

낙동강 북쪽 제방에서 보면 건너편에는 분명히 변화가 일고 있는 것을 확인할 수 있다.

그것은 낙동강 남쪽 일대가 택지조성시구로 시성뇌어 개발되고 있기 때문이었다. 비록 낮은 구릉으로 이뤄진 야산지대였으나 경작지가 조성되어 있어 택지로 잘 알려진 배산임수(背山臨水)와는 거리가 먼, 임산배수(臨山背水)라는 신조어가 어울리는 지역이었다. 시내로 들어가려면 수백억을 들여 새로 다리를 놓거나 아니면 멀리 낙동강교로 돌아가야 하는 교통이 불편한 오지인데도 단순히 시내에서 강 건너가 바라다 보인다는 이유만으로 택지를 무리하게 조성하고 있었다.

벌써부터 택지지구는 서너 개의 산자락이 무지막지한 불도저에 의해 마구 깎기는 비명이 들려오고 드러낸 붉은 흙이 울어대고 있었다.

이언형은 택지조성지구로 결정이 된 뒤, 틈만 나면 신절골 선산으로 올라가 조상의 묘를 둘러보곤 했다.

선산 맨 위로는 13대 손인 굉(浤)의 묘가 자리 잡고 있다.

밑으로는 전의감 봉사를 지낸 효칙(孝則), 봉사를 지낸 명정(命貞), 한 대 건너 몽태(夢台)의 묘가 자리 잡았다.

몽태의 묘와 같은 능선, 거리로 쳐서 20여 미터밖에 떨어지지 않았으나 누구의 묘인지 알 수 없는 무연묘가 한 구 있었다.

무연묘인데도 이언형은 선산에 묻혀 있다는 이유만으로 벌초를 빠뜨린 적이 없었다.

그는 신절골 선산에서는 마지막일지도 모를 조상을 생각했다.

안동에 정착하게 된 선조는 황의 12세손으로 참판공파 파조가 된 증(增)이다. 그는 단종 1년 계유년, 진사시에 합격했으며 진해와 영산 두 고을의 현감을 지낸 뒤, 안동 남문 부근으로 옮겨와 임시로 살다가 법흥동으로 옮겨 정착했던 것이다.

그는 여섯 아들을 두었다.

둘째가 낙포(洛浦) 굉(浤)으로 개성 유수를 지냈기 때문에 유수공이라고 불리었으며 이언형으로 보아서는 중시조에 해당된다.

이장을 하게 된다면 굉의 묘부터 해야 할 것이었다.

낙포 굉은 안동에 정착한 증의 둘째 아들로 세종 23년(1441)에 태어나 중종 11년(1516)에 작고했다. 그는 성종 6년(1476), 사마시에 합격했으며 11년(1480)에는 또 문과에 급제까지 했다. 관직은 전적을 시작으로 군위 현감, 청도 부사, 사재감 첨정, 사간원 헌납을 거쳐 사헌부 지평, 공조 정랑, 상주 목사를 지냈다.

갑자사화 시는 조카 주(冑)가 화를 입는 바람에 삭탈관직 되어 영해로 유배되기도 했었다.

중종의 반정 이후로는 재차 등용되어 충청도 병마사, 경상좌도 수군절도사, 한성 좌윤을 거쳐 개성 유수를 지내다가 사직하고 낙향해서 극히 드문 방향인 북향의 귀래정을 지어 만년을 보냈다.

귀래정은 낙동강 7백리의 시발점이 되며 강원도 황지에 연원을 두고 흘러내리다가 6백리 종착지가 되는 지점에 있다.

또한 낙동강 강물을 정면으로 받으며 반변천 강물을 오른쪽에서 받아 두 물줄기가 합쳐지는 지점이기도 했다.

굉의 묘는 돌로 둘레를 쌓은 위에 봉분을 조성했는데도 안심이 되지 않았던지 봉분 아래쪽에 또 다시 석축을 쌓아 무너지는 것을 방지했기 때문에 지금까지도 원형이 잘 보존되어 있었다.

봉분 앞쪽에는 문인석이 있었으며 비와 신도비까지 세워져 있었다.

비의 전면에는 '가선대부개성유수철성이공휘굉지묘(嘉善大夫開城留守鐵城李公諱浤之墓)'라는 비문이 새겨져 있었다.

또한 신도비의 전면에도 '가선대부개성유수낙포이공신도비(嘉善大夫開城留守洛浦李公神道碑)'라고 새겨져 있었다.

귀래정(도로개설로 현 위치로 이전 복원, 출처, 안동시 블로그)

다음의 이장 대상은 이효칙(李孝則) 부부의 합장묘가 되며 이명정(李命貞) 부부의 합장묘는 그 다음 차례가 될 것이다.

이명정은 굉의 손자로 분묘는 부부가 함께 묻힌 합장묘이다.

합장묘의 전면은 석축으로 되어 있다.

비석은 호패형(號牌型)에 해당된다. 전면 비문은 심하게 마모되어 읽을 수 없으나 뒷면은 훼손되지 않았다. 그리고 한 대 건너 명정의 손자인 몽태(夢台)의 묘가 있다.

또한 몽태의 묘와 같은 능선에는 무연묘가 한 구 있다.

그런 무연묘도 이장해야 할 것이었다.

몽태와 같은 능선, 그의 묘로부터 20여 미터도 떨어지지 않은 거리에 있는 무연묘를 해체해 관을 들어내다 명정이 발견되었다.

해서 412년 동안 무연묘로 버림받다 연고가 밝혀지게 되며 이름을 알 수 없는 여성이 쓴 한글편지가 출토되어 세상을 들끓게 된다.

그밖에 이렇다 할 분묘는 없었다.

몽태 이후로는 인물이 나지 않은 탓이었다.

그것은 중종반정 1등 공신이며 고성 이 씨 18대 손으로 몽태의 조카뻘이 되는 이괄(李适)이 공신 책정에 불만을 품고 난을 일으켰다가 실패했으며 연좌되어 벼슬길이 끊긴 때문이기도 했다.

안동에 정착한 고성 이 씨는 유수공파 외에도 임청각파가 있다.

중의 셋째 아들인 명(洺)은 형조 좌랑을 지낸 뒤, 귀향해서 호를 따 임청각이란 집을 지어 만년을 보냈는데 그 때문에 후손을 임청각파라고 했다. 임청각은 본체와 부속 건물을 합쳐 모두 99칸이었으나 중앙선 철도 개설로 33칸이 헐리고 66칸만 현재 남았다.

임청각 정침(正枕)인 군자정은 정면 3칸, 측면 2칸으로 정자형 누각으로 지금은 팔작지붕의 별당만이 남아 있었다.

유수공파보다는 형편이 낫다고 하는 임청각파도 인물을 내지 못했다. 기껏해야 명의 8세 손인 후영(後榮)이 숙종 10년(1684) 문과에 급제해서 고령 원을 지낸 것이 고작이며 상해임시정부 초대 국무령을 지낸 석주(石洲) 이상룡(李相龍) 선생 정도가 있을 뿐이었다.

그런 집안 형편이었으니 드러내놓고 무덤을 쓴 조상이 없었다.

아니었다. 용무늬 지붕의 비는 그만 두고라도 그 흔한 팔작(八作) 지붕의 비라도 세울 만한 인물조차 나지 않았다. 해서 집안을 드러내기 위해 미이라가 나타난 것인지도 모른다.

이언형은 이장을 하기에 앞서 일가붙이 중에서 연락이 닿은 데는 다 알렸다. 그리고 날을 받아 이장을 시작했다.

임청각 군자정(출처, 바람의 여행)

4월 6일은 새벽부터 서쪽 야산이 중장비에 의해 무참히 잘려나가기 시작했다. 소나무와 잡목들이 우거져 발길조차 들여놓기 힘들었던 산이 머잖아 흔적을 찾을 수 없을 것이다. 골짜기와 능선은 하나같이 평지로 바뀔 것이며 그 자리에는 곧 대단위 아파트가 들어설 것이었다.

정상동에 삶의 텃밭을 일궜던 이굉과 그의 후손들이 잠들고 있는 신절골 선산도 없어질 것이며 새로운 유택을 찾아 떠나야 했다. 아니, 이굉을 필두로 이 땅의 주인들은 오랜 세월의 잠에서 깨어나야 했다.

이언형은 13세손인 굉의 무덤부터 일손을 구할 수 없어 어쩔 수 없이 포클레인을 동원해서 무덤을 해체했다.

옛날 같으면 부정 탄다고 타성의 손을 빌리지도 않았으나 세상은 변해 일가 중에서 고향을 지키는 젊은이 하나 없었다.

해서 일을 들고 할 만한 사람도 없었다.

후손된 도리로 봐서는 사람의 손을 거쳐 봉분을 해체하고 관이 모셔진 외관 부분이 드러나면 한 삽 두 삽 조심스럽게 파 들어가다가 관이 놓인 곳에 이르면 호미로 조심조심 긁고, 긁은 흙을 비로 쓸어내면서 새로 마련한 관에 시신을 수습해서 미리 마련해 둔 장지로 이장해야 하는데 지금은 사정이 그렇지 못했다.

젊은 일손이 더러 있긴 했으나 그런 사람일수록 힘든 일은 기피하기 때문에 그런 사람조차도 품을 살 수 없었다.

어쩔 수 없이 그는 사람의 손을 빌려 이장하는 것을 포기하고 포클레인을 동원할 수밖에 없었던 것이다.

그는 포클레인으로 작업하는 것을 보고 있으려니 마음이 조마조마해서 서 있을 수조차 없었다. 혹시 시신을 훼손하는 것은 아닌가 해서.

봉분이 순식간에 해체되고 육중한 포클레인이 관이 있음직한 곳을 파내려가기 시작하자 이언형은 이상한 예감마저 들었다.

뭔가가 일어날 것 같은, 아니 무슨 일이라도 생길 것만 같은 예감이 들었던 것이다. 그런 예감은 얼마 가지 않아 적중했다.

이언형은 포클레인 작업을 중지시키고 밑으로 내려가서 관이 있음직한 곳을 호미로 긁고 긁어낸 흙을 비로 쓸어내면서 주변을 샅샅이 살폈으나 관 같은 것은 보이지 않았다.

게다가 부장품 비슷한 것 하나 눈에 띄지 않았다.

남아 있는 것이라곤 방금 옮겨놓은 것 같은 뼈뿐이었다. 더욱이 뼈의 상태로 보아 굉의 무덤은 명당임이 분명했다.

좋은 명당에 모신 조상을 자기 대에 와서 파헤쳐 이장을 하고 있으니 마음이 아팠으며 아까운 생각마저 들었다.

명당은 양지 바른 곳이어야 함은 말할 나위도 없다. 흙도 좋아야 하고 물이 나거나 들지 않아야 하며 시신이 빨리 썩어 뼈만 고스란히 남아 있는 곳을 말하기 때문이다. 또한 명당은 길지를 일컫는다.

산세는 수려하고 장엄해야 하며 광채가 날 뿐 아니라 맑고 생기가 넘쳐나면서 길지 뒤쪽의 주산까지 뻗어내려야 한다.

주변 경관도 그렇다. 명당이 위치한 곳은 주위 산들의 호위를 받아 변화하면서도 생동감이 넘쳐야 하며 조화되고 안정감이 있어야 한다. 혈을 중심으로 한 명당 주변의 산세는 사신, 곧 현무(玄武), 주작(朱雀), 청룡(靑龍), 백호(白虎)의 형세를 갖춰야 한다.

주인은 주인답게, 임금은 임금답게 위엄을 지녀야 하나 지나치게 위압적이어서도 아니 되며 좌청룡, 우백호가 감싸는 듯한 자세여야 한다.

요컨대 산세는 둥글며 단정하고 밝으면서 맑고 유연하면서도 유정해야 길지라고 할 수 있는데 그런 곳을 명당으로 쳤다.

물은 길한 데서 흘러들어 흉한 곳으로 나가야 하며 그것도 맑고 깨끗해야 하고 혈 앞에 이르면 공손히 절하듯이 유장하게 흘러내려야 한다.

여기에 산과 물은 남녀상배 하듯이, 음양이 상보하듯이 산수가 상응해야 첫손꼽는 명당이라고 할 수 있다.

혈(穴) 자리는 음양조화가 가장 집중된 곳이라고 할 수 있다. '속(俗)의 지(地)에 성(聖)의 소(所)를 정한다.'는 말은 지선지고의 땅을 말하며 경관의 중심 장소가 되므로 길지 중의 길지가 된다.

산세가 높으면 혈도 높고 산세가 낮으면 혈도 낮기 마련이므로 혈의 좌향은 전개후폐(前開後閉)로 앞은 트이고 뒤는 기댈 수 있는 선호성 (選好性) 방위면 더욱 길지에 해당된다.

말하자면 온순하고 부드러우며 마음을 안정시켜 주는 환경, 각이 지지 않은 방위와 유장하게 흐르는 산세, 유순한 물길, 단조롭지 않은 배열, 자연 조화의 정점인 지점을 일컬으며 그런 데를 가장 이상적인 땅, 명당이라고 할 수 있다.

고성 이 씨 선산은 그와 같은 완벽한 명당이야 못 되지만 어느 정도 명당의 요건을 갖췄다고는 할 수 있다.

그날은 이언형은 굉과 효칙의 묘를 이장하는 것으로 일과를 마쳤다.

4월 7일 이른 아침부터 이언형은 사람들을 재촉해서 명정과 일선 문 씨의 합장묘가 있는 곳으로 올라가서 이장을 서둘렀다.

지난 밤, 그는 잠자리가 몹시 뒤숭숭했었다.

그것은 조상의 묘를 이장하려고 마음먹은 뒤부터 생긴 버릇이었다. 그런 탓인지 뭔가가 일어날 것만 같은 예감으로 잠을 이루지 못했다.

아니나 다를까. 예감은 곧 현실로 다가왔다.

포클레인 기사가 봉분을 해체하고 관이 놓인 곳을 파고 들어가다가 갑자기 엔진을 끄더니 작업을 중단하는 것이 아닌가.

순간, 그는 포클레인이 고장을 일으킨 줄로만 사람들은 착각했다.

"문 기사, 어디 고장이라도 난 건가?"

"아닙니다요. 흙손 끝에 뭔가 맞히는 것 같아서요. 지금부터는 기계보다는 수작업으로 하는 것이 좋을 것 같은데요."

"그런가. 그렇다면 손으로 해야지."

이언형은 문중 젊은이를 시켜 삽과 괭이로 관이 놓인 쪽을 향해 조심스럽게 파라고 지시했다.

그런 지시를 한 뒤에도 마음이 놓이지 않아 밑으로 내려가서 손수 호미를 가지고 흙을 긁고 비로 쓸어내면서 작업을 하고 있는데 그때 호미 끝에 뭔가가 맞히는 것이 있었다.

해서 이언형은 더더욱 조심하면서 흙을 긁고 쓸어냈다.

마침내 관 윗부분이 드러났다.

순간, 도저히 믿을 수 없는 현실이 눈앞에 나타났다.

450여 년이나 세월이 흘렀는데도, 아니 옻칠을 아무리 했다손 치더라도 전혀 썩지 않은 목관이 드러났다.

그것도 옆에 나란히 묻은 이명징의 관은 흔적 하나 남은 것이 없는데 비해 일선,문 씨의 관만은 450여 년 전의 모습 그대로 조금도 변질되지 않았던 것이다.

작업을 하던 사람이나 둘러서서 구경하던 사람들은 경악했다.

"세상에 이런 일도 다 있다니!"

"세상에 명당이라는 것이 정말 있긴 있는가 봐."

"물론이지. 명당이 없을 리 없지."

"옛말이 조금도 틀리지 않아."

이언형은 설렘에 젖어 광 주변을 보다 넓게 파라고 지시했다.

작업은 신중에 신중을 더했다. 흙 한 줌마저 조심스럽게 다뤘다. 원래의 광보다도 넓게 파서야 그제야 관이 완전한 형체를 드러냈다.

이언형은 광속으로 들어가 관을 살펴보았다.

관은 목관이었다. 재질은 소나무가 분명했다. 그것도 소나무를 톱으로 타서 만든 송판을 가지고 관을 짠 것이 아니라 통나무로 안을 끌이나 자귀로 파낸 관, 극히 드문 원목 목관이었다. 게다가 옻칠을 여러 번 해서 윤기가 지금도 조르르 흘렀다.

일선 문 씨의 관과 그네의 남편 것과는 불과 50cm도 떨어지지 않았는데도 온전하게 남아 있었으니 신기하다고 할밖에.

조선조 중기에 쓴 무덤을 이장하는 과정에서 미이라가 나온 것은 1968년 이후만 해도 더러 미이라가 나와 세상이 들썩했다.

안동 김 씨 미이라, 경주 이 씨 미이라, 양천 이 씨 미이라, 전주 이 씨 미이라가 특히 세인들의 관심을 끌었었다.

94년 경주 정 씨 정원의 미이라가 나타났을 때는 금사가 발견되었는데 이를 과학적으로 해명하려고 노력하다 보니 엉뚱하게도 약품으로 시신을 처리한 것 같다는 결론을 내리기도 했다.

한편에서는 향주머니까지 발견되었기 때문에 주머니에 시신이 썩지 않는 열매를 넣은 것이 아닌가 하는 의견도 분분했던 것이다.

그러나 발견된 대부분의 미이라에는 향주머니가 없는데도 잘 보존되어 있었기 때문에 그런 주장은 신빙성이 없었다.

이언형은 사람들을 동원해 관을 지상으로 옮겨놓았다.

그런 다음 뚜껑을 열기 전에 관부터 자세히 살폈다.

관 뚜껑을 고정시키는 데 쇠못을 사용하지 않았다. 쇠못을 사용했다면 이미 폭삭 삭았을 수도 있었다.

그러나 대나무 못을 사용했기 때문에 뚜껑을 여는데 무척 애를 먹었다. 틈새로 줄 톱을 넣어 대나무못을 자르고 뚜껑을 열었다. 그러자 햇빛에 선명히 드러난 관속은 방금 염을 해서 뚜껑을 덮고 못으로 고정시켰다가 다시 개방한 것과 같이 염한 당시의 모습 그대로가 드러났다.

무엇이 450여 년이 지났는데도 생생한 모습을 드러내게 했을까?

이언형은 지금까지와는 달리 소매를 걷어붙이고 일을 했다.

그는 문 씨의 관은 일단 밀어 두고 흔적도 없는 명정의 관 부근 흙을 조심스럽게 쓸어내어 뼈를 수습해서는 새로 마련한 관에 넣었다.

그런 다음 문 씨의 관을 열려고 뚜껑을 드는데 손이 후들후들 떨렸다. 아니, 온몸이 떨렸다.

이유는 뚜껑을 드는 바로 그 순간, 햇빛의 세례를 받은 관속이 환히 보였기 때문이었다.

이언형은 방금 넣은 듯한 수의를 염할 때의 역순으로 하나하나 벗겼다. 한 겹씩 벗겨낼 때마다 수의는 약품처리라도 한 듯 변하거나 조금도 손상되지 않은 채 원형 그대로였다.

가슴에서 다리에 이르기까지 덮은 직령을 걷어내고 합당고도 걷었다. 얼굴을 덮은 겹철릭을 걷어냈으며 접은 장의도 벗겨냈다.

끝으로 얼굴을 가린 치마를 조심스럽게 들어냈다.

그제야 문 씨의 시신이 드러났다.

순간, 숨을 죽이고 지켜보던 사람들은 경악했다.

지금으로부터 450여 년 전에 죽은 사람의 무덤에서 너무나도 온전한 모습의 문 씨가, 그것도 살아생전에는 미녀임이 분명한 형태의 미이라로 모습을 드러냈기 때문이었다.

눈이며 코, 귀며 입술은 물론이고 머리카락 한 올과 속눈썹까지 산 사람의 그것과 너무나 흡사했으며 피부까지도 윤기가 흘러 살아 숨을 쉬고 있는 것 같았다.

피부는 만지면 온기가 전달되는 것 같았다. 그것도 산 사람의 피부처럼 부드러웠으며 누르면 들어갔다가 제 자리로 돌아왔다.

이언형은 예사 일이 아니라는 생각이 들어 벗긴 수의를 원래대로 되돌려놓았다. 필시 곡절이 있을 것만 같아 작업을 일단 중지시키고 문중 사람들을 불러 모아 의견을 들어보기로 했다.

"이런 일은 보통 일이 아니라는 생각이 드네. 이번에야말로 우리 집안을 세상에 드러낼 수 있는 기회일 게야. 그러자면 언론에 알려서 해체하는 과정을 공개하는 것이 좋겠어."

"언론에 알린다고 해서 기자들이 취재하러 올까요?"

"오겠지. 오구 말구. 어디 이게 보통 일인가."

"조상을 욕되게 하는 것은 아닌지 모르겠어요."

"조상을 욕되게 할 것까지야 있겠어. 오히려 집안을 알리는 일이지."

"종손이 저렇게 주장을 하니 우리는 그냥 따르기만 하세나."

"그게 좋겠네. 그렇게 함세."

마침내 갑론을박하다가 언론에 알리기로 의견이 모아졌다.

언론에 통보하자 지방 주재 기자는 물론이고 KBS, MBC, SBS 방송국에서는 카메라맨을 대동한 제작진들이 대거 몰려왔다. KBS에서는 다큐나 스페셜로 제작하기 위해 다수의 인원을 동원했다.

이언형은 올 만한 기자는 왔다고 생각하자 기자들이 지켜보는 가운데 관 뚜껑을 열었다.

그러자 카메라의 플래시 세례를 받으면서 관속이 훤히 드러났다.

해서 조용하게 추진되던 이장은 갑자기 부산을 떨게 되었으며 취재로 열을 올리게 되었다.

이언형은 취재진의 플래시를 받으면서 조금 전에 도로 덮었던 수의를 한 겹씩 걷어냈다. 그러자 일선 문 씨의 모습이 드러났다.

취재진들도 너무나 온전한 미이라의 상태를 보고 경악했다.

이언형은 미이라를 주의 깊게 관찰했다.

미이라의 상태로 보아 수명을 다하고 죽은 것은 아닌 듯했다. 젊은 나이에 요절한 것임이 분명했고 미이라가 너무나 온전해서 인위적으로 만든 것이 아닌가 의심이 들 정도였고.

이명정의 아버지 되는 효칙은 전의감 봉사를 지냈다.

그 또한 족보에 나타나 있듯이 전의감 봉사를 역임했다. 봉사였기 때문에 아내의 요절을 안타까워한 나머지 미이라를 만드는, 전해 오는 비법에 의존해서 미이라로 만들어서 묻은 것은 아닐까 하는.

이런 추측이 가능한 것은 다음과 같은 사실 때문이다.

능선 위쪽을 향해서 본다면 문 씨의 묘는 왼쪽에 자리하고 있었고 바로 옆, 불과 50센티미터도 떨어지지 않은 거리에 나란히 놓인 남편 명정의 관은 완전히 썩은 데다 흔적조차 남아 있지 않아서였다.

그러나 인위적으로 미이라를 만들었다는 근거는 전혀 없다.

그런데도 미이라를 두고 매스컴은 '시공을 초월한 만남'이란 부제를 달아 시간대 별로 빅뉴스로 다뤄 방영했으며 연일 떠들어댔다.

규리는 이 휴 시 뉴스를 긴성으로 보면서 『복식사』의 자료를 정리하고 있었다. 그러다가 귀가 솔깃한 뉴스가 방영되자 하던 일을 중단하고 TV를 지켜보았다.

여성 앵커가 경북 안동시 정상동에서 이장 과정에서 모습을 드러낸 450여 년 된 미이라와 대량으로 출토된 수의를 보도하고 있었다.

그녀는 귀가 번쩍 띄었다.

그녀는 뉴스가 끝나기도 전, 새벽이면 안동으로 달려가기 위해서 하던 일을 대강 치워놓고 여행에 필요한 짐을 챙겼다.

출토된 수의가 사람들의 손때를 타기 전에 눈으로 직접 확인해야 보다 생생한 참고가 될 수 있기 때문이었다.

무덤에서 나온 수의는 무덤의 후손들이 시신을 거둔 다음 연구자들에게 제공되기 때문에 염의 과정이나 수장 절차를 확인할 기회를 놓치기 일쑤였다. 보다 바람직한 연구방법은 무덤을 해체하는 과정을 처음부터 끝까지 지켜보면서 확인하는 것이었으나 수의가 나오리라 예상할 수도 없는데 무턱대고 대기할 수도 없었다.

문중에서도 암암리에 이장을 하기 때문에 그런 기회가 연구자들에게는 좀체 주어지지 않았다.

꾸린 짐을 트렁크에 넣고 방으로 들어서는데 벨이 울렸다.

그녀는 급히 수화기를 들고 "여보세요." 하는데 감이 멀어 좀체 알아들을 수 없었다. 본의 아니게도 목소리가 커졌다.

"감이 멀어 들리지 않아요. 좀 더 크게 말씀하세요."

조금 뒤 또 벨이 울렸다. 그녀는 수화기를 귀에 바짝 댔다.

"김 교수, 나요. 목소리까지 잊었습니까?"

그제야 목소리의 주인공이 누구인지 짐작이 갔다.

한때 사랑했던 사람이며 결혼을 전제로 동거까지 했었는데 미국 이민 문제로 대립하다가 헤어질 수밖에 없었던 오민석이었다.

오민석은 끝까지 고집을 굽히지 않다가 미국으로 이민을 갔고 그녀도 지금까지 싱글로 남아 독신으로 산다.

덕분에 공부를 할 수 있었고 모두가 어렵다는 교수를 할 수 있었다.

민석은 교수가 되었다는 소식을 들은 뒤, 가끔 전화하곤 했다.

"그 동안 안녕하셨습니까?"

"네, 그래요. 민석 씨는요?"

"나도 김 교수 덕분에 잘 지내고 있습니다. 부탁이 있어 일부러 전화를 했어요. 김 교수가 부탁을 들어 줬으면 하는데……"

"저도 들어줄 수 있었으면 좋겠어요."

"김 교수, 어려운 부탁은 아니니까 겁먹지 말아요. 내가 존경하는 분이 한국을 방문합니다. 그분으로서는 47년 만에 조국으로 오는 셈이지요. 그분이 귀국하면 안내 좀 맡았으면 해서요."

"별 어려운 부탁도 아니네요. 방문할 때, 전화 주세요."

"감사합니다. 그럼 또 연락하겠습니다."

규리는 전화를 끊고 생각했다.

어떤 사람이기에 47년 만에 한국을 방문한다는 걸까. 47년 만에 한국을 방문한다면 그 동안 방문 못할 사연이라도 있었다는 것일까.

한때는 그런 적도 있었다.

군사정권은 국외에서 반정부활동을 하는 인사를 강제로 귀국시켜 교도소로 보내거나 아니면 아예 고국에 돌아오지 못하도록 입국금지조치를 취한 적도 있었던 것이다.

그런 생각도 잠시뿐이었다.

규리는 안동에 가서 할 일부터 차근차근 챙겼다. 안동은 난생 처음 가는 곳이니까 모든 게 낯설 수밖에 없었다. 그래서 A대학 의류학과 교수인 이은숙부터 만나 보는 것이 좋을 것 같았다.

그녀는 대학 동창으로 3년 후배였다.

지금도 일년에 한두 번 학회 일로 만나기는 한다.

규리는 이른 새벽, 직접 차를 몰고 집을 나섰다.

지도를 보면서 다섯 시간 만에 안동에 도착했다. 도착해서 이 교수에게 전화했으나 연결이 되지 않았다.

직접 정상동 현장으로 찾아갔다. 찾아가니 파헤쳐진 빈 무덤만이 그녀를 반겼다. 한 발 늦었다.

그렇다고 여기까지 왔다가 그냥 돌아설 수도 없었다.

이 씨 종가를 찾아보기로 했다.

종가는 불도저에 의해 무참히도 잘려 나가고 있는 산자락의 비명소리와 황토의 속살이 안쓰러운 끝에 위치해 있었다.

정상동의 끝자락, 낙동강의 남쪽 강변을 울타리로 삼은 종가는 전통적인 가옥이라고는 할 수 없었다. 오히려 임시 가옥이라고 하는 것이 나을 듯했다. 5백년 가까이 되는 정자 옆에 허름한 집이 한 채뿐이었기 때문에 누가 보아도 종가의 중심은 귀래정이라고 할 수 있었다.

규리는 종가로 가 이언형을 만났다.

"안녕하십니까? 저는 S여대에 근무하는 김규리라고 합니다."

"그, 그러니꺼. 어쩐 일로?"

"이렇게 찾아 뵌 것은 일선 문 씨에 대해 알고 싶은 것이 있어서입니다. 그리고 가능하다면 출토된 미이라를 봤으면 해서요. 어르신, 늦긴 했지만 한번 보고 싶습니다. 보여 주세요. 부탁드립니다."

"일선 문 씨의 이야기라면, 뭐든 들려드릴 수 있니더."

"고맙습니다, 어르신."

"종택은 본래 저 위쪽에 있는 고아원 자리에 있었니더."

"아, 네. 그러세요."

"6·25때 종택을 떠나 피난을 갔다가 돌아왔지요. 종손이 떠나고 없으니까, 귀래정은 고아들의 놀이터가 되는 바람에 어쩔 수 없이 문중에서는 정자 옆에 임시로 집을 지어 살게 했니더."

그런 탓으로 지금 살고 있는 종가가 초라하다는 것일까.

"지금 맏이는 청도에 살고 있니더."

"아, 그러세요. 다음은요."

"맏이의 후손들이 지일로 많지요. 귀래정과 임청각 두 파의 자손을 합친 수보다도 몇 배 많다고 할 수 있어요. 임청각 후손들이 귀래정 후손보다 열 배는 더 많구요. 그런데 임청각 후손들은 모두가 반구정 후손들이시더. 상해 임시정부의 국무령을 지낸 석주 이상룡 선생도 반구정 후손이시더. 이십여 년 전 족보를 새로 편찬했을 때, 귀래정 후손들은 남녀 합해

4백 명 남짓 되니더. 우리 가계는 후손이 끊어진 경우도 있으며 외동도 많아요. 대수로는 18대인 데도 아이까지 합쳐 4백 명 정도이니 번성했다고는 할 수는 없겠지요."

규리는 손이 귀한 것은 지세 탓이 아닐까 생각했다.

"미이라로 나와 세상을 들끓게 한 일선 문 씨는 바로 이명정 할아버지의 배필이지요. 효칙 할아버지는 병신년(1476)에 태어나서 봉직랑과 전의감 봉사를 지냈니더. 영양 남씨와 혼인을 해서 이명정 할아버지를 뒀니더. 이명정 할아버지는 자가 자결이고 호는 와탄으로 갑자년(1504)에 태어나서 을축년(1565)에 타계했니더."

이언형은 내세울 인물이 없었던지 이상룡을 유난히 강조했다.

이상룡은 반구정의 16대 손으로 족보상에 올린 이름은 상희였으나 일명 상룡이라고 했으며 자는 만초(萬初)이고 호는 석주(石洲)이다.

그는 무오년(1858)에 출생했다.

그는 김흥락의 문하에서 한학을 수학했다. 1911년 서산노로 망명하면서 계원으로, 이어 상룡으로 개명했다. 1894년 청일전쟁으로 도곡선재에 은신하면서 군사학에 몰두했기도 했다.

1896년 박경종과 함께 가야산에 군사진지를 구축하고 의병항전을 선언했으며 안동의 의병장 권세연을 지원하기도 했다.

1925년에는 임시정부 국무령에 취임했다.

그러나 당시 임시정부는 심각한 대립양상을 보였기 때문에 자진 사퇴하고 서간도로 갔다가 1932년 길림성에서 병을 얻어 타계했다.

"어르신, 재미있게 들었습니다. 이제 미이라를 봤으면 하는데요…"

"어제쯤 오시지 않고. 이미 관속에 모셔 뒀는데."

"어렵다는 것을 알고 있습니다. 보여 주세요."

"굳이 보려고 하는 이유라도 있니껴?"

"연구에 도움이 될까 해서입니다. 부탁드립니다, 어르신."

"그렇다면 어떻게 한다?"

"어르신, 어려우시겠지만 보여 주세요."

뼈만 남은 시신이라면 벌써 이장을 하고도 남을 시간이다.

"어르신, 거듭 부탁드립니다. 한번 꼭 보고 싶습니다."

이언형은 나이에 비해 진보적인 사람이었다.

출토된 유물에 대해 아무런 조건도 없이 A대학 박물관에서 보관만 해 준다면 흔쾌히 주려고 했으며 미이라까지도 내놓을 의향을 가지고 있었다. 해서 문중의 반대에도 불구하고 마련한 묘지에 묻지 않고 임시로 관에 보관해 두고 귀추를 기다리고 있었던 것이다.

A대 박물관으로서는 미이라를 보관할 수 없었다.

미이라를 만드는 비용도 비용이었으나 미이라를 만들어 달라고 맡길 데도 없었기 때문이었다.

이언형은 미이라를 임시 보관하고 있는 장소로 규리를 데리고 갔다.

가서는 그녀가 보는 눈앞에서 못질해 뒀던 관 뚜껑을 열어 제기었다.

관 뚜껑이 들리는 그 순간, 규리는 경악했다.

이집트를 여행하면서 박물관에서 본 미이라와는 다른, 남미 안데스 산맥의 만년설에 묻혀 있다가 5천 7백 년 만에 발굴된 인디오의 미이라와도 다른 느낌을 받았기 때문이었다.

더욱이 전혀 인공이 들어가지 않은 자연 상태 그대로의 미이라, 의도적으로 만든 것이 아닌 미이라에 경악했다.

댐 건설이나 급속한 산업화로 이장을 하다 보면 명당이라고 쓴 조선조 중기에 쓴 무덤에서 가끔 미이라가 발견되지 않는 것은 아니었다.

그러니까 미이라가 출토되었다고 해서 이상하거나 새로운 사실이 아니었다. 가끔 있는 일이었으니까.

게다가 450여 년 된 미이라는 연대가 오래된 것이 아니었기 때문에 고고학적으로 가치가 있는 것도 아니었다.

문 씨의 미이라를 대면하는 순간, 규리는 예감이 이상했다. 섬뜩한 느낌을 받았으며 비밀을 간직하고 있는 것 같아서였다.

그때 안면이 있는 K방송사 다큐 담당 PD 송수영이 나타났다. 규리는 낯선 외지에서 아는 사람을 만나 반가웠다.

"안녕하세요? 이런 데서 만나다니 반가워요."

"김 교수님도 여전하시네요. 이번 취재에는 김 교수의 도움을 받아야 하겠습니다. 저 좀 많이 도와주세요."

"도울 일이 있겠어요. 제가 도움을 청해야 할 것 같은데요."

"왜 이러십니까? 그러지 말고 상부상조합시다."

"좋아요. 그렇게 해요."

벌써 송수영은 제보를 받고 달려온 탓으로 발굴 당시 현장과 미이라를 비디오에 30분 분량 정도의 양을 담아 두고 있었나.

송수영은 온전한 미이라로 남은 이유에 대해 그 방면의 전문가를 찾아다니면서 몇 가지 가설을 전제로 비밀을 캐려고 계획을 세우고 있었다. 해서 규리는 의외의 소득을 얻을 수 있었으나 무엇보다도 출토된 수의와 부장품부터 보고 싶었다.

그것도 출토된 수의에 보다 관심이 있었다.

그녀로서는 염을 어떻게 했는지 직접 확인할 수 있었으면 더할 수 없이 좋은 참고가 되겠으나 그런 기회란 쉽지 않았다.

지금까지 선례로 보아서는 거의 다 미이라가 출토된 다음에서야 언론에 공개되었거나 연구자에게 알려졌기 때문이었다.

규리는 송수영과 헤어지자마자 출토된 부장품을 보기 위해 임시로 보관하고 있는 국립대학교인 A대 박물관으로 갔다.

A대학은 위치부터가 좋았다.

뒤에는 아담한 산들이 캠퍼스를 감싸 안아 정감이 솟는 듯했으며 앞에는 반변천으로 맑은 물이 흐르고 있어 풍수 지리적으로도 배산임수의 명당이었다.

정문을 들어서면 4차선의 길이 캠퍼스를 좌우로 갈라놓았고 가로수로 심은 20년 생 메타세코이아가 쭉쭉 자라고 있었으며 캠퍼스의 공간마다 잔디를 심어 조용한 분위기를 자아냈다.

해서 캠퍼스가 아담하다는 느낌부터 들었다.

게다가 시내에서 떨어져 있어 한적했으며 연구하기에 적합한 대학으로 여겨졌으나 건물 배치는 조화를 잃고 있어 종합적인 계획도 없이 총장마다 제 잘난 체하고 마구잡이식으로 건물을 세운 듯했다.

규리는 학생에게 박물관을 물었다. 본관 건물을 가리켰다.

A대학은 박물관이라고 해서 건물이 따로 있는 것이 아니라 본관 3층 건물에 임시로 전시실을 마련한 듯했다.

규리는 박물관 관장을 만났으나 전혀 안면이 없었다.

그렇다고 호감이 가는 사람도 아니었다.

그녀는 관장의 도움을 받기보다 의류학과 교수의 도움을 받는 것이 좋을 것 같은 생각이 들었다. 해서 이은숙 교수 연구실로 전화를 했다.

"여보세요. 이은숙 교수님 계시면 좀 바꿔 주세요.?"

"제가 이은숙입니다. 그런데 누구시죠?"

마침 이 교수는 강의가 없었는지 연구실에서 전화를 받았다.

"이 교수, 내 음성 잊었어요. 저 김규리 입니다.

"아, 선배님이시군요. 선배님이 웬일이세요?"

"지금 이 교수가 근무하는 대학 박물관에 와 있어요."

"그러세요. 지금 그리로 가겠습니다."

조금 있으니 이은숙 교수가 박물관 사무실로 들어섰다.

이은숙은 사람이 좋았다. 언제 보아도 얼굴이 밝다.

다만 젊은 세대가 주로 그렇듯이 이 교수 또한 현실주의자이며 이재에 밝은 것이 흠이라면 흠이었다. 손해 볼 짓은 아예 하지 않았으며 이득이 없는 일은 좀체 하려고 들지 않았다.

"선배님께서 웬일이세요? 우리 대학에 다 오시고."

"내 전공이 이 교수와 같잖아. 정상동에서 출토된 수의 좀 보려고 왔어요. 이 교수 책임 아래 있다니까 좀 보여 줘요."

"아, 네. 보여 드리지요. 따라 오세요."

규리는 이 교수의 뒤를 따라갔다.

출토된 유품을 보관한 창고로 들어서니 수거해 온 수의는 아직 정리를 하지 않은 채 그냥 쌓아 두고 있었다.

자세히 살펴보기 위해서는 하나하나 들쳐가며 보아야 할 것 같았다.

일선 문 씨의 무덤에서 출도된 유품은 치마, 바시, 속바지, 적삼, 수의 40여 점과 부채, 장신구 등 53점이나 된다.

다행히도 발굴 팀은 발굴현장을 사진으로 찍어 보관하고 있었다.

일선 문 씨와 남편 이명정의 관이 나란히 놓였던 현장 사진도 있었다. 일선 문 씨의 관은 온전한 데 비해 이명정의 관은 썩어 흔적도 없는 것까지도 찍어 놓았다. 시신이 보관된 부분과 칠성판이며 내관과 외관, 광까지 사진을 찍어 두었다.

게다가 내관 속 시신을 다섯 묶음으로 묶은 사진은 물론이고 온전한 미이라 상태의 모습을 찍은 사진은 그 자체가 훌륭한 예술작품이었다.

수거된 수의는 복식사 연구의 귀중한 자료인 동시에 수의연구에도 반드시 필요한 자료였다. 더욱이 조선조 중기, 남성과 여성의 수의를 비교할 수 있는 자료로도 부족함이 없었다.

지금까지의 자료는 거개가 이장 뒤에 연구자들에게 제공되는 것이 일반적인 관례였기 때문에 소렴이나 대렴의 순서를 파악할 수 없었으나 일선 문 씨의 경우는 달랐다.

상장례로 시신의 착의과정은 물론이고 염습이나 염습구의 단계를 확인하면서 수습했기 때문에 복식의 사용 목적이나 배치, 어떻게 입혀졌는지 등 착상에 대한 자료로도 부족함이 없었다.

특히 임진왜란 이전인 조선조 중기의 상례, 곧 염습의(殮襲衣)를 연구하는 데 있어 자료의 빈곤을 면치 못했었는데 이를 보완할 수 있는 자료로도 가치가 있었다.

규리는 두 번이나 확인하면서 사진까지 찍었다.

"이 교수는 복도 많아. 전공에 필요한 자료가 이렇게 많으니…"

"복은 무슨 복이에요. 정리하자면 고생이지요."

"생생한 자료를 현장에서 직접 확인했을 뿐 아니라 전시준비까지 하고 있다니 나로서는 부러워 죽겠어요."

"부럽기는요. 난 누가 가져갔으면 해요."

"설마 그럴까? 농담으로 그냥 한번 해 본 소리이겠지."

"정말이에요, 선배님. 머리가 시큰시큰해서 하얗게 세겠다고요."

"물론 그렇겠지요. 정리해서 전시하자면 고생이야 되겠지."

"그건 그렇고 전시를 하게 되면 연락할게요."

"연락 줘요. 와서 볼게요."

규리는 귀한 자료를 눈으로 직접 확인함으로써 『복식사』 연구의 일부인 수의사 집필에 보다 자신감을 가질 수 있었다.

그런가 하면 한편으로는 일선 문 씨가 온전한 미이라로 세상에 모습을 드러낸 이유가 무엇인지 궁금하기도 했다.

그런 궁금증을 풀려면, 그 방면에 경험이 풍부한 KBS 다큐 담당 송수영과 자주 접촉하는 것이 좋을 것 같았다.

규리는 송수영과는 별도로 그 방면의 전문적인 지식을 가진 학자들을 찾아다니면서 미이라에 대해 알아보았다.

R대학교 고고인류학 교수 정석만은 발굴현장에서 금사가 든 향주머니가 발견되었기 때문에 이를 근거로 시신을 약품으로 처리한 것 같다는 성급한 결론을 내리기도 했다.

더욱이 향주머니에는 열매 같은 것이 들어 있어 향과 미이라와의 관계는 필수적인 것으로 간주했다.

그러나 지금까지 향주머니가 없는데도 온전한 모습으로 출토된 미이라가 있어서 그것도 믿을 것이 못된다고 하겠다.

K대 정섭규 교수는 무덤에서 더러 한약재 같은 것이 발견되기도 했으나 미이라와는 관련이 없다는 지론을 폈다.

인천에 있는 I대 생물학과 호춘문 교수는 소량의 감초 같은 것으로 시신의 부패를 방지하기 위하여 방부처리를 하기도 했으나 입증할 만한 것은 찾을 수 없었다고 결론 내렸다.

이런 정황으로 보아 인위적으로 만든 미이라는 아닌 것이 분명했다.

그런데 일부에서는 인위적으로 만들었다고 추측하기도 했다.

그런 근거로는 다음과 같은 예를 들었다.

전의감 봉사로 있던 이명정이 젊은 아내와 사별했다. 아내를 끔찍이도 사랑했던 그로서는 사별의 슬픔을 어떻게 할 수 없었다.

해서 이명정이 아내의 생전 모습 그대로를 어떻게든 보존하려고 했을 것이며 전의감 봉사로 있었기 때문에 왕실에서 전해오고 있을지도 모르는 미이라를 만드는 비법을 터득했을 것이다. 그런 비법을 죽은 아내에게 그대로 적용해서 미이라로 만들어서 관에 넣었기 때문에 지금까지 온전한 상태로 남아 있을 수 있었다고 추측하기도 했다. 또 다른 이유로는 묘지가 명당이기 때문에 시신이 썩지 않고 그대로 남아 있었다는 주장도 있으나 그런 명당이라는 주장은 전혀 근거가 없었다.

　전통적으로 알고 있는 명당은 묻은 시신이 빨리 썩어 뼈만 남아 있어야 명당으로 취급했으며 시신이 썩지 않고 그대로 남아 있다면 묘에 물이 들어차 썩지 않았거나 다른 이물질이 들어갔기 때문으로 오히려 불길하게 여겨 이장의 대상이 되었다.

　풍수 지리적으로도 미이라로 남는 것을 꺼려한다.

　찬 땅을 기피하는 이유가 되므로 명당이라고 미이라로 남았다는 주장은 전혀 설득력이 없었다.

　고고인류학에서는 이집트의 미이라를 두고 내세관에 근거해서 만들었으며 사후세계를 심판하는 수단으로 삼았다고 한다.

　그렇다면 어떻게 인위적으로 만들 수 있었을까?

　시체를 정결히 씻은 다음, 코를 통해 뇌를 축출하며 옆구리를 절개해 내장을 꺼내고 건조시켜 마포로 싸는 방법을 썼다고 한다.

　그런데 과학이 발달한 오늘날에도 미이라로 만드는 것이 쉽지 않으며 비용도 엄청나게 든다고 한다.

　이언형이 일선 문 씨의 미이라를 A대 박물관이 요구한다면 대가없이 기증하려고 했으나 박물관에서는 요구하지 않았다.

　이유는 보존처리가 쉽지 않을 것이며 비용이 많이 들 뿐만 아니라 이집트 같은 사막지대나 안데스의 만년설 같은 데서는 지금도 4~5천 년 전의 미이라가 더러 발견되기도 했기 때문이었다.

　그런데 450여 년 된 미이라를 보전하기 위해 많은 비용을 들일 수도 없거니와 그런 비용을 추렴해 줄 수도 없었다.

　해서 미이라를 기증하라고 부탁하지 않은 이류라면 이유였을 것이다.

　규리는 인위적인 미이라 제작에 대해 알아보았다.

이집트에서는 사람이 죽으면 철제 꼬챙이로 비공을 통해 뇌수를 꺼내며 날카로운 돌로 옆구리를 절개해서 내장을 제거한다.

그런 다음, 야자수 기름으로 닦고 향료를 뿌려 시신을 깨끗이 한 다음, 계피 등을 채워 원상태로 봉합하고 천연 탄산소다에 담갔다가 탈수해서 닦고 나무 기름에 적셔 마포로 싸서 미이라를 만든다.

만든 미이라를 묻을 때는 영혼이 생활하는 데 불편함이 없도록 생전에 쓰던 도구를 함께 넣었다.

그것이 도굴의 원인이 되기도 했다.

이를 방지하기 위해 피라미드의 축조술이 개발되었다고 한다.

필리핀의 이고로트 족이나 뉴 기네아의 쿠쿠쿠쿠족은 죽은 시체를 불에 그을려 훈제 미이라를 만들기도 했다.

티베트에서는 법왕이 죽으면 상자를 만들어 자연산 소염을 깔고 시신을 넣은 다음에 남은 공간은 소금으로 채워 당 앞에 석 달 동안 놓아둔다. 놓아두는 동안 시신이 소금을 흡수해서 완전히 건조되면 양실의 진흙과 나무가루와 약을 혼합해서 시체에 바르며 원래대로 목상을 만들고 금박을 칠해 등신불을 만들기도 했다.

자연적으로 발견된 미이라는 두 경우가 있다.

하나는 한대지방에서 냉동상태로 발견되는 예이고 다른 하나는 사막 기후인 건조지역에서 발견되는 경우가 된다.

건조지역, 특히 이집트 같은 사막에서는 시신이 썩지 않고 그대로 말라 모래 속에 묻혔다가 발견되는 경우가 있다.

냉동상태의 미이라는 죽은 즉시 영하 수십 도의 저온에서 그대로 얼어 버렸기 때문에 시신이 부패하지 않고 남아 있는 경우도 있다.

우리나라는 사막 기후도 아니며 그렇다고 혹한지대도 아니기 때문에 미이라가 출토되는 경우는 매우 희귀한 예가 된다.

더욱이 미이라가 출토된 토양은 대개 알칼리성이기 때문에 산성인 토양으로 보아서는 더 더욱 드물 수밖에 없다고 한다.

일선 문 씨의 미이라는 남편이 전의감 봉사를 지냈다고 하지만 약품 처리를 해서 인위적으로 만든 것 같지는 않았다.

다만 토양이 알칼리성이라는 것과 회곽(灰槨)이라는 것만 특이할 뿐 그 밖의 다른 무덤과는 별다른 차이가 없다고 한다.

관도 평범한 나무관이며 그것도 원목으로 된 목관이라는 것 이외는 다른 특징을 찾을 수 없다. 목관까지도 특별히 제작한 것이 아니고 오늘날에도 볼 수 있는 나무관에 지나지 않는다.

그런데도 미이라로 모습을 드러냈으니 희귀하지 않을 수 없다.

규리는 생물학 쪽으로도 알아보았다.

생물고고학 쪽에서는 밀폐에 따라 부패의 속도가 다르다는 것을 실험을 통해 알아냈다. 물이 스며들거나 나무뿌리 등 이물질이 발견된 무덤에서는 미이라가 발견된 적이 없다고 한다.

1960년 이래, 15~6세기의 미이라가 발견된 무덤에서 나온 관, 특히 밀폐된 상태에서는 더러 미이라가 발견되곤 했다.

미이라가 발견된 무덤은 광을 조성하고 입관을 한 다음 관이 들어가고 남은 틈, 다시 말하면 목관과 흙 사이 외곽의 틈에 흙과 석회를 고르게 섞어 빈틈없이 꽉 채웠기 때문에 미이라로 남을 수 있는 환경을 조성했다.

그것이 이중벽 역할을 했으며 방부제, 방수제 역할까지 했다고 한 연구자는 밝히기도 했다.

해서 무덤 속의 온도가 10도 정도를 유지하고 있었으며 관속에 든 시신이 썩지 않고 미이라로 남아 있을 수 있다는 견해를 피력하면서 밀폐의 정도에 따라 부패의 속도가 다름을 실험을 통해 이를 확인했다.

물론 입관을 한 뒤에 천개를 덮고 그 위에 흙을 뿌린 다음에 석회를 뿌리는 것은 지금도 하는 장례법의 하나다.

　회곽의 장의법은 무덤을 쓴 뒤에 비가 오면 석회에 물이 스며들면서 흙과 석회가 단단히 굳어져 더는 물이 스며들 수 없다.

　그렇게 함으로써 관속에 물이 스며들지 않아 하루라도 빨리 시신이 부패하기를 바란 데서 비롯했다.

　더욱이 명당이라고 이름난 묘지는 주인 몰래 무덤을 쓰는 암장이 성행했기 때문에 시신을 도둑맞지 않으려고 하거나 암장을 막기 위해 석회를 섞어 단단하게 만들기도 했었다.

　그런 무덤은 후손이 잘못되면 조상의 무덤에 물이 들었다고 여기고 이장을 하기 위해 무덤을 파헤칠 때, 회곽을 깨뜨리느라고 고생을 하게 된다. 막상 무덤을 파고 보면 물은커녕 뽀얀 흙에 뼈만 남아 당황하게 하기도 한다. 뽀얀 뼈만 남은 것으로 보아 명당임이 분명한 데도 판 무덤은 다시 쓸 수 없다는 속신 때문에 이장을 해서 패가망신한 전설이나 민담도 더러 전해지고 있다.

　그렇다면 다른 이유가 있어서가 아니라 석회 때문에 일선 문 씨가 미이라로 세상에 온전한 모습을 드러낼 수 있었던 것일까?

　규리는 『실록』을 뒤져 염에 대해 보다 자세히 알아보았다.

　『세종실록』 지리지 편이나 『국조오례의』나 『가례』 등에 의하면 염에 대해서 보다 자세히 기록되어 있는 것을 볼 수 있다.

　그런 기록에 하면, 습이란 시신을 목욕시킨 다음에 준비한 수의를 착용시키는 것을 말하며 소렴은 습을 끝낸 뒤에 작은 이불로 싸 시신을 묶는 것을 일컫는다. 대렴은 소렴을 끝낸 시신을 수금으로 덮고 다섯 묶음으로 묶어 입관시키는 모든 절차를 일컫는다.

　그리고 대렴을 끝낸 관은 안치해 둔다. 두었다가 장례 날에 영구해서 준비해 둔 광속으로 옮겨 내관에 안치한다.

관이 들어가고 남은 외관 사이에 틈이 벌어질수록 풍화가 빨리 진행되며 틈이 적고 치밀하거나 빈틈이 없을수록 더뎌진다.

때로는 토질의 차이에 따라 부패 속도가 달라질 수도 있다.

이를 증명이라도 하듯이 문 씨의 남편인 이명정의 관 주변은 일반적인 산성 점토만 발견되며 문 씨의 관 주변은 석회분이 많으며 알칼리성 점토의 함양이 높은 편이라고 조사되었다.

게다가 문 씨의 관은 소나무 원목 관으로 옻칠은 물론 송진이 지금도 묻어나고 있으며 관 주변의 흙도 석회석이 많이 남아 흙에 석회를 섞고 물을 부어 관과 주위를 빈틈없이 밀폐시켰기 때문에 미이라로 남을 수밖에 없었다고 추정할 수 있다.

『건설재료국제학술지』10권 2호에 의하면, 7세기 경 그리스 고대 건축에서는 건축용 석회를 사용했으며 아테네 부근의 건물들은 대개 석회석을 사용했다고 기록되어 있다.

그렇다면 16세기 말, 안동 지방에서는 석회제조기술이 발달했는지도 모른다는 추측이 가능하나 그런 기록은 찾을 수 없다.

규리는 5. 28일에 방영될 예정인 추적 '60분 다큐' 제작과정을 따라다니면서 지켜보았으며 편집하는 데 조언까지 아끼지 않았었다.

그런데도 끝부분은 비약이 지나쳐 흠일 수 있다.

PD는 일선 문 씨의 16세손인 이언형의 사진과 미이라를 찍은 사진을 가지고 교육대학 한국인물화 전공인 한정민 교수를 찾아가서 할 수만 있다면 450여 년이 지난 지금 두 사람의 얼굴에서 어떤 공통점이 있는지 철저히 분석해서 결과를 보여 달라고 부탁까지 했다.

한 교수는 필름을 컴퓨터에 입력시키고 이리저리 조작해서 공통점을 찾아낸다는 것이 완전히 조작에 가까운 결론을 내렸다. 그래서 좋은 취지에서 제작된 의도에 흠집을 내고 말았다.

그는 미이라의 사진과 이언형의 사진을 대비시키면서 광대뼈가 밑으로 처진 것이며 눈두덩이나 코의 모습이 흡사한 것으로 보아 누가 보아도 이언형은 일선 문 씨의 후손임을 결론 내렸다.

공영방송도 언론의 속성을 버리지 못한 채 문제를 해결하기보다는 재미와 호기심을 자극하기 위한 제작의도를 드러냈던 것이다.

규리는 관심을 가지고 미이라에 대해 조사했다.

미이라에는 입정 미이라라고 하는 것이 있다. 입정 미이라라고 하면 곡기를 끊고 물 한 모금 입에 대지 않은 채 자기 몸을 스스로 말려 죽었기 때문에 미이라로 남을 수 있게 된 원인이 된다.

그런 예는 불가에서 가끔 있는 일이었다.

부처가 중생을 구제하다 입멸한 지 5억 7천만 년 뒤, 남은 중생을 다시 구제하려고 미륵이 나타난다는 신앙에서 볼 수 있다.

미륵은 중생 구제를 돕기 위해 선정, 곧 결가부좌해서 종교적 명상, 육체 보존, 죽음을 기다리는 입정(入定)의 일념으로 오곡을 끊거나 열 가지 곡기 끊기 등 고행을 해서 마른 나무처럼 바싹 마르거나 수척했을 때, 죽게 되면 나타나는 현상이라고 할 수 있다.

그런 죽음은 신앙적으로는 죽음이 아니며 육체적 죽음은 더구나 아닌 미륵이 나타나기를 염원하는 미이라라고 할 수 있다.

중국에서도 입정(入定) 미이라가 나타났는데 최초의 입정 미이라는 359년 단도개(單道開)가 된다.

그로부터 입정 미이라는 서민들의 신앙의 대상이 되기도 했다.

수나 당나라 때는 미이라에 마포를 입히고 옻칠을 한 일종의 건칠불(乾漆佛)이 등장하기도 한 적이 있었다고 한다. 뒤를 이어 금사를 씌운 금불이 더러 나타나가도 했는데 이런 미이라를 일컬어 진신불(眞身佛), 육신불(肉身佛), 등신불(等身佛)이라고 했다.

일선 문 씨의 미이라는 입정 미이라라고 할 수 있지 않을까.

규리는 지금까지 조사했으나 일선 문 씨의 미이라에 대해 아무 것도 밝혀진 것이 없었다. 글로 남길 수 없는 기막힌 사연이며 450여 년 뒤, 미이라로 세상에 나온 진짜 이유는 무엇인지에 대해.

규리는 시공을 초월한 인연, 그 비밀을 반드시 캐고 말겠다는 일념으로 밤잠을 설쳤다.

주택단지 조성으로 이장 중에 모습을 드러낸 미이라는 결코 우연이라고 보기에는 상태가 너무나 온전했고 살아 있는 듯한 착각을 느끼게끔 했기 때문이었다.

규리는 박물관에 전시된 4~5천 년 된 미이라를 찍은 비디오며 슬라이드를 거듭 보기도 했으나 일선 문 씨의 미이라처럼 온전한 모습, 살아 있는 듯한 생생한 모습의 미이라는 본 적이 없었다.

규리는 K방송사로 가서 일선 문 씨의 미이라에 대해 취재해 온 것을 편집하고 있는 편집 담당자 인헌수를 만났다.

"인헌수 선생님, 수고가 많으십니다. 그새 새로운 사실이 나온 것 없으세요? 있으면 정보 좀 나눠 주세요. 한 턱 낼 테니까."

"새로운 사실이 있으면 알려 드렸게요. 없습니다."

"그러지 말고 나눠 가집시다."

"제가 오히려 교수님께 도움을 청할까 하는데요."

규리는 새로운 사실이 있을까 해서 한 시간쯤 편집실을 기웃거렸으나 얻은 것이라곤 거의 없었으나 그래도 소득이라고 한다면 편집 담당자에게 그 동안 일선 문 씨의 미이라에 대해 취재한 비디오 테이프를 얻은 것과 사진을 찍어 제작한 슬라이드 몇 장이 전부라고 할 수 있다.

규리는 연구실로 돌아와서 비디오를 슬로우로 전환시켜 되풀이해 보았으나 새로운 사실을 발견할 수 없었다.

그녀는 실망한 나머지 비디오 보는 것을 그만 두고 슬라이드를 보기 시작했다. 카메라맨은 프로답게 대상물을 클로즈업시켜 찍었다. 그리고 필요한 부분에 앵글을 맞춰 찍은 감각은 매우 뛰어났던 것이다.

규리는 비디오에서 보지 못한 것은 슬라이드로 보았다.

슬라이드에 비친 미이라의 얼굴은 달걀 모양에 광대뼈가 적당히 나와 있어 윤곽이 뚜렷했으며 피부마저 고와 보였다. 저처럼 고운 피부를 지녔다면 천수를 누린 죽음이기보다는 젊은 나이에 죽은 것이 아닌가 여길 정도로 일선 문 씨는 드물게 보는 미녀였다.

그것도 이명정이 아내의 죽음을 안타깝게 생각한 나머지 미이라로 처리해서 관에 넣은 것이 아닌가 하는 억측을 낳게 할 만한 미녀였다. 얼굴뿐이 아니었다. 손과 발의 피부도 고와 보였다.

규리는 일선 문 씨를 찍은 슬라이드를 보다가 손도 참 곱게 생겼다는 생각이 들어 두 번, 세 번 그 부분을 보았다.

거듭 보는 것만으로는 성에 차지 않아 손등 부분을 확대해 보기도 했다. 확대해서 보다가 손목 부위에 이상한 흔적 같은 것이 희미하게 나타나 있는 것을 발견했다. 그런 흔적은 자세히 들여다볼수록 저절로 생긴 것이라기보다는 인위적으로 만든 것 같은 착각이 들게 했다.

순간, 규리는 바짝 긴장이 되었다.

너무나 긴장되어 전신이 다 떨렸다. 떨면서 흔적이 나 있는 부분을 컴퓨터에 입력시키고 확대해서 집중적으로 분석했다.

그렇게 관찰한 결과를 요약했다.

그런 흔적은 단순히 자연적으로 생긴 점이 아니라 인위적으로, 그것도 다분히 의도적으로 만들었다는 결론을 내릴 수 있었다.

일선 문 씨의 손목과 손등이 접히는 부위에는 전각과도 같은 상징인 "米" 표시의 문양임을 특히 직시해 놓았다.

그런데 손등과 손목 사이에 왜 그런 모양을 새겼는지, 그것이 구체적으로 무엇을 의미하는지를 파악하기란 그리 쉬운 일이 아니었다.

단순한 그림은 아닌 것 같고 무언가를 상징하는 것만은 분명했으나 그 의미를 알 수 없어 입술이 탔다. 그러다가 문득 떠오른 것이 전각, 아니면 문양일 수 있겠다는 생각이 들었다.

대가들은 전각을 하나만 가지고 있는 것이 아니다. 수십 개, 심지어 수백 개까지 가지고 있다고 한다.

그 한 예로 추사 김정희 선생의 전각(篆刻)은 250여 개나 수집되었다고 하지 않는가.

전각은 그림이라기보다는 한자를 변형해서 새긴 글자이기 때문에 일선 문 씨의 손목과 손등 부위에 나 있는 "米" 목 자 흔적과는 일단 다르다고 할 수 있다.

그렇다고 해도 문양으로 볼 수밖에 없다.

문양은 한때 중세 유럽에서 성행했었는데 문양은 가문 또는 단체의 계보나 권위 등을 상징하는 장식적인 마크로 유럽, 특히 영국의 그것이 유명하다. 문양은 중세에 유행했다고 하나 이미 고대부터 있었다.

황소, 올빼미, 거북 등을 심벌로 했으며 로마제국의 독수리는 널리 알려진 문양이다.

우리나라는 문양이 있었다는 사실조차 조사된 적이 없다.

오늘날 볼 수 있는 문양은 12세기 초쯤 된다. 기사들의 창 시합이나 전쟁터에서 사용된 방패, 옷에 새긴 마크로부터 시작되었는데 헨리 1세가 아들에게 준 방패에 새겨진 것이 가장 오래되었다고 한다.

문양은 왕, 영주, 귀족, 기사 계층에서 사용했다.

세월이 흐르면서 성직자나 도시, 군, 대학, 가문 등에도 사용하게 되었으며 세습과 혼인에 의해 복잡한 변화를 보이기도 했다. 문양에 대해 특기할 만한 것이 있다면 한 집안이 동일한 형태의 문양을 사용하지만 가족의 식별을 위해 따로 정하기도 했다는 점이다.

후대로 내려와 결혼으로 만들어진 문양도 나타날 정도였으니까.

문양의 종류도 참으로 다양해졌던 것으로 보인다.

일선 문 씨의 손목과 손등 부위에 나 있는 흔적이 '木'자 모양의 문양이라고 보고 이를 의도적으로 표시한 것이라고 한다면 우리나라로서는 최초로 문양이 발견된 셈이며 몸에 새긴 것으로는 세계적으로도 그 유래를 찾을 수 없는 문양이 된다.

우리나라는 그런 예가 전혀 없기 때문에 문양으로 보지 않고 전각으로 본다고 해도 그 유례가 없을 것이다.

일선 문 씨는 무엇 때문에 그런 문양을 손목과 손등 부위에 새겼으며 그렇게 새긴 흔적이 상징하는 것은 도대체 무엇일까?

규리는 참으로 우연한 기회에 손목과 손등 부위에 나 있는 문양의 의미를 알게 되었다. 그것도, 우스개 소리에서 힌트를 얻었나.

어떤 친구가 장가를 갔는데 곁에 어른들이 있어 대놓고 묻지는 못하고 둘만 통하는 은어로 '좌칠우칠횡산도출인(左七右七橫山到出人)'은 하고 물었는데 친구의 답변 또한 그에 걸맞게도 '상팔중왕하대인(上八中王下大人)'이라고 대답했다고 한다.

해서 우연히 힌트를 얻었던 것이다.

'좌칠우칠횡산도출'을 부인 '부(婦)'자로 풀이할 수 있듯이 알고 보면 아주 쉬운 풀이라고 할 수 있다.

부인은 어떻게 생겼는가, 미인인가 아닌가를 물은 것이었으며 '상팔중왕하대'는 아름다울 '미(美)'자로 미인임을 자랑했던 것이다.

이와 같은 방법으로 ※자를 풀이하면 일선 문 씨가 미이라로 세상에 모습을 드러낸 진짜 이유에 보다 다가설 수 있다.

'李'자를 풀어쓰면 '十八子'가 되며 ※자는 '李'자에서 아들 '子'자를 생략하고 '十八'자만을 나타낸 것으로 나무 '木'이 된다.

※자는 '木' 자를 변형한 글자가 되는 셈이다.

곧 ※자는 李자를 나타낸 것으로 안동으로 이주한 고성 이 씨 가문을 상징하는 문양이라고 할 수 있다.

일선 문 씨의 손목과 손등에 나 있는 ※자는 문장도 아니고 문신은 더구나 아닌 전각 글자를 새기듯 새긴 문양이라고 할 수 있다.

그렇다면 그런 문양을 일선 문 씨는 왜 새겼을까?

2~30년 전만 해도 민간요법으로 손바닥이나 발바닥에 물집이 생기면 쓰리고 따갑지 않으면서 터뜨릴 수 있는 방법의 하나로 바늘에 실을 꿰어 먹물에 묻혀 물집 부위를 찔러 따기도 했었다.

규리는 물집 따는 장면을 상상하다 보니 눈앞에 450여 년 전, 일선 문 씨가 손목에 '木'자를 새기는 장면이 선연히 떠올랐다.

일선 문 씨가 선산 도계에서 안동으로 시집올 때 그네의 나이는 열여덟이었고 남편 이명정은 스물 둘이었다.

여자 나이 열여덟이라면 한창 꽃다운 나이, 더구나 행세하는 집안의 외동딸로 곱게 자라 마음까지 맑았다.

게다가 호락호락하지 않은 친정의 그늘도 작용하고 있었기 때문에 시집에서 함부로 대하지 않았다. 오히려 시집살이라기보다는 태어나서 자란 집같이 사랑을 독점하면서 생활했다.

남편 이명정도 아버지 효칙에게 사사 받아 별과인 전의시에 당당히 합격하고 전의감 봉사가 되었으니 남들이 부러워했다.

일선 댁의 친정은 높은 벼슬을 살았기 때문에 남의 이목이 있어 겉으로는 유학을 내세웠으나 내심 안으로는 부처님을 섬겼다.

그네도 할머니의 영향을 입어 부처님을 섬겼다.

결혼한 뒤로 시집의 눈치를 살피기는 했으나 시집도 절에 대해 반감을 가지고 있는 것 같지 않았다.

일선 문 씨가 손이 귀한 집안에 들어와서 아들을 낳자 온 집안사람들이 문 씨를 오냐 오냐 하고 모두들 떠받들었다.

그녀는 그런 기회를 놓칠 수가 없었다.

하룻저녁은 별채에 거처하는 시아버지를 찾아가 상의했다.

겉으로는 매우 근엄하고 엄하신 척하시지만 막상 대면하고 보니 시아버님은 이해심이 많은 분이었다.

"아버님, 조용히 드릴 말씀이 있어 왔습니다."

"그렇다면 들어야지. 앉아서 차근차근 말하거라."

문 씨는 윗목에 다소곳이 앉아서 말했다.

"말씀 올리겠습니다. 친정에 있을 때는 할머니 따라 절에 자주 갔었습니다. 저도 가족의 안녕을 빌러 절에 다니고 싶습니다. 아버님, 허락해 주셔요. 일 년에 서너 번 정도만 허락해 주셔요."

시아버지는 절에 대해 호감을 가지고 있어서인지 통했다.

"친정에 있을 때부터 절에 다녔다면 시집을 왔다고 해서 못 다닐 것도 없지 않느냐. 다녀라. 다니되 드러내놓고 다니지 말고 조용히 다녀. 그래, 정해 놓은 절이라도 있는 게야?"

"아버님, 아직도 저로서는 이곳 사정을 잘 모르옵니다."

"그래. 그렇다면 절을 내 소개해 주랴?"

"네, 아버님. 그렇게 해 주셔요."

"이곳에서 한나절 거리에 있는데 크지는 않으나 조용하고 아늑하지. 너도 들은 적이 있는지 모르나 봉정사란 절이다."

봉정사(鳳停寺)는 안동 웅부(雄府) 서쪽 천등산(天燈山) 기슭에 자리 잡은 사찰로 신라 문무왕 12년 의상 대사에 의해 창건된 유서 깊은 절이며 조용하고 아늑해서 불도들의 도량으로는 그만한 절도 드물다.

지금까지도 절을 짓게 된 설화가 전해 오고 있다.

설화에 의하면, 영주 부석사에 자리 잡은 의상이 어느 날 종이로 봉황을 접어 법력(法力)으로 공중을 향해 날려 보냈다.

그런데 종이가 날아가 봉황이 앉은 곳이 바로 천등산 기슭, 지금의 봉정사 자리에 떨어졌는데 그곳에 절을 지었다고 한다.

또 다른 설화도 전해진다.

의상 대사가 기도를 드리려고 도량을 찾아 산을 오르자 하늘에서 선녀가 내려와 횃불을 밝히고 청마저 나타나 길을 인도했다. 의상이 인도를 받아 이른 곳이 바로 천등산 기슭, 곧 청마가 앉은 자리였는데 그곳에 절을 지어 봉정사라고 했다는…

사찰 경내에는 극락전과 대웅전이 있으며 지조암(知照菴)도 있다.

"아버님, 저도 들은 적이 있사옵니다."

"내 주지 스님에게 서찰을 띄워 놓지. 초파일 전후해 가거라."

"네, 아버님, 고맙습니다."

"고맙기는. 모두가 집안 잘 되라고 하는 일인데."

일선 문 씨는 초파일에 찾아가면 복잡할 것 같아 초파일을 지난 지 며칠 뒤에야 몸종을 데리고 봉정사를 향해 길을 떠났다.

문 씨는 한나절 남짓 걸어 봉정사에 도착했다.

그네는 절에 도착하자 먼저 경내부터 두루 둘러보았다.

이어 극락전으로 들어가 시주하고 불공을 드렸다.

기도하는 사이, 문 씨가 왔다는 귀띔이 들어갔는지 주지 스님이 들어와서 함께 기도해 줬고 기도가 끝나자 그네를 방장으로 불러 들였다.

"봉사 어른의 며느님이시라고. 세상에 젊은 사람이 착하기도 하셔라. 시주에게는 부처님의 광영이 늘 함께 하실 것입니다."

"과찬의 말씀을요. 절이 아담해서 좋습니다."

"절이란 다 그런 것 아닙니까. 나무 관세음보살."

"경내로 들어서는 순간, 마음이 안온해졌는데 이제야 이유를 알겠습니다, 스님. 모두가 주지 스님의 불심 때문임을요."

"소승은 시주에게 되로 주고 말로 받습니다."

"스님, 보잘 것 없는 신도이긴 하오나 제 말은 진심이옵니다."

"소승도 알고 있습니다. 나무 관세음보살."

주지의 법명이 선암(禪岩)이라고 했듯이 법명 그대로 조용한 스님이었고 게다가 첫인상이 더할 수 없이 좋았다.

그로부터 문 씨는 봄가을로 한 차례씩 절을 찾아 가족의 안녕을 기원했고 집안에 우환이 있을 때도 찾아가 기도했다.

문 씨가 봉정사를 찾아 기도한 지 17년째 되는 해였다.

그네는 평소와 다름없이 본존불께 치성하고 절문을 나섰다. 절문을 막 나서는데 동자승이 뒤따라오더니 불러 세웠다.

"시주님, 주지 스님께서 지금 저 보고 모셔오라고 하십니다."

"주지 스님께서 절 데려오라고요?"

"네. 그러합니다."

"스님께서 무슨 이유로 가는 저를 재차 찾는지 아시오이까?"

"전 모르옵니다."

"이유야 알 수 없지만 스님께서 찾는다면 되돌아가 만나 봐야지."

문 씨는 가던 길을 되짚어 절로 돌아가서 주지 스님이 계시는 방으로 들어가 마주 앉았다. 방에서 보니 바깥에서 볼 때와는 달리 주지의 하얀 턱수염이 불승 아닌 도사처럼 보이게 했다.

"스님, 절 찾으셨다고요?"

"그래요. 긴히 드릴 말씀이 있어서요."

"……?"

"그 동안 소승은 시주를 쭉 지켜보았답니다. 지켜볼수록 불심이 여느 신도와는 다르다는 것을 알았답니다. 시주의 도타운 불심에 고개를 끄덕이기 여러 번이었습니다. 나무 관세음보살."

"그렇게 칭찬해 주시니, 시주 몸 둘 바를 모르겠습니다."

"몸 둘 바를 모르다니요. 당연한 일을 가지고."

"그러셨어요. 스님께서 제게 하실 말씀은 뭣이온지요?"

"시주의 나이가 쉰둘이 아닌지요?"

"어떻게 하찮은 불자의 나이까지 기억하시는지요?"

"머잖아 시주는 왕생할 것이오. 지금부터 마음의 비를 해야지요. 해서 불러 세운 것이오. 반백 년 뒤면 나라에 전운이 있을 겝니다. 나라님도 피할 길이 없지요. 천만다행으로 시주의 집안에 전운이 빗겨 간다고 해도 또 액운이 닥칩니다. 앞의 액운은 온 국민이 당하지만 나중 액운은 시주의 집안만 당할 것이오. 가문은 풍지박살이 날 것이며 가족은 뿔뿔이 흩어져 핏줄조차 확인할 길이 없을 것이오.

국보인 봉정사 극락전(출처, 경북나드리)

그러니 시주께서 핏줄을 확인하는 방도를 찾아 봐요."

"스님, 무슨 말씀을 그리 하시는지요?"

"소승이 한 말을 돌아가서서 곰곰이 생각해 보셔요."

"아, 네, 스님. 그리 하도록 하겠습니다."

집으로 돌아온 문 씨는 스님의 말을 곱씹었다. 그러나 그네는 좀체 스님의 깊은 뜻을 알 수가 없었다. 미래를 예점한 것만은 분명한데 너무나 황당한 생각만 들었던 것이다. 그로부터 주지 스님의 말대로 문 씨는 왕생을 하려는지 시름시름 앓기 시작했다.

이명정은 전의의 명예를 걸고 아내의 병을 고치려고 최선을 다해 병을 다스렸으나 차도가 나타나지 않았다.

1556년이 저물고 1557년이 밝았다.

문 씨도 이제 쉰셋이 되었다. 그네는 이생이 얼마 남지 않은 것을 알고 아들 요신과 며느리 울진 임씨를 불렀다.

그 자리에는 다섯 살 박이 손자 풍태도 있었고 갓 돌이 지난 응태가 재롱을 떨었다. 이명정도 멀찍이 자리했다.

"너희를 부른 것은 내가 왕생할 날이 얼마 남지 않았기 때문이다. 해서 유언이라기보다는 간절한 부탁을 하려고 불렀다. 고성 이 씨 집안, 모르긴 몰라도 유수공파의 대가 끊어질 수도 있어. 끊어질 수 있는 대를 잇기 위함이니까 명심해서 듣거라. 머잖아 우리 집안에 액운이 닥쳐. 어떤 부적이라도 이를 피할 길이 없네. 앉아서 당하는 수밖에는. 혹 도망이라도 친다면 목숨을 건질 수 있을지 모르니까, 그때를 대비해서 핏줄을 확인할 수 있는 표시를 해 두자는 게지.

내 말 뜻을 알아들었는가?"

가족들은 문 씨의 말이 너무 황당해 믿어지지 않았다. 죽을 때가 되자 실성을 했던가, 정신이 오락가락하기 때문이라고 여겼다.

"왜 대답이 없어? 내 말을 못 알아듣겠는가?"

요신은 도저히 믿어지지 않는다는 듯 머리를 흔들었다.

"어머님의 황당한 말씀을 누가 믿겠니껴?"

"그래도 믿어야지. 믿어야 하네. 믿을 수밖에."

"믿겠으니, 다음을 말씀하시지요."

"그래야지. 내 곰곰이 생각한 것이네. 고성 이 씨의 이는 오얏 이(李)가 아닌가. '李'의 획수를 풀어 보면 '十八子'가 되네. 여기서 '子'자를 떼어내면 '十八'만 남지. 이를 합치면 나무 '木'자가 되고. 나무 '木'자를 조금 변형시키면 '米'자가 되지 않겠는가."

"그렇기야 합니다만……"

"'米'자를 우리 집안의 피붙이를 확인하는 문양으로 삼으려 하네. 해서 '米'자를 몸에 새길 뿐 아니라 집안끼리 주고받는 서찰에도 수결을 한 다음, 집안 표시로 '米'자를 반드시 그려 두게."

"어떻게 몸에 새길 수 있니껴?"

"새기는 거야 쉽지. 어렵지가 않아."

"그렇다면 지금이라도 자세히 말씀해 주시지요."

"말로는 알아듣기 어려워. 해서 내가 직접 보여 주려고 하네. 손바닥이나 발바닥에 물집이 생기면 덧나거나 아리지 않게 실에 먹물을 묻혀 따지 않던가. 그런 방법으로 새기면 되네."

"세상에 몸에다가 새긴다고요?"

"그러네. 어서 먹부터 갈게."

울진 임씨가 가보로 전해 오는 벼루를 가져와 먹을 갈았다.

먹을 갈자 문 씨는 바늘을 먹물에 묻혔다.

그러는 그네는 병중인 사람 같지 않았다. 성한 사람 못지않게 눈에는 생기가 돌았으며 팔에는 힘이 넘치는 듯했다.

"어디가 좋을까. 너무 드러난 데는 좋지 않을 테고. 그래, 맞아. 손등과 손목 부위가 좋겠어. 소매 때문에 남이 쉽게 볼 수 없을뿐더러 조금만 걷어도 남에게 보일 수 있으니까, 좀 좋아."

뒤늦게 요신은 어머니의 의도를 알아차렸다.

"듣고 보니 그게 좋을 것 같네다."

"자네도 그런 생각을 했어. 자, 내가 새길 테니 내 손을 잘 보고 있게나. 자네 손으로 직접 아이들에게 새겨 줘야 하니까. 그리고 다음 손이 태어날 때마다 반드시 새기도록 가훈으로 남겨야 하네."

"네, 어머님. 명심하겠니더."

요신은 일선 문 씨가 너무 진지했기 때문에 자신도 모르게 엄숙해졌다. 그네는 스스로 손등과 손목이 만나는 부위에 먹물 묻힌 바늘을 꼭꼭 찔러 상처를 내자 아주 자연스럽게도 찌른 부위에 먹물이 묻어 ∪자 표시가 생기고 이어 또 찌르자 ∩자 표시가 생겼다.

이어 상하로 새긴 선을 대칭으로 해서 위에서 아래로 꼭꼭 씰러 ㅣ자를 표시하자 아주 자연스럽게도 ✳자 표시가 나타났다. 그것은 차돌이나 사금파리로 찔러 문신을 새기는 것이 아니었다.

새기는 방법 또한 단순해서 먹물 묻힌 바늘로 꼭꼭 찌르기만 하면 되기 때문에 간단히 새길 수 있었다. 그런 탓으로 얼굴을 찌푸리거나 아픈 표정을 짓지 않아도 되고 먹물 때문에 덧나지 않았던 것이다.

문 씨는 문양을 새기고 나서 아들에게 손수 해 보라고 했다.

"잘 봤을 게야. 내가 한 방법대로 몽태에게 해 보게."

"어머님, 저 보고 직접 시행하라고 하시니껴?"

"자네 아니면 누가 또 있는가. 어서 시작하게나. 어렵지 않으니…"

"너무 어려서 어떻게, 저 어린 것에게 어찌 바늘을…"

"그래. 그러나 보기보다 아프지 않다니까."

요신은 어머니가 한 대로 몽태에게 새기기 전에 먼저 스스로의 손목과 손등 부위에 ※자를 새겼으나 별로 아프지 않았다.

그래서 몽태에게도 먹물 묻힌 바늘로 꼭꼭 찌르면서 ※자를 새겼다. 새기는 동안 다섯 살 배기 몽태는 다소 칭얼대기는 했으나 아프다고 기를 쓰고 울어대지 않았다.

"잘했네. 잘했어. 잘하는 것을 가지고 공연히 내 걱정을 했어."

"잘하긴요, 아버님. 지는 서툴러서 얼마나 떨었는지 모른답니다."

문 씨는 며느리에게도 단단히 이르고 다짐까지 받았다.

"웅태보다는 자네가 솔선해서 하거라. 남정네는 바깥일에 신경 쓰다 보면 잊기가 쉬워. 안에서 꼼꼼히 챙겨야 낭패를 보지 않아. 그러니 자네가 들고 하게. 안에서 가문을 지켜야 할 시기가 올지 몰라."

"네, 어머님. 명심하겠습니다."

울진 임씨는 돌 지난 웅태의 손목에 손수 고성 이 씨 집안의 자손임을 상징하는 ※자 표시를 실에 먹물을 묻혀 새겼다. 그리고 시어머니의 그것과 똑 같은가 아닌가를 확인까지 했다. 그네는 수를 놓는 솜씨가 빼어나 일선 문 씨가 새긴 것과 똑 같이 새길 수 있었다.

"수고들 했어. 지금 이 순간부터 ※자 표시가 우리 고성 이 씨, 특히 유수공파 후손임을 증명하는 옥쇄와도 같은 것이니라.

앞으로 태어나는 아이마다 빠뜨리지 말고 손목과 손등 부위에 ※자를 표시해서 고성 이 씨 자손임을 잊지 않도록 할 것이야. 그리고 집안끼리 서로 주고받는 서찰 끝에도 수결한 다음 반드시 집안을 상징하는 ※자를 그리도록 해라. 내가 할 말은 이것으로 끝이네."

요신보다는 며느리인 울진 임씨가 분명히 대답했다.

"명심해서 받들겠습니다. 걱정 놓으셔요, 어머님."

"며늘아기 자네만 믿고 내 눈을 감네."

이렇게 일선 문 씨는 유언을 하고 수의를 손수 지으면서 마련할 것은 마련하라고 일일이 지시했다. 그것은 400여 년이 지난 뒤, 세상에 알려질 것을 기대하는 진지함이 짙게 배어 있었다.

그네는 당신 손으로 할 수 있는 수의는 다 지었다.

맨 먼저 치마 넉 점과 바지 넉 점부터 짓고 명주로 밑이 트인 바지인 개당고에 솜을 넣었으며 무명을 겹으로 기운 개당고와 밑이 막힌 합당고와 모시 합당고도 지었다.

그네는 갖은 정성을 다해 가장 안쪽에 입을 바지며 물들이지 않은 소색 저마 홑바지인 합당고, 겉에 입을 갈색 명주 솜바지 개당고, 두 겹으로 된 바지, 허리 말기에 놓을 소매 면포 겹바지 합당고, 무릎 부분을 덮을 소색 면포 겹바지 치마도 지었다.

안에서 두 번째 덮을 갈색 명주 홑적삼, 안에서 세 번째 덮을 갈색 명주 솜저고리는 물론 명주, 저마, 면포로 만든 홑치마, 겹치마, 솜치마 등 조선조 중기 복식을 있는 대로 살려서 지었다.

안에서 네 번째 입을 갈색 보문 단자 솜저고리며 얼굴을 덮은 소색 마포 한삼, 한삼을 싸는데 사용할 소색 저마 수건 등도 손수 지었다.

일선 문 씨가 손수 지은 수의 중에서 눈길을 끄는 것은 접은 장식으로 된 명주 솜치마로 바느질 솜씨가 예사롭지 않아서였다.

또한 그네는 습상의로 손수 여덟 벌을 손수 지었다.

저고리 종류로는 옆이 트인 장저고리, 옆이 막히고 짧은 단저고리, 속옷인 적삼과 한삼도 지었다.

옆이 트인 장저고리가 다섯 벌, 옆이 막힌 짧은 저고리 한 벌, 적삼 두 벌도 지었다. 습상의 중에서 가장 바깥에 입고 갈 갈색 명주 장저고리, 5품 이하나 본처가 착용하던 예복 장삼, 습상태의 시신을 쌀 흑장삼 자유사인 모시 상복도 지었다.

또 일선 문 씨는 장옷이라고도 하며 여성의 대표적인 포의라고 할 수 있는 장의, 조선 전기 때는 비대칭 두루마기로 사용되었고 후기에는 대칭으로 외출 시에 머리로부터 얼굴을 가리기도 했다.

그런 장의를 세 벌이나 지었다.

대렴을 끝낸 뒤, 덮을 갈색 명주 솜장의, 무릎 위쪽을 덮을 소색 면포 겹장의, 얼굴을 덮을 소색 저마 홑장의였다.

당신이 입고 갈 수의를 짓고 난 뒤, 문 씨는 얼굴을 가릴 소모자, 얼굴을 덮을 멱목, 소렴 시에 사용할 베개도 마련했다. 그리고 장신구 일종인 호두만한 크기의 호로, 손을 쌀 악수까지 마련했다.

수의를 마련하자 일선 문 씨는 시름시름 앓기 시작했다. 그네는 떠 넣는 음식마다 토했으며 물 한 모금 삼키지 아니했다.

그렇게 열흘을 지나자 몸에는 탈수현상이 생겨 수분이란 수분은 다 빠져나갔다. 뼈만 남았다. 뼈에 살갗이 바싹 달라붙었다고 하는 표현이 보다 적확할 것이었다. 봉정사 주지 스님의 예언대로 1557년 9월, 문 씨는 유언을 남긴 뒤, 쉰셋의 나이로 숨을 거뒀다.

문 씨의 운명은 흔히 볼 수 있는 죽음이 아니었다.

스스로 곡기를 끊은 데다 자기가 자기 몸을 말려 죽은 죽음이었다.

불가에서 보면 입정 미이라와도 같이 착실한 불교 신자인 일선 문 씨가 원왕생(願往生)의 본을 보여줬다고 할 수 있다.

누구보다도 명정이 슬퍼했다. 남들은 세상에 둘도 없는 부부라고 칭송이 자자했을 만큼 금실이 좋았기 때문에 슬픔은 더했는지도 모른다. 해서 아내를 마지막 보내는 여느 남편들과 달리 갖은 정성을 다했다.

시신을 입관할 관만 보아도 그 정성을 알 수 있다.

춘양목 원목을 사 와서 끌과 자귀로 파 통관을 만들고 옻칠을 했다. 옻칠도 한번으로 끝낸 것이 아니라 여러 날을 두고 했다.

사방으로 흩어져 사는 친척에게 인편을 통해 일일이 알리다 보니 석 달 가까이 흘러 마당에 가묘까지 해야 했다.

명정은 아내 문 씨가 손수 짓고 바느질 솜씨 고운 며느리에게 부탁해서 마련한 수의로는 부족해서 염습의를 새로 마련하라고 지시했고 그것도 안심이 되지 않았던지 직접 간섭했다.

염습의로는 새로 지은 신의하며 흑단령, 직령, 심의, 도포 등 상복과 산의, 친자수, 형제수 등의 수의(襚衣. 壽衣)까지 챙겼다.

그리고 소렴과 대렴의 절차에 따라 고인을 조심스럽게 입관시켰다.

이어 시신을 관에 모신 뒤, 공간은 빈틈없이 채웠다. 얼마나 꼭꼭 눌러 채웠던지 공기 한 줌 남아 있을 수 없을 지경이었다.

그는 관이 빈틈없이 밀폐되어야 시신이 썩지 않고 오래 간다는 것을 알고 있다는 듯, 아니 그렇게 해야 부처님 곁으로 갈 수 있다는 듯 관 뚜껑을 닫고 대나무못으로 고정했다.

이어 틈새는 밀봉으로 발과 바람 한 톨 들어가지 못하노록 했다.

일선 문 씨는 손수 지은 수의, 며느리가 지은 수의, 남편이 간섭해서 지은 수의까지 입고 저 세상으로 가는 첫걸음을 내딛었다.

장지는 선산 중턱으로 정했다.

명당이라고 할 수 없었으나 양지바른 곳을 정하고 땅을 파다 보니 당신의 복인지는 몰라도 토질이 의외로 좋았다. 대개의 토질이 산성인데 비해 드물게도 알칼리성이었던 것이다.

광을 넓게 팠으며 관이 들어갈 곳도 넉넉하게 팠다.

하관시에 맞춰 관을 운구하고 파놓은 내관에 관을 안치했다. 관을 안치한 위에 돌로 된 천개를 덮었다.

틈새는 알칼리성 황토에 석회를 붓고 물을 부어 섞어 빈틈없이 채웠고 관 위도 그렇게 했다. 그리고 고운 흙으로 덮었다.

시신의 머리 부분에 긴 작대기를 꽂아 그 작대기를 중심으로 봉분을 짓기 시작했다. 산역꾼은 따로 없었다.

상여꾼이 대신했다. 상여를 운구한 상여꾼들이 폭우에도 무너져 내리지 않도록 밟고 떡메로 두드려 봉분을 지었다. 봉분 짓는 소리가 구성지게 울려 퍼지는 가운데 폭우에도 끄떡 없을 정도로 단단히 지어졌다.

밟세 밟아 밟으세
너와 능차 너와
열흘 폭우 끄떡없게
너와 능차 너와
동서남북 지신들아
석 달 장마 견디게
너와 능차 너와
삼라만상 물상들아
너와 능차 너와
밟세 밟아 밟으세
너와 능차 너와
지신도 밟고 밟아
너와 능차 너와
천신도 밟고 밟아
너와 능차 너와

이명정은 아내의 묘를 쓴 뒤 슬퍼하지 않았다.

반드시 좋은 곳으로 갔을 것이라고 믿었고 또한 썩지 않고 오래오래 갈 것이라는 생각이 들어서였다.

그 많은 사람 중에서 일선 문 씨의 의도와 이명정의 생각대로 450여 년이 지난 뒤, 1998년 4월에야 온전한 미이라로 세상에 모습을 드러냈는데 왜 그녀가 그런 미이라의 모습으로 세상에 나왔는지 그 진짜 이유를 아는 사람은 이 세상에 단 한 사람도 없었던 것이다.

47년만의 귀국

　기내 방송을 통해 머잖아 김포공항에 착륙할 것이니 풀어놓았던 안전벨트를 채우라는 기장의 코멘트가 있었다.
　프레지 리(Presi Rhy)는 가슴이 뛰기 시작했다.
　아니 L.A공항에서 비행기를 탑승한 뒤부터였는지도 모른다. 꿈속에 그리던 고국 땅을 47년 만에 밟을 수 있다는 설렘 일까. 보잉 747기는 저공비행을 하다가 활주로로 들어섰다.
　바퀴가 땅에 착지했는지 덜컥 하는 소리와 함께 심하게 요동치면서 굴러가다가 서행하면서 방향을 틀었다. 탑승객들은 비행기가 완전히 멈추기 전인 데도 짐을 챙겨 출구 쪽으로 몰려갔다.
　그런데도 프레지 리는 꼼짝하지 않았다. 그는 탑승객들이 거의 내린 다음에야 선반에서 짐을 챙겨 트랩으로 갔다.
　트랩을 내려선 프레지 리는 시멘트 바닥에 떨어져 있는 흙을 한 줌 주워 냄새를 맡았다. 그런 행동은 사전에 어떻게 하겠다는 마음의 준비가 되어 있어서가 아니라 본능에 가까운 것이었다.
　프레지 리는 뒤늦게 수속을 끝내고 출구 쪽으로 걸어갔다.
　승객이 거의 빠져나갔는지 출구는 한산했다.
　그때, 프레지 리는 전혀 생각지도 못한 장면을 목격하게 되었다. 여인이, 그것도 미모의 여인이 '환영. 47년 만의 고국방문. Presi Rhy'라고 쓴 피켓을 들고 서 있는 것이 아닌가.

프레지 리는 시내로 들어가서 숙소를 정한 다음, 김규리 교수에게 전화하려고 했었는데 그녀가 공항까지 마중을 나오다니, 그것도 피켓을 들고 서 있었으니 전혀 뜻밖일 수밖에 없었다.

프레지 리는 고국에 첫 발을 내딛은 인상이 묘령의 아가씨를 몰래 훔쳐보는 그런 느낌과도 같은 설렘 가슴에 안았다.

"저, 저…"

프레지 리는 한국인을 만나면 한국어가 쉽게 나올 것 같았으나 의외로 입안에서 맴돌 뿐 바깥으로 나오지 않았다. 혼자 있을 때는 한국어를 잊지 않기 위해 얼마나 중얼댔는지 모른다.

그랬는데 막상 미모의 여성 앞에서 말을 하려고 하니 입안에서 맴만 돌 뿐 입술에 끈끈이 이라도 바른 듯 움직여지지 않았다.

"여보세요. 프레지 리 씨기 아닌가요?"

"아, 네. 그, 그러니더."

"이제야 만났네. 저는 지금까지 나오지 않기에 그냥 돌아가려고 했답니다. 어쨌든 만나서 반갑습니다. 김규리라고 해요."

"아, 아, 김규리 교, 교수니임. 저, 저는 리라고 하니더."

규리는 손을 내밀어 악수를 청했다. 프레지 리도 손을 내밀었다. 악수를 하는데 지금까지 잡아본 남성들의 손과는 달리 그의 손은 따스했고 정감이 흐르는 것 같은 느낌이 와 닿았다.

"호텔을 예약해 뒀겠지요. 어느 호텔입니까?"

"아, 아이니더."

"그렇다면 제가 알아서 하겠습니다."

규리는 앞으로 프레지 리를 안내를 도맡아서 해 주자면 쉽게 만날 수 있게 집과 가까이 있는 호텔이 좋을 것 같은 생각이 들었다.

그래서 잠실에 있는 L호텔을 염두에 두고 올림픽 대로로 차를 몰았다. 러시아워가 아니라서 그런지 차는 제 속도를 낼 수 있었다.

행주대교를 지나 성산대교를 향해 달렸다.

규리는 전방을 보다가도 프레지 리를 거들떠보기도 했다.

그는 바깥을 내다보기에 정신이 없었다.

그런 그에게 말을 건넨다는 것도 어쭙잖은 일일 것 같았다. 47년 만에 고국을 방문한다면 당연히 감회가 새로울 것이기 때문이었다.

규리는 전방만 보고 운전했다.

88올림픽이 개최되었던 종합 운동장을 오른쪽에 두고 잠실대교 직전에서 우회전해 호텔 로비에 도착했다.

"프레지 리 씨, 도착했습니다. 내리시지요."

"초, 초면에 이렇게 신세를 지다니요."

"그렇다면 두고두고 갚으세요. 사양하지 않을 테니까."

"알겠니더. 그러시더."

규리는 47년 만에 귀국하는데도 좀 더듬기야 했지만 사투리까지 덧붙여 우리말을 완벽할 정도로 구사하는 것을 보고 프레지 리의 인간적인 매력을 느낄 수 있었다. 그리고 농담을 슬쩍 던졌는데도 정색하지 아니하고 받아줄 줄도 알아 친근감도 갔다.

규리는 카운터로 가서 방이 있느냐고 물었다. 비수기라서 그런지 빈방이 있었다. 그네는 전망 좋은 방을 부탁했다.

종업원의 안내를 받아 방으로 들어섰다. 방은 부탁한 대로 전망이 좋았다. 한강은 물론 아차산이며 성동벌이 한눈에 들어왔다.

"오늘은 오시느라고 매우 피곤하셨을 테니 푹 쉬세요. 내일은 제가 오전에 강의가 있어서 못 오고 오후 두 시쯤에야 오겠습니다."

"그럴 필요가 없습니더. 가이드를 소개해 주시지요. 그게 더 좋겠습니더"

"그런 걱정은 하지 마세요. 제가 알아서 하겠습니다."

"가, 감사하니더, 김 교수님."

규리는 호텔을 나섰다. 4월 하늘에는 봄기운이 가득했다.

그녀는 안동을 다녀온 뒤로 일이 많아졌다.

일선 문 씨의 묘에서 나온 수의를 자료로 논문도 써야 했고 강의준비도 해야 했다. 게다가 프레지 리의 가이드까지 맡은 데다 안동에서 연락이 오면 만사 제쳐놓고 달려가야 했다.

규리는 오전 강의를 끝내고 약속 시간보다 좀 일찍 L호텔에 갔는데도 프레지 리는 괜찮다던 말과 달리 기다리고 있었다.

"늦어서 죄송해요. 오래 기다리셨지요?"

"아, 아입니더. 저도 방금 내려왔습니더."

"시차 때문에 지난밤은 잠이나 주무셨는지 모르겠네요."

"김 교수님 덕분에 잘 잤니더."

"그렇다면 저로서는 다행이구요."

"다 김 교수님 덕분이시더."

"말씀 고마워요. 보고 싶은 곳이 있으면 말씀하세요."

"김 교수님이 알아서 안내해 주십시오."

"정말 그렇게 해도 되겠어요?"

"저로서는 전적으로 믿고 맡기겠습니더."

규리는 오민석으로부터 부탁을 받고 프레지 리에게 보여 주려고 생각해 둔 곳이 몇 군데 있었다.

『시경』에 나와 있는 '군자만년 개이경복(君子萬年 介爾景福)'이란 문구에서 이름을 딴 조선조 정궐인 경복궁부터 안내해 주고 싶었다. 경복궁은 남북이 길고 동서가 짧은 직사각형으로 궁성에 둘러싸여 있으며 정북에 신무문, 동쪽에 건춘문, 서쪽에 영추문, 남쪽에 광화문이 있다.

규리는 근정전부터 둘러보려고 건춘문으로 입장했다. 이어 곧장 근정문으로 들어서자 근정전이 위용을 드러냈다.

규리는 프레지 리를 어떻게 호칭할까 고민하다가 동료를 부르듯 친숙한 선생님이란 호칭을 사용하기로 했다.

"프레지 리씨, 지금부터 선생님이라고 불러도 될까요?"

"김 교수님 편한 대로 부르시지요."

"서운해도 할 수 없답니다. 선생님으로 부르겠어요. 앞에 보이는 건물이 근정전이에요. 근정전은 수조지소(受朝之所)로서 경복궁의 정전이랍니다. 나머지 건물들은 근정전을 중심으로 배치됐고요."

"건물의 규모가 대단하니더. 저로서는 조국에 이와 같은 건축물이 있다는 자체만으로도 자긍심을 갖게 하니더."

규리는 근정전을 둘러보고 경회루 쪽으로 갔다.

태종은 창덕궁에 머물면서 명나라 사신을 접대했기 때문에 연회를 위해 새로운 건물이 필요했다. 해서 신하들의 반대에도 불구하고 인공 연못 위에 건축한 것이 바로 경회루(慶會樓)였던 것이다.

규리는 경회루를 보고 난 뒤, 향원정으로 갔다.

"선생님, 경복궁을 본 느낌이 어떠세요?"

"조국을 새삼 생각하게 되었니더"

"선생님, 태조 때 지은 경복궁은 임진왜란으로 불타 버렸답니다. 그것도 왜적에 의해 불탄 것이 아니라 백성들이 불을 지른 탓이랍니다. 역사란 참으로 아이러니하지 않은가요?

1592년 임진 4월, 선조가 성을 빠져나가자 난민들이 불을 지르기 시작해서 도성은 일시에 불바다가 되고 태조 이래의 경복궁은 모두 불타 터만 남았고요. 오랜 동안 방치해 두다가 고종 때 와서야 대원군의 건의를 받아들여 경복궁을 복구하기 시작했답니다. 지금의 경복궁은 그때 중수한 것이지요. 중수된 경복궁은 조선 말기의 건축, 공예, 미술의 결정체라고 할 만한 것으로 웅장함을 자랑한답니다.

중건 당시만 해도 왕족들은 물론 서민들로부터도 원망의 대상이 되었으며 경제적인 타격이 심해 대원군이 몰락하는 계기가 되었답니다."

"그, 그러니꺼. 김 교수님은 해박한 지식을 가졌니더."

"연락을 받고 선생님을 안내하기 위해 공부 좀 했답니다."

"김 교수님을 만난 것이 제게는 행운이시더."

"그런 공치사는 싫은데요."

"아, 아이니더. 고, 공치사가 아이시더."

프레지 리는 얼굴을 붉히며 정색까지 하면서 변명했다.

"알아요. 그렇게 정색하시기는…"

프레지 리는 식사를 하고 김규리와 헤어져 호텔로 돌아왔다.

그는 샤위를 하고 자리에 누웠으나 잠이 오지 않았다. 오늘 관광한 것만으로도 조국에 대해 못 사는 나라, 형편없는 나라로 머리에 박혀 있었다. 그런데 그런 오해를 어느 정도 불식시킬 수 있었고 무리를 해서 한국행을 결행한 것은 잘한 것이라는 생각이 들었다.

그는 50년 가까운 세월을 홈 시크로 얼마나 몸부림쳤는지 모른다. 그런데도 한국을 방문하지 않았다. 아니 방문하지 못했다.

그의 인생은 오직 앞만 보고 탱크처럼 돌진했다.

그런 삶에 변화가 일기 시작했다. 쉰을 넘기면서부터 회의가 일기 시작했던 것이다. 가슴이 텅 빈 것 같은 허전함, 뭐든 채우지 않으면 당장 쓰러질 것 같은 중압감에서 헤어날 수 없었다. 그것은 늙었다는 징조도 되며 뿌리를 알고 싶다는 본능도 작용하고 있었다.

해서 머리도 식힐 겸 아프리카로 사파리여행이나 할까 생각했는데 한국으로 오게 된 것이었다. 그는 피난 갔다 오는 길에 부모를 잃었으며 어린 나이에 한국을 떠났기 때문에 고향이 어딘지도 모른다. 해서 고향에 대해 떠오르는 것이라곤 거의 없었다.

기억 저편의 가물거리는 단절적인 추억 정도가 전부였다. 그것이 고국 방문을 더디게 한 원인의 하나였다.

리가 한국에 오게 된 것은 순전히 오민석 때문이었다.

규리는 토요일이라 강의가 없기 때문에 아침부터 그를 만났다.

오늘은 궁원을 안내해 주고 싶었다.

조선조 궁원으로는 유일하게 금원(禁苑)이 있을 뿐이다.

비원으로 더 잘 알려진 곳인데 훼손을 방지하기 위해 관람객의 수를 엄격히 제한했기 때문에 입장하려면 서둘러야 했다.

규리는 프레지 리와 함께 돈화문으로 갔다. 다행히 50인 이내에 들어 한 시간이나 기다렸다가 10시에 입장할 수 있었다.

금원은 창덕궁 북동쪽 대궐의 후원으로 북원, 비원이라고도 한다. 창덕궁 북동쪽에 금원이 생긴 것은 태종 4월이었다.

창덕궁에 다양한 전각을 지은 뒤, 별도로 후원을 마련해서 선온정을 세우고 연못까지 팠다. 또한 산록의 지형에 따라 여러 모양의 집을 짓고 연못을 파 금수를 놓아길러 정취를 더했다.

건물도 다양하게 지었다. 4각, 6각 등 다각에 지붕도 기와, 초가, 수피 등으로 지어 연향과 관등놀이 등 유연을 베풀었던 곳으로 금원은 보존이 잘된 편이며 한국의 건축양식과 조경을 동시에 볼 수 있어 한국을 가장 잘 이해할 수 있는 곳의 하나이기도 했다.

"선생님, 고궁 말고 보고 싶은 데가 있으면 말씀하세요?"

"저로서는 아는 데가 있어야 부탁을 하지요."

"그럴 수도 있을 거에요. 오신 지 며칠 되지 않았으니까."

"너무나 생소해서 김 교수님께서 알아서 안내해 주서요."

"알겠어요. 그렇지 않아도 그래야 될 것 같네요."

규리는 인정전과 금원을 안내했다.

돌담길을 조금 걸어가니 연못이 나타났다. 연못가에는 부용정이라는 정자가 있다. 부용정은 정면 3칸, 측면 5칸으로 다각 기와지붕의 단층 건물이다. 건물의 일부가 연못 위로 내민 것이 독특했다.

좀 더 가자 어수문이 나타난다. 어수문은 정면 한 칸인 단층 우진각 지붕이며 다포 양식의 일주문으로 주합루의 정문이다.

여기서 좀 더 가면 반도지가 나온다.

반도지 주위는 수십 그루의 거목을 배경으로 한 4각 정자인 애련정이 아늑한 분위기를 자아내고 있다. 가까이는 옥류천이 흐른다.

왕은 옥류천 물을 끌어들여 벼를 심게 했다. 가끔 들려 벼가 자라는 것을 보고 농민의 마음을 이해하기도 했던 곳이다.

규리는 프레지 리와 함께 두 시간에 길쳐 금원을 돌아보았다.

"선생님, 피곤하지 않으세요?"

"피곤하지 않니다."

"선생님께서 시간만 허락된다면 경주로 가 신라 천년의 상징인 불국사며 석굴암도 보여 드리고 싶은데 시간이 있겠어요?"

"저는 괜찮은데 김 교수님께서 시간이 있을지……"

"선생님이라면 휴강을 해서라도 안내해 드리고 싶답니다."

"여, 영광이시더."

"그렇다고 너무 기대하지 마세요."

"아, 알겠니더."

규리는 늦은 밤까지 그와 함께 있다가 헤어져 돌아왔으나 피곤하지 않았다. 왜 그럴까? 나이 탓만은 아닐 것이었다. 뭔가 기대감 때문일까.

호텔로 돌아온 프레지 리는 밤이 깊었는데도 잠이 오지 않았다.

시차를 극복하지 못한 때문만은 아니었다. 그의 인생은 참으로 굴곡진 인생인 데다 파란의 연속이었다고 할 수 있었다.

프레지 리는 밤을 꼬박 새우다시피 했다. 그는 날이 새기도 전에 커텐을 걷고 동터 오는 고국의 하늘을 바라보았다.

여명의 하늘을 보고 있으려니 눈시울이 촉촉이 젖기까지 했다.

그럴 수밖에 없었는지도 모른다.

그는 피터 영 리(Peter Young Rhy)라는 이름보다는 프레지던트 리(President Rhy), 아니 프레지 리(Presi Rhy)라는 애칭으로 알려지기까지 얼마나 그리워했던 고국이었던가.

그는 30대에 벤처기업을 창업해 젊음을 쏟았다.

창업 당시로서는 상상도 못할 만큼의 엄청난 액수인 매출의 3분의 1을 연구에 투자했다. 결과, 5년도 못 되어 기존의 전화선이나 해저 케이블을 이용해서 사진을 전송하는 획기적인 화상전송시스템을 개발했으나 이를 실용화하는 데는 막대한 자금이 소요되었기 때문에 회사를 대기업에 매각하거나 제휴하지 않을 수 없었다.

해서 한국의 대기업과 제휴하거나 매각하기 위해 미국 지사를 통해 교섭했으나 그들은 공격적인 경영이나 모험적인 경영을 하려 들지 않았다. 돌다리도 두드리며 건넌다는 짝으로 완전한 사업만 추구했다. 머잖아 화상시대가 온다고 확신에 찬 목소리로 설명해도 먹혀들지 않았다. 한국의 재벌들이 화상전송시스템을 경영에 도입해서 성공한 사례를 제시하라는 데야 두 손을 들 수밖에 없었다.

그런 경영으로는 남을 뒤쫓아 갈 수 있을지 몰라도 남보다 앞서 가기는 영원히 포기할 수밖에 없을 것이었다.

할 수 없이 프레지 리는 조국의 기업과 손을 잡는 것을 포기하고 세계적으로 유명한 소프트 회사에 10억 달러를 받고 회사와 개발한 화상전송시스템 일체를 넘겨줬던 것이다.

인수 회사는 특별히 화상전송시스템을 실용화하는 회사까지 설립해서 그에게 경영을 맡기기까지 했다.

그의 경영철학은 거창한 것이 아니었다. 단순하다 할까.

인간을 경영한다면 어패가 있을지 모르지만 인간관계를 가장 소중히 여기는 경영철학이라고 할 수 있다.

뉴욕 타임즈는 그를 세계를 움직이는 100인에 포함시켰다.

그런 탓인지 이민 1세대 중에서 가장 성공한 인물로 L.A 한인회는 물론 뉴욕에까지 이름이 알려졌으나 그는 남의 입에 오르내리는 것을 극히 싫어해서 한인회에는 좀체 얼굴을 내밀지 않았다.

그런데도 한국에 알려지게 되었다.

K방송사가 제정한 자랑스러운 해외 한국인상의 대상 인물로 추천이 들어왔으나 이를 거절했으며 '일요 스페셜'에 출연시키고자 섭외가 늘어왔으나 그것까지 사절했다.

M방송사에서는 '성공시대'의 인물로 선정하고 취재하기 위해 L.A까지 찾아왔으나 핑계를 대어 만나주지 않았다.

그는 한때 외로운 나머지 백인과 동거했었다.

스물여덟 살 그 무렵이었을 것이다. 이태 동거 끝에 딸 하나를 두기도 했다. 가정이 무엇인가를 깨달을 무렵, 교수직을 포기하고 벤처기업을 창업하려 하자 이를 반대한 동거녀로부터 일방적으로 결별을 선언 당한 뒤, 지금까지 혼자 생활하고 있다.

그랬던 것이 오십 줄에 들고부터 심경의 변화가 생긴 것은 물론이고 회의를 느끼기까지 했다.

그러다가 무기력한 삶에 활력소를 주고 새로운 전기를 찾기 위해 아프리카로 사파리 여행을 가려고 계획했었는데 오민석의 의견을 듣고 생각을 바꿨다. 이처럼 그에게는 단순한 면도 있었다.

해서 민석과는 십 몇 년을 두고 허물없이 지내는 사이가 됐다.

"오군, 한 열흘쯤 아프리카로 여행을 가려고 해. 원한다면 자네를 데리고 가 줄 수도 있어. 같이 가게 시간을 내 보게나."

"선배님, 고맙지만 사양하겠습니다."

"특별한 일이 없으면 함께 가도록 하지. 비용은 염려 말구."

"전 그럴 처지가 못 됩니다. 선배님부터 먼저 다녀오십시오."

"자네와 동행하고 싶었는데……"

"선배님, 사파리여행은 다음으로 미루고 고국이나 한번 방문하시지요. 이유야 어쨌든 선배님이 태어난 조국이 아닙니까."

"생각을 했지. 그런데 간다고 해도 찾아볼 사람이 없어."

"찾아볼 사람이 반드시 있어야 갑니까."

"……"

"선배님, 좋은 사람 소개해 줄게요. 이번 기회에 가세요."

"생각해 보기로 하지."

며칠 뒤 프레지 리는 생각을 바꿔 민석에게 전화했다.

"오군, 나야. 오군의 조언대로 사파리여행은 다음 기회로 미루고 한국에 가기로 했네. 좋은 사람 소개시켜 준다고 했지?"

"네. 선배님."

오민석은 반가웠다. 아니 프레지 리가 한국에 간다는 것만으로도 흡족해 했던 것이다. 소개해 주고 싶은 사람은 바로 김규리였다.

그로서는 규리가 결혼하고 싶었던 단 한 사람의 여성이었다.

약혼까지 했으며 한동안 동거도 했었다.

그랬는데 80년 서울의 봄이 전두환 일당에 의해 여지없이 짓밟히자 미국으로의 이민을 결심하게 되었는데 이민을 반대한 그녀와는 본의 아니게도 헤어질 수밖에 없었다.

그런 충격 탓인지는 모르겠으나 그녀는 지금도 싱글로 있으면서 학문에만 열중해 학위를 받고 교수로 재직하고 있었다.

규리라면 프레지 리에게 소개시켜 주더라도 실망시키지 않으리란 생각이 들었다. 그리고 그녀가 아무리 바쁘더라도 자기의 부탁은 들어주리라는 확신도 있었다.

"물론입니다. S여대 교수로 재직하는 김규리입니다."

"그런 사람이 뭐가 아쉬워 나 같은 사람을 안내해 주겠는가?"

"그런 걱정 마세요. 제가 알아서 할 테니까요."

"그럼, 난 오군만 믿겠네."

"통화해 보고 전화 드리겠습니다."

"그렇게 하게. 잘 부탁하네."

오민석은 프레지 리와 통회를 끝내고 곧바로 김규리에 전화를 했다. 그러나 자리에 없는지 신호는 가는데 받지 않았다.

그는 시간마다 전화를 한 끝에 겨우 통화를 할 수 있었다.

"안녕하십니까? 오민석입니다."

"난 누구신가 했어요."

"부탁이 있어 전화했어요. 들어줬으면 하는데."

"민석 씨가 제게 부탁을 다 해요."

"저라고 아쉬운 소리하지 말란 법이 있습니까. 머잖아 프레지 리란 사람이 한국에 가게 되는데, 안내 좀 해 주십사 해서요."

"프레지 리란 사람은 어떤 분인데요?"

"나하고는 막역한 사이입니다."

규리는 오민석의 부탁을 거절할 수 없었다.

교환교수로 미국에 일년 가 있는 동안, 도움을 받은 때문만은 아니었다.
"그렇게 말하니 거절할 수도 없네요."
"고맙소. 미국 오면 잘해 드리겠소."
오민석은 프레지 리가 어떤 사람인지 말하지 않았다. 안내를 하다 보면 자연스럽게 알게 되리라고 믿었기 때문이다.
프레지 리는 여명의 하늘을 바라보며 한국에 오기를 잘했다고 생각했다. 그런 생각은 고궁을 돌아보고 난 뒤부터였다.
프레지 리는 김규리와 아침을 함께 하고 싶어 좀 이른 감이 있었으나 전화를 했다. 몇 번 신호가 가자 전화를 받았다.
"잘 주무셨니껴? 너무 일찍 전화해서 죄송하니더."
"선생님이시군요. 일어난 지 오랜데요, 뭘."
"김 교수님께 아침을 대접하고 싶니더. 나올 수 있겠니껴?"
"그러세요. 고마워요."
"호텔 로비에서 기다리겠니더."
"한 시간 뒤쯤이면 도착할 수 있을 거예요."
"천천히 오셔도 되니더."
규리는 프레지 리에 대해 명함에 씌어져 있는 그 이상은 알지도 못했고 알고 싶지도 않았으나 3일 동안 만나 안내를 하다 보니 꽤 괜찮은 사람이라는 생각이 들었다.
미국에 오래 살았다고 해서 티를 내거나 혀 꼬부라진 소리를 하지 않아 좋았다. 여덟 살 때 미국으로 간 것을 고려한다면 한국어를 그만큼이라도 말할 수 있다는 것은 기적에 가까운 일이기에 관심이 갔다.
규리는 아침을 토스트 하나에 커피 한 잔 하는 것이 습관화되었으나 오늘 아침만은 프레지 리를 위해 먹기로 했다.
규리가 호텔 로비로 가니 프레지 리는 기다리고 있었다.

"선생님, 죄송해요. 많이 기다리셨지요?"

"아이시더. 저도 방금 내려왔니더."

"선생님, 좋은 곳으로 안내해 드릴까요?"

"그러면 더욱 좋니더."

"청진동으로 해장국이나 먹으러 가요?"

"해장국이란 것도 있니껴?"

"술꾼들이 얼마나 즐겨 먹는데요."

"그렇다면 갑시더."

규리는 차를 몰고 올림픽 대로를 타다가 한남대교로 올라섰다. 남산 1호 터널을 지나 광교를 통과했다. 청진동 골목으로 들어가서 차를 주차시켜 놓고 해장국집으로 들어섰다.

"예로부터 청진동 골목은 해장국으로 유명했답니다. 그런데 지금은 재개발로 옛 모습을 잃어가고 있어 안타까워요."

"개, 개발도 개발이지만 보존도 중요한데요."

"그러게 말이에요. 해장국 둘 주세요."

리는 보기와는 달리 국물조차 남기지 않고 말끔히 비웠다.

"김 교수님 덕분에 맛있게 먹었니더."

"맛있게 드셨다니, 비로소 안심이 되네요."

규리는 커피숍으로 자리를 옮겨 차를 주문하고 나올 때까지 한참 기다려야 하는데도 그는 말이 없다가 뒤늦게 말했다.

"김 교수님께 이런 부탁을 해서 될는지 모를시더. 한국에 와서 생긴 욕심이시더. 해서 염치없이 어려운 부탁을 드리는 거구요."

"제가 도울 수 있는 부탁이었으면 좋겠어요."

"도와줄 수도 있을 것이니더."

"일단 제가 들어보기는 하겠습니다. 이제 말씀하세요."

"그러면 말하겠니더. 뿌리를 찾고 싶니더. 고향이 어디며 부모가 누구인지 알고 싶니더. 그런데 한국에 대해서 아는 것이 없으니 어떻게 할 수도 없니더. 김 교수님께서 많이 도와주서요."

"선생님께서 뿌리를 찾는다니, 전혀 뜻밖인데요."

"그렇게 생각할 것이니더."

"그렇다면 자초지종을 말씀해 주세요. 기억나는 것이 있으면 말씀해 주시고요. 사진이라도 있으면 보여주세요."

"제가 알고 있는 것은 본명이 이 영이라는 것과 방언뿐이니더. 말끝이 '니껴'니 '시더'로 끝나는 것이 특징이랄까. 해서 외가에 가서 '꺼깨이'라고 놀림을 받은 적도 많았니더. 미국에서 성장했으면서도 방언만은 잊지 않으려고 얼마나 노력했는지요. 강가에 살았다는 것은 기억나니더. 양부께서 영천에서 북으로 진격하다가 낙동강을 건너 얼마 가지 않은 지점에서 발견했다는 말도 기억나구요."

규리는 불가능에 가까운 일임을 알 수 있었다.

서울 가서 김서방을 찾는 것보다 더 어려운 일인 것이다.

단서가 될 만한 것은 방언뿐이랄까.

그랬다. 규리는 방언 전문가는 아니지만 안동을 처음 가서 이언형씨를 만났을 때, 그의 독특한 말투가 기억에도 새로웠다.

해서 이은숙 교수를 통해 A대학 국문학과 방언학 전공 교수에게 안동 지방의 방언에 대해 물은 적이 있었다.

안동 방언에 있어 특징의 하나로 어미에 '니껴'와 '시더'가 붙는 것이라고 했다. 그런 방언 탓으로 안동 사람들은 외지에 나가면 지렁이를 경상도 사투리로 '꺼깨이'라고 하듯이 '안동 꺼깨이 왔다'고 놀림을 받았다고 덧붙이기까지 했다.

"선생님, 솔직하게 대답해 주세요. 말끝마다 따라붙는 '니껴'며 '시더'

등의 언어습관은 언제부터인지 알고 있으세요?"

"아마도 말을 배우면서부터였을 것이니더."

"선생님의 말투로 보아서는 안동지방인 것 같은데요."

"사투리로 어느 지방인지 알 수 있니껴?"

"그럼요. 그밖에 기억나는 것이 있으면 말씀해 주시고요."

프레지 리는 눈을 지그시 감고 생각했다. 눈을 감고 생각해도 너무나 어릴 때 일이라서 그런지 생각나는 것이 별로 없었다.

전쟁이 났다고 피난 간 것만 어렴풋 남아 있었다.

그때가 일곱 살쯤이었을 것이다. 아마 엄마 아빠를 따라 피난을 갔었다. 피난이 무엇인지 몰랐으나 명절이 아니면 좀체 먹을 수 없는 떡이며 미숫가루를 마음대로 먹을 수 있었기 때문에 피난이라는 것이 좋은 것인가 보다고 막연히 생각했다.

피난을 가 보름이나 동굴 속에서 소금물을 묻힌 주먹밥을 먹으며 지내다가 집으로 돌아오는 길이었는지 확실한 기억은 나지 않았다.

갑자기 하늘에서 번개 치듯이 요란한 소리가 짜르르 난 것뿐, 그 뒤는 전혀 생각나지 않았다. 뒤늦게 정신을 차리고 보니 엄마 아빠가 피를 흘리며 쓰러져 있는 것이 보였다. 해서 엄마 아빠를 부르며 울부짖다 의식을 잃은 것까지 생각난다.

뒤늦게 깨어나 보니 코크고 눈이 푸른 전봇대만한 군인들이 자기를 에워싸고 있는 것이 눈에 들어와 또 한번 기절했고.

미군이 그의 생명을 구해준 셈이었다. 그들은 생명을 구해줬을 뿐 아니라 부대의 마스코트로 삼았고 이동할 때마다 데리고 다녔다.

특히 피터(Peter) 중위가 그를 귀여워했다.

그런 탓인지 종군 일년을 끝내고 귀국할 때, 피터는 영을 짐처럼 더블백에 넣어 귀국선에 올랐으며 고향으로 데려가 양자로 입적시켰다.

그로부터 프레지 리는 택사스주 서부 콜로라도(Colorado) 강에서 얼마 떨어지지 않은, 20번 도로가 지나는 웨스트 브루크(West Brook)시에서 성장하게 되었다.

"마을 가까이 강이 있었다는 것도 생각나니더. 두 강이 합쳐진 곳에 마을이 있었니더. 해마다 강 건너 아이들이 멱 감으러 왔다가 한두 명은 물에 빠져 죽기도 해 엄마한테 물에 들어가지 말라고 귀에 못이 박히도록 잔소리를 들었니더. 정자가 있었던 것이며 은행나무가 있었던 것도 생각 나구요. 그리고 또 생각나는 것은 보자……"

"선생님, 그런 데가 한두 군데겠어요."

"그, 그러니껴. 미안하니더."

"또 생각나는 것이 있으면 말하세요."

"이런 기억은 뿌리를 찾는 데 도움이 되지 않겠지만 여섯 살 때인가 안방에 삼을 띄우고 있는데 건너 방으로 가다가 왕할미에게 곰방대로 머리를 맞은 기억도 나구요. 동네에서 기제사 지냈다고 음복을 가져오면 먼저 먹으려다 얻어맞은 기억도 나니더. 왕할미가 돌아가셨을 때는 만장기를 들고 가려고 땡깡 부린 것도요."

"대단한 기억력을 가지셨군요."

"미국생활을 하는 데 유일한 위안이었니더."

규리는 너무나 어려운 부탁을 받은 것만 같았다. 그렇다고 면전에서 거절할 수도 없었다. 부탁을 하는 그가 너무나 진지했을 뿐만 아니라 눈에 물기마저 달고 있기 때문이었다.

규리는 오전 강의를 끝내고 두 시경, 그를 만났다.

벌써 그와는 다섯 번째 만남이 된다. 서너 번 만나게 되면 웬만큼 좋은 사람이라면 거리감이 좁혀지기 마련이듯이 만날수록 편안하고 부담이 없는 만남이라면 보다 거리를 좁힐 수 있었다.

규리는 프레지 리에게 서울에서 가장 한국적인 거리를 구경시켜 주고 싶었다. 해서 생각한 데가 인사동이었다.

인사동은 서예며 그림에 대한 개인전이 계절을 타지 않고 열리기도 했으나 외국 사람들의 시선을 끄는 것은 골동품이었다. 팔고 있는 것이 진짜, 가짜를 떠나 다양한 골동품을 서울 한복판에서 볼 수 있다는 자체가 신기했기 때문인지도 모른다.

프레지 리는 고궁을 구경할 때와 마찬가지로 가게마다 진열되어 있는 골동품을 관심 있게 들여다본다.

그는 골동품보다는 청자며 백자 등 도자기에 관심이 많은 듯했다. 끝내 가게 안으로 들어서서 만져 보기까지 했다.

"이런 무늬의 도자기는 뭐라고 하니껴?"

"아, 그거요. 학 무늬 청자로 꽤도 오래된 것입니다. 세계적으로 유명한 청자가 바로 고려의 상감청자가 아니겠습니까. 자기의 고장 중국에서도 비취색이라고 극찬했으니끼요.

그런데 진짜 청자는 드물지요. 골동품 가게에 진열되어 있는 것은 대개 모조품인 가짜입니다. 저희 집에도 진짜는 한두 점밖에 없습니다. 손님께서 원하신다면 진짜를 보여드릴 수 있습니다."

"사지 않는다고 불쾌하게 여기지 않는다면 보고 싶니더."

"누가 불쾌하게 생각합니까."

가게 주인은 진짜 골동품 청자를 가지고 있는 모양인지 다락에서 상자를 내리더니 몇 겹이나 싼 것을 풀어서 꺼내는데 중앙박물관에서나 봄 직한 비취색 나는 청자를 내놓는 것이었다.

"고려청자의 생명은 비취색에 있습니다. 비취색이 나야 진짜 고려청자입니다. 이제는 아시겠지요. 사지 않아도 좋습니다.

손님께서 어디 가시더라도 속지 말라고 가르쳐 드리는 겁니다."

"이런 청자라면 값은 대충 얼마나 하니꺼?"

"값이야 주인 만나기에 달린 것 아니겠습니까."

"빙빙 돌리지 마시고 말씀해 주셔요."

미국 같으면 소더비 같은 데서 낙찰 값이 정가라고 할 수 있다. 중국의 도자기만 경매에 부쳐졌으나 최근 들어 한국의 도자기나 회화가 경매에 부쳐져 고가에 낙찰되기도 했다.

"이천을 받는다고 해도 저로서는 만족 못하지요."

"너무 하잖아요. 이천이라니요? 그게 말이나 됩니까?"

"놀라시기는. 그것도 반값으로 부른 것인데."

"아, 네. 참 좋은 구경을 했디다."

"원하는 물건은 이삼일 내로 구해 줄 수도 있습니다."

그는 또 "구경 잘 했디다." 하더니 골동품 가게에서 소꿉장난 같은 소품을 세 개나 샀다. 아기보살과, 금강역사상, 그리고 배가 불룩 튀어나온 달마상을. 셋 다 귀엽고 깜찍한 것들이었다.

규리는 프레지 리가 골동품을 고르는 것을 보면서 속으로 미소 지었다. 골동품이 귀엽거나 개구쟁이 같은 것임을 보고 아직도 순진한 면이 남아 있구나 하는 인상을 받아서였다.

규리는 인사동에 온 김에 친구가 경영하는 한복집에 들렀다.

문을 밀고 들어서자 주인은 손님이라도 들어서는 줄 알고 기다렸다는 듯이 "어서 오세요." 하다가 뒤늦게 규리임을 알고 "니가 웬 일로 다 우리 가게에 나타나다니…" 하면서도 반겨 주었다.

"오래 못 만났잖아. 해서 들렸어."

"고마워. 이유가 어떻든 이렇게 들려줬으니."

"그래 요즘 경기는 어떠니? 힘들지는 않아?"

"IMF시대에 경기가 어떠냐고 묻는 것부터가 실례라고."

"아, 알았어. 그것도 모르고. 미안해."

프레지 리는 두 사람의 대화하는 모습을 지켜보고 있었다.

뒤늦게 규리는 진숙에게 프레지 리를 소개했다.

"선생님, 인사하세요. 제 대학 동기예요."

"처음 뵙니더. 프레지 리라고 하니더."

"반갑습니다. 저는 한진숙이라고 해요."

규리는 진숙이 오해할지도 몰라 변명 아닌 변명을 했다.

"이 선생님은 한국전쟁 때 미국으로 갔다가 47년 만에 오셨어. 한국에 대해 아무 것도 모르셔서 가이드를 맡은 거라고."

"규리 너, 변명하지 않아도 돼. 우리 사이에 뭘 그래."

"그래도 누가 오해하면 어떻게 해."

"오해했으면 좋겠다. 국수나 얻어먹게."

프레지 리는 한복을 들여다보다가 진숙에게 물었다.

"제가 한번 입어 봐도 되겠니껴?"

"물론입니다. 입어 보세요."

규리가 프레지 리의 편에 서서 말했다.

"진숙아, 너 말로만 그러지 말고 한복에 대해 설명해 드려. 그리고 입혀 드려 봐. 입어보고 어울리면 살지도 모르잖아."

"선생님, 이쪽으로 오세요. 이것은 저고리구요, 저쪽에 걸린 것은 바지예요. 그리고 옆에 있는 것은 조끼구요."

진숙은 두루마기며 조끼, 대님을 보여주면서 한복을 어떻게 입는 것이 맵시 있게 입는 것인가를 친절하게 설명했다.

"선생님께서는 키도 크시고 피부도 맑고 고우시니까, 한복을 입으면 잘 어울릴 거예요. 이쪽으로 와서 한번 입어 보셔요."

"그러시더. 입어 보라는 데야 어디 한번 입어 볼시더."

"선생님한테는 무슨 색의 옷이 잘 어울릴까. 어디 보자. 비취색 저고리에 옥색 바지가 어울릴 것 같은데. 자, 입어 보세요."

진숙은 저고리와 바지를 골라주면서 입어보라고 했다. 프레지 리는 탈의실로 들어가서 옷을 바꿔 입고 나왔다.

그러자 진숙이 들어 고름은 이렇게 매는 것이라며 맵시 있게 매듭을 지었다. 그리고 허리띠도 매줬다.

의자에 앉게 해서 대님을 매어주었고 조끼도 입혀주었다.

한복을 입으니 프레지 리는 양복을 입었을 때와는 또 다른 친밀감을 느낄 수 있어 잘 했다는 생각까지 들었다.

"선생님은 키가 훤칠해서 한복이 잘 어울려요."

"칭찬해 주셔서 고맙니더."

"두루마기까지 입어 보세요. 두루마기는 진곤색이 좋겠어요."

옆에서 맵시를 보아주던 규리도 한 마디 했다.

"선생님한테는 한복이 너무 잘 어울려요."

"김 교수님께서도 칭찬해 주시니 몸 둘 바를 모를시더."

프레지 리는 한복이 마음에 들었는지, 아니면 칭찬에 마음이 동했는지 지금 입고 있는 옷을 사겠다면서 계산을 하려고 했다.

리는 "카드로 계산해도 되겠지요." 하더니 카드를 꺼내어 값을 지불하려고 했다. 규리는 이를 제지하고 대신 값을 지불하려다 작은 실랑이가 벌어졌다. 그가 지불하게 한다면 친구의 옷을 팔아주기 위해 일부러 데리고 들어간 셈이 되기 때문에 지불하게 내버려둘 수 없었다.

해서 그를 납득시키기에는 실랑이를 해야 했다.

"할 수 없군요. 김 교수님께서 지불하셔요."

"선생님, 진작 그렇게 나왔어야지요. 공연히 다투기만 했잖아요."

"아, 네. 그러니꺼. 이거 미, 미안하게 됐니더."

프레지 리는 이해할 수 없다는 듯 고개를 갸우뚱했다. 진숙은 사람이 좋아 보여 리와 차 한 잔 나누고 싶었다.

"선생님께서는 사투리가 매력적이네요. 옷을 팔았으니 차라도 대접해 드리고 싶습니다. 그래도 되겠습니까?"

"아이시더. 지가 사야지요. 좋은 옷까지 샀으니…"

"누가 사면 어때요. 자, 가시지요."

진숙은 프레지 리와 규리를 찻집으로 안내했다. 손님들로 북적거릴 시간인데도 IMF 탓인지 사람이 별로 없었다.

"닥터 리, 뭘 드시고 싶으세요?"

"한 여사부터 주문하시지요."

"엎드려 절 받기가 됐네. 저는 녹차로 할래요."

"김 교수님께서는 뭘 드시겠니껴?"

"저는 식혜를 먹고 싶어요."

진숙이 데리고 간 집은 전통 찻집으로 차 맛이 독특했으나 시금노 식혜를 전통적으로 빚기 때문에 옛 맛을 간직하고 있어 별미였다.

조금 뒤, 차와 노란 빛깔의 식혜가 나왔다.

"자, 드세요. 미국에서는 커피가 생활화되었지만 우리나라에서는 차보다는 식혜가 전통적인 음료라고 할 수 있답니다."

"그렇다면 천천히 마시면서 음미해야 하겠네요"

"그러면 더욱 좋겠지요."

프레지 리는 음미하듯 조금씩 식혜를 마셨다.

"선생님, 인사동을 돌아본 소감, 어땠어요?"

"딴 세상에 온 것 같은 느낌을 받았니더. 현대 속의 고대라고 할까요. 김 교수님 덕분에 오늘은 눈 호강을 참으로 많이도 했니더."

"선생님, 나 좀 봐요. 제가 공치사 들으려고 물은 게 아니었는데…."

"아이구 이거, 알았니더. 아, 알고 있었니더."

금방 프레지 리의 얼굴이 발그레해졌다.

"그만 일로 얼굴까지 다 붉히시고……"

규리는 차를 마신 뒤, 진숙과 헤어졌다. 그녀는 프레지 리를 호텔에 데려다 주고 한복 입은 모습을 떠올리면서 집으로 돌아왔다.

그만큼 돌아다녔으면 리가 아프거나 피곤할 텐데 마음이 통하는 사람과 다녀서인지 피곤하지 않았다.

규리는 방으로 들어서서 전화기 녹음 장치를 틀었다. A대학 박물관에 근무하는 학예사 권두수의 음성이 녹음되어 있었다.

그는 일선 문 씨의 관을 해체하고 시신을 수습하는 과정을 지켜보았고 수의를 약품처리해서 정리하고 있는 장본인이었다.

무연묘를 4월 22일 이장하기로 했다는 내용이다.

이장하려고 하는 무연묘는 6개월 전, 청주 정 씨가 자기들의 조상의 묘로 알고 이언형씨의 동의를 얻어 봉분을 해체하다가 철성이라는 명정이 나와서 부랴부랴 원상 복구시킨 분묘였다.

명정이 나왔다는 것은 관이 온전하다는 것을 암시하며 시신을 수습하는 과정에서 뭔가 나올 것이라는 것을 예측할 수 있다.

그것도 이몽태의 묘와 같은 능선, 20여 미터도 떨어지지 않은 거리에 있는 무연묘를 이장하게 된다면 일선 문 씨의 묘처럼 뭔가가 나올 것 같은 추측은 누구라도 가능했다.

해서 미리 와서 대기하는 것이 좋겠다는 내용이 녹음되어 모레에는 안동으로 내려가야 했다.

규리는 1교시에 강의가 있기 때문에 일찍 집을 출발했다.

그녀는 오전 강의를 끝내고 조교를 불러 보강계획서를 제출하라고 부탁했다. 그런 다음, 프레지 리에게 전화를 했다.

그는 호텔에 머물고 있었기 때문에 지금 로비로 나가 기다리겠다고 한다.
서울은 어디 가나 교통지옥이었다.
해서 약속시간보다 30분 늦게 호텔 로비로 들어서니 벌써부터 리는 로비에서 기다리고 있었다.
"선생님, 미안해요. 많이 기다리셨지요?"
"아이니더. 미스 김이 저 때문에 고생이 많으시더."
"고생은요. 제가 좋아서 하는데요."
"그래도 어디 세상인심이 다 그러니껴."
"선생님, 어쩌지요? 이삼 일은 못 뵐 것 같은데요."
"무슨 일이라도 있으니껴?"
"갑자기 지방에 내려갈 일이 생겨서요."
"그, 그러니껴. 할 수 없지요."
"제가 없는 동안 선생님께서는 뭘 하시겠어요?"
"저도 따라 갔으면 하는데 되겠니껴?"
"좋아요. 원한다면 그렇게 하세요. 서울과는 달리 지방은 불편한 점이 많을 거예요. 그런 불편을 감수한다면 가도 좋습니다."
"그런 것이라면 제게는 상관 없니더."
"그렇다면 가시겠다는 말씀이군요?"
"그러니더. 데려가 주세요."
"내일 두 시는 출발해야 하니까, 준비하고 있으세요."
"알았니더. 기다리고 있겠니더."
규리는 저녁만 먹고 헤어져 집으로 돌아와서는 안동에 갈 채비를 했다. 이번만은 어떤 일이 있어도 관을 들어내어 시선을 덮은 염습의를 수습하는 과정을 놓치고 싶지 않았다. 조선조 중기의 수의부분만 집필하면 『복식사』는 완결을 보게 된다. 이장과정을 보는 것도 중요하지만 직접 수의를 확인한다면 집필하는데 보다 확신을 가질 수 있을 것이다.
 그리고 언어관습으로 보아 프레지 리는 안동지방이 고향일 수도 있기 때문에 어릴 적의 흔적을 더듬어볼 수도 있을 것이었다.
 규리는 안동에 늦게 도착해 호텔에서 잤다.
 그리고 아침 일찍 정상동으로 갔다. 낙동강 다리를 건너 좌회전해서 갓 포장을 한 34번 국도를 따라가다 보면 오른쪽으로 야산이 나타나면서 여기저기 파 헤쳐진 무덤의 흔적들이 을씨년스럽게 드러났다.
 규리는 프레지 리와 함께 귀래정으로 가서 이언형을 만나보았다.
 그런데 그는 포클레인이 고장이 나서 부득이 하루를 연기했다고 하지 않는가. 그녀는 오히려 잘됐다고 생각했다. 지난번에 왔을 때는 시간에 쫓겨 이언형 씨와 대화도 별로 나누지 못했는데 그와 이야기도 나누고 정상동이며 귀래정을 둘러보기로 마음먹었다.
 귀래정 주변은 항상 조용했다. 너무나 조용해서 그 해가 그 해 같고 오늘이 어제 같은 세월로 수백 년을 버텨 왔다.
 그러던 것이 용상으로 통하는 다리가 새로 개통되고부터 통행량이 많아 시끄러워졌다. 게다가 98년 들어 정상동 일대가 택지개발지구로 지정되면서 주변 일대의 삶을 온통 뒤흔들어놓았다.
 이언형은 정상동 일대가 택지개발지구로 지정되자 오히려 반기기까지 했었다. 많은 임야와 전답을 수용당하긴 했으나 시가보다 좋은 조건의 보상비를 준다는 바람에, 아니 그보다는 보상비로 선산을 구입해서 이장을 하고도 종가의 살림에 보탬이 된다고 생각했고 종가를 새로 지어볼까 하는 마음이 있어서였다.
 그렇다고 해서 선영에 모셔진 십 수 기의 묘를 한꺼번에 옮기기도 결코 쉬운 일이 아니었다.
 해서 하루도 마음 편할 날이 없었다. 시간만 나면 선산으로 올라가 조상의 묘를 둘러보며 산역을 생각했다. 산역은 윗대부터 시작해야 했으나 무연묘가 더러 있어 그것도 쉬운 일이 아니었다.

무연묘로 방치해 오다가 지난해 말에야 비로소 조상의 무덤으로 밝혀진 묘가 특히 신경이 씌었던 것이다.

지난 해 11월 중순이었다. 생면부지의 청주 정 씨란 사람이 찾아와서 인사를 나누기도 전에 부탁부터 하는 것이었다.

"저는 청주 정문 인수라고 합니다. 모처럼 시간을 내서 우리 가문의 안동 입향조를 찾고 있습니다. 그러다가 귀문의 선산에 무연묘로 있는 묘가 우리 일문의 입향조의 묘인 듯싶습니다. 그러니 파 보아도 되겠는지요? 어른께서 허락만 하신다면 파 볼까 합니다."

이괄의 난으로 조상이 실세하자 뒤늦게 득세한 청주 정 씨가 고성 이 씨 문중을 얕잡아보고 선산 중간을 비집고 묘를 썼었다. 생각하면 미웠으나 이언형은 별 생각 없이 허락했던 것이다.

"우리 조상의 묘기 아닌 듯 싶으이, 좋을 내로 하시시요."

"어르신네의 허락이 떨어진 것으로 알고 가겠습니다."

그런 일이 있은 뒤, 이언형은 무연묘에 대해 한동안 까맣게 잊고 있었는데 어느 날, 뜻밖의 전화가 걸려왔던 것이다.

"이언형씨 있으면 좀 바꿔 주세요."

"댁은 누구시죠? 지가 바로 이언형이시더."

"아 그러세요. 기억하실는지 모르겠습니다. 일전에 찾아뵌 적이 있는 정인수라는 사람입니다. 어르신, 이제 기억나십니까?"

"기, 기억나니더. 웬일로 전화를 하셨는기여?"

"지금 뒷산에서 전화하는데요. 일전에 말씀드린 대로 무연묘를 파다 보니 철성이란 명정이 나오지 않겠습니까. 따라서 우리 입향(入鄕) 조(祖)의 무덤이 아니라 귀문의 무덤인 듯합니다. 본의 아니게도 실례를 해서 송구스러워 이렇게 알려 드리는 것입니다."

"그, 그렇다면……"

순간 이언형은 머리끝이 송연함을 느끼는 동시에 부끄러워 말을 이을 수 없었다. 이유야 어찌되었든 종손으로서 조상의 묘소 하나 관리하지 못하고 무연묘로 방치해 뒀다는 자괴감 때문이었다.

또한 이유야 어쨌든 다른 가문의 사람들로 하여금 조상의 무덤을 파헤치게 했다는 죄책감이 앞섰기 때문이기도 했다.

"더 이상 손대지 말고 그냥 두시오. 내 당장 올라가리다."

이언형은 수화기를 놓기가 무섭게 선영으로 올라갔다.

선영 중간쯤 올라가자 스무 남짓 되는 사람들이 둘러서서 잡담하고 있었고 포클레인은 시동을 끈 채 멈춰서 있었다.

이언형은 인사를 하는 둥 마는 둥 하고 파 헤쳐진 무덤부터 곰곰이 살펴보았다. 봉분은 완전히 해체된 뒤였고 관이 들어 있는 광속에는 목관이 드러나 있었다.

관 위에는 흙이 듬성듬성 남아 있는 틈새로 명정으로 쓴 '철성(鐵城)'이란 글자가 흙을 뒤집어쓴 채 드러나 있었다.

'살아서는 고성, 죽어서는 철성'이라는 말이 집안 내력으로 생겼을 정도로 살아 생전에는 고성이란 관향을 사용하지만 죽어서 명정을 쓸 때만은 철성을 즐겨 쓰는 것이 유풍이 되었던 것이다.

그러므로 철성이란 명정은 고성 이 씨를 말하는 것이며 명정을 보면 무연묘의 주인이 누구인지 알 수 있을 것이다.

"여보시오. 나를 불러다놓고 산역을 할 것이지."

"저희들 불찰입니다. 용서하십시오."

이언형은 파 헤쳐진 조상의 무덤을 보자 송구스러워 산역을 하던 정 씨들에게 투정했으나 이미 엎질러진 물이었다.

"그냥 그대로 놓아두소. 뒤처리는 내가 알아서 할 터이니."

"어르신네, 두고 가도 되겠습니까? 수습하자면 사람이 필요할 텐데."

"나 참내, 그냥 두라고 누차 말하지 않았니껴."

급기야 이언형은 벌컥 하고 역정까지 냈다.

그는 산역을 하던 청주 정 씨들을 돌려보냈다.

그들을 돌려보낸 뒤, 이언형은 가까이 사는 일가붙이를 불러 어떻게 처리했으면 좋을는지 상의했다. 이미 택지지구로 지정되었으니 머잖아 분묘를 이장하라는 통지가 올 것이 분명하니 조상들의 무덤을 이장할 때, 확인해도 늦지 않을 것이며 지금 손을 대어 봤자 두 번 일만 할 것이니 원형대로 덮어두자는 의견이 지배적이었다.

당장 파 헤쳐 이장을 한다고 해도 이장할 선산조차 마련하지 못하고 있었기 때문에 원상대로 복구하기로 의견을 모으고 광에 물이 스며들지 못하도록 단단히 봉분을 지었다. 그래 놓고 일가 어른들과 함께 지관을 대동하고 조상들의 묘를 이장할 선산을 구하러 다녔다.

고향 가까운 곳에서는 산을 구할 수 없었다.

아까운 시간만 자꾸 흘러갔다. 다리품을 팔아 수없이 산을 보러 다녔으나 그만 하면 되겠다 싶은 산도 없었다.

마음에 드는 산은 더러 있긴 있었다.

그러나 가격을 터무니없이 부르는 바람에 흥정을 해 보지도 못했다. 또한 값이 적당하다 생각되면 묘 자리가 변변찮은 악산에 가까웠다.

해서 주변에서 구할 수가 없다면 멀리 나가서라도 구할 수밖에 없었던 것이다. 그러나 종가가 있는 귀래정에서 너무 멀리 떨어진 곳은 가급적이면 피해야만 했다.

달포 동안이나 인근을 뒤지고 돌아다니다가 간신히 풍천면 어담리에서 선산을 구할 수 있었다. 비로소 이언형은 마음이 놓였다.

선산을 구입했으니 윗대 조상부터 이장을 하면 된다.

이장을 시작한 지 사흘째였다.

안동으로 입향해 산 지 3대가 되는 이명정의 묘를 해체하면서부터 이언형은 예감이 이상했다.

명정의 묘는 부부 합장묘로 봉분을 해체한 흙이 유난히 부드럽고 깨끗해서 풍수를 잘 모르는 사람이라도 묘지를 탐낼 정도였다.

관이 든 광을 파자 석회로 관을 덮은 것이 너무나 단단해서 깨뜨리기가 쉽지 않았다. 간신히 회곽을 해체하자 묻었을 당시 그대로의 완전한 형태의 관이 드러났던 것이다.

천 년의 반이나 되는 세월을 침묵으로 일관하면서 목질의 결을 그대로 간직하고 있는 것이 도저히 믿어지지 않았다.

가장 관을 열어 제꼈을 때의 흥분은 전율에 가까운 것이었다. 그리고 방금 입힌 것만 같은 수의를 벗겨냈을 때, 마침내 드러난 시신을 보고 사람들은 경악했다. 아니, 경악하다 못해 탄성을 질러댔다.

'미이라다!' 이명정의 배필인 일선 문 씨가 450년 만에 마치 살아 있는 모습으로 사람들 앞에 나타났던 것이다. 머리칼과 치아, 손톱 발톱은 물론이고 몸체의 살결조차 생명이 느껴지는 것 같았다.

그로부터 고성 이 씨 집안의 이장작업은 전국적인 매스컴을 타게 되었다. TV 카메라로 직접 촬영해서 방영하자 관심 있는 학자들이 대거 찾아왔다. 학자들은 이토록 완벽한 상태의 미이라는 발견된 적이 없다고 흥분했다. 수의며 부장품도 원형에 가까웠다.

미이라 상태가 너무나 양호해서 보관하는 방법을 연구해 보자는 의견도 많았으나 그것은 쉬운 일이 아니었다.

인위적으로 만든 미이라가 아니기 때문이었다.

450년이 지난 지금도 숨을 거둔 순간의 상태를 유지하고 있어서 피부를 만지면 보드랍고 조금 힘을 줘서 누르면 누른 자국이 그대로 남아 있을 정도로 탄력도 있었다. 그리고 여느 무덤을 해체했을 때와는 달리 특유의 시신 썩는 냄새가 나지 않았다.

냄새가 나지 않는다는 것은 부패하지 않았다는 것을 의미한다.

피부는 물론 내장까지도 숨을 거둔 그 상태로 남아 있었기 때문에 시신 썩는 냄새도 나지 않았던 것이다.

이런 상태의 미이라라면 인위적으로 처리하지 않으면 보존이 불가능하며 그것도 특수처리를 하지 않으면 보존이 불가능했다. 게다가 국내에서는 특수처리해서 보존할 수 있는 그런 기관이나 기술도 없었다.

외국에 의뢰를 한다고 해도 그 비용이 막대할 것이며 2,30억으로도 부족할지 모른다. 해서 미이라로 보존하는 것은 포기하고 이틀 뒤, 어담리로 이장을 하고 말았다.

이제 이언형은 더 이상 기계적으로 작업을 할 수 없었다.

조상의 묘를 파헤칠 때마다 미이라를 또 보게 되는 것은 아닌가 해서 흥분을 가라앉힐 수 없었기 때문이다. 그러나 더 이상 놀랄 만한 일은 일어나지 않았다. 그런데도 흥분이 가셔지지 않았다.

끝으로 청주 정 씨가 파헤친 무연묘를 이장하기로 했다.

이미 철성이라는 명정이 확인되었기 때문에 조상의 묘인 것만은 분명했다. 결코 근래에 쓴 무덤이 아닌데도 명정이 분명하게 남아 있다는 것은 또 한번 미이라를 볼 수 있다는 기대감을 부풀게 했다.

청주 정 씨가 무덤을 파 헤쳤을 때였다.

명정이 발견되었다는 소문을 듣고 A대 박물관에서 발굴을 요청했으나 이언형은 이를 거절했었다.

그랬는데 이장을 앞두고 발굴에 대해서는 전적으로 A대 박물관에 의뢰했으며 매스컴에 미리 알려 대기하게끔 했다.

그런 탓으로 김규리도 A대 박물관 학예연구관 권두수로부터 연락을 받고 달려올 수 있었던 것이다.

규리는 프레지 리와 함께 이언형 씨의 이야기를 관심 있게 들었다.

그래도 시간이 남아 규리는 프레지 리를 데리고 안동을 가장 잘 알 수 있는 곳을 둘러보기로 했다.

안동시 풍천면 하회 마을은 서애 유성룡이 태어난 곳으로 유명하지만 그보다는 물돌이동이라고 해서 국보로 지정된 하회탈과 전설이 깃든 하회별신굿탈놀이로 유명했다. 영국 여왕이 한국 방문 시에 가장 한국적인 곳에서 생일상을 받고 싶다고 해서 영국대사관이 선정해서 추천했다는 하회 마을부터 둘러보는 것이 좋을 것 같았다.

규리는 차를 가지고 왔기 때문에 어디든 다닐 수 있어 편리했다. 해서 하회는 물론 영국 여왕이 들르기로 한 봉정사도 돌아볼 생각이며 시간이 된다면 도산서원도 둘러볼 생각을 가지고 있었다.

하회로 가는 국도는 한창 확장공사를 하고 있었다. 머잖아 4차선으로 훤히 뚫릴 것이었으나 지금은 소통에 지장을 주었다.

한 20분쯤 달렸을까. 오른쪽으로 풍산읍이, 왼쪽으로는 풍산평야가 나타났다. 외곽도로를 달리다가 좌회전했다.

다리를 건너면 바로 소산동이다. 역사가 깊은 것으로나 민속적 자료로나 소산동이 하회보다도 먼저 민속마을로 지정되어야 마땅했다.

규리는 지보로 가는 세 갈래 길에서 좌회전을 했다. 이어 차가 한 대 겨우 다닐 정도의 소로로 곧장 들어섰다.

머잖아 영국 여왕이 방문한다는 데도 있는 그대로 보여 주자는 셈인지 길을 고치거나 새로 포장하는 것 같지 않았다.

병산서원으로 들어서는 갈림길을 지나자 왼쪽으로 장승축제라도 했는지 수많은 장승이 방문객을 맞이하고 있었다.

규리는 주차장에 차를 주차시키고 오른쪽 강둑으로 올라섰다. 그녀는 사진으로만 본 부용대부터 보고 싶어서였다.

하늘은 쾌청했고 날씨마저 따뜻해 산책하기에는 안성맞춤이었다.

"저로서는 선생님과 함께 길을 걸으리라곤 상상도 못했어요."

"지도 김 교수님과 같이 걸으리라곤 생각도 못했니더."

"선생님, 미국의 강물에 비해 물이 매우 맑고 깨끗하지요?"

"미국의 강물과는 달리 정말 강물이 더 없이 맑군요."

"저쪽으로 바위절벽이 보이지요?"

"아, 네. 바위같이 생긴 절벽 말이시더."

"네, 그래요. 저 바위가 바로 부용대라고 합니다."

"아, 그래요. 알겠니더."

강둑을 따라 걸어가자 2,3백 년 된 솔밭이 나타났다.

규리는 둑을 내려서서 솔밭으로 들어섰다가 물가로 다가갔다. 모래가 떠내려가는 것을 보고 있자니 눈앞이 어지럽기까지 했다.

규리는 여울을 응시하다가 부용대를 올려다보았다.

부용대에서 줄을 밑으로 내려뜨리고 짚단에 불을 붙여 밑으로 내려 보내는 줄불놀이는 또 다른 민속이었다.

규리는 소나무 숲을 나와 강둑으로 올라섰다.

그녀는 강둑길을 걷다가 왜 하회마을이라고 하는지를 직접 실감할 수 있었다. 낙동강 강줄기가 마을을 감싸고 돌아나가기 때문에 물돌이동, 하회라고 한 것임을.

규리는 고샅으로 들어섰다. 얼마 걷지 않아 충효당이 나타났다.

충효당은 임진왜란 때 영의정을 지낸 서애(西厓) 유성룡(柳成龍)의 고택으로 유물전시관도 있으며 국보인『징비록』을 비롯해서『하회유씨봉사록』등 자료가 전시되어 있었다.

프레지 리는 전통적인 기와집은 고궁이나 인사동에서 봤기 때문에 초가집에 대해 보다 깊은 관심을 갖는 것 같았다.

새마을운동이 잘못 인식되어 토담으로 된 초가지붕을 몸체는 그대로 둔 채 지붕만 슬라브나 시멘트 기와로 대체해 초가집은 사라졌다.

그런데 기와집도 아니고 초가집은 더구나 아닌 국적 잃은 집만이 남게 되어 초가는 구경할 수 없기 때문이기도 했다.

해서 처음 보는 초가가 신기했는지, 아니면 어릴 때 본 초가집이 생각나서인지는 모르겠으나 관심을 나타냈다.

한국미의 특징은 밋밋한 초가지붕의 자연스런 선에서 찾을 수 있는데 그런 초가지붕이 사라졌으니 근대화가 가져온 전통파괴라 할 수 있다.

하회탈박물관에 전시하고 있는 하회탈 중 양반과 백정탈

사실이 또한 그랬다. 몸은 한국인인데 외모는 온통 서구의 껍질을 뒤집어쓴 우리들 자신의 모습처럼.

규리는 하회탈을 만드는 공방으로 갔다.

하회탈은 하회별신굿놀이를 할 때 쓰는 탈로 병산탈과 함께 국보로 지정되기도 했다.

현재는 두 개의 주지, 각시, 중, 양반, 선비, 초랭이, 이매, 부네, 백정, 할미 등이 전해지고 있다.

다만 제작자와 연대는 확실하지 않다.

탈의 대륙적인 표정과 만든 수법의 흔적으로 미루어 대륙의 무악면과 일본의 능가면의 중간쯤인 11, 12세기쯤을 제작시기로 보고 있다. 제작자는 허 도령이라고 알려져 있다.

현존하는 가장 오래된 하회탈(국보, 출처, 국립중앙박물관)

허 도령은 꿈에 신으로부터 탈 제작의 계시를 받고 탈을 제작하는 작업실에는 외부인은 일체 들어오지 못하도록 금줄을 치고 목욕재계한 뒤 전심전력으로 탈을 제작했다.
　그런데 허 도령을 사모하는 여인이 열흘 동안이나 못 본 애인의 얼굴이라도 잠깐 보려고 몰래 휘장에 구멍을 뚫고 안을 엿보는 순간, 허 도령은 그 자리에서 피를 토하며 죽어 버렸다. 해서 마지막으로 제작하던 열 번째 이매탈은 턱이 없는 미완성으로 남게 되었고 한다.
　허 도령이 비운에 죽은 뒤, 그의 영혼을 위로하기 위해 매년 성황당 근처에 단을 마련하고 제를 올리는 민속도 생겼다.
　하회탈의 재질은 오리나무이다. 나무를 깎아 탈을 만든 다음에 두 번, 세 번 옻칠을 한 그 위에 또 칠을 했다.
　탈 중에서 양반, 이매, 선비, 백정 등의 탈은 턱을 움직일 수 있어 표정이 변하기도 했다.

초랭이가 파계승을 조롱하는 장면(출처, 라트비체)

초랭이, 이매는 좌우 비대칭의 탈로 움직임에 따라 표정이 변해 마치 살아서 움직이는 듯한 효과를 얻을 수 있다. 나머지 각시, 부네, 이매도 한국화한 탈이라고 할 수 있다.

그것도 눈은 깊고 코는 높은 기악면적인 골격과 사실주의적 수법과 무악면이 가지는 양식적인 표현과 좌우 비대칭의 특징까지 지니고 있기 때문에 이를 근거로 제작 연대를 고려로 추정하기도 한다.

하회탈은 현존하는 가면 중에서 신성가면의 성격을 지니면서 예능가면으로서도 가장 오래되었다.

고려조는 청자가 성했으며 미의식도 발달했기 때문에 예술가적 잠재 능력을 이해하는 데 있어 중요한 왕조라고 할 수 있다.

규리는 하회탈을 제작하는 과정을 지켜보면서 리에게 물었다.

"저는 하회가 마음에 들었어요. 선생님께서는?"

프레지 리는 딴 생각을 하고 있었던지 말이 없다가 반문했다.

"저 말이니껴?"

"선생님 말고 누가 또 있어요?"

"아, 네. 그렇군요."

프레지 리는 말이 막히면 아, 네를 입버릇처럼 달고 있었다.

"마음에 드니더. 한국에 대해서는 몰랐는데 김 교수님 덕분에 많이 알게 되었니더. 덕분에 하회탈을 제작하는 과정을 지켜볼 수 있어 좋았구요. 한국은 분명히 뿌리가 있니더. 한강의 기적이 결코 우연이 아니었듯이 IMF도 곧 극복하리라 생각하니더."

"선생님께서는 생각보다 낙관적이시네요?"

"한국은 뿌리가 있는 나라니까요."

"저도 어서 그렇게 됐으면 좋겠어요. 하루아침에 실업자가 되어 거리로 쫓겨난 사람이 좀 많아요. 단란한 가정이 해체된 것은 말할 것도 없구요.

자식을 버린 부모며 노숙하는 사람하며 자살자는 또 얼마나 많은지. IMF를 야기한 위정자는 전범자보다도 더 악랄해요. 그런데도 뻔뻔스럽게 큰소리치는 나라가 바로 우리나라예요."

"아, 네."

"선생님께서는 아, 네만 되풀이할 거예요. 재미없게?"

"아, 네."

프레지 리는 뒷머리를 긁적이면서 매우 쑥스러워했다. 그러다가 그는 뚱하게도 하회탈을 사겠다고 말하는 것이 아닌가.

"여보세요. 탈을 사고 싶은데 살 수 있니껴?"

"물론이지요. 팔기 위해 제작하니더."

"어떤 것이 좋을까. 김 교수님께서 좀 골라 주시지요?"

"저라면 양반탈과 초랭이를 사겠어요."

프레지 리는 탈을 사서 써 보기도 했다. 그는 마치 어린애가 장난감을 선물로 받았을 때와 마찬가지로 좋아했다.

규리는 공방을 나와 주차장으로 가다가 놀이마당에서 하회별신굿놀이를 공연하고 있는 것을 보고 그곳으로 갔다.

무대가 중앙에 위치해 있어서 연기자를 가까이 볼 수 있는 장점이 있는데 비해 좌석이 마련되어 있지 않아 다소 불편하긴 했으나 대사가 익살맞아 시간 가는 줄 모르고 관람했다.

하회별신굿은 연기자들이 연기를 잘해 풍자 이면에 한으로 똘똘 뭉쳐 있는 내용을 관람자들에게 전달하기에 충분했다.

어허, 저놈 보아. 뭐 땀시 빈 하늘 두 팔로 쓸어안아. 그리고 마디 굵은 춤사위는 또 뭔고. 한 마당 불길 이룬 신명을 쏟아낸다고 한이 풀릴까. 우두둑 우두둑 뼈마디 뜯기는 소리가 들린다. 아픔을 베어 물고 한 눈 지긋이 뜨고 목줄 핏대 내어 붉은 한을 풀어낸다.
 하늘에는 허연 달 무너뜨린 그림자 넉살 좋은 익살에 세 치 헛바닥 놀려 질펀한 장단 가락이 허공을 건너가더니 신내림 받아온다.
 어허, 길 비켜라. 누가 무어래든 난 간다. 분하고 설운 아우성 우리가 짊어지고 난 간다. 양반이 무엔고. 상놈이 무엔고. 질펀한 넉살 넋두리 날 세운 도끼마냥 내려치듯 춤사위를 펼친다.
 피 묻어 딩구는 잡귀들아, 징소리 쫓아가다 따끔하게 얻어맞고 돌아서는 눈물 자욱, 범벅이 되어 한 마당 혼을 흥건하게 쏟아 놓는디…

 연기자와 관람객이 함께 신명을 한 바탕 쏟아냈다.
 규리는 별신굿놀이가 끝나자 공연장을 나와 하회를 벗어났다. 그녀는 오던 길을 되짚어 안동으로 들어오다가 송천교에서 좌회전했다.
 좁은 2차선을 한참이나 달렸다.
 이어 좌회전해 농로를 포장한 길로 들어서서 서행했다.
 영국 여왕이 봉정사를 방문할 때 지날 길을 먼저 달리는 셈이었다.
 주차장에 차를 세우고 가파른 언덕길을 걸었다.
 조금 걸어가자 일주문이 나타났다. 여느 절이나 마찬가지겠지만 절이 들어선 자리는 산수가 빼어났는데 봉정사도 예외는 아니었다.
 "선생님께서는 절 구경이 처음이겠지요?"
 "그러니더. 김 교수님 덕분에 절 구경도 하니더."
 "고마워요. 그렇게 말씀해 주시니."
 규리는 안내판 앞에 서서 안내문을 읽었다.
 봉정사(鳳停寺)는 신라 문무왕(文武王) 때 의상이 창건한 절로서 그 뒤로 여러 번 중수를 거쳐서 오늘에 이르고 있다고.
 사찰 경내에는 대웅전, 극락전, 고금당, 적연당, 객료, 양화루 등 건축물과 고려시대의 대표적인 탑인 3층석탑도 있다.

극락전은 국보로 고려 말기의 건축물이며 현존 목조 건축물 중에서 가장 오래되었으며 정면 3간, 측면 4간의 맞배지붕 주심포이다.

원래 영주 부석사 무량수전이 가장 오래된 건물로 알려졌다.

그런데 극락전을 해체해서 수리할 때, 중앙 칸 종도리 밑에서 발견된 『묵서명』에 의해 그것이 수정되었다.

1368년 경, 옥개 부분을 중수한 것으로 미루어 건립 연대는 그보다 150년 정도 더 오래된 것으로 추정할 수 있었기 때문에서다.

극락전은 전면에만 다듬은 돌로 석기단을 쌓고 그 위에 자연석으로 초석을 배열한 데다 주좌만 조각한 위에 배흘림기둥을 세웠다.

전면과 측면 중앙 사이에 판문을 달았으며 전면 양협 간에는 살창을 달았는데 3칸 모두 띠살 4분 합문으로 조성했다.

그 밖에 보물 55호인 대웅전은 조선 초기의 건물이며 448호인 화엄강당은 조선 중기의 건물이다.

그리고 고금당은 보물 449호로 낡은 단청을 채색하지 않은 채 그대로 방치되어 있어 또 다른 고찰의 맛을 느낄 수 있다.

봉정사는 오지인 데다 관광지로 이름이 나지 않아 찾는 사람이 드물었다. 해서 스님들의 도량으로는 더할 수 없이 좋은 절이라고 할 수 있다. 그런 탓인지 모르겠으나 신도가 적고 따라서 시주도 많지 않아 절 살림은 어려운 형편이었다.

그것은 무너진 곳을 그대로 방치해 둔 채 수리하지 않은 데가 여러 곳 있어서 이로 미루어 짐작할 수 있었다.

"선생님께서는 어떤 종교를 믿으세요?"

"전 가톨릭 신자이시더."

"저 가톨릭 신자에요. 가톨릭에서는 부처님을 부정하지 않아요. 그러니까 우리 함께 부처님께 시주하고 기도하도록 해요. 기도를 한다면 어떤 기도가 좋을까. 선생님께서 뿌리를 찾겠다고 하셨으니까 뿌리를 찾아 달라고 기원할까요? 그게 좋겠지요?"

"그럽시더. 들어갑시더."

규리는 프레지 리를 극락전으로 데려갔다. 열려 있는 정문을 두고 옆문을 통해 법당 안으로 들어가서 시주함에 시주했다.

"부처님께 어떻게 절을 하는지, 선생님은 모르시지요?"

"아, 네. 전혀 모를시더."

규리는 천천히 절을 하면서 자기를 따라 절을 하도록 했으나 프레지 리는 시늉조차 내지 못했다. 해서 절을 하는 방법이며 엎드린 채 기도하는 자세를 가르쳐줘야만 했다.

"두 무릎은 이렇게 꿇고요. 손바닥은 천장을 향하게 하며 이마는 손바닥에 닿게 하면 됩니다. 절은 정성이 중요한 것 아니겠어요. 정성을 다해 기원하다 보면 부처님께서도 감읍해서 선생님의 뿌리를 찾아줄 시노 모르잖아요. 하느님도 노하시지 않을 거예요."

"아, 네." 하면서 리는 말 잘 듣는 학생처럼 시키는 대로 잘 따라 했다. 처음에는 서툴렀으나 거듭할수록 모양새가 잡혔다.

규리는 일백팔 번 절을 하는 것으로 기도를 끝냈다.

그녀는 봉정사를 나와 안동으로 돌아와서 양식을 먹게 하려 해도 적당한 음식점이 눈에 띄지 않았다. 해서 할 수 없이 토속 음식인 건진 국수를 먹은 뒤 도산서원으로 향했다.

규리는 40분을 달려 서원 입구에 차를 세우고 입장했다.

사적 170호인 도산서원은 퇴계(退溪) 이황(李滉)의 학덕을 기리기 위해 문인과 유림이 중심이 되어 세운 것으로 동재와 서재, 전교당, 상덕사 등 건물이 배치되어 있다.

특히 상덕사는 퇴계의 신주를 모신 사당으로 서원 맨 뒤에 위치해 있는데 원래는 이황 선생이 도산서당을 짓고 유생을 가르치며 학덕을 쌓은 곳이었으며 선조로부터 석봉 한호의 사액을 받음으로써 그로부터 영남지방 유학의 연총이 되었던 것이다.

서원의 건축은 모두 무사 석계층으로 구성했다.

방주의 사용이나 초공을 끼운 대들보하며 간략한 가구 등등 전체적으로는 보아 매우 간결했다.

서원 안 기념관에는 400종에 이르는 4,000여 권의 장서와 목판 인쇄를 했던 장판 및 퇴계의 유품을 전시하고 있었다.

규리는 서원을 돌아보고 나와 우물에서 두레박으로 물을 길렀다.

그녀는 길러 프레지 리에게 마시라고 건네줬다. 리가 물을 마시고 나자 서원 앞을 흐르는 낙동강을 굽어보면서 말을 건넸다.

한석봉이 썼다고 전하는 도산서원 현판

"선생님, 저도 안동은 대단한 고장이라는 생각이 들어요. 종교적으로는 신라적 사찰이 있는가 하면 학문적으로 도산서원이 있으며 전통적인 마을로는 물돌이동 하회가 있으니 말이에요."

"저도 전통이 살아 있는 도시라는 생각이 들긴 했습니다."

"선생님께서도 그렇게 생각하셨어요?"

"잘은 모르지만, 제 생각에는 그럴 것 같기도 하니더."

"하회와 봉정사, 도산서원을 축으로 해서 관광 코스로 개발하면 좋겠다는 생각을 했답니다. 돌아본 바로는 관광객이 쉴 데가 한 곳도 없다는 점입니다. 하회 입구에 놀이동산을 만들어 관광객이 돈을 쓰도록 했으면 좋겠고요. 그러자면 하회 아래쪽에 수중보를 설치해 육상과 해상을 놀이터로 개발하면 좋겠다는 생각을 했습니다.

… 더 이상 훼손되기 전에 하회 마을 안에 있는 음식점과 찻집은 마을 밖으로 옮겨야 하구요. 그들에 대한 보상은 마을 밖에 건물을 지어 가게를 분양하거나 임대해 주면 되지 않을까 싶어요."

"그런 것까지 생각하시다니, 안목이 대단하니더."

"선생님, 도산서원이란 현판의 유래에 대해 말해 드릴게요."

"하셔요. 듣겠니더."

"그러면 하겠습니다. 재미없더라도 재밌게 들으셔야 합니다."

"물론이시더,"

"재미있는 일화 하나가 전해지고 있답니다. 선조대왕이 서예의 대가인 석봉 한호를 불러 현판을 쓰게 했답니다.

그런데 선조는 석봉이 도산서원이라고 했다가는 퇴계의 명성에 놀라 글씨를 망칠까 싶어 그랬던지 왼쪽에서부터 한 자씩 쓰게 했답니다. 원(院)을 쓰게 하고 다음으로 서(書), 그리고 산(山)의 순서로 말입니다. 끝으로 도(陶)를 쓰게 했더니 뒤늦게 도의 오른쪽 빗금을 쓰다가 도산서원의 현판을 쓰고 있음을 알고 떨었다고 합니다. 그런 탓인지 모르겠으나 도(陶)의 오른쪽 빗금이 떨린 그대로 전각을 했다고 해요. 그러니 퇴계 선생은 정말 대단한 인물이었던 모양이에요."

"김 교수님께서는 글자 하나마저 재미있게 풀이하니더."

"저는 다만 들은 것을 말했을 뿐이에요."

"들었다고 해도 재미있게 하니더."

"고마워요, 선생님. 칭찬으로 알겠습니다."

규리는 돌아오면서 안동의 전통에 매료되어 프레지 리의 뿌리도 안동 어디쯤이었으면 참 좋겠다는 생각을 했다. 그렇다면 프레지 리의 뿌리를 보다 쉽게 찾아줄 수 있을 것 같은 생각이 들었다.

412년 전, 원이 엄마의 한글편지

기다리던 4월 24일의 아침은 하늘도 해맑았다. 규리는 프레지 리와 함께 서둘러 이장현장으로 갔다. 현장에는 많은 사람들이 무연묘를 해체하는 과정을 지켜보려고 모여들었다.

모인 사람 가운데는 아는 사람도 있었다. 문중에서 사방으로 연락을 했는지는 모르겠으나 A대 교수를 비롯해서 K, M, S방송국에서 나온 담당 PD나 기자들은 물론 시청이나 토지개발공사 담당직원도 있었다.

이장 대상은 무연묘였다.

이명정의 묘에서 북쪽으로 마주 보이는 작은 언덕 중간쯤에 봉분인가 싶지도 않은, 누구의 것인지 알 수 없는 무연묘가 하나 있었다. 그것도 봉분이 주저앉아 겨우 흔적을 알 수 있을 정도였다.

봉분 위로는 이삼백 년은 됨 직한 소나무가 뿌리를 내리고 있었으며 떡갈나무 등 잡목이 무성했다.

지난 해 11월 초순이다. 그런 무연묘가 파헤쳐진 적이 있었다.

도굴범의 소행이 아니라 청주 정 씨 문중에서 그 무연묘가 자기들의 조상묘가 아닌가 해서 파헤친 것이었다.

파헤치다가 보니 관을 덮은 명정이 나왔다.

명정에는 '철성이공(鐵城李公)'이라는 글귀가 나와 도로 묻어 버렸던 것이다. 그때 회곽과 관이 손상을 입었음은 물론이었고 그냥 둘수록 내부마저 손상을 입지 않았을까 우려했다.

그런 사실을 알고 A대 박물관에서 발굴하려고 했다.

그러나 당국으로부터 정식 허가를 받지 못해 이 씨 문중에 부탁해서 속히 이장토록 종용해 보기도 했었다.

하지만 선산이 마련되지 않은 데다 번거로움을 피해 한꺼번에 이장을 하려고 했기 때문에 제때 발굴하지 못했었다.

그런데 보름 전, 이명정의 부인인 일선 문 씨가 온전한 미이라로 세상에 나와 매스컴이 떠들어댔으며 이를 계기로 이 씨 문중에서는 뒤늦게 A대 박물관에 발굴을 맡겼다.

이런 사정이 있었기 때문에 규리도 광을 파서 시신을 수습하는 과정을 직접 눈으로 확인할 수 있는 기회를 갖게 되었다.

규리는 이장을 한 뒤에야 수의나 부장품이 연구자에게 제공되어 염습이구나 착의의 순서를 직접 확인할 기회를 번번이 놓쳤는데 비하면 정말 행운이 아닐 수 없었다.

그녀는 겉돌기만 하는 프레지 리에게 말했다.

"선생님께서는 관심 없을지 모르겠으나 봐 두는 것도 좋을 거예요. 이런 것이 한국을 지탱해 주는 지주인지도 모르니까요."

"그렇지 않아도 관심 있게 지켜보고 있니더."

"그렇다면 저로서도 덜 미안하구요."

"그렇게 생각해줬다니 고맙니더."

문중 사람들은 남의 일처럼 팔짱을 끼고 작업하고 있는 것을 구경하고 있는데 소형 포클레인만이 분주히 움직였다.

작업을 시작한 지 30분도 안되어 봉분이 제거되었다.

이제부터는 관이 묻힌 곳을 파 헤쳐야 한다.

고인의 시신(屍身)에 손상을 입히지 않으려면 힘이 들더라도 삽이나 호미로 조심스럽게 작업을 해야만 했다.

포클레인 기사도 작업을 하다가 흙손에 뭔가가 닿은 촉감을 느꼈는지 시동을 끄고 운전석에서 내려왔다.

"지금부터는 연장은 치우고 수작업으로 하세요. 더 이상 파고 들어갔다가는 시신에 손상을 입힐 것 같습니다."

그러자 이언형이 일을 지휘했다. 많은 분묘를 이장하다 보니 문리가 트였던 것이다. 육촌 동생인 진형은 눈썰미가 있어 일을 빈틈없이 해냈기 때문에 그에게 일을 맡겼다.

"종제, 자네가 들어가서 일을 직접 들고 하게."

그는 일을 들고 하면서도 불평하지 않았다.

"나밖에 사람이 없으니 그럼세."

진형은 호미와 비를 가지고 관이 묻힌 곳으로 들어가서 조심스럽게 흙을 퍼 담아 바깥으로 올려 보냈다.

한참 동안 작업을 했을까. 광이 드러났다.

지난 해 팠다가 덮어놓은 푸른 천의 천막도 보였다. 천막을 걷어내고 돌로 된 천개를 들어내서야 명정을 쓴 천이 시야에 들어왔다.

그런데 물이 스며들었는지 천은 손상을 입어 '철성이공'이란 문자 외에는 다른 글자는 알아볼 수 없었다.

이진형이 들어가서 훼손된 명정을 쓴 천을 걷어 올리자 땅에 묻히면 얼마 가지 않아 썩게 마련인 목관의 뚜껑이 흙 사이로 형체를 드러냈다. 커다란 솔로 흙을 쓸어내자 며칠 전에 묻은 듯한 생생한 관이, 기적의 목관이 완전한 형체를 드러냈다.

옻칠을 수십 번했거나 아니면 특수처리를 했다손 치더라도 목관이 조금도 썩지 않은 채 발굴된 예는 지금껏 없었으며 그것은 이변에 가까운 것이었다. 게다가 무덤을 파헤치면 구역질을 할 것 같은 역한 냄새, 밀폐된 공간에서 시신이 부패해 역한 냄새가 진동하기 마련이었으나 그런 냄새가 전혀 나지 않는 것도 또한 이상했다.

문중 사람들이 목관을 보다 자세히 관찰하기 위해서 조심스럽게 들어서 광 바깥으로 옮겨놓았다.

관은 옻칠이 잘 된 소나무 관이며 그것도 통나무 관이었다. 그 정도의 통나무 관이라면 안동 인근 지역에서 구할 수 없는 소나무인 춘양목이었다. 춘양목으로 만든 관은 출세한 사람이거나 부자가 아니면 감히 엄두도 낼 수 없는 것이었다.

그리고 관의 크기로 보아 보통 사람의 관이 아니라 훤칠한 장부, 육 척이 넘는 사람이 들어갈 만한 크기의 관이었던 것이다.

날이 저물고 있었다. 발굴 관계자는 작업을 보다 쉽게 하기 위해 일단 드러낸 관을 귀래정 앞으로 옮겼다.

옮겨놓고 작업을 다시 시작한 시간이 여덟 시가 좀 지나서였다. 전기를 끌어다 불을 밝혔으며 사다리를 세워 촬영대를 만들었다.

그래도 어두워서 자동차 석 대를 대어놓고 전조등까지 켰다.

네 귀퉁이에 박힌 대나무못을 뽑은 다음, 서너 사람이 달려들어 뚜껑을 들어올렸다. 뚜껑을 들어 올리자 관 속에는 수의며 부장품이 썩지 않은 채 남아 있는 것이 그대로 드러났던 것이다.

사전에 언론에 알려 공개리에 시신을 수습하고 연구자들이 지켜보아서인지 작업은 더디게 진행되었다.

그것도 시신을 거두기 위해 염습의 과정을 역순으로 밟으며 수의를 벗겨내기 때문에 더딜 수밖에 없었다.

횡교 다섯 가닥의 묶음부터 풀었다. 이어 종교 두 가닥도 풀고 좌임으로 접은 대렴금을 본래 대로 돌려놓았다. 가장자리에 놓였던 한지 여섯

뭉치를 제거하고 부채도 수습했다. 가슴과 다리를 덮은 직령을 제거하고 머리에서 허리까지 덮은 철릭을 벗겼다.

가슴 부위에 놓여 있던 한글편지와 초서 편지도 수습했다. 다리 좌우를 채운 한지를 제거하고 다리에 얹은 합당고를 벗겼다. 허리 말기를 장의 위에 놓아 머리 쪽으로 향하게 한 개당고도 거뒀다.

그리고 우측 허리 부근에서 행전 한 쌍을 덜어내고 철릭 위에 있는 장의를 벗겨냈으며 우측 목 부위에 있는 도아를 덜어내고 한지 위를 두른 삼베 철릭을 제거했다.

목 부위 좌우에 놓인 부채와 머리 위 가장자리에 놓인 한지도 수습했고 마지막으로 다리 양쪽에 놓인 버선과 오낭도 거뒀다.

이제부터는 소렴의 절차를 역순으로 해야 한다.

엮은 횡교와 종교를 풀고 좌임으로 싼 소렴금을 본래 대로 놓았다. 다리 위를 덮은 직령과 겹철릭을 제거했다.

얼굴을 덮은 동자 한삼괴 머리 좌측을 메운 한삼이며 얼굴을 넖은 장의와 치마도 조심스럽게 거둬들였다.

참석자들 모두가 소홀할 수밖에 없는 죽은 이의 머리맡에서 무언지 알 수 없는 주먹 만한 검은 물건도 뒤늦게 발견되었다.

그것은 바로 미투리였다. 미투리가 관의 보공으로 들어간 것도 이상한데 그것도 죽은 이의 머리맡에 놓일 정도의 미투리라면 보통 미투리가 아닐 것이었다. 미투리는 짚을 소재로 삼는 것이 보통이고 고급 미투리라고 하더라도 삼으로 꼰 새끼에 왕골과 삼을 섞어 삼은 것이 보통인데 그런 미투리가 아니었다.

처음에는 무엇인지 알지 못했다가 똘똘 뭉친 검은 물건을 조심스럽게 펼쳐놓았을 때에서야 비로소 무엇인지를 알 수 있었다.

머리카락을 잘라서 삼과 섞어 삼은 미투리였다. 머리카락을 잘라 미투리를 삼을 정도라면 머리카락의 주인공은 죽은 이의 배필일 것이다.

'신체발부 수지부모(身體髮膚 受之父母)'라는 엄격한 윤리 도덕이 지켜졌던 조선조 중기만 해도 정조보다도 소중히 여기는 머리카락을 잘라 짚신을 삼을 정도라면 분명히 피치 못할 사연이 있을 것이었다.

과거 보러 가는 남편의 노자를 보태기 위해 머리를 잘라 달비를 만들어 팔아 노자를 보탰다는 이야기는 흔히 들을 수 있는 미담이 아닌가. 진한 사연이 있어 머리카락을 잘라 미투리를 삼은 것만은 분명했다.

진한 사연은 뒤늦게 수습한 편지에서 알게 된다.

젊은 나이에 병이 든 남편에게 아내는 지성을 다해 병 수발을 했으나 병은 좀체 낫지 않았다.

해서 최후로 머리카락을 잘라 미투리를 삼으며 쾌유를 빌었고 어서 병이 나아 미투리를 신어 보기를 열망했는데 병든 남편은 무심하게도 운명하고 말았던 것임을.

미투리를 수습한 다음, 철릭과 단령을 여민 것을 풀고 다리 부분을 매운 액주름, 철릭, 한삼, 행전, 합당고를 수습했고 얼굴을 덮은 겹상의를 제거하고 목에 놓인 한삼도 수습했다.

앞자락에 놓은 단령, 직령, 철릭을 거두고 소렴금 위 허리 부위에 있던 조아도 수습했다. 그리고 묶었던 소렴금이며 소렴 횡교, 소렴 종교까지 걷어냈다. 그러자 놀랍게도 시신은 숨을 거둔 직후의 모습대로 드러나서 발굴자와 참관자를 경악케 했다.

신장을 재어보니 176센티미터가 넘는다. 살아 있을 때라면 180센티미터도 훨씬 넘는 키였을 것이다.

여섯 달 전 봉분을 파 헤쳤다가 대충 원상대로 되돌려놓은 것을 고려한다면 시신은 거의 썩지 않은 채 그대로라고 할 수 있었다.

도톰한 턱에는 짧은 수염이 남아 있는 것으로 보아 피부는 희며 얼굴은 매우 준수했던 것으로 추측할 수 있었다.

다만 가슴과 복부가 비어 있었고 살은 진흙처럼 부스러지기는 했으나 거의 미이라에 가까운 상태였다. 보름 전 일선 문 씨의 미이라가 출토되었고 이어 또 하나의 미이라가, 특히 얼굴과 왼손이 방금 숨을 거둔 것 같은 모습을 드러냈던 것이다.

규리는 미이라에 가까운 시신이 나오자 고개를 돌려 프레지 리를 바라보았다. 그도 미이라가 신기한 듯 눈길을 떼지 않았다.

밤이 깊어지자 후덥지근하던 날씨가 시원해지더니 가는 빗방울이 떨어지기 시작했다. 발굴 작업은 다급해졌다.

폭우라도 쏟아진다면 수습해 놓은 수의는 물론이고 시신도 제대로 수습할 수 없었다.

해서 서둘러야 했기 때문에 숙달된 솜씨가 필요한 장의사를 불렀다.

장의사가 들어 살은 살대로, 유골은 유골대로 수습해서 제 자리에 놓게 하고 준비한 수의로 염습해서 마련한 관에 모셨다.

밤 한 시가 지나서야 작업은 끝났다. 작업이 끝날 무렵, 오락가락하던 비가 본격적으로 내리기 시작했다.

이때까지만 해도 무덤의 주인이 철성 이 씨라는 것만 밝혀졌지 구체적으로 누구라는 것이 드러나지 않았다. 문중에서는 이명정의 손자 중 둘째일 것이라고 추정했기 때문에 이장을 하기 전부터 의성에 살고 있는 이응태의 후손들이 찾아와 지켜보고 있었다.

문중 사람들이 지켜보는 데서 재차 확인한 것은 명정이었다.

명정은 죽은 사람의 본관과 성함을 적은 천으로 관을 덮는 장의의 한 절차였다. 처음은 '철성 이공'이란 넉 자만 확인되었다.

그런데 여러 사람이 확인한 결과, 여덟 자의 흰색 글씨, '철성이공응태지구(鐵城李公應台之柩)'란 글자를 읽어낼 수 있었다.

비로소 무연묘로 남아 있던 무덤의 주인이 밝혀진 순간이었다.

그 밤으로 수습한 수의와 부장품을 정리하기 위해 A대 박물관 정리실로 옮겼다. 정리실은 출토된 유물로 가득했다.

다음날부터 이은숙 교수는 권두수와 공동으로 유물을 하나하나 세척하면서 정리하기 시작했다.

규리는 유물을 정리하는 것을 지켜보면서 미이라 모습으로 세상을 떠들썩하게 한 일선 문 씨보다도 그의 손자인 이응태의 무덤에서 나온 유물에 보다 관심이 갔다. 그것은 발굴자들이 부장품을 수습하는 과정에서 실수를 저지를 뻔한 데서 비롯했다.

한글편지 정도야 소홀히 다룰 수도 있었다.

사람들의 관심 밖으로 밀려날 뻔했던, 시신의 가슴 부위에서 나온 한지에 씌어진 언간인 한글편지가 바로 그것이었다.

뒤늦게 412년 동안이나 외로이 남편의 무덤을 지킨 지킴으로 매스컴의 집중 조명을 받게 된다.

편지를 해독한 다음에서야 밝혀진 사실이지만 편지를 쓴 여성은 원이 엄마라는 것만 알 수 있을 뿐이었다.

어린 아들 원이와 뱃속에 유복자를 두고 서른 한 살의 나이에 요절한 남편을 둔 여성이었다.

남편에 대한 애틋한 그리움과 남편을 잃은 아녀자의 슬픔, 뱃속에 아이를 가진 데다 어린 자식까지 데리고 어떻게 살아가야 할지 등의 사연은 사람들의 심금을 울렸다.

이굉이 안동에 정착한 뒤로 그의 후손 중에는 집안이나 가문을 빛낸 사람이 없었다. 이괄의 난으로 멸문지화를 면하긴 했으나 연좌되어 벼슬길이 막힌 탓이었다.

다만 후손들은 조상의 유훈을 자랑하며 살아왔다.

그런 후손들이 안타까워서였을까.

보름 전에는 일선 문 씨의 목관에서 염습의하며 염습구가 출토되어 복식사 연구의 귀중한 자료를 제공했다.

이번에는 언론에 공개되고 연구자들의 확인 아래 412년 동안 무연묘로 있다가 무덤의 주인이 이응태로 밝혀진 데다 염습구는 물론 염습의를 단계별로 확인하면서 수습했다.

해서 귀중한 학술적 자료가 되었다.

수습 단계에서부터 복식의 사용 목적, 배치, 어떻게 입혀졌는지를 확인할 수 있었으며 염습의의 가치까지 제고할 수 있는 생생한 자료가 발견되었다는 것은 매우 고무적이었다.

그것도 임진왜란 이전, 조선조 중기임을 감안하면 그 가치는 더욱 높다고 할 수 있다. 게다가 요신이 아들에게 보낸 편지며 형 몽태가 죽은 동생을 위해 부채에 쓴 만시와 한시까지 발견되어 부자지정은 물론이고 끈끈한 형제애까지 엿볼 수 있었디.

권두수는 유품을 정리하다가 한 장의 한지에 뭉쳐진 머리카락 다발 같은 것을 발견하고 조심스럽게 한지를 벗겼다.

그러자 삼으로 꼰 새끼에 머리카락으로 삼은 미투리가 나왔다.

미투리를 싼 하얀 한지에는 한글 필적이 희미하게 보였다.

너무나 희미해서 대부분의 글자는 알아볼 수 없을 정도였으나 알아 볼 수 있는 글귀도 있었다.

그것은 '이 신 신어 보지도 못하고' 라는 글귀였다.

그 뜻은 이 신 신어 보지도 못하고 돌아가셨다는 것일 것이며 원이 엄마가 쓴 편지임을 확신케 했다.

원이 엄마는 병든 남편이 하루라도 빨리 회복되기를 열망하면서 삼으로 꼰 새끼에 자신의 머리카락을 잘라 지성으로 미투리를 삼았을 것이며 삼으면서 천지신명에게 기도했을 것이었다.

미투리에 이어 또 다른 주머니에서는 대추나무로 만든 것으로 보이는 참빗 하나와 열한 장의 편지가 나왔다.

그 중 한 봉투에는 '아버지 편지에 대한 웅태의 답장'이라는 편지가 들어 있어 한번 더 묘의 주인이 이웅태임을 확인시켜 주었다.

이웅태가 작고한 해는 1586년 5월 중순일 것이다.

그렇다면 묘가 해체되고 수의며 유품과 함께 그가 세상에 모습을 드러낸 날이 1998년 4월 24일이니까, 412년 만에야 남편에 대한 원이 엄마의 지극한 사랑이 세상에 알려지게 된 셈이었다.

그런데 먼저 떠난 남편을 그리워하면서 안타까운 마음을 편지에 담아 관속에 넣어야 했던 원이 엄마는 어디에 묻혔을까?

규리는 어느 정도 확신을 가질 수 있었다.

이웅태의 무덤은 후손들에게 알려지지 않았다. 명절 때는 성묘 오는 사람도 없었고 가을이면 시제조차 받듦이 없었다는 것을.

그야말로 잊히어진 존재였다. 그랬던 것이 4백 년이 지난 지금에 와서야 기적처럼 세상에 알려지게 되었다.

그는 비로소 후손들과 얼굴을 마주 할 수 있었다.

그로부터 새 옷으로 갈아입고 풍천면 구담리 유택으로 옮겨져 해마다 시제를 받을 것이었다. 뿐만 아니라 아내의 애 타는 사랑을 사람들에게 알려 주었으니 이제 더 이상 외롭지 않을 것이었다.

비록 사랑하는 아내는 함께 묻히지 못했으나 그들 부부는 새로운 천년에도 두고두고 사랑할 것임을.

출토된 유품을 모두 정리하고 보니 수의가 47점이고 부장품으로는 미투리를 비롯해서 부채 등 50여 점이나 되었다.

규리는 유품 정리를 지켜보면서 수의만은 일일이 확인했다. 동정과 소매 끝동에 소색 명주를 댔으며 속에 솜을 넣어 누빈 갈색 명주 누비 장의와 수례지의가 특히 눈길을 끌었다.

수례지의라고 하면 사람이 죽으면 살아생전에 가깝게 지내던 사람이 죽은 이에게 사사로운 정을 표시하는 것으로 배우자나 자식이 하는 친자수례, 형제수례, 붕우수례, 왕이 신하에게 내리는 왕지수례 등 네 유형이 있으며 소렴이나 대렴시 관에 넣었다.

친자 수례지의로 얼굴을 덮은 소색 마포 동자 적삼이 나왔는데 이 동자 적삼이야말로 아이 나이를 5~6세로 추정할 수 있는 단서가 된다.

머리 좌측에 접혀져 있는 소색 면포 홀치마, 보통 치마보다 작은 앞치마, 습상의 가운데 가장 안쪽에서 나온 소색 저마 적삼, 머리 좌측에서 나온 깃과 소매 끝은 명주로 되었고 섶은 무명으로 된 소색 마포, 한삼은 팔 길이만 해도 1미터가 넘었다.

이를 추정해 보면 원이 엄마라는 여인의 키는 150센티미터 정도보다 좀 크며 보통 체격으로 아담한 편이라고 할 수 있다.

고인이 입었던 것으로 추정되는 바지가 일곱 점 나왔다.

밑 트인 바지인 긴 합당고가 네 벌에다 무명으로 된 짧은 겹합당고가 한 벌이다. 또한 무명으로 된 겹개당고가 한 벌이 더 있으며 밑 트인 바지로 무명 겹개당고를 한 벌 더 추가로 수습할 수 있었다.

습바지 안에서 나온 소색 마포 바지인 합당고, 습바지 바깥에 있던 것으로 갈색 명주겹바지인 개당고가 한 벌, 습바지 곁에서 나온 소색 면포 누비반바지 합당고도 한 벌을 수습했다.

관인들의 대표적인 상복이며 사대부의 상례 상복인 단령은 전체가 3미터나 되고 소매만 해도 60센티미터이며 몸통은 무려 2미터가 되는데, 그것은 아청 색 면포인데 좌임으로 여며 허리를 묶은 데서 나왔다.

이런 것으로 미루어 보아 고인은 이름난 무관의 후예답게 육 척 장신의 건장한 체구의 소유자였을 것이다.

이응태는 당시로 보아 거인중에 가까울 정도로 키가 크고 체구마저 우람했기 때문에 일찍 죽게 된 것이 아닌가 하는 추측을 낳게 했다.

소색 마포 홑직령은 소렴용으로 단령 안에 착용한 것이며 직령은 일상적인 출입용 옷인 데다 의례 시에 착용한 포류 중 하나였는데 후기로 오면서 무관의 상복이 되었다.

대렴 시에 보공용으로 넣은 것이 한 벌, 소렴에 사용했으며 단령 안에 있었던 것으로 소색 마홑직령이 두 벌, 갈색 면포 솜직령으로 시신을 덮은 것이 한 벌이 더 있다.

직령은 전체 길이가 3미터며 소매는 60센티미터, 몸통은 2미터가 넘는다. 다리 부위에서 나온 소색 면포 누비바지인 개당고, 조선조 전기 남성들의 대표적인 평복으로 상의와 하의가 연결되었으며 반소매와 긴소매를 따로 다는 경우도 있다.

철릭 또한 대렴용으로 한 벌, 머리 부위에서 한 벌, 소렴으로 두 벌, 습의로 두 벌이 나왔는데 그것도 정리했다.

머리 부위에서 나온 소색 면포 겹철릭은 소매가 50센티미터, 몸통이 2.5미터나 된다. 습상의 중에서 가장 겉에 있던 것으로 소색 면포 홑철릭도 정리했다. 겨드랑에 주름이 있으며 임진왜란 이전에는 주로 사인들의 평복이었으며 서민이나 하류층의 단령 대용으로 입었던 액주름하며 적삼 위에 있던 오자는 따로 모아 두었다.

끝으로 부장품을 정리했다. 다섯 개의 소형 주머니에 손톱, 발톱, 머리카락을 넣은 오낭, 철릭에 달려 있던 주머니, 머리카락으로 삼은 미투리, 포 허리에 묶는 끈인 도아, 버선과 신발, 활동할 때 편하도록 바지 부위를 묶은 싸개인 행전, 그리고 16장의 편지 등 모두 50여 점을 정리했다.

한지에 쓴 편지는 열여섯 장이나 수습했는데 무연묘로 있던 분묘가 이응태의 묘임을 재차 확인시켜주는 편지도 있었다.

원이 엄마가 유명을 달리한 남편에게 쓴 편지 한 장, 머리카락을 싼 편지 한 장, 미투리를 싼 편지 한 장, 기타 열 석 장의 편지였다.

또한 형인 몽태가 동생을 애도해서 쓴 한문 만시와 한시 한 편도 정리했다. 열석 장의 편지도 수습했다.

편지는 아버지 요신이 아들 응태에게 보낸 한문 편지가 아홉 장, 알아보기 어려운 내간으로 된 편지가 한 장, 발신자를 알 수 없는 편지가 두 장, 두 사람이 쓴 듯한 편지가 한 장이었다.

아버지가 쓴 편지는 아들이 죽기 일 년 전, 1585년(을유) 2월부터 10월 사이에 보낸 편지이다.

아들이 보낸 편지보다도 아버지가 보낸 편지가 많은 것은 원이 엄마라는 여인이 시아버지의 편지를 고이 간수했다가 소렴할 때 넣은 것으로 추정된다.

아버지 요신이 쓴 편지며 다른 편지는 너덜너덜한 데다 찢어져 나간 부분이 있어 완전한 해독이 불가능했다.

그에 비해 원이 엄마가 쓴 한글편지만이 온전하게 남아 있는 데다 완벽할 정도로 해독이 가능한 것이 신기할 정도였다.

오랜 세월 무연묘로 있다가 이장과정에서 무덤의 주인이 밝혀진 이응태는 구한국 말엽에 편찬된 『고성이씨족보』에 의하면 고성 이 씨 17세손이며 일선 문 씨의 손자로 밝혀졌다.

그러나 묘의 위치가 불분명하며 태어난 해나 죽은 해는 물론이고 배필에 대한 일체의 기록이 없었다.

원래 행세깨나 했다는 양반 가문의 족보에는 배필의 본관이며 장인의 벼슬 이름까지 수록하는 것이 관례로 되어 있다.

그런데 원이 엄마가 죽은 남편에게 쓴 한글편지에 의해 1556년에 태어나 임진왜란이 일어나기 6년 전인 1586에 작고한 것으로 31세에 요절한 것임을 알 수 있을 뿐이다.

규리는 원이 엄마가 쓴 편지의 사연으로 이응태에 대한 베일을 어느 정도 벗길 수 있었다.

이응태는 고성 이 씨 15세손으로 전의감 봉사를 지낸 이명정과 일선 문씨의 손자이며 군자감 참봉과 수직으로 첨지중추부사를 역임한 요신의 2남 2녀 중 둘째로 31세에 요절했음을 확인할 수 있었다.

『고성이씨족보』에는 묘의 위치가 미상으로 기록되어 있으나 이번 이장으로 묘의 위치까지 확인된 셈이었다.

이요신은 계미년(1523)에 태어났으며 자는 성유이고 호는 남애로 군자감 참봉을 지냈으며 수직으로는 첨지중추부사를 받기도 했다.

그는 신해년(1611)에 타계했는데 숙부인 울진 임씨 사이에 2남 2녀를 뒀으며 2남은 바로 몽태와 응태였다.

이몽태는 신해년(1551)에 출생했으며 자가 웅진이고 호는 죽결이었다. 참봉을 지냈으며 수직으로 동지중추부사를 하사받았다.

그는 임오년(1642), 92세의 나이로 타계했다.

그런 명문의 후예인데 이응태만이 무연묘로 버려져 있었다는 것이 이상했다. 임진왜란 때 귀래정에 살고 있던 고성 이 씨는 왜적에게 막대한 피해를 입었으며 그 타격으로 귀래정 종가를 떠나 봉화군 법전면으로 이주해서 살다가 전염병으로 몰락하다시피 해서였을까.

뒤늦게 지금의 귀래정으로 돌아온 분이 이언형의 조부인 이종연이었다. 그도 6·25때 종가를 비우고 피난을 갔으니 정자는 퇴락했고 종가까지 남의 손으로 넘어간 뒤였다.

이종연은 몽태의 12세손으로 본래는 이술선의 아들이었으나 종손인 이약선에게 양자로 들어가 종가의 가계를 이었다.

그는 홍해 배씨와 결혼해서 숭문을 낳았고 이숭문은 진주 유씨와 혼인해서 동욱을 낳았다. 이동욱은 연안 이 씨를 아내로 맞이해서 언형을 낳았는데 그가 지금 귀래정을 지키며 살고 있다.

지금까지 이응태의 가계에 대해서는 어느 정도 의문점이 풀렸다고 할 수 있다. 그러나 그의 처나 가계에 대해서는 밝혀진 것이 없다. 있다고 한다면 한글편지에 나타나 있듯이 원이 엄마가 전부였다. 바로 이런 점이 역사의 아이러니일 것이었다.

규리는 수습한 수의며 부장품을 정리하는 것을 지켜보면서 필요한 경우에는 사진을 찍거나 실측해서 꼼꼼하게 기록했다.

이제 남은 것은 나머지 편지였다. 한문 편지는 초서로 씌어 있기 때문에 웬만한 한학자가 아니고는 읽을 수 없었다.

게다가 헤어지고 찢어져 보이지 않거나 종이가 피어 알아볼 수 없는 글자가 많아 내용을 짐작하기 어려웠다.

규리는 서울에 올리기면 금석문의 대가에게 징서를 부탁하려고 복사했고 편지에 따라서는 확대해서 복사해 뒀다.

한문 편지에 비해 내간체의 한글편지는 삭거나 찢어지지 않아 완전한 해독이 가능했다. 사돈지나 내방가사를 즐겨 쓰고 읽은 나이 든 할머니 정도라면 읽어낼 수 있기 때문에 정자로 옮길 수 있었다.

편지를 쓴 시점은 남편이 죽은 다음, 염을 하기 전에 쓴 것이 분명했다. 남편이 죽어 경황이 없을 터인데도 문장이 좋고 사연이 곡진해서 읽는 이로 하여금 심금을 울릴 뿐 아니라 쓰다가 지운 곳은 한 군데, 오자나 탈자가 거의 발견되지 않았다.

남편이 병이 들자 병 수발을 하면서 쾌유를 빌었고 여자의 정조보다도 더 소중히 여기는 삼단 같은 검은 머리카락을 잘라 남편의 쾌유를 위해 미투리까지 삼았다면 그네가 미투리를 삼으면서 병이 어서 나아 손수 삼은 미투리를 신어 보기를 간절히 기원했을 것이다.

　그러나 그런 기원도 물거품이 되고 말았으며 끝내 남편은 삼은 미투리는 신어 보지도 못한 채 서른한 살의 젊은 나이로 요절했다.

　그랬으니 슬픔과 애절함은 이 세상 어디에도 비할 데가 없었을 것이며 어린 아들이며 유복자가 될 것이 분명한 뱃속에 든 아이까지 가진 아낙으로서는 앞으로 살아갈 길이 막막했을 것이다.

　원이 엄마로서는 시아버지가 시퍼렇게 살아 있는데 남편을 앞세웠으니, 시집온 지 몇 년도 채 안 된 며느리로서는 본의 아니게도 시집 식구들로부터 칠거지악(七去之惡)을 합친 것보다 더한 악담을 한 몸에 뒤집어쓰게 되었을 것이 분명하다.

　그로부터 장승같은 아들을 잡아먹은 년이라고 시어머니에게 받은 구박은 오죽했을 것이며 소박맞아 친정으로 쫓겨난 것은 아닌지 모를 일이다. 그랬기에 족보에 오르지도 못해 어느 집안 딸인지, 어디에 묻혔는지 알 수 없게 된 것은 아닐까?

　형인 몽태가 비록 벼슬을 했다고 하더라도 비문도 선명한 '가선대부동지중추부사철성이공지묘(嘉善大夫同知中樞府事鐵城李公之墓)'라는 비가 세워져 있는데, 왜 그의 무덤 앞에는 비조차 없어 412년 동안 무연묘로 남아 있게 되었을까?

　형에 비해 동생인 응태는 찢어지게 가난해서 비용을 마련하지 못해 비를 세우지 못했거나 벼슬을 하지 못하고 너무 젊어서 죽어 비조차 세우지 못한 것은 아니었을까?

　그도 아니라면 세운 비석이 유실되었거나 파손되어 없어진 것인지도 모를 일이다. 그러나 후자는 아닐 것이다.

　왜냐하면 고성 이 씨의 선산은 관리가 잘 되었기 때문이다.

　그렇다면 아버지를 앞세운 아들, 어머니를 두고 먼저 간 불효자식이라서 비를 세워주지 않았던 것은 아닐까? 그럴 가능성도 충분히 있었다.

응태의 아들이 성장해서 어느 정도 행세하며 살았다거나 출세를 했다면 아버지의 비 정도는 세웠을 터인데 도시 알 수 없는 일이었다.

한편 아들이 출세했다고 해도 비를 세우지 못했을 수도 있다. 그것은 응태가 죽은 6년 뒤, 미증유의 임진왜란이 일어났기 때문이다.

게다가 인조반정 뒤 이응태의 조카뻘인 이괄(李适)이 공신책정에 불만을 품고 난을 일으켰는데 난이 실패로 돌아가자 그로 말미암아 이 씨 집안은 연좌되어 출세 길이 꽉 막혀 버렸으니 더 말할 나위도 없겠다.

이괄은 무관 출신인데도 문장과 글씨가 뛰어났다.

광해 15년, 인조반정에 가담하여 2등 공신이 되었고 한성 부윤을 거쳐 평안병사가 되어 압록강 변 수비를 전담하기도 했다.

논공행상에서 2등 공신으로 밀려난 데 대한 불만을 품고 인조 2년, 기익헌(奇益獻), 한명련(韓明璉) 등과 함께 반란을 일으켜 한때 한양을 점령했으며 흥안군(興安君) 제(瑅)를 왕으로 추대했으나 장만(張晩) 휘하, 관군의 대반격으로 패하고 부하들에게 살해당했다.

역적은 삼족을 멸한다고 했듯이, 그 뒤 이 씨 집안이 입은 화는 불을 보듯 뻔하며 손이 끊어지지 아니하고 이어져 온 것만도 천만 다행으로 여겼을 것이 분명해 보였다.

살아서는 고성, 죽어서는 철성이란 말이 유래했을 정도였으니까.

규리는 프레지 리를 남겨두고 일에만 몰두하는 것이 미안해서 일선 문 씨가 미이라로 모습을 드러낸 무덤으로 데려 갔다.

"선생님, 바로 이곳, 움푹 파인 데가 보름 전 미이라로 모습을 드러낸 문 씨의 무덤이었답니다. 남편 이명정은 같은 조건, 같은 환경인데도 뼈만 남았는데 비해 아내인 일선 문 씨만이 온전한 미이라로 세상에 모습을 드러냈으니 이보다 신기한 일이 또 있겠어요?"

"아, 그러니껴. 듣고 보니, 그럴 수도 있을 것 같니더."
"선생님, 미안해요. 내 일에만 몰두해서요."
"천만에요. 그렇지 않니더. 나도 관심을 가지고 지켜보았니더."
"이제 문 씨가 살았던 귀래정에나 가 볼까요?"
"좋다면, 그렇게 합시더."

일선 문 씨가 묻혔던 무덤에서 귀래정까지는 그리 멀지 않았다. 걸어서 10분 정도 소요될까. 이내 귀래정에 도착했다.

지방문화재 17호로 지정되어 있는 귀래정은 정자 중에서 극히 드문 북향인 데다 낙동강 강물이 정면으로 흘러오다가 정자 바로 앞에서 부딪쳐 돌아나가는 지점에 위치하고 있다.

개성 유수를 지낸 이굉은 갑자사화 때 삭탈관직 당했다가 중종반정 후 재기용되었으나 벼슬을 사양하고 귀향해 귀래정을 지었다.

정자의 규모는 전면 2간, 측면 4간, 배면 4간의 丁자형 팔작지붕이며 전면 4간은 넓은 우물마루로 되었고 배면은 온돌방으로 된 것이 여느 정자와 달랐다. 마루 주위만 두리기둥을 세웠으며 그 외는 각주를 세웠다. 창문마다 중간 설주를 세웠으나 경복궁의 근정전이나 사찰의 대웅전처럼 재질이 뛰어난 것은 아니었다.

정자와 연륜을 함께 한 은행나무 한 그루가 외로이 정자를 지키고 있었다. 보호수로 지정된 은행나무는 수령 500년이 된 것으로 밑동은 속이 훤히 드러나 있다.

속이 드러난 이유는 은행나무 밑동을 삶아서 물을 먹으면 기침이나 천식이 멈춘다는 속신이 있어 너도나도 손도끼로 쪼아 갔기 때문이다. 정자 주변에는 안동 지방에서는 보기 드문 모감자나무 몇 그루가 정자와 같은 연륜을 자랑했다.

프레지 리는 귀래정과 은행나무를 둘러보면서도 일체 말을 하지 않았다. 그는 생각에 잠기기도 하고 무언가를 생각해 내려고 머리를 조아리는 것 같기도 해서 말을 건넬 수 없었다.

그때 이언형이 다가와 말했다.

"안동댐이 들어서기 전만 해도 전면에서 흘러내리던 낙동강 강물이 정자 바로 앞에서 소용돌이치다 흐르곤 했니더. 그것은 낙동강 물과 반변천 물이 만나기 때문이었지요.

시내에서 멱 감으러 온 아이들은 그것도 모르고 얕은 줄 알고 뛰어들었다가 해마다 한두 명은 목숨을 잃곤 했니더."

이언형의 설명과는 달리 지금은 안동댐으로 인해 강물은 흐름을 멈췄고 더욱이 임하댐이 들어서고부터는 반변천의 물길도 멀리 돌아나가고 있어 소가 있었던가 싶은 흔적은 찾아볼래야 볼 수 없으며 그 대신 맞은편은 한강을 정비한 것처럼 둔치가 조성되어 있었다.

프레지 리는 해마다 한두 명씩은 목숨을 잃었다는 이언형의 말에 짚히는 것이 있는지 생각에 골똘히 잠기는 듯했다.

그는 어릴 적의 어렴풋한 추억, 정자에서 숨바꼭질하던 기억, 때로는 나무에 오르기도 했으며 엄마가 두 강물이 합쳐져 소용돌이치기 때문에 강물에 들어가면 빠져죽는다고 강가에는 얼씬도 하지 말라고 하던 것 등을 떠올렸으나 그곳이 어디인지는 생각이 나지 않았다.

그는 물을 두려워하지 않았으며 개헤엄을 곧잘 했다.

미국으로 가서 다행스럽게도 양자로 입적되었기 때문에 그로서는 행운을 얻었다고 할 수 있었으나 한편으로는 그곳 생활에 적응하지 못해 문제아가 되었으며 따라서 양부의 눈 밖에 날 수밖에 없었다.

언젠가 콜로라도 강가로 가족이 야영을 갔을 때였다.

양부는 낚시에 열중해 있었는데 어린 아들은 저 혼자 돌아다니며 놀다가 실족을 했는지 강물에 빠져 떠내려가고 있었다. 사람들은 아이가 떠내려가는 데도 물살이 세어 뛰어들지 못하고 발만 동동 굴렀다.
 그때 그가 강물로 뛰어들어 아이를 구출해 냈던 것이다. 그것이 계기가 되어 문제아에서 오늘의 그를 있게 했는지도 모른다.
 규리는 안동에서 일을 끝내지 못해 하루를 더 묵었다.
 이튿날 프레지 리와 함께 서울로 돌아왔다.
 규리는 연구에 필요한 자료를 수집할 수 있었기 때문에 보람 있는 여행이 되었으나 뿌리를 찾기 위해 한국에 온 프레지 리에게는 어떤 도움도 되지 못해 안타깝고 안쓰러웠다.
 그녀로서는 그것이 미안하기도 하고 연민이 느껴지기도 해서 논문을 완성한 다음, 프레지 리의 고향이나 피붙이를 찾아주는 데 가능한 한 최선을 다하리란 마음 다짐을 하곤 했다.
 프레지 리는 일주일 동안 한국에 머물렀으나 뿌리에 대한 어떤 단서도 얻지 못한 채 미국으로 돌아갔다.
 규리는 복사한 편지를 가지고 집을 나와 인사동에서 동방서예를 운영하고 있는 초지 임이순 선생을 찾아뵙기로 했다.
 임이순은 서예가이며 금석문의 대가로 널리 알려진 학자다.
 "김규리입니다. 그 동안 안녕하셨어요?"
 "어서 와요. 오랜만에 보게 되는구만."
 "자주 찾아뵙지 못해 죄송합니다."
 "나냐 마음으로만 생각했으니까, 괜찮아요. 다들 바쁘니까."
 선생은 망팔을 바라보는 나이에도 피부가 고왔다. 허연 머리만 아니라면 예순 나이라고 속여도 곧이들을 것 같았다.
 "이럴 때 대비해서 한문 좀 배워 뒀으면 좀 좋아요."
 "신학문을 한 사람은 다 그렇지."
 "며칠 전, 안동에 다녀왔습니다. 412년 된 무연묘를 이장하는 중에 편지가 발견되었어요. 초서로 쓴 것이라서 저로서는 알아볼 수 없었답니다. 해서 선생님께 부탁 좀 드리려고요. 제가 알아보기 쉽게 정자로 옮겨주시고 가능하면 해석도 해 주셨으면 합니다."

규리는 선생이 특히 좋아하는 안동소주 두 병을 내놓았다.

"어디 보세. 나도 늙어서 옛날 같지 않네."

"늙기는요. 여전히 정정하신데요."

임이순은 한참이나 복사한 편지를 보더니 난색을 지었다.

"해독하기 힘들겠어. 삭아서 없어지고 찢어진 부분은 그만두고라도 중간 중간 보이지 않는 곳이 너무 많아서…

그러나 김 교수가 부탁하는 것이니 어쩌겠나. 내 노력해 보겠네."

"말씀만 들어도 너무너무 고맙습니다, 선생님."

노력해 보겠다는 대답만으로도 다행이었다. 정자로 옮기고 해석해 주지 않는다면 어쩌나 하고 그녀는 걱정도 했었다.

무슨 방법을 동원해서리도 편지의 내용을 알아아 했다. 논문을 쓰는 데는 별 도움이 될 것 같지 않았으나 프레지 리의 고향이나 뿌리를 찾는 데 어떤 단서가 나올지도 모른다는 막연한 기대감 때문이었다.

부탁한 지 일주일이 지났다. 임이순 선생으로부터 정자로 옮겨 놓았으니 와서 가져가라는 연락이 왔다.

규리는 한 걸음에 달려갔다.

가서 보니 알아보기 쉽게 정자로 옮긴 것은 물론이고 내용을 요약해 뒀다. 뿐만 아니라 요약한 편지의 내용에 대해 설명해 주기까지 했다.

규리는 집으로 돌아오자 밤을 새워 정자로 옮긴 원고와 요약한 내용을 참조하면서 직역을 했다.

직역을 한 다음에는 해독이 전혀 불가능한 글자는 괄호문제를 채워 넣듯이 앞뒤 문맥을 짜 맞추면서 연결했다.

그렇게 해서야 어느 정도 내용을 알 수 있었다.

이응태의 묘에서 출토된 편지는 모두 열여섯 장이다. 만시를 쓴 것이 한 장, 부채에 쓴 한시 한 수까지 합치면 열여덟 장이나 된다.

원이 엄마가 쓴 내간의 한글편지 한 장, 머리카락을 싼 편지 한 장, 미투리를 싼 편지 한 장, 그리고 마포로 된 소색 철릭 허리띠 주머니에서 나온 것 등은 모두 열석 장이다. 열석 장의 편지 중에는 한글편지 한 장, 국문한문병용 석 장, 한문 편지가 아홉 장이다.

원이 엄마가 쓴 한글편지는 한지에 쓴 것으로 발견된 위치는 시신의 얼굴과 가슴 사이, 그것도 내관의 가장 윗부분에 있었으며 만시와 한시 위에 펴진 채 있는 것을 수습한 것이었다.

한지의 크기는 가로 58.5, 세로 34센티미터이다.

한글편지는 원이 엄마(응태의 아내)가 죽은 남편(응태)에게 쓴 것인데 염을 하기 전에 쓴 것으로 추정된다.

쓴 해는 병술년(1586)인데 편지를 쓴 원이 엄마에 대해서는 『고성이씨족보』에도 올라 있지 않아 확인할 길이 없다.

원이 엄마가 쓴 한글편지는 애절한 사연은 그만두고라도 학술적인 가치도 있다. 한글편지에는 남편을 가리켜 '자내'라는 단어를 무려 열세 번이나 사용했다. 15~6 세기에 있어 '자내'라는 단어는 3인칭으로 가끔 사용된 용례는 발견된다.

그러나 원이 엄마의 한글편지에서처럼 '하소체'와 호응하는 2인칭 존칭대명사라는 것은 최초로 밝혀진 셈이었다.

학술적 가치 외에도 원이 엄마가, 그것도 남편을 지칭한 것으로는 '자내'라는 단어는 조선조 중기 남녀관계, 특히 부부 사이가 우리들이 상식적으로 알고 있는 것과는 달리 예속적인 것이 아니라 평등했거나 동등한 관계라는 호칭까지 추정할 수 있었다.

이런 학술적인 가치보다는 판독이 거의 불가능한 편지들에 비해 원이 엄마가 쓴 한글편지만이 온전하게 남아 완전한 해독이 가능하다는 점이 보다 흥미를 자아냈다.

원이 엄마가 쓴 한글편지는 특수처리를 한 흔적이 보이지 않았다.

그런데도 412년 동안 남편의 시신을 지키면서 지금까지 온전하게 남아 완전하게 해독할 수 있게 했다면 그 비법은 도대체 무엇일까?

조선조 말엽에는 세책본이라는 것이 있었다. 세책본은 한지에 소설을 필사해서 피거나 찢어지지 않도록 들기름을 먹였다.

그러나 원이 엄마의 한글편지에는 딱종이(한지)가 피거나 잘 찢어지지 않도록 들기름을 먹인 흔적은 찾아볼 수 없었다.

군데군데 얼룩진 것만이 눈에 띌 뿐이다.

확대경으로 들여다보면 한글편지 끝에는 수결한 부분이 지워지긴 했는데도 희미하게 보이며 서구에서나 있음직한 문양 같은 것이 남아 있는데도 사람들은 이를 지나쳐 버리거나 관심을 두지 않았다.

규리는 한글편지의 사연에 심취되어 상상의 나래를 폈다.

요절한 남편을 보내는 젊은 아내의 심정이 오죽했을까 싶었고 그것도 개가를 금기시하던 조선조 중기, 남편이 죽는 순간부터 청상과부로 평생 독수공방을 지켜야 했으니 말이다.

눈물이 편지를 썼을 것이었다.

눈물 묻은 한지가 남편의 무덤을 412년 동안 홀로 지켰을 것이며 눈물로 범벅을 했기 때문에 한지가 피거나 찢어지지 않고 지금껏 남은 것인지도 모른다는 생각을 했다.

규리는 임이순이 정자로 옮긴 것을 정리했다.

형 몽태가 죽은 동생 이응태를 애도하면서 쓴 만시는 가로 57센티미터, 세로 83센티미터의 한지였다. 이어서 직령 위쪽 우측에서 발견된 부채에 한문 초서로 쓴 애도시(哀悼時)도 정리해 한글로 옮겼다.

외관과 내관 사이, 머리 우측 부분에서 발견된 머리카락을 싼 가로 34센티미터, 세로 24센티미터의 편지 하나가 있었다.

그것은 언론에 공개되지 않았으나 '함께 넣어 묻게 하소서', '버리지 마시고 ○○곁에 넣으소서' 라는 글귀가 있어 원이 엄마가 쓴 것으로 추정되는 것들은 따로 정리했다.

머리 우측 부분에서 발견된 머리카락이 섞인 미투리를 싼 편지는 가로 27센티미터, 세로 26센티미터 되는 한지였다.

발견 당시 상태가 나빠 공개하지 않았으나 '이 신 신어 보지도 못하고'의 글귀로 보아 원이 엄마가 머리카락을 잘라 남편의 쾌유를 빌면서 미투리를 삼은 것임을 짐작케 했다.

끝으로 마포로 된 소색 철릭 허리띠 주머니에서 나온 열석 장의 편지도 정리했는데 된 한글편지는 글씨를 전혀 알아볼 수 없었다.

국문한문혼용 편지는 석 장이다.

한 장은 아버지 요신이 아들 응태에게 보낸 편지로 가로 34센티미터, 세로 20센티미터이며 서두에 '응태 기서'가 씌어 있고 끝에 '부'라고 수결 표시가 있어 수신자와 발신자를 알 수 있다.

특히 봉투에 쓰인 '아버지 편지에 대한 응태의 답장'이라는 글귀는 명정과 함께 무덤의 주인이 응태임을 알 수 있게 해 주기는 하지만 내용을 판독할 수 없었다.

나머지 한 장도 '답 자서'로 보아 아들 응태가 아버지 요신에게 보낸 편지로 가로 33센티미터, 세로 23.5센티미터의 한지에 썼다.

봉투에 '아버지 편지에 대한 응태의 답장'이라는 글귀는 명정과 함께 무덤의 주인이 응태임을 확인시켜 주었으나 내용을 판독할 수 없었다. 그런 탓인지 두 자료는 공개되지 않았다.

한문 편지 아홉 장은 아버지 요신이 응태에게 보낸 편지이다.

1585년 2월부터 10월 사이에 보낸 편지로 원이 엄마가 쓴 한글편지와는 달리 삭아서 너덜너덜한 데다 피거나 찢겨져 판독이 거의 불가능해서 규리는 어쩔 수 없이 판독이 불가능한 부분은 괄호를 채우듯 앞뒤 문맥으로 추측해 내용을 정리할 수밖에 없었다.

규리는 그렇게 애써 해독한 것을 소설을 쓰는데 필요할 지도 몰라서 재차 정서했다. 귀래정에서 진보현 홍구까지는 하룻길로는 빠듯하긴 했으나 그런 거리인 데도 편지로 안부를 자주 물은 데서 부자간의 정을 짐작할 수 있었다.

지금껏 어떤 무덤에서도 출토된 적이 없는 아버지가 아들에게 보낸 편지, 적다고 할 수 없는 아홉 장의 편지, 그 중에서 2월에서 10월 사이로 날짜가 밝혀진 편지만도 다섯 장이나 된다.

짧게는 이레 만에 쓴 편지도 있었다. 편지의 사연을 들여다보면 자상한 아버지의 상이 나타나 있으며 효성스런 자식의 마음도 드러나 있다. 노한 한 편의 만시와 애도시는 동기간의 우애를 확인할 수 있으며 형이 동생의 죽음을 얼마나 안타깝게 생각했는지 알 수 있다.

규리는 이 정도의 자료라면 이응태와 그의 배필이었던 원이 엄마의 일생을 어느 정도 재구성할 수 있을 것 같았다.

규리는 원이 엄마가 쓴 한글편지를 몇 번이나 읽었다. 음미할수록 의미가 새롭게 살아났으며 가슴에 와 닿았다.

412년 전에 씌어진 한글편지 한 장이 세인의 주목을 끌었다.

그것도 젊은 나이에 죽은, 그러나 왜 죽었는지 전혀 알 수 없는 편지, 남편의 시신을 입관하기 전에 편지를 써서 대렴을 끝낸 남편의 가슴에 얹어놓은 편지, 시시때때로 편지를 보고 자네가 가 있는 저승의 소식을 꿈속에서나마 듣고자 썼다는 한글편지 한 장이 이렇게까지 세상 사람들의 심금(心琴)을 울릴 줄은 귀신이 곡(哭)하고도 남았다.

가로 58.5센티미터, 세로 34센티미터의 한지에 처음 쓸 때는 세로로 시작해서 써 나가다가 종이가 부족해서 좌측으로 돌려 석 줄을 더 쓰고, 그래도 부족해서 또 좌측으로 돌려 한 줄을 써서 마무리를 한 한글편지, 죽은 남편의 시신을 앞에 두고 쓴 편지인데도 사연이 곡진했으며 그렇게 야무지게 지어질 수 없을 정도로 그리움으로 가득 차 있다.

옮기면서 가능한 한 원문에 보다 충실하려고 했다.

다만 '자내'라는 호칭은 독자들의 이해를 위해 '자네'라고 표기만 바꿨을 뿐 나머지는 원이 엄마가 쓴 내용을 그대로 살려서 옮겼다.

규리는 처음부터 끝까지 붙여 썼으나 옮기는 과정에 줄바꾸기와 띄어쓰기는 맞춤법과 문맥을 고려해서 정리했다.

원이 아버님께 상백('상백'은 올립니다의 뜻)

병술년 유월 초하룻날 집에서

자네 나더러 둘이 머리 세도록 살다가 함께 죽자고 늘 말씀하시더니 어찌하여 저를 두고 자네 먼저 가셨는가요. 저하고 어린 자식은 누구에게 의지하며 어떻게 살라 하고 다 버려두고 자네 먼저 가셨는가요. 자네 저를 향한 마음이 어떠했는지, 저 또한 자네 향한 마음이 어떠했는지 너무나도 잘 아시면서요, 네.

한데 눕기만 하면 늘 자네더러 '여보, 남도 우리같이 서로 어여삐 여겨 사랑했을까. 남도 우리 같을까'하고 한결같이 속삭였는데 그런 일은 생각지 아니하시고 저만 버려두고 먼저 가셨는가요.

자네 여의고는 저는 도저히 살 수 없답니다.

지금 당장이라도 자네한테 가고자 하니 절 속히 데려가 주세요. 자네 향한 마음이야 이생에서 어찌 잊을 수 있겠으며 기가 막히도록 서러운 마음이야 한도 없고 끝도 없답니다.

　이런 제 마음 어디에 의지하라고, 어린 자식 데리고 자네 그리워하며 어떻게 살라 하고 먼저 가셨는지 걱정이 태산 같습니다. 편지 속히 보시고 제 꿈에 와서 자세히 말씀해 주세요. 편지보고 하시려는 말, 꿈에서나마 자세히 듣고자 해서 이렇게 급히 써서 관에 넣습니다. 자세히 보시고 꼭 제게 와 말씀해 주세요. 자네는 뱃속에 든 아이를 낳게 되면 아이에게 살길이라도 말씀하시고 저 세상으로 가셨어야 했는데, 뱃속에 든 아이를 낳게 되면 누구를 아비라고 부르게 해야 합니까.

　아무런들 제 마음 같이 서러울 수 있을까요.

　이렇게 세상천지 아득한 일이 하늘 아래 또 있을까요. 자네는 단지 저승으로 갔을 뿐인데 제 마음 같이 서럽기야 할까요.

　끝도 없고 한도 없어 다 못 쓰고 대강만 적습니다. 거듭거듭 편지 자세히 보시고 제 꿈에 와서 저힌데 자세히 말씀해 주세요.

　저는 꿈에서나마 자네 볼 것을 굳게 믿고 있답니다. 자주 자주 꿈에 나타나 생전의 모습 제게 보여 주세요.

　하 그지 그지없으나 이만 놓습니다.

　첫머리 부분에 적혀 있는 병술년은 서기로 1586년이 된다.

　그로부터 6년 뒤, 임진왜란이 일어났으니 어린 원이와 유복자까지 있는 원이네의 삶은 보지 않아도 짐작할 수 있다.

　시숙인 몽태가 뒷바라지를 해 줬다손 치더라도.

　이런 근거는 관에서 출토된 몽태가 쓴 두 편의 한시, 하나는 만시이고 다른 하나는 부채에 쓴 애도시에서 짐작할 수 있다.

　몽태는 동생의 죽음을 만시로는 부족했든지, 아니면 저승 가는 길에 노자로 보태주려고 했든지 부채에 한시까지 써 넣었다.

규리는 편지와 만시를 현대화하면서 이응태와 원이 엄마의 일생을 어떻게 하면 복원할 수 있을까를 생각했다.

복원이 불가능한 부분은 추리와 상상력을 동원한다면 가능할 것 같은 생각이 들어서 지푸라기를 잡는 심정으로 편지의 내용에 매달렸다. 열한 장의 편지 내용이야말로 많은 생각을 제공해 주었다.

『고성이 씨족보』에 의하면 이응태는 2남 2녀의 막내로 태어났다. 여식으로 이준정(李俊丁)과 권몽길(權夢吉)이 수록되어 있는데 권몽길은 매부로 판명되었기 때문에 누나임을 알 수 있다.

동해 바닷가 영해로 혼사를 정했다는 것이며 지금은 건어물을 구하는 중이라는 것과 혼수감을 사기 위해 서울을 가려 하는데 포목이 없어 걱정이라는 데서 당시의 결혼 풍습도를 짐작할 수 있었다.

영해는 안동 지방과 혼사가 빈번한 곳이기도 했다.

응태의 마을 친구로는 춘광이, 집안에서 부리는 종으로는 막종, 억년, 천진 등이 있다. 응태는 무반의 후예답게 매사냥을 즐겼다.

매는 산진매가 으뜸인 것이며 매의 장식물로는 단장고가 있는데 소뿔로 장식했음도 알 수 있었다.

지명으로는 영해, 풍산, 일직, 안음 등 지금과 같은 지명이 400년 전에도 사용되었음을 알 수 있다.

당시는 역질이 자주 돌았음은 물론 종들이 주인으로부터 도망친 사실도, 아이들 목걸이로는 은을 사용했으며 원이가 유행병에 걸린 사실도 확인할 수 있었다. 해서 죽었는지 모르겠으나 족보에는 원이라는 이름은 없고 성회(誠會)라는 이름만 올라 있어 유복자임이 분명했다.

이런 사실을 종합하면 시대상의 복원이 가능할 것도 같았다.

규리는 출토된 유물에서 염습구와 염습의는 물론이고 수의와 수레지

의에서 원이 엄마, 원이까지 키를 산출해냈다.

수례지의로 넣은 네 벌의 부인 옷에서 부인은 150센티미터가 넘는 보통 체격을 지닌 아담한 여성임을 알 수 있었다.

수의를 지은 솜씨로 보아 손이 매우 고왔고, 바느질 솜씨 또한 매우 뛰어났음을 짐작할 수 있었다. 원이 엄마라는 여인은 끔찍이도 남편을 사랑한 여인임도 알 수 있었다. 지금 여성으로서는 상상할 수도 없을 정도로 남편에게 지극한 정성을 바쳤다.

그네는 정조보다도 더 소중히 여기는 머리를 잘라 남편의 쾌유를 빌면서 미투리를 삼았고 하루라도 빨리 병이 낫기를 기원하면서 지금 삼고 있는 미투리를 병이 나아 신어 보기를 소원했다.

그렇게 정성을 들여 삼은 미투리라 그런지 신고 다니기 위한 신발이라기보다는 장인이 삼은 공예품의 진수 같기도 했다.

그리고 수례지의로 넣은 듯한 아이 옷이 한 벌 추가로 수습되었다.

바로 원이라는 아이의 옷일 것이다.

옷을 실측한 결과 원이는 5, 6세 된 아이이며 키는 120센티미터 정도쯤 되어 보인다.

이런 자료들을 종합해 볼 때, 원이네는 이응태가 병들어 죽기 전까지 매우 다복한 가정을 이루고 있었음을 짐작할 수 있다.

조선조 전기는 유교가 실천철학으로 자리가 잡혔던 시기였으며 남녀 사이의 애정표시를 극히 금기시했다.

그런데도 사대부 집안의 여인이 대렴을 하면서 다만 시신의 가슴에 얹어놓기 위해 쓴 편지에 지나지 않는데도 '자내'라는 단어를 무려 열세 번이나 사용했으며 애정 표시를 숨김없이 했다는 것은 당시로 보아 경이에 가깝다.

또한 '자내'라는 단어를 무려 열세 번이나 사용한 것으로 보아 부부 사이의 관계가 어떻다는 것까지 확인할 수 있었다.

'자내'라는 호칭은 조선조 중기에 있어 남녀관계를 알 수 있는 유일한 자료가 되었다. 언어학적으로도 '자내'라는 단어는 1인칭으로 사용된 경우가 있으나 그런 예는 드물며 15, 6세기에 있어서는 2인칭 대명사로 종결어미 하소체와 호응해 사용된 적은 있다.

우리가 알고 있는 상식과는 달리 조선조 중기에는 남녀관계가 동등했었다. 그랬던 것이 임진왜란과 병자호란이라는 미증유의 전쟁을 치르는 사이, 힘의 논리가 서서히 세상을 지배하게 되면서 자연스럽게 남성 우위의 사회로 돌아섰다.

부부유별은 남편의 할 일과 아내가 할 일이 다르다는 것을 명시한 것뿐인데 남성들은 이를 남녀차별로 악용했던 것이다.

처가살이를 했다는 것만 해도 그렇다.

당시 처가살이는 오늘날 여자가 결혼을 하면 당연히 시집에 들어가 살았듯이 남자도 장가를 가면 당연히 처가에 가서 사는 것이었다.

그것은 당시의 관례로 보아 하나의 통과의례라고 할 수 있었다. 그랬으니 고성 이 씨 집안은 반상도 아니었고 그렇다고 집이 가난하지도 않았는데 이응태가 처가살이를 한 것이 분명했다.

아버지 요신의 편지에도 나타나 있다.

'장인에게 편지를 쓰지 못하니 안부 전하라'든가 손위 동서인 사회의 편지에서도 '빙부님 모시는 것은 만 가지 행운이 온다네'에서 알 수 있듯이 처가살이를 하고 있었음이 분명하게 드러난다.

우리 속담에 겉보리 서 말만 있어도 처가살이를 하지 않는다는데 안동에서 이름난 가문, 그것도 무반의 후예로서 처가살이를 했다는 것은 이해가 가지 않을는지도 모른다.

그런 것은 조선조 후기에 와서 고추 당초 맵다 한들 시집살이만큼 매울

까처럼 처가살이의 고달픔을 빗댄 데서 생긴 속담이다.

족보에 의하면 이응태는 진보현 홍구(지금은 영양군 입암면)로 이사를 해서 산 것으로 기록되어 있다.

그렇다면 홍구는 처가가 있는 마을이 되는 셈이다.

당시 처가살이는 이응태만 한 것이 아니었다.

우리나라 남자들이 처가살이를 했다? 얼핏 들으면 이해가 가지 않을는지 모른다. 그러나 처가살이는 꽤 오랜 역사를 지니고 있다.

고구려에서는 서옥제(婿屋制)란 제도를 제정해 실행하기도 했는데 서옥제란 두 집안이 결혼에 동의하는 즉시 여자 쪽 뒤뜰에 '서옥'이라는 것을 지어 혼례를 치른 사위와 딸을 함께 살게 한 제도였다.

함께 살다가 자식이 태어나서 자라면 그때서야 아내와 자식을 데리고 남자 쪽 집으로 돌아갔다고 한다.

고려의 결혼풍속으로는 서류부가혼(婿留婦家婚)이나 남귀여가혼(男歸女家婚) 제도가 있었다. '남지기 여자 집에 미무는 혼인'이거나 '남사가 여자 집으로 가는 혼인'이 바로 그것이다.

요즘도 '장가를 든다'는 말은 '입장가(入丈家)'에서 나온 말이며 '장가를 간다'는 것도 '남귀여가'에서 나온 말이라고 할 수 있다.

중국에는 친영제(親迎制)라고 하는 것이 있었다.

남자가 여자 쪽에 가서 신부를 데리고 와서 신랑집에서 혼례를 치르고 계속 함께 살았기 때문에 혼인 즉시 출가외인이 되는 결혼제도였다.

우리나라는 주로 중국의 제도를 본받았으나 결혼제도만은 중국을 따르지 않았다. 출가외인이라는 말은 조선조 후기에 와서야 중국의 결혼제도를 따르면서 생겨난 말이었다.

이런 차이가 생긴 것은 다른 것은 모르겠으나 친족이나 상속제도만은 중국의 제도를 규정 그대로 따르지 않았기 때문일 것이다.

중국은 철저한 부계 친족 중심의 사회로 상속도 아들에게만 주어졌기 때문에 여성은 상속을 받지 못하니 제도상으로 남자 집에 가서 살 수밖에 없도록 되어 있지 않았는가 싶다.

그러나 고려는 부계와 모계가 동시에 중시되는 사회였기 때문에 양쪽 다 계보를 따졌다. 따라서 상속도 아들 딸 구별하지 아니하고 똑같이 분배했으며 부계 쪽으로만 결정짓지 않았다.

이런 현상은 조선조 초기의 족보에도 나타나 있다.

아버지에서 아들로, 손자로 이어지는 부계만이 아니라 사위나 외손주까지 함께 수록한 데서 찾을 수 있으며 가족이 많다 보니 아들과 처가 식구와의 관계가 매우 복잡해졌다.

딸이라고 하더라도 시집에서 친정 제사를 지낼 수도 있기 때문에 아들이 없어도 문제가 되지 않아 양자를 들이지 않았다.

딸도 아들과 다름없이 생각했기 때문에 남녀차별을 하지 않았으며 딸도 아들만큼 재산을 상속받았다.

상속받은 재산도 남편에게 귀속되는 것이 아니라 죽을 때까지 자기 몫으로 남겨두고 관리했으며 죽기 전에 친정으로 되돌려주기도 했다.

그렇다고 이런 제도가 좋은 점만 있는 것은 아니다.

후대로 내려올수록 여자 쪽의 경제력이 혼사를 어렵게 했다.

사위를 데리고 와서 살게 하려면 그 비용을 감당해야 하는데 이를 감당하지 못해 여승이 된 사람도 적지 않았다.

이런 일은 사소한 일에 지나지 않았으며 더 큰 폐단은 남자들이 결혼을 부와 권력을 잡는 기회로 이용하는 데 있었다.

사위도 아들과 마찬가지로 음서의 혜택으로 관리가 되거나 공음전을 받았으며 장인의 공에 따라 상을 받았다. 해서 보다 더 나은 부와 권력을 위해 가난한 처를 버리고 재혼하는 일이 비일비재했다.

이런 제도는 조선조로 들어서면서 비판을 받았다.

성리학이 국시가 되면서 『주자가례』에 의해 혼사를 시행하도록 강요했다. 그 예로 강력한 왕권을 휘두른 태종이 친영제를 적극 장려했으나 하루아침에 시행되기에는 혼인의식의 뿌리가 너무나 깊었다.

황희 정승마저 혼례를 바꾸기에 앞서 처가에 대한 상복제부터 바꿀 것을 수차 간했는데도 친영제는 실현되지 못했다.

영명했던 세종도 친영제를 실시하고 숙신옹주 혼례 때 시행했으나 사대부가나 서민들은 여전히 이를 수용하지 않았다.

친영제는 단순히 혼인의식을 바꾸는 것만이 아니었다. 처가살이는 천천히 혼수를 마련할 수도 있었으나 친영제는 혼수를 일시에 마련해서 가져가야 하는 부담이 있었으며 친정 및 처가와의 관계가 당장 멀어지고 단절되는 것 같은 심리적 저항도 만만치 않았다.

이런 저런 이유로 대부분의 사람들은 처가살이를 했다.

부덕이 가장 뛰어난 여성 중의 한 분으로 꼽히는 신 사임당도 결혼 후, 상당 기간 동안 친정에 머물렀으며 아들인 이 율곡도 대학자이면서도 외가 제사를 받들었던 것이 기록으로 남아 있지 아니한가.

이처럼 이응태와 같은 시기는 처가살이가 관행이었다.

거슬러 올라가면 영남의 이름 있는 선비도 처가살이를 했다.

점필재(佔畢齋) 김종직(金宗直)도 예외는 아니었다.

그는 일선 김씨의 16대손인 숙자(叔慈)와 밀양 박씨 홍신(弘信)의 딸 사이에 1431년(세종 13) 태어났다.

문종 원년 21세 때 창산(昌山) 조씨 울진 현령 조계문(曺繼門)의 딸과 혼인했다. 세조 원년(1455), 동당시를 거쳐 교도, 세조 4년 문과에 급제해서 권지승문원 부정자에 제수되기까지 8년 동안 처가가 있는 밀양으로 가서 살았다.

정자(正字)를 거쳐 한성 부윤, 형조 판서, 지중추부사에 이르렀으며 뒤에 영남학파의 종조로 떠받들어졌다. 한때 조의제문을 지었는데 이 제문으로 말미암아 무오사화에 연류 되어 부관참시 당하기도 했다.

그뿐이 아니었다. 회재(晦齋) 이언적(李彦迪)도 처가살이를 한 것으로 유명하다. 그는 예종 22년(1491), 아버지 성균 생원 번(蕃)과 손소(孫昭)의 딸을 어머니로 해서 태어났으며 18세 되던 해인 중종 3년(1508)에 함양 박씨 숭부(崇阜)의 딸과 혼인했다.

중종 8년(1513) 23세 때, 생원시에 합격했으며 이듬해는 별시 문과에 급제해서 권지교서관 부정자에 제수되어 벼슬에 나아가기까지 양동 생가에서 처가가 있는 영일로 가서 살았다. 관직에 나아가 이, 예, 형조의 판서를 역임했으며 한성 부윤을 지내기도 했다.

만년에는 윤원형 일파가 조작한 양재역벽서사건으로 유배되었다가 죽임을 당했는데 성리학자로서 이황(李滉)의 사상에 영향을 미쳤다.

퇴계 이황도 처가살이를 했다.

이황은 1501년, 진성 이 씨 식(埴)과 후취 박 씨 사이에 태어났다.

중종 16년 21세 때 진사 찬(瓚)의 딸인 허 씨와 혼인했다.

또한 명종 9년 30세 때는 허씨가 죽어 봉사 질(質)의 딸인 권 씨와 재혼하기까지 처가살이를 했다.

그리고 중종 13년 34세 때, 승문원권지부정자에 제수되어 벼슬길에 나아가기까지 또 처가살이를 한 것으로 유명하다.

이응태와 같은 시대에 살았던 학봉 김성일(金誠一)도 처가살이를 했다. 김성일은 윗대부터 살아온 임하 천전에서 처가가 있는 검제, 금계촌으로 이주했다. 이른바 처가살이를 시작한 셈이었다.

그는 동방 부자 퇴계(退溪)의 제자로 서애(西厓) 유성룡(柳成龍)과 나란히 조정에 나아가 도학정치를 실천했으며 서장관으로 명나라도 다녀왔다. 그는 임진왜란이 일어나기 이태 전인 1590년에는 서인 정사 황윤길(黃允吉)과 함께 통신부사로 일본에 가 실정을 살피고 돌아와서 황윤길과는 반대되는 거짓보고를 했다.

그것은 정사인 황윤길과의 당쟁에서 비롯된 것이기보다는 상하 안팎이 경동할까 우려했기 때문이었다.

그런 탓으로 조정에서는 동인인 학봉의 의견이 채택되어 다가올 미증유의 난에 대비하지 못하게 한 점은 비난받아 마땅하다.

김성일은 그런 돌이킬 수 없는 실수를 저지른 탓인지 임진년의 왜란을 당하자 스스로에게 책임을 지우듯 감영도 없는, 군사 하나를 거느리지 못한 감사로서 왜적의 수중으로 들어간 경상도로 내려가 목숨을 돌보지 않은 채 왜적과 싸웠다.

진주목사가 몰려오는 왜적이 무서워 산중으로 달아나서 비어 있는 진주성으로 들어가서 '성이 무너지면 호남도 없다'고 설득하는 한편, 김시민(金時敏)을 목사로 세웠으며 경상좌우도 의병을 규합해서 진주대첩을 승리로 이끌기도 했던 것이다.

그런 김성일이 과로에 질병이 겹쳐 두 번째 싸움을 앞두고 진주성에서 운명하니 미워하던 서인들조차 그 의열(義烈)에 감복했다.

그런 그마저 처가살이를 했으니 처가살이가 허물이 되지 않았음이 명백하듯이 임진왜란 이전에는 결혼과 동시에 남자가 여자 집에 들어가 사는 것이 일반화되어 있었던 것이 분명함에야.

그것도 장남이라고 예외가 아니었다.

이응태가 처가살이를 한 것은 당연하다. 그는 처가살이를 하다가 병이 들어 죽기 전에 본가로 돌아온 것으로 추측된다.

임진왜란과 병자호란이 발발하기 이전에는 처가살이뿐 아니라 재산분배에 있어서도 남녀가 동등했었다.

『경국대전』에도 남녀 동등하게 재산을 분배해야 한다는 기록이 나와 있다. 뿐만 아니라 시집간 여자가 자식이 없을 때는 분배된 재산은 본가로 귀속되며 상속받은 재산은 결혼 후에도 시집에 주는 것이 아니라 자기가 관리한다는 기록도 보인다.

유성룡 가문의 『분재기』에도, 딸 아들 구분 없이 남녀가 공평하게 부모의 재산을 분배받은 기록이 있다.

이언적가의 『봉사록』에는 제사 내역이 기록되어 있는데 남녀 구별 없이 돌아가며 순서대로 제사를 모신다는 기록이 있다.

해남 윤씨 『봉사록』에도 출가한 딸에게 아버지의 재산을 나눠줬다는 기록이 남아 있고.

이처럼 조선조 전기에는 여성의 지위는 말할 것도 없거니와 경제적으로도 동등했으며 남녀 사이 책임이나 의무마저 차별을 두지 않았는데 두 차례 전란, 임진왜란과 병자호란을 겪은 뒤로는 남녀평등은 사라지고 경제적으로나 사회적으로 차별하게 되었던 것이다.

원이 엄마의 한글편지에 남편을 가리켜 '자내'라고 했다고 해서 배우지 못해 예의가 없다거나 중인의 집안에서 자랐기 때문에 그런 용어를 사용했다는 평은 온당치 않다.

오히려 그 당시만 해도 법적이나 경제적으로 평등한 지위를 누리거나 대접을 받았으며 부부 사이 서로 존경하면서 사랑했고 함께 해로하기를 소원했다고 할 수 있다.

이응태 부부 또한 육신은 서로 떨어져 있으나 영혼만은 함께 해로한 셈이며 긴 어둠의 세월 동안 남편의 시신을 지킨 한글편지, 412년이나 외로이 지내다가 출토되어 비로소 세상에 알려지게 된 한글편지야말로 사랑과 영혼의 산 증거물이었다.

다른 편지는 삭아서 너덜너덜하며 종이가 피거나 찢어져 온전히 해독할 수 없는 데 비해서 이 한글편지만은 한지가 온전할 뿐 아니라 완벽하게 해독이 가능했다.

원이 엄마가 쓴 한글편지만이 온전하게 남을 수 있었던 이유는 무엇이며 그 비결은 도대체 무엇이란 말인가?

모르긴 몰라도 남편이 죽은 뒤에 피눈물로 편지를 썼기 때문이 아닐까 싶을 정도로 짐작이 간다.

너무 너무 울어 소금기만 남은 눈물이 한지에 떨어져 피거나 찢어지는 것을 방지했을 것이며 그것이 오랜 세월이 흐르도록 피거나 삭지 않게 한 것인지도 모른다.

그런데 희한한 일은 원이 엄마에 대한 기록이 일체 비치지 않는다는 점이다. 웅태의 할아버지인 이명정의 배필에 대해서는 일선 문 씨라는 것과 그네의 부친은 군수 계창이라고 족보에 수록되어 있다.

아버지인 요신의 배필에 대해서도 울진 임씨이며 그네의 부친은 장사랑 만종이라고 수록되어 있다.

뿐만 아니라 형인 몽태의 배필에 대해서도 수록해 놓았다. 유독 웅태의 배필에 대해서만은 수록되어 있지 않았다.

비를 세울 만한 벼슬을 하지 못했거나 그렇지 않으면 비를 세울 수 없을 정도로 찢어지게 가난했던 것인지는 모르겠으나.

어쨌거나 이웅태의 묘에는 상석이나 비를 세운 흔적조차 없었다. 그것이 오랜 동안 무연묘로 남게 된 원인이 아닌가 싶다.

그것도 아니라면 가까운 조카뻘 되는 이괄이 난을 일으켜 역적이 되었기 때문에 부관참시를 피하기 위해 의도적으로 비를 세우지 않았거나 세웠더라도 비를 없앴을 것이라는 추측이 가능하다.

그러나 이런 추리는 이웅태 조상들의 비가 그대로 남아 있는 것으로 보아 이치에 맞지 않는다.

생각을 해도 부모를 앞세운 불효자식이라는 것뿐 이유를 찾을 수 없다.
친가는 그렇다 치고 처가 쪽에는 수록되어 있을지도 모른다.
규리는 국립도서관 중앙자료실에서 경상도 쪽 권세가의 족보에 관한 책이란 책은 다 뒤졌다. 고성 이 씨 가문이라면 그와 걸맞는 가문과 혼사를 했을 것임은 불문가지였다.
며칠에 걸쳐 15~6세기 무렵의 영남 권세가 족보를 뒤졌다.
그러나 이응태의 이름은 찾을 수 없었다. 권세가의 족보에서 이응태의 이름을 찾을 수 없는 것은 당연했는지도 모른다.
이괄의 난으로 멸문지화를 면했다고 하지만 연좌되어 벼슬길이 끊긴 집안의 사위를 족보에 올리지 않을 수도 있다.
범위를 좁혀서 생각해 보면, 진보현 홍구리로 가서 살았다면 처가가 있는 곳으로 가서 살았다는 뜻이 된다.
옛부터 홍구리에 살고 있는 성씨를 알아보고 그 집안의 족보를 뒤지면 찾을 수도 있다는 생각이 들었다.
규리는 『한국지명유래총람』 경상북도 편을 뒤져 홍구리에 대해 메모를 했으며 주말을 이용해서 영양군 홍구리를 찾아가 토박이 노인들과 대화하면서 자세히 알아보았다.
4~5백 년 전부터 홍구에 살고 있는 집안은 한양 조씨, 청주 정 씨, 광주 이 씨, 강릉 김씨 정도이고 재령 이 씨가 집성촌을 이루고 있으며 고성 이 씨가 단 한 집 있다는 것을 알아냈다.
네 집안 중에서 재령 이 씨를 제외하고 족보를 보여 달라고 해서 뒤졌으나 이응태의 이름은 비치지 않았다.
다만 강릉 김씨 15세손인 손갑이 홍구에 살면서 안동으로 혼사를 치렀다는 기록은 확인할 수 있었다.
한 집 살고 있는 고성 이 씨가 중매를 선 것은 아닐까?

지금도 마찬가지겠지만 15·6 세기 당시에 있어서는 혼사라는 것은 당사자도 중요하지만 집안을 중히 여겨 정혼했다.

이로 미루어 보더라도 고성 이 씨가 안동에 와서 터전을 잡았듯이 강릉 김씨 또한 진보에 와 터전을 잡았을 것이며 두 집안 사이는 동병상련처럼 통하는 것이 있었을는지도 모른다.

그렇다면 원이 엄마는 성이 강릉 김 씨일 수도 있다.

가문이 있는 강릉 김 씨의 딸인 원이 엄마가 족보에도 오르지 못하고, 더구나 어디에 묻혔는지조차 모르는 불행한 여인이 된 그 원인은 어디에 있었을까? 그것은 시집 온 새색시가 3년 내 집안에 우환이 생기면 새색시 탓으로 돌린 악습 때문은 아니었을까?

그것도 남녀 신분관계가 동등했던 조선조 중기에 그런 대접을 받았다면 보다 분명한 이유가 있었을 것이다.

강릉 김씨는 시집온 지 비록 3년이 지났다고 하지만 이런 추측을 가능케 한 것은 이응태의 무덤에서 출토된 동자의 옷이 5~6세 된 아이 것으로 보이기 때문이었다.

적어도 시집온 지 6~7년은 된 새댁이었다.

6~7년이 되었다고 하지만 시부모가 시퍼렇게 살아 있는데 서른한 살의 젊은 나이의 남편을 먼저 저 세상으로 보냈으니, 시집에서는 집안에 액운을 가져온 여인, 그런 년과 같이 사는 남정네는 모두 다 요절해 죽고 말 것이라는 악담까지 퍼부으며 달달 볶았을지도 모른다.

그렇지 않아도 박복한 년이라고 스스로 탓하고 가슴을 쥐어짜는 데다 그런 구박까지 받았다면 원이 엄마라는 여인은 세상에 극히 드문 기구한 팔자임에 분명했다.

이런 추측이 사실이라고 한다면, 끝내 시집에서 살지 못하고 쫓겨날 수밖에 없었을 것이며 쫓겨나 갈 곳이라곤 친정이 있는 흥구리로 돌아와 살 수밖에 없었을 것이다. 그러기에 고성 이 씨의 선산에 묻힐 수도 없었으며 더욱이 족보에는 수록될 수도 없었을 것이었다.

　세월이 흐르고 자식이 성장한 다음, 그 자식을 족보에 올리면서 강릉 김 씨도 족보에 올라갈 수도 있었을 것이다.

　그러나 이괄의 난으로 연좌되어 벼슬길이 끊기는 바람에 그런 기회를 잃었을 것이며 그 뒤로는 변변한 후손이 없어 끝내 족보에 오를 기회를 잃고 영영 잊혀지게 된 것은 아니었을까?

　규리는 생각하면 할수록 원이 엄마는 불행한 여인이라는 생각이 들었다. 그리고 이응태며 원이 엄마에 대해 의문이 생길 때마다 안동을 찾곤 했었다. 벌써 다섯 번이나 안동을 다녀왔다.

　안동에 가면 발길이 닿은 곳은 자연스레 귀래정이었다.

　귀래정을 지어 만년을 보낸 이가 개성 유수를 지낸 이굉이다. 장자 효칙, 손자 명정이 그의 뒤를 이었다.

　미이라로 세상에 모습을 드러낸 일선 문 씨를 배필로 맞은 분이 이명정이다. 그리고 아들로는 요신을 뒀다. 요신은 몽태와 응태를 뒀다. 응태는 굉의 5대 손이 되며 귀래정에서 태어나 성장했다.

　관례로 보아 원이 엄마는 안동으로 결혼을 했다고 하나 시가의 가풍을 익힌 뒤, 홍구로 가 산 것은 짐작이 간다.

　응태는 5대 할아버지가 심어 놓은 은행나무를 놀이터로 삼으면서 자랐고 여름으로는 정자 바로 앞을 흐르는 낙동강에서 멱을 감고 천렵도 했을 것이다. 정자 앞은 황지에서 발원한 낙동강 물과 일월산에서 발원한 반변천 물이 합류하기 때문에 소용돌이쳐, 여름이면 성안에서 멱 감으러 나온 아이들이 멋모르고 뛰어들었다가 생명을 잃곤 했었다.

　근방 동네 아이들은 어머니로부터 물에 들어가지 말라는 잔소리를 들으면서 자랐을 것이다.

규리는 프레지 리도 두 강이 만나는 지점에서 놀았으며 지금도 어머니가 물에 들어가지 말라고 하던 말이 기억난다고 했으니까 귀래정이 있는 이웃에서 자랐을지도 모른다는 생각이 들었다.

그녀는 귀래정을 둘러보고 풍천면 어담리로 이장해 갔기 때문에 파 헤쳐 황토만 남아 있는 문 씨가 묻혔던 데에 가 보았으나 이런 곳에 묘가 있었던가 싶게 격세지감을 느꼈다.

여느 도시와 다름없이 강 건너로 보이는 안동 시내도 고층 아파트가 도시를 대표하고 있었다.

한강처럼 물이 흐르지 않는 강가 높은 곳에 둔치를 조성해서 공원이나 체육시설을 마련한 것이 눈에 띄었을 뿐 역사가 깊은 도시, 추로지향이라고 자랑할 만한 웅부로서 그 어떤 것도 느끼거나 볼 수 없는 평범한 도시에 지나지 않았다.

『한국지명유래총람』 안동군편을 보면, 정상동은 1914년 행정구역 통폐합에 따라 새로 생긴 동명이었다.

마을에는 귀래정과 별제(別堤) 이굉(李硡)이 지었다는 반구정 터가 지금도 남아 있다. 귀래정 뜰에는 5백 년 묵은 둘레가 네 아름이나 되는 은행나무 한 그루가 우뚝 서 있다.

마을은 지세로 보아 앞인 북쪽으로 낙동강과 반변천이 흐르며 뒤인 남쪽은 얕은 구릉지이기 때문에 풍수상으로는 좋다고 할 수 없었다.

그런 탓인지는 모르겠으나 개성 유수를 지낸 이굉의 후손, 곧 유수공파로서 세상에 이름을 드러낸 사람이라곤 없는 것이나 다름없었다.

규리는 임청각의 지세는 어떤가 해서 신세동으로 갔다.

신세동은 안동 동부로 새로 절이 생겼다고 해서 새절골, 새적골 또는 신사동, 신사리로 부르다가 1914년 행정구역 통폐합에 따라 용하리, 용상리, 율세리의 일부를 병합해 법적 동이 되들었다.

뒤쪽인 북으로는 영남산을 등지고 있으며 앞인 남쪽은 낙동강이 흐르고 있어 전형적인 배산임수의 마을이다.

그런 지세 탓인지는 모르나 중종 때 형조 좌랑을 지낸 이명(李洺)이 본체와 부속 건물을 합쳐 99간의 저택을 지었다.

또 본체 동쪽에다 정침 누각 군자정까지 지어 별장으로 사용하면서 낙동강을 굽어보며 풍류를 즐기기도 했다.

규리는 임청각을 둘러보고 이응태가 처가살이를 한 마을, 영양군 입암면 홍구리로 갔다. 원이 엄마는 여기서 나고 자랐으며 결혼해서도 시집 가풍을 익히기 위해 귀래정에서 이삼 년 동안 시집살이를 한 것을 제외하고는 거의 홍구에서 살았다고 할 수 있다.

홍구리는 안동에서 1백여 리, 옛날이라면 새벽같이 일어나서 걸어도 하루 길이 족히 되는 거리였다. 진보를 지나 34번 국도와 갈림길에서 영양쪽으로 31번 국도를 달리다가 다리를 지나면서 왼쪽으로 꺾어들어 농로를 따라가면 홍구대리에 이른다.

홍구리는 홍구들, 홍구라는 마을로 신라시대에는 칠파 고을 북면 홍구, 그 뒤로 진보현 북면 홍구였는데 1914년 행정구역 통폐합할 때, 영양군 입암면으로 귀속되었다.

마을 남서쪽에 있는 일월암을 사이에 두고 용이 날아가는 모양의 비룡산과 문암산이 홍구를 병풍처럼 에워싸고 있다.

게다가 우아한 모습의 귀공대도 있다.

북서쪽으로는 세 개의 커다란 북바위가 날개를 편 듯 우뚝 솟아 있으며 동으로는 강 건너 벼루산 북쪽 병옥을 경계로 반변천이 마을 앞을 흐른다. 비룡산 바로 아래 심연에는 농암이 있으며 문암산 절벽에는 해와 달의 모습이 뚜렷한 일월암도 있다.

진보에서 강을 따라 오르다 보면 왼편에는 이수운대, 건너편에는 홍수

운대가 있으며 시내 한가운데는 까치바위가 솟아 있다. 갯마을 앞 시내에는 큰 바위가 있는데 이를 선돌바위라고 불렀다.

옛부터 홍구를 관동팔경에 견줄 만하다고 했으며 살기 좋고 인심 좋아 영양 고을 안에서도 제일이라고 했다.

홍구리는 고려초 어떤 지사가 이 마을을 두들기면 반드시 흥할 것이라고 한 데서 두들이라는 지명이 유래했으며 자연적으로 형성된 마을이다. 갯마 포리는 두들마 동쪽 반변천 가에 있고 내가 가까워 기름진 땅이 있는 데서 유래했다. 골마 곡리는 두들마 동쪽에 있으며 황학산 우두간인 작은 골짜기를 이루고 있다.

큰마 대리는 두들마 서편, 나는 듯한 황학산 날개 사이에 위치해 있으며 가장 큰 마을이다. 두들마 구리는 마을의 중앙에 위치해 있으며 황학산 우측 날개 부근 두들에 있다고 해서 유래했다.

수양버들이 많은 양정이란 마을은 7~8 가구가 거주하고 있었으나 청송보호감호소가 설치되면서 폐쇄되었으며 진보면으로 편입되었다.

규리는 두들마를 지나 반변천 강가로 갔다.

강물이 흐르는 곳에서 보면 홍구는 둔덕을 이룬 위에 있어 물이 귀함을 알 수 있다. 냇물은 깨끗했으며 농암 부근은 소(沼)처럼 물의 흐름이 잠시 멈추는 데도 맑았다.

물가에 서서 올려다보면 해와 달의 형상이 뚜렷한 일월암이 절벽을 이루고 있으며 이를 경계로 오른쪽은 비룡산, 왼쪽은 문암산이 병풍처럼 마을을 감싸고 있다.

소 건너편에는 농암(聾巖)이라는 바위가 있는데 비스듬히 기울기는 했으나 이부자리를 펴면 둘이 드러누울 만한 평평한 바위였다.

해서 홍구는 바깥에서 보는 것과는 달리 들어와서 보면 정말 십승지의 하나와 다름없이 경치가 빼어났던 것이다.

이 농암에서 짓궂은 상적꾼 때문에 첫날밤을 밝히고 다음날 밤에야 몰래 집을 빠져 나와 보름을 갓 지난 달밤 아래 이응태와 원이 엄마가 사랑을 나눴을지 모른다는 생각을 했다.

그랬기에 '남도 우리같이 어여삐 여겨 서로 사랑했을까, 남도 우리 같을까' 하고 아쉬움을 편지에 표현한 것인지도 모른다.

반변천은 천렵을 하기에 더없이 좋은 곳이었다.

수량도 풍부했고 물고기의 종류도 다양했을 것이며 당시에는 인구도 적어 잡는 사람이 거의 없었을 것이다. 고기로는 피리, 쉬리, 꺽지, 작은 메기의 일종인 투가리도 있었다.

더욱이 홍구에서 가까운 동면의 삼의계곡은 경치가 빼어날 뿐 아니라 천렵으로도 그만한 장소를 찾지 못할 정도였다.

규리는 이런 좋은 환경에서 자란 원이 엄마는 곱게 성장했을 것이며 심성도 한없이 착했을 것이라는 생각이 들었다.

그런 고운 여인에게 무슨 마가 끼어들었던지 젊은 나이에 남편을 잃고 뒤 이어 자식까지 잃게 되었을까? 임진왜란을 겪으면서 혼자 손으로 유복자를 낳아 키워 손이 끊이지 아니하게 대를 이어주었는데도 어찌하여 무덤조차 알 수 없는 여인이 되었을까?

홍구리 안쪽 구릉에는 무연묘가 더러 있었다.

규리는 그런 무덤 가운데 하나가 원이 엄마의 무덤인지도 모른다는 생각이 들었으나 어디까지나 추측일 뿐 사실은 아니었다.

전생에 원이 엄마는 죄 많은 여인인지도 모른다.

남편을 젊은 나이에 사별했으며 아들 하나마저 잃은 여인, 비록 유복자 하나를 키워 일찍 죽은 남편의 대를 잇게 했으나 무덤을 쓰다니, 어디 당키나 하겠는가. 그렇다면 화장을 해서 재를 농암 부근에서 띄어 보낸 것인지도 알 수 없었다.

규리는 두어 달을 두고 원이 엄마라는 여인은 어떤 가문 출신인지, 누구의 여식인지 알기 위해 이응태란 이름 하나만을 가지고 영남 일대 한다 하는 가문의 족보는 다 뒤졌으나 끝내 찾지 못했다.

그러다 보니 준비 없이 복식사를 강의할 수밖에 없었고 내실 있는 강의가 될 리 없었다. 그녀는 땜질식 강의가 아니면 논제를 제시해 주고 리포트를 써 오게 했다.

그러나 이번의 리포트만은 예외였다.

"지금부터 내가 이야기하는 것은 필기할 필요까지는 없으나 귀담아 듣고 나름대로 리포트를 작성해서 제출해 주기 바랍니다.

지난 4월 7일, 경북 안동시 정상동 택지조성을 위해 주변에 있는 분묘를 이장하게 되었답니다.

고성 이 씨 15세손인 이명정과 그의 부인 일선 문 씨 합장묘를 이장하기 위해 무덤을 해체하던 중에 뜻밖에도 일선 문 씨의 관이 하관 때의 모습 그대로의 상태로 드러났어요.

관속도 염습할 당시 그대로 염습의와 부장품이 거의 변질되지 않은 채 남아 있었으며 더욱이 일선 문 씨는 생전의 모습 그대로를 간직한 채 미이라로 세상에 나왔습니다.

그런데 이상한 것은 20센티미터도 떨어지지 않은 바로 옆에 있는 남편 이명정의 관은 썩어 흔적도 없을 뿐 아니라 뼈만 남아 있었습니다. 이상하지 않습니까? 같은 장소에 묻혔는데 하나는 온전히 남아 있는 데 비해 다른 하나는 형체도 없이 썩었으니 말입니다.

물론 이명정이라는 분이 전의감 봉사였기 때문에 아내의 죽음을 안타깝게 생각한 나머지, 전해 오는 비법을 응용해서 죽은 아내를 미이라로 만들었다고 추정할 수도 있으나 어디까지나 그것은 추정이지 사실은 아닙니다. 그 방면의 전문가들이 관이며 토질, 약품처리 등 다각도로 분석

했으나 원인을 끝내 밝혀내지 못했다고 합니다.

여러분은 일선 문 씨가 미이라로 남아 세상에 모습을 드러낸 원인에 대해 과학적인 분석보다는 문학적인 상상력으로 리포트를 작성해서 기말고사를 보는 시간까지 제출해 주기 바랍니다."

그러자 여기저기서 학생들의 웅성거리는 소리가 들렸다. 학생들은 리포트가 복식사와는 거리가 멀다고 불평이었다.

학생들이 웅성거리자 규리는 논제를 하나 더 제시했다.

"자, 불평 그만하고 조용히 해요. 조금 전에 제시한 리포트가 어렵다면 이번에 제시하는 논제를 써서 제출하기 바랍니다. 일선 문 씨가 미이라로 세상에 모습을 드러낸 보름쯤 뒤, 정확히 말해 4월 24일이었어요. 나도 해체작업을 직접 지켜본 사람 중의 하나였답니다.

4백여 년이나 무연으로 있던 묘를 해체해서 이장하는 중이었는데 이번에도 일선 문 씨의 관처럼 온전한 관이 나왔답니다.

관 뚜껑을 열어 염습의를 수습하는 과정에서 열여덟 장의 편지도 발견되었구요. 이 열여덟 장의 편지로 말미암아 무연묘의 주인공이 이응태임이 밝혀졌으며 많은 편지 가운데 원이 엄마가 쓴 한글편지만이 온전하게 남아 있었답니다.

나머지 열일곱 장의 편지는 거의 삭아서 너덜너덜한 데다 피고 찢어져 온전한 해독이 불가능한 데 비해 원이 엄마가 쓴 한글편지만은 삭거나 피지 않았으며 완벽하게 해독을 할 수 있었습니다.

왜 그럴까요? 왜 원이 엄마가 쓴 한글편지만은 온전하게 남아 있었으며 완벽하게 해독할 수 있었을까요?

이 점에 대해 소설에 관심이 있는 학생은 나를 도와주는 셈치고 리포트를 써서 제출했으면 해요.

거듭 말하거니와 과학적인 데이터보다는 문학적인 상상력, 구체적으로 말한다면 소설가다운 상상력을 발휘해서 제출해 주기 바랍니다."

규리는 리포트를 제시해 주고 강의를 끝냈다. 강의 노트를 수습해서 강의실을 나오는데 학생들이 웅성대는 소리가 뒤따라왔다.

규리는 5월 한 달 동안만 해도 안동을 세 번 갔었다. 그런데도 어떤 실마리조차 찾지 못해 우울한 나날을 보냈다.

규리는 K방송사 제2방송을 시청하다가 예고 프로를 보게 되었다.

'추적 60분'이란 프로에서 일선 문 씨의 미이라에 대해 취재한 것을 방영한다는 자사 프로의 선전이었다.

규리는 송수영 PD와는 친분이 있는 데다 이응태 묘의 이장과정을 그와 함께 지켜보았고 유품을 정리하면서 촬영을 도와줬기 때문에 어떤 시각으로 마무리를 했는지 궁금해 기다려지기까지 했다.

5월 28일 밤 10시 5분, '추적 60분' 프로가 방영되었다. 프로의 진행자인 송지운 프리랜서의 목소리는 언제 들어도 거부감이 없었다.

"지난 4월 7일 안동시 정상동 택지조성을 위해 고성 이 씨 이명정과 그의 처인 일선 문 씨의 묘를 이장하던 중 뜻밖에도 문 씨가 생생한 미이라로 모습을 드러내어 세상의 관심을 끌었습니다.

이목구비가 뚜렷한 미인이며 머리카락, 속눈썹, 피부까지 살아 있는 듯한 모습의 미이라는 드문 예라고 합니다.

문 씨의 남편 이명정 씨는 전의감 봉사를 지냈기 때문에 아내를 보내기 싫은 안타까운 마음에서 미이라를 만드는 비법이라도 터득했던 걸까요? 같은 장소에 문 씨와 남편의 관이 나란히 놓였는데도 남편 이명정 씨는 뼈만 남아 있었는데 비해 문 씨는 어째서 미이라로 남았을까요?

그로부터 며칠 뒤, 비슷한 장소에서 편지 열여덟 장과 한지에 싼 삼과 머리카락으로 삼은 미투리와 함께 남자의 미이라가 또 출토되었습니다. 출토된 편지의 사연에는 '이 신 신어 보지도 못하고'라는 안타까운 구절이

적혀 있었다고 합니다. 어디 그뿐이겠습니까."

이어 근래에 출토된 미이라를 소개했다. 안동 김씨, 경주 이 씨, 양천 이 씨, 전주 이 씨를 예로 들었다.

특히 94년에 출토된 경주 정 씨, 정원의 미이라에서 약품인 듯한 금사가 든 향주머니가 발견되었기 때문에 약품으로 미이라를 인위적으로 만든 것이 아닌가 해서 이를 알아보기 위해 S대 자원생물학과 정후영 교수를 찾아가 의견을 들었다.

정교수는 향주머니가 없는데도 대부분의 미이라는 상태가 양호했다고 증언했다. I대 생물학과 안춘일 교수도 소량의 감초나 한약재로 방부처리를 할 수도 있으나 이를 확인할 방법이 없다고 했다.

관의 차이인가 해서 조사해 봤더니 문 씨나 이명정 씨, 응태의 관은 모두 목관으로 재질은 소나무였다.

이로 보면 인위적으로 미이라를 만들지 않은 셈이 된다.

이를 보다 구체적으로 알아보기 위해 규리는 S대 박물관을 찾아가 미이라에 대한 전문적인 지식을 알아보았다.

박물관 학예관은 인위적인 미이라는 시체를 깨끗이 씻은 다음, 코를 통해 뇌를 축출하며 옆구리를 절개해서 내장을 꺼내어 건조한 뒤에 아포로 싸서 미이라를 만든다고 한다.

자연적인 미이라는 냉동상태가 되는데, 영하 수십 도의 동토나 만년설이 쌓인 고산, 건조지역인 사막에서 발견되며 우리나라에서는 알칼리성 토양에서 발견된다고 한다.

시각을 달리해 취재하기도 했다.

전통적으로 살이 빨리 썩고 뼈만 온전하게 남는 곳을 이상적인 명당으로 보며 풍수지리상으로 미이라를 꺼려서 차가운 땅을 기피하는 경향을 가지고 있음도 덧붙였다. 물이 들거나 나무뿌리 같은 이물질이 들어간 묘에서는 미이라가 전무하며 밀폐된 곳이라야 출토되는데, 무덤 속 온도도 10도 안팎이 적당하다고 했다. 이어 밀폐의 정도에 따라 부패의 진행이 다르다는 것을 증명도 했다.

그리고 1960년대 이래, 15·6세기의 무덤에서 미이라가 출토된 공통점을 찾기도 했다. 공통점은 무덤의 양식에 있으며 목관이 들어가고 남은 땅과 틈 사이는 흙에 석회를 섞어 빈틈없이 메운 무덤, 회곽에서 출토되었다는 점도 지적했다.

그렇다면 석회가 방부제, 방수제가 된 셈이라고 할 수 있다.

『세종실록』지리지나『국조오례의』,『가례』등을 보면 습은 목욕을 시킨 다음, 수의를 입히는 과정을 말한다. 소렴은 습을 끝낸 후 작은 이불로 싸서 묶는 것을, 대렴은 마지막으로 시신을 묶어 입관한다고 기록되어 있어 염습의와 미이라와는 상관이 없다.

관련이 있다고 한다면 흙을 파서 관이 들어갈 수 있게 만든 외관과 나무로 짠 관이 들어기고 남은 틈을 메우는 흙이라고 할 수 있다. 풍화인내도가 크면 클수록 조직이 치밀하고 단단하기 때문에 결국 토질의 차이에 따라서 미이라가 될 수도, 되지 않을 수도 있다는 것이다.

남편 이명정은 일반적인 점토로 그 틈을 메운 셈이며 일선 문 씨의 틈은 석회를 섞어서 채운 결과, 점토의 함량을 높인 셈이며 그것이 결과적으로 회곽이 되게 해서 외부와의 공기를 차단했기 때문에 미이라가 될 수 있었던 원인이 될 수도 있었다.

게다가 소나무 관이었기 때문에 송진이 스며 나와 관과 외관 사이를 방수해 줬으며 관이 들어가고 남은 공간은 석회로 밀폐했기 때문에 이물질이 들어갈 수 없었다고 결론지었다.

그는 끝으로『건설재료국제학술지』10권 2호에 보면 7세기 경, 고대 그리스는 건축용으로 석회를 사용했으며 수도원 건물은 석회를 사용해서 지었다는 보고가 수록되어 있다는 것도 인용했다.

그런데 그 당시 석화제조공정기술이 안동지방에 있었는지에 대해서는 아무런 근거도 제시하지 않았다.

엉뚱하게도 PD는 S교육대 얼굴학 전공인 임인식 교수를 찾아가 일선 문 씨의 미이라 사진과 일선 문 씨의 16세 후손인 귀래정 주인 이언형의 사진을 컴퓨터에 입력시켜 분석시켰다.

그는 일선 문 씨의 얼굴과 이언형의 얼굴은 눈두덩이며 광대뼈가 밑으로 처진 것까지 비슷하므로 거의 같은 얼굴 생김새를 가졌다고 얼토당토 않는 결론을 내려 모처럼 보는 좋은 프로인데도 해프닝으로 끝냈으니 규리는 아쉬움만 더했던 것이다.

그녀는 단서라도 얻을까 해서 프로를 녹화해 뒀다가 시간 나는 대로 보고 또 보았다. 일선 문 씨는 과학적인 증명보다는 글로 남길 수 없는 어떤 사실, 후세에 직접 전하지 못할 어떤 깊은 사연을 몸으로 알려주기 위해 미이라로 세상에 모습을 드러낸 것은 아닐까?

그런 탓인지 모르나 방영 후에도 일선 문 씨의 미이라는 전국적인 매스컴을 탔으며 학자들도 관심을 가지게 되었다.

규리는 기말시험을 채점해서 성적을 제출했기 때문에 방학이나 다름없어서 다행이었다. 원이 엄마에 대해 보다 시간적인 여유를 가지고 추적할 수 있기 때문이었다.

그녀는 먼저 받아둔 학생들의 리포트를 검토했다.

스무 편의 리포트 중에서 눈에 드는 것은 두어 편뿐 나머지는 형식적으로 마지못해 제출한 것이 대부분이었다.

그런데 한 학생만이 일선 문 씨가 미이라로 모습을 드러낸 불가사의에 대해 견해를 피력했다. 그 학생은 글로 남길 수 없는 사실, 후세 자손들에게 전해야 할 사연이 있었고 그것도 몸으로 보여줘야 할 피치 못할 이유가 있었기 때문에 모습을 드러낸 것이라고 추리했다.

다른 하나는 원이 엄마의 한글편지에 대해 쓴 리포트였다.

이응태 부부는 육신은 서로 떨어져 있으나 영혼만은 지금도 해로하고 있으며 한글편지야말로 무덤 속 어둠에서 긴 세월을 인고한 지킴이었다는 것과 젊은 나이에 죽은 남편의 시신을 염하기 전에 눈물로 썼기 때문에 눈물에 섞인 소금기로 인해 한지가 피거나 삭는 것을 방지했으며 다른 편지에 비해 온전하게 남아 알아볼 수 있게 된 원인이라고 지적한 것에 대해서는 어느 정도 수긍이 가고도 남음이 있었다.

규리는 아파트로 들어서면서 우편함에서 편지를 꺼냈는데 낯선 편지가 하나 눈에 띄었다. 발신자는 '전국언어학회'였다.

규리는 전혀 상관이 없는 학회 안내장인 것 같아 그냥 버릴까 하다가 뜯어보았다. 발표 제목과 발표자를 보니 모두 낯설었으나 눈에 익은 타이틀이 있었다. '고성 이 씨 이응태 묘 출토 한글편지의 언어학적 가치에 대해'란 제목이었다. 눈이 번쩍 띄었다.

논문으로 대하기보다는 발표장에 가서 직접 듣고 싶었다. 원이 엄마가 쓴 한글편지를 옮기느라고 얼마나 고생했던가.

해서 전공자는 어떻게 풀이하고 해석했는가가 궁금했다.

규리는 발표장인 Y대 인문학관으로 갔다.

시간이 일러서 그런지 참석자들은 그리 많지 않았다.

분야가 달라 아는 사람도 눈에 띄지 않았다.

그녀는 소책자를 사서 구석에 앉아 발표하기만을 기다렸다. 소책자에 소개된 예정시간보다 5분이 지나서야 발표자가 앞으로 나갔다.

한수남이라는 발표자는 국어학을 전공한 소장 학자였다.

발표자는 다부졌는데 비해 논리는 매우 정연했다.

"지난 4월 24일, 안동시 정상동 택지조성을 위해 분묘를 이장하고 있었습니다. 고성 이 씨 선산에서 무연묘를 이장하는 과정에서 열여덟 장의 편지가 발굴되었습니다.

이 자리에서 발표하려는 내용은 이응태 부인이 남편에게 한글로 쓴 '원이 아버님께'라는 편지가 되겠습니다. 편지를 쓴 연대는 '병술 유월 초하룻날 집에서'라고 씌어 있는 데서 알 수 있습니다. 조선조 후기에 간행된 『고성이씨족보』 권 9에 나와 있는 17대 손 이응태 씨와 관련시켜 연대를 추정하면 병술년은 1586년이 됩니다.

그러므로 원이 엄마가 쓴 한글편지는 16세기 중반기의 언어를 이해하는 데 도움이 되는 자료라고 할 수 있습니다. 표기법, 음운현상, 특이한 어휘는 조선 중기 국어사의 기술에 도움을 줄 수 있을 것으로 생각합니다. 그러면 준비한 원고를 읽으면서 설명하겠습니다."

원이 엄마가 쓴 편지의 지질은 한지이며 편지가 발견된 위치는 내관의 가장 윗부분인 얼굴과 가슴 사이에 펴져 있는 채 발견되었습니다. 크기는 가로 58.5센티미터이고 세로로는 34센티미터입니다.

편지는 산 사람에게 쓴 편지가 아니라 죽은 남편에게 쓴 편지이며 소렴 때 넣은 것으로 추정됩니다. 원이 엄마, 곧 이응태 부인의 기록은 족보에서 확인할 수 없었습니다.

족보에도 처가에 대해 본관이며 누구의 여식인지, 기록하는 것이 관례인데 이응태 부인의 경우만은 예외로 전혀 알 수 없었습니다.

원이 엄마의 한글편지에서 특히 주목할 것은 호칭입니다.

아내가 남편에게 한 호칭으로 '자내'라는 용어를 구사했다는 점에 주목할 필요가 있습니다. 그것도 한 통의 편지에서 한두 번이 아니라 열세 번이나 사용했다는 것은 부부의 애정을 떠나 사회적으로도 신분이 동등한 관계였음을 알 수 있게 해 줍니다.

그리고 '자내'에 대해 자세히 설명했다.

'자내'는 곧 당신을 지칭한다고 할 수 있습니다.

　다른 언간을 보면 어머니가 시집간 딸에게 3인칭으로 남편을 가리키는 표현으로 쓰인 예가 더러 있으나 아내가 남편을 가리키는 2인칭 표현으로는 처음으로 확인되었습니다.

　예를 들어보면 남편이 아내에게, 장모가 사위에게, 위 동서가 아래 동서에게, 올케가 시누에게, 숙모가 질부에게 등의 경우라고 할 수 있겠습니다. 그러나 원이 엄마의 편지에서 '자내'라는 지칭은 함부로 대하기 어려운 아랫사람을 가리키는 2인칭 대명사로 '하게체'와 호응하며 실제 사용은 극히 제한적이었다고 할 수 있습니다.

　보다 구체적으로 살펴보면 '자내'는 하소체, 하게체와 호응되는데 그렇다고 현재의 '자내'와는 차이가 있으며 16세기 중반에는 쓰임의 폭이 보다 넓었다고 할 수 있습니다. 16세기 중반의 '자내'라는 호칭은 남편과 아내 사이 곧, 부부 사이에 사용되었다는 것도 간과할 수 없겠으나 아내가 남편에게보다는, 남편이 아내에게 보다 많이 사용되었으며 수하존대의 개념으로 인식되고 있었습니다.

　그런데도 원이 엄마의 편지에서 '자내'라는 호칭이 존대할 대상에게 사용되었다는 것은 16세기 중반, 특히 양반 가문에서 여성이 남성과 동등하게 대접받았다는 것을 시사하고도 남음이 있습니다."

　발표자는 설득력 있게 논조를 전개했다.

　이번 학회의 발표로 고성 이 씨 유수공파는 또 한번 세상 사람들의 주목을 받았다. 단지 매스컴이 호기심에서 다룬 것과는 달리 학문적인 천착에서 관심을 끌었다는 차이는 있었다.

　8월 말 개학을 앞두고 의류학회 학술발표회가 있었다.

　규리는 참석해서 A대 의류학과 교수가 발표하는「16세기 중반 염습의(殮襲衣)를 통해 본 남녀 평등성」이란 논문을 경청했다.

이은숙 교수는 남에게 빠지지 않는 미모를 가졌으면서도 학구적이었고 발표에 앞서 준비가 철저했기 때문에 더듬거나 막힘이 없었고 또한 거부감을 주지 않는 목소리라 듣기 편했다.

"98년 4월 7일, 안동시 정상동 고성 이 씨 이명정 씨의 합장묘에서 수거된 일선 문 씨의 염습구와 같은 달 24일, 무연묘로 있다가 발굴과정에서 무덤의 주인이 밝혀진 이응태의 분묘에서 수거된 염습구를 통해 당시의 염습을 고찰하기로 하겠습니다.

여기에 덧붙여 염습의를 통해 당시 남녀평등을 조명하고자 합니다.

먼저 조선 전기의 예서를 분석해서 수거된 염습구와 비교 검토하고 아울러 근대의 수의 문화도 점검해 보겠습니다."

염습은 사자의 죽음을 확인하면서 시신을 싸는 과정을 말합니다. 염습구는 염습의를 포함해 염습과정에서 사용된 광의의 물품들로 복식, 명목, 충이, 소양, 천금, 명정, 구의, 현훈 등이 포함됩니다.

『국조오례의(國朝五禮儀)』와 『주자가례(朱子家禮)』의 내용 중 복식 명칭에 차이는 있으나 후자가 보다 구체적이기 때문에 행세하는 집안에서는 『주자가례』 등 중국의 『예서』를 참조해서 염습했습니다.

고성 이 씨 무덤에서 수거된 일선 문 씨의 염습의와 이응태의 염습의의 자료를 가지고 대렴구의 내용을 분석한 결과, 상복이며 상의는 물론이고 하의 등 기타 복식은 거의 남녀 차이가 없었으며 염습구도 대개 일치하고 있었습니다.

또한 대렴구의 위치 분석 결과, 위, 머리, 목, 가슴, 허리, 다리에 따라 놓이어진 부장품도 거의 일치하고 있으며 소렴구 분석 결과나 소렴구 위치 분석 결과도 마찬가지로 남녀 차이가 나지 않았습니다.

16세기 중엽, 일선 문 씨와 이응태 씨는 최소한 죽은 연대가 3~40년 차이가 나는 데도 말입니다. 게다가 장례를 주관한 호상이 다른 데도 거의 차이가 나지 않는다는 것은 남존여비가 엄존했던 조선조 시대에 있어 남녀간에 전혀 차별을 두지 않았음을 확인할 수 있었습니다.

두 분의 염습의(殮襲衣)를 꼼꼼히 살펴보았는데『예서(禮書)』의 의복이나 숫자 등은 전례대로 지켜지지 않았습니다.

상황에 따라 융통성을 발휘했다고 할 수 있으며 습에서 대렴까지의 과정을 통해 16세기 중반의 염습의를 정리할 수 있었습니다.

긴 시간 경청해 주셔서 감사드립니다.

결론적으로 말해 16세기 중기 사회상은 남녀 간에 차이를 두지 않았으며 이응태의 묘에서 나온 원이 엄마의 한글편지에 쓰여 있는 '자내'라는 용어에서도 알 수 있듯이 유교가 실천철학으로 시행되고 있었다고 하더라도 16세기 중반기까지는 남녀가 동등하거나 아니면 최소한 대등한 관계로 사회생활을 했음을 확인할 수 있었습니다.

남녀차별이 심해진 것은 임·병 양란 이후가 아닌가 하는 추측을 해 봤는데 이 점은 앞으로 연구할 과제리고 하겠습니다.

끝으로 수의문화를 조명하고 발표를 끝냈다.

규리는 '역사 스페셜'의 담당 PD를 만나 제작과정에 대해 들었으나 귀가 번쩍 띄는 정보는 얻지 못했다.

제작과정상 문제점이 있겠으나 가려운 데를 긁어 주지 못하고 겉만 울리다가 만 것 같은 생각이 들었다.

'역사 스페셜'도 그녀가 생각한 그 선상에서 벗어나지 못했다.

프로는 다르지만 제작 방향은 거의 같다고 할까.

규리는 영상매체의 한계를 느끼지 않을 수 없었다.

해서 소설로 쓰는 것이 보다 이해가 빠를 것도 같다는 생각이 들었다. 젊은 나이에 남편의 죽음 앞에서 눈물을 흘리며 편지를 썼기 때문에 한지에 눈물이 떨어져 피거나 삭는 것을 막아 주었을 것이다.

그에 비해 다른 편지는 삭고 핀 데다 찢어져 너덜너덜해서 거의 알아볼 수 없는 데 비해 원이 엄마가 쓴 한글편지만은 온전히 읽을 수 있었던 그 비법은 다른 데 있는 것이 아니었다. 바로 소금보다 진한 눈물에 있었음을 이해시키기 위해 소설로 썼으면 했다.

사촌이 땅을 사면 배가 아프다는 말이 의학적으로 증명되었다는 것은 알고 있으나 눈물에는 소금기가 있으며 눈물이 한지에 떨어져 종이가 피거나 삭는 것을 방지하고 내구성을 지니게 해서 온전하게 남을 수 있었음을 소설로 써 증명해 보이고 싶었다.

남도 우리같이 서로 어여삐 여겨 사랑했을까

인간관계는 이런 저런 만남에서 시작된다고 할 수 있다. 유교관으로 볼 때, 만남은 현인을 만나 배우고 출세해서 가문을 빛내며 천하에 이름을 떨치는 것이 바람직한 것이겠으나 그보다는 여자가 남자를, 남자가 여자를 만나 서로 사랑하고 결혼해서 아들 딸 낳고 사는 것이 보다 소중한 만남일 수 있다.

인생에 있어 그 어떤 일이든 만남보다 더 소중한 것이 없으며 일생을 좌우할 수 있는 것도 없다. 특히 남녀 간 만남에 있어 첫 단추가 잘못 채워졌을 때는 사람에 따라 다를 수 있겠으나 남자 쪽보다는 여자 쪽이 보다 많은 피해를 받을 수 있다.

이런 말을 하면 여권운동가에게 지탄의 대상이 될지도 모르겠으나 누가 뭐라고 해도 여자는 좋은 사람 만나 아들 딸 낳고 잘 사는 것이 최대의 행복인지도 모른다.

지금으로부터 412년 전, 염습을 해 시신을 관에 넣기에 앞서 죽은 남편에게 내간, 곧 한글편지를 쓴 원이 엄마라는 여인도 예외는 아니었다.

그네는 이응태란 사람을 만난 순간부터 인생의 운명이 결정지어졌으나 그런 만남의 운명에 순종한 것만은 아니라고 할 수 있었다.

그네는 분명 거부했다. 아니 저항했던 것이 분명해 보였다. 저항했다고 해서 모두가 아름다운 것은 아니다. 진정 아름다운 것은 주어진 운명을 거부하고 새로운 운명을 개척했다는 데 있다.

이응태가 원이 엄마를 만났을 나이는 우리가 알고 있는 상식과는 달리 스물둘 그 무렵쯤이었다.

그것은 이응태가 서른한 살로 요절했고 그의 관에서 출토된 수례지의 중에서 옷 한 벌이 5~6세 된 동자의 것이며 그의 아내가 원이 아버지께 쓴 한글편지에 나와 있듯이, 임신한 것으로 보아 스물 서넛 그 나이에 결혼한 것으로 추측이 가능하기 때문이었다.

나이 든 총각과 처녀가 만나 결혼하면 바로 임신해서 아이를 낳는 것은 지극히 상식적이니까.

조선조 중기는 여자가 남자보다 나이 많은 결혼은 드물었다. 여자가 남자보다 나이 많은 결혼은 말기의 일이며 일제 강점기에 와서 징용이다, 징병이다 해서 그런 결혼풍속도가 생겼다.

당시는 여성이 남성보다 두어 살 아래인 것이 이상적이었기 때문에 원이 엄마는 그보다 나이가 두어 살 정도 아래로 추정된다.

두 사람이 만나 결혼하기까지 마음고생은 말로 다할 수 없었을 것이다. 부모가 정해 준 중매결혼이 아니라 연애결혼이었으니 그럴 수도 있다. 보통 사람이라면 감히 꿈이나 꿀 수 있겠는가. 더구나 뼈대 있는 가문에 태어났으니 연애결혼은 상상도 할 수 없었을 것이다.

그런데도 두 사람은 연애결혼을 했다.

처음에는 완강하게 거절하던 양가 부모도 끝내 허락하지 않을 수 없었을 것이다. 양반 체면에 내색조차 못했으니 겉으로 보기에는 흠잡을 데 없는 중매결혼이었을 것이다.

이응태는 고모가 살고 있는 홍구에 다니러 갔었다. 그는 노을 무렵, 고샅을 지나다가 물을 길어서 이고 가는 삼단 같은 머리를 늘어뜨린 동네 처녀와 마주친 순간, 가슴은 뜀박질을 했다.

그의 가슴 뛰는 사랑은 그로부터 시작되었다. 첫눈에 반해 저 처녀 정도라면 인생을 함께 해도 결코 후회가 되지 않으리란 생각이 들었다. 이 첫 만남이야말로 운명과도 같은 것이었다.

단오가 지난 지 얼마 되지 않은 무렵이었다.

보리이삭이 벌써 누렇게 익었다. 설익기는 했으나 이삭을 훑어 가마솥에 쪄서 말리면 죽 정도는 끓여 먹을 수 있어 보릿고개도 한 고비 넘긴 셈이니까 정말 좋은 계절이었다.

단오 무렵에 맨 그네는 아이들이 타다 다칠까, 단오 다음날 낮으로 잘라 태우는 것이 관례였으나 큰마 뒷산 노송에 맨 그네만은 예외였다. 동네 청년들의 두레로 해 워낙 튼튼히 맨 탓도 있었으나 놀이가 없는 아이들을 생각해서 남겨뒀기 때문이었디.

태양이 서쪽 황악산을 기웃거리고 있을 무렵이었다.

뒷산 그네를 맨 노송 주변을 배회하는 건장한 청년이 하나 있었다. 바로 그저께 석양 무렵, 마을로 들어서다 좁은 고샅에서 물을 길어 이고 가는 동네 처녀와 부딪친 바로 그 청년이었다.

그는 노을을 받아 온통 상기된 듯한 처녀의 발그레해진 얼굴을 대하는 순간, 얼마나 당황했던지, 생각하면 지금도 가슴이 뛴다. 세상에 그처럼 고운 처녀는 도시 없을 것이었다. 아니, 맞닥뜨린 순간, 머리가 어떻게 된 듯했고 손에는 땀이 홍건히 쥐어졌다.

이런 경우를 두고 사람들은 가슴 뛰는 사랑이라거나 첫눈에 눈이 맞았다고 하는지도 모른다. 장가들 나이인 총각이라고 하지만 처녀에 대해 품고 있는 환상이 그렇게 극대화되기도 쉽지 않을 것이며 정신을 잃었다는 것이 보다 정확한 표현일 것이었다.

고모 댁에 자주 놀러왔으나 이번과 같은 일은 처음이었다.

웅태는 그 처녀가 물을 길러 올까 해서 우물가를 서성이다가도 막상 처녀가 나타나면 아찔해서 넋을 잃었기 때문에 말 붙일 기회를 놓치기 일쑤였다. 물론 처녀도 그런 낌새를 눈치 챘다.

웅태는 말 붙일 기회를 노리면서 우물가를 맴돌았다.

나흘째 황혼 무렵이었다.

저녁참이라 우물가에는 아무도 없었다. 처녀가 항아리를 이고 우물에 나타났다. 웅태는 수 없이 연습을 했는데 막상 말을 하려 하자 나오지 않았을 뿐만 아니라 되레 기어들었다.

"지, 지는요, 덕이 집에 놀러 오, 온 사람이시더."

웅태는 웅겁결에 고모의 다섯 살 바기 아들 이름을 둘러댔다.

"……?"

"한번 조용히 만났으면 하니더. 안 되겠니껴?"

"……!"

처녀는 눈을 내리감은 채 전혀 반응이 없었다.

"덕이 집에서 기다리고 있겠시더."

그런데도 처녀는 여전히 반응이 없었다. 해서 웅태는 관심이 없는 것으로 알고 풀이 죽어 발길을 돌렸다.

그랬는데 이틀 뒤였다. 처녀가 고모댁에 나타났다.

웅태는 꿈인가 싶었다. 마침 고모 내외는 마실 가고 없었고 덕이만 들마루에서 잠을 자고 있었다. 고모가 마실을 가고 없다는데도 처녀는 미적미적 시간을 끌었다.

"덕이 어머님을 꼭 만나 뵈야 하는데……"

"곧 오겠지요. 앉아서 기다리십시오."

"전 계시는 줄만 알고……"
"오실 때가 되었니더. 곧 올 것이시더."
"……"

그런데도 부부가 되려고 그랬는지 미적이던 처녀는 들마루 끝에 엉덩이만 겨우 걸치고 앉는다. 그 정도의 시간이 흘렀으면 가슴 뛰는 흥분도 면역이 생겨 어느 정도 사라지거나 식기 마련인 데도 그렇지 않았다. 뒤늦게 눈치를 채고 응태는 인사를 했다.

"이렇게 와 주셔서 참으로 고맙니더."
"……"

여전히 그녀는 반응이 없었다. 땅을 내려다보면서 옷고름만 잘근잘근 씹을 뿐 좀체 입을 열 것 같지 않았다.

"고모댁에 놀러 왔다가 물 길러 가는 댁을 보았니더"
"……"
"전 이응태라고 하니더. 본관은 고성이구요."

뒤늦게 처녀가 말을 받아줬다. 그는 훌쩍 뛸 듯 기뻐했다.

"사투리가 매우 특이하네요."
"아, 네. 그러니껴. 특이하니더."
"전 다영이라고 해요."
"그러니껴. 참 좋은 이름이시더."
"칭찬해 주셔서 고맙습니다.
"아, 네."
"멀리서 오신 분은 아닌 것 같은데, 어디서 오셨습니까?"
"멀지도 않는 안동에서 왔니더."
"그러고 보니, 안동 꺼깨이시군요."

그러면서 하얀 치아를 살짝 드러내어 생긋이 웃는다.

"그래요. 꺼깨이시더."

웅태는 처음에는 무슨 말을 해야 할지 몰라 망설이거나 말을 더듬다가 사투리 때문에 뒤늦게 말문을 틀 수 있었다.

웅태는 이런 저런 이야기 끝에 처음 마주친 순간 정신이 나갔다는 것이며 다영씨 같은 여성이라면 평생을 함께 해도 후회하지 않을 것이라고 말했다. 그리고 제 청혼을 거절하지 않는다면 고모를 통해 매파를 보내겠다고 덧붙였다.

그네는 말은 하지 않았으나 싫은 내색도 비치지 않았다.

그로부터 웅태는 백리 길이 넘는 홍구를 뻔질나게 드나들었다. 드나들면서 다영을 만나 사랑을 심고 가꾸며 북을 줬다.

낮으로는 사람들의 이목이 있어 만나지 못하고 늦은 밤으로 만나 반변천을 거닐면서 사랑을 확인했고 농암에 앉아 미래를 이야기했다.

웅태는 기회를 보아 고모를 조르기 시작했다.

"고모님, 저도 장가가고 싶니더. 중매 좀 서 주셔요."

"밑도 끝도 없이 불쑥 중매를 서 달라니?"

"그래요. 중매 좀 서 달라니까요."

"어지간히도 장가가고 싶은 모양이구나."

웅태는 나이만 먹었지 덩치에 비해 수줍음이 많은 편이었다.

"고모님, 중매 서 주시는 거지요?"

"니가 요새 자주 온다 싶었더니, 다 이유가 있었구나. 그래, 점찍어 둔 동네 처녀라도 있느냐? 있으면 어떤 처녀인지 말해 보거래."

"누군지 말한다면 중매 서 주겠니껴?"

"서구 말구. 누구 조카인데."

그런데 웅태는 다영이란 이름을 대지 못해 시간만 끌었다.

"왜 말이 없어? 점찍어 둔 처녀라도 있느냐고 물었어."

"……"

"중매 서 달라고 그렇게 보채더니 그새 벙어리라도 된 게야?"

"고, 고모님도 다영일 아시지요?"

"아다마다. 봉화 댁 딸을 모를까. 그만한 처녀도 드물지."

고모도 다영을 좋게 보고 있어 다행이었다.

"고모님께서 적극적으로 중매 서 주셔요."

"자주 놀러 온다 싶었더니 이유가 있었구먼."

"……"

"알았다. 내 뺨을 석 대 맞더라도 중매 서지."

보름 뒤, 고모가 귀래정으로 와서 중매 이야기를 꺼내자 요신이 극구 반대했다. 처녀가 좋다고 하나 홍구에 살고 있는 강릉 김씨 집안이 미미하다는 이유를 들어 반대했던 것이다.

믿었던 울진 댁마저 저희들끼리 눈 맞아 하는 결혼은 반대했다.

웅태는 고모를 끈질기게 졸랐다.

아버지가 고모를 좋게 생각하고 있었기 때문에 고모를 조르는 수밖에 없었다. 고모가 서너 번 찾아와서 그만한 처녀도 없으니 혼사를 정하자고 설득했다.

그러다 보니 어느 새 여섯 달이 훌쩍 지나갔다.

들에는 벼가 누렇게 익어 황금물결을 이룬 가을이 되었다.

반대하던 울진 댁이 뒤늦게 시누이가 사는 홍구로 가서 봉화 댁 딸을 먼 눈으로 본 뒤에야 허락을 했다.

그네는 정식으로 의향을 밝히고 처녀 쪽의 반응을 기다렸다. 처녀 쪽에서도 허혼하겠다는 연락이 와 형식상으로는 의혼을 거친 셈이었다.

의혼 기간이 지나자 양가 혼주가 만나 면약하고 궁합을 봤다.

웅태는 가시방석에 앉은 것 같았다. 나쁜 궁합이 나오면 집안에서 파기

할까 마음을 놓을 수 없었기 때문이었다.

낳은 해의 간지에 맞춰 겉궁합도 보았고 생년월일시로 보는 속궁합까지 봤으나 좋지도 나쁘지도 않은 괘가 나왔다. 해서 며칠 내로 납채하기로 합의했고 중매를 통해 대전지에 사성, 주단, 단자라고 하는 사주, 곧 신랑의 생년월일시를 써 보내주기로 합의했다.

요신은 아들 보고 직접 사주를 쓰라고 했다.

"글을 모른다면 모르겠으나 남의 손을 빌릴 것도 없다. 본인이 직접 쓰는 것이 좋아. 그러니 먹을 갈아서 직접 쓰거라."

"네, 아버님. 그렇게 하겠니다."

웅태는 먹을 갈고 붓을 들어 정성을 다해 사주를 썼다.

'乙丑三月二十日丑時(을축삼월이십일축시)'

금년이 무인년(1578)이니까 스물 셋이었다. 다영은 무오년(1558) 9월 16일 생이니까 세 살 터울이 되는 셈이었다.

『경국대전』에 나와 있는 남녀 혼인 연령은 남자 15세, 여자 14세 이상으로 규정해 놓았다. 그리고 부모의 나이 50세가 넘으면 12세 이상도 결혼할 수 있도록 특별히 정해 놓기도 했다.

그렇다고 그런 규정이 그대로 시행될 리 없었다.

나라에서는 혼기를 놓치지 않도록 독려했으며 양가집 규수로서 서른이 넘어 혼인하지 못하면 혼인비용을 지원하기도 했다.

당시는 조혼이 아니라 스무 살 전후해 장가들고 시집을 갔다. 그랬으니 그 나이에 장가든다고 해서 늦은 것은 아니었다.

조선조 중기는 결혼 적령기가 스물 살 전후라고 할 수 있다.

점필재 김종직은 스물하나에, 회재 이언적은 열여덟에, 퇴계 이황도 스물하나에 결혼한 것만 보아도 알 수 있다.

쓴 사주는 울진 댁이 봉투에 넣고 청실홍실로 묶어 홍보에 싸서 보관했다가 손이 없는 날을 택해 홍구리로 보냈다.

사주단자를 받은 강릉 김문 여문은 웅태와 딸의 생년월일시에 맞춰 생기복덕(生氣福德)을 하나하나 가리고 살 드는 날을 피해 날을 잡았다.

'무인년구월십칠일(戊寅年九月十七日)'

날을 받고 보니 만추였다. 더할 수 없이 좋은 계절이었다.

더욱이 햇곡식으로 잔치상을 차릴 수 있어 다행인 데다 기일이 넉넉해서 준비하기에 쫓기지 않아 좋았다.

김여문은 택일한 날짜를 적어 연길(택일)을 보냈다.

잔칫날이다. 홍구까지는 꼬박 하룻길이었다. 웅태는 새벽같이 일어나서 사당에 아뢰었다.

요신이 상객으로, 사촌형 덕(德)이 후행으로 따라나섰다.

함진애비는 춘광이다. 예물이 많아 종인 막종, 억년까지 짐을 지어 꼭두새벽에 길을 나서 걸음을 재촉했다.

인동을 지나 가랫재를 넘었다. 빈변천을 긴니 진보헌에 닿았다. 일행은 진보헌에서 늦은 점심을 먹고 길을 또 재촉했다.

영덕으로 가다가 세 갈래 길에서 영양 쪽으로 접어들었다.

해가 서산에 설핏해서야 홍구에 닿았다.

신랑 일행이 마을로 들어서자 사람들이 몰려왔다.

그들은 상객이나 후행, 함진애비보다는 말을 탄 신랑에게 갔다. 가서는 신랑 하나는 좋다고 너나없이 한 마디씩 했다.

웅태는 기형에 가까울 정도로 키는 180센티미터가 넘어 훤칠했고 생김새는 미남인 데다 어디 내놓아도 빠지지 않는 장부였다.

"키는 칠 척이 넘겠어. 어디 내놓아도 장부로구만."

"어디 키뿐이겠어. 얼굴도 귀공자처럼 잘 생겼니더."

"키 큰 사람치고 악한 사람 없다더니 착해 보이기도 해라."

"저런 사람한테 시집가는 사람은 복도 많지여."
그런데도 웅태는 반응을 보이지 않았다. 초례청에서 신랑이 헤프게 웃으면 첫딸을 낳는다고 신신당부한 말이 생각나서가 아니었다.
긴장 탓으로 등은 식은땀으로 흥건하게 젖었기 때문이었다.
신부 집에서 사람이 나와 상객을 이웃집으로 안내했다.
함진애비는 신부 집으로 들어서다 말고 납폐문제로 함을 벗어 놓으라니, 못 벗겠느니 하고 혼주 측과 실랑이를 벌였다.
"함을 지고 먼 길 오느라고 수고했네. 어서 내려놓게."
"누가 맨입으로 벗어 준다요. 안됩니더."
"시간이 없으니 벗어놓게. 상다리 부러지게 차려 줌세."
"맨입으로 안 된다니까, 자꾸만 그러시네."
"알았네. 섭섭하지 않게 행하를 주겠네."
한동안 실랑이가 벌어졌으나 다리가 휘어지도록 차린 상을 보고 수그러든 데다 두둑이 내민 행하를 내밀자 함진애비는 함을 벗어줬다.
신부집 사람이 함을 받아 납폐시루가 놓인 상위에 잠시 올려놓았다가 안혼주가 안방으로 가져가서 친척들이 지켜보는 가운데 함을 열고 예단을 꺼냈다. 함에는 신부의 청홍색 치마 저고리 감은 물론이고 부귀다남을 축원하기 위해 넣은 목화씨, 숯, 고추 등도 있었다.
뿐만 아니라 신부의 패물 등 한 살림 밑천이 들어 있었다.
예단을 보는 사람마다 칭찬을 아끼지 않았다.
"곱기도 하지. 어떻게 손질했기에 이렇게 고울 수 있지."
"옷감이 많아서 평생 입어도 남겠어."
"말로만 듣던 안동포, 올이 참으로 곱기도 해라."
"예단 많기도 해라. 시집은 잘 가네."
"난 언제 아들을 부자 집으로 장가를 보내 이런 예단을 받아볼까."

봉화 댁은 물목을 일일이 확인하는 것으로 납폐례를 끝냈다.

웅태는 방으로 들어서서 혼례복으로 갈아입고 사모관대를 갖췄다. 그러자 집안이 앞장서 신랑을 안내했다.

혼주가 대문까지 나와 신랑을 맞이해서는 짚불을 놓은 대문을 타고 넘게 하더니 마당에 차려놓은 전안청으로 데려갔다.

마당에는 차일 아래 멍석 두 장을 펴고 북쪽으로 병풍을 쳐서 교배상을 놓아 전안청을 마련해 놓았던 것이다.

집사가 신랑을 교배상 동쪽으로 안내했다.

"자, 자리를 깐 데로 올라서게."

그러나 웅태는 시키는 대로 들어서지 않았다. 짓궂은 장난꾼이 돗자리 밑에 막대기를 넣어 둔다는 것이 생각났기 때문이었다.

장난치기 좋아하는 사람은 신부집 몰래 자리 밑에 둥근 막대기를 깔아두고 긴장한 신랑이 자리로 올라서는 순간, 넘어지거나 기우뚱하다가 사모 깃이 떨어져 웃음거리가 되는 것을 보려고 했다.

웅태는 조심스럽게 돗자리로 올라섰다.

아니나 다를까. 몸이 기우뚱했다. 넘어지지는 않았으나 사모 깃이 떨어지는 것을 손으로 간신히 잡을 수 있었다. 미리 대비하지 않았다면 우사를 톡톡히 할 뻔했다.

가까운 친척이 돗자리를 들고 밑에 깐 막대기를 들어내서야 전안상으로 가서 나무 기러기를 올려놓았다.

비로소 집사가 혼례의식의 서막을 알렸다.

"신랑, 북향 사배."

웅태는 집사의 지시에 따라 북향해서 네 번 절을 했다.

절이 끝나자 봉화 댁이 나무 기러기를 치마폭으로 싸들고 안방으로 들어가더니 '기러기를 던져서 넘어지면 딸을 낳고 벌떡 서면 아들을 낳는다'

는 속신대로 신부 앞에 던지자 기러기가 벌떡 섰다.

사배를 한 웅태는 대례청 동쪽으로 가 신부가 나오기를 기다렸다. 이때, 일부러 신랑을 골탕 먹이기 위해 오랜 시간 세워 두는 경우도 있으나 해가 지고 있기 때문에 서둘러 혼례식을 거행했다.

한복으로 차려 입은 들러리의 부축을 받으며 신부가 대례청에 마련된 교배상 맞은편에 가장 자리를 잡았다. 그러자 지금까지는 신랑을 구경하고 섰던 사람들의 시선이 일제히 신부 쪽으로 쏠리는 것이었다.

"지금부터 성혼례을 거행하겠습니다. 신부, 재배."

하님이라고 하는 수모, 흔히 들러리로 알려진 두 사람의 여자가 신부의 겨드랑을 끼고 절을 하는 신부를 도왔다.

웅태는 절을 하는 신부의 거동을 지켜보았다.

우사하지 않으려고 조심스럽게 절을 하는 모습은 애처롭다 못해 안타까운 생각마저 들었다.

"신랑, 일 배."

신부의 이배에 대한 답으로 신랑은 일 배만 하라고 했다.

그렇잖아도 장난이 심한 구경꾼들은 불공평하다며 신랑도 이배하라고 야단이었다. 웅태는 일 배 아닌 십 배라도 하고 싶었으나 집사가 시키고 주위 사람들이 보고 있으니 하고 싶어도 할 수 없었다.

초야에 단 둘이 있게 되면 열 번, 스무 번이고 답배해 주리라 생각하며 이배를 하는 정성으로 일 배를 했다.

일 배를 하자 집사가 또 지시했다.

"신부, 이 배."

신부가 절을 하는데 입고 있는 옷 때문인지 힘들어했다.

"신랑, 일 배."

신랑이 일 배를 하자 그것으로 교배례는 끝이 났다.

들러리가 잔에 술을 따라 신부에게 줘 입에 대게 한 다음, 다시 받아서 신랑의 대반, 곧 신랑 시중드는 사람에게 건넸다. 대반이 받아 신랑에게 술잔을 넘겨주자 또 구경꾼들이 놀렸다.

"받아서 마시면 딸을 낳으니 마시지 말게."

"아닐세. 받아 마셔야 아들을 낳으니 받아서 쭉 들이키게."

"단숨에 꿀떡 마셔야 아들이니까, 쭉 들이키게."

웅태는 아들 낳는다는 속신 때문이 아니라 신부가 서 있는 것이 안타까웠고 식이 빨리 끝났으면 해서 술잔을 받아 쭉 마셨다.

단숨에 잔을 비우자 사람들은 또 놀려댔다.

"술을 마시는 것을 보니, 신랑은 술고래가 분명해."

"그래. 맞아. 술고랠세."

"앞으로 신부가 고생깨나 할 게야."

"저 덩치 큰 신랑의 술주정을 누가 받아줄꼬"

잔을 비우자 대반이 다른 잔에 술을 따라 신랑에게 줘서 입에 대게만 하더니 또 들러리에게 건네줬다. 들러리는 받아서 신부의 입에 대게 하고 내려놓음으로 합근례도 끝이 났다.

들러리가 신부를 부축해 안방으로 데리고 들어갔다.

웅태는 사랑으로 들어가서 입었던 혼례복을 벗고 신부 집에서 마련한 도포로 바꿔 입자 큰상이 들어왔다. 그는 먹는 시늉만 하다가 함을 지고 온 사람에게 받은 큰 상을 물렸다.

짧은 해는 지고 어둠이 찾아왔다. 웅태는 신방으로 들어섰다. 신부는 윗목에 다소곳이 앉았다가 모로 돌아앉는다. 조금 뒤, 합환주가 놓인 상이 들어왔으나 그 전에 신부의 혼례복부터 벗겨야 했다.

상적꾼들은 신부의 혼례복을 벗기는 것을 구경하기 위해 벌써부터 몰려들어 부산을 떨어댔다. 한쪽에서는 벌써 창호지를 뚫고 신방을 들여다

보면서 신랑 신부의 동정을 놓칠세라 지켜보고 있기도 했다.

응태는 신부의 옷을 벗긴다고 생각하니 손부터 떨렸다. 떨리는 손으로 칠보족도리를 벗기려니 벗겨지지 않았다. 짓궂은 들러리가 신랑이 벗기지 못하도록 얼기설기 동여맨 탓이었다.

어디에 매듭이 있는지조차 알 수 없었다. 상적꾼들이 칠보족도리 하나 벗기지 못하는 바보 신랑도 있다고 핀잔을 줬다. 누군가 뒤통수 부근에 있는 핀을 뽑아야 한다고 말하기도 했다.

응태는 마음을 진정시켜 간신히 핀을 뽑고 고 없이 맨 끈을 풀려고 촛불을 가까이 가져갔다. 그때 누군가가 방으로 들어오더니 촛불을 혹 불어 끄고 나가 버린다. 불을 켜서 붙이면 끄기를 되풀이했다. 나중에야 어느 정도 장난을 쳤다고 생각했는지 끄지 않았다.

응태는 촛불을 가까이 당겨놓고 마구잡이로 맨 끈을 겨우 풀어서 족도리를 윗목으로 밀쳐놓았다. 이어 저고리 앞섶을 헤집었다.

이제부터는 수월하겠지 생각했다.

그러나 그게 아니었다. 신부의 저고리를 벗기는데 고름을 얼마나 칭칭 동여맸던지 풀어지지 않았다. 이러다가는 옷고름 풀다가 밤을 새울 것 같았다. 옷고름을 뜯었다.

응태는 바깥에서 시키는 대로 술을 따라 신부에게 권했다. 신부는 입에 대는 시늉만 하고 잔을 내려놓았다.

응태는 신부가 입에 대다 만 잔을 단숨에 비웠다.

응태는 합환주를 마셨으니 이제는 잠을 자도 되겠거니 여기고 상적꾼들이 지켜보고 있기 때문에 입은 채 이불 속으로 들어갔다.

신부도 예복인 겉옷만 벗고 웃저고리와 홑치마 바람으로 이불 속으로 들어오면서 촛불을 불어 껐다. 그러자 바깥이 조용해지는 것이 아닌가.

해서 상적꾼들이 돌아갔는가 여겼으나 그게 아니었다.

지금까지는 점잖은 장난에 지나지 않았다.

이제부터가 본격적인 장난이 시작되었다.

상적의 유래는 악귀로부터 신랑 신부를 지킨다는 의미에서 비롯되었다고 한다. 간혹 신랑이 어리고 신부가 연상일 때는 신부의 정부가 장에 숨어 있다가 신랑을 해치기도 했기 때문이었다.

해서 그와 같은 상적하는 습속이 생겼다고 전해지고 있다.

상적꾼들은 창호지를 찢고 구멍을 통해 안을 들여다보다 못해 아예 문을 열어 제꼈다. 문을 닫으면 열고 닫으면 열었다.

해서 안으로 달아걸었다.

그러자 장난이 얼마나 심했던지 문을 뜯어 마당에 내팽개쳤다. 신랑 신부가 상적꾼들이 보지 못하도록 이불을 뒤집어쓰면 이불마저 걷어가 버렸다. 이불을 빼앗기고 아랫목에 웅크리고 앉아 있는데 이번에는 고추를 태워서 연기를 부채로 부쳐 방안으로 들여보내는 것이 아닌가.

웅태는 너무 매워 연신 기침을 해댔다.

바깥이 또 잠잠해졌다. 이제는 돌아갔는가 여겼으나 그게 아니었다.

잠이 들 만하면 작대기로 툭툭 건드려 자지 못하게 했다. 그렇게 상적꾼들은 밤새도록 장난을 쳤다.

신혼부부는 상적꾼들 등살에 사랑땜은커녕 눈을 붙여 보지도 못하고 꼬박 초야를 세운 셈이 되었다.

신랑이 신부 집으로 가는 것을 초행(醮行) 또는 재행(再行)이라고 하는데 반해, 그와는 반대로 신랑 집에서 신부를 맞이하는 의식을 우귀 -신행(新行)의 이칭이나 별칭- 라고 하는데 결혼 당일로 데려오기도 하고 신부 집에서 첫날밤을 보내고 다음날 데려오는 수도 있으며 홀수로 사흘, 닷새 만에 맞이하는 경우도 있다.

또한 길게는 몇 달, 해를 일부러 넘기고 일 년을 묵혔다가 신행하는 경우도 있는데 일 년 묵혔다가 신행하기로 양가가 합의했으며 앞으로 사흘 밤을 더 자야 신랑이 친가로 돌아간다.

응태는 잠을 한숨도 자지 못했는데도 새벽 같이 일어나 상객으로 따라온 아버지에게 문안인사를 올렸다.

아침상은 신부와 함께 하는 겸상을 물린 뒤, 응태는 처가의 가까운 친척이나 동네 어른들에게 인사를 올렸다.

인사를 끝내기도 전에 동네 청년들이 새 신랑을 다리려고 우르르 몰려왔다. 이를 흔히 동상례라고 한다.

동상례는 마을마다 다르며 장난이 심한 데는 신랑이 시달리다 못해 삐쳐서 제 집으로 도망치기도 했다.

나이가 비슷한 오촌 당숙이 들어 응태를 다리기 시작했다.

"이 서방, 보게. 자네 언제 집을 나서서 왔는가?"

응태는 멋모르고, 그것도 생각 없이 불쑥 대답했다.

"어제 새벽에 나섰니더."

"어제 새벽에 태어난 사람이 남의 동네에 와서 처녀를 훔쳐가, 이 밝은 세상에… 그러니 어쩐다? 이 날강도 놈을."

"훔쳐 가다니요. 장가 왔니더."

"갑자기 장가라니? 이가 성을 그 사이 장가로 고쳤는가? 이 사람 형편없어. 사람이 그렇게 헤퍼서야 어디다 써."

물고 늘어지는 데야 입이 열 개라도 당할 재간이 없었다.

"이 서방인지 남의 서방인지 모르겠네만, 자네가 뭔데, 그래 동네 처녀를 훔쳐 가? 도둑인가? 아니면 돈 주고 사 가는 겐가? 사 간다면 가져온 돈 좀 내놓게, 빨랑빨랑."

"갑자기 돈은요?"

"생짜로 처녀를 데려가려고? 어림 반 푼어치도 없지. 우리 동네에서는 처녀를 공짜로 내준 적이 없네. 돈을 받고 데려가게 했네. 그래, 자네는 돈이 없다면서 뭘 내놓고 처녀를 데려 가려는가?"

"……."

"안되겠어. 통하지가 않아. 매달세."

누군가 지게에 달려 있는 고삐를 풀어 가지고 오자 서넛이 달려들어 신랑을 꼼짝도 못하게 묶어서는 서까래에 거꾸로 매달았다. 이어 다듬이 방망이로 발바닥을 때리기 시작했다.

"이 서방, 가져온 소다리는 어디다 숨겼는가? 어서 내놓게. 내놓겠는가, 못 내놓겠는가? 한 상 차려서 내올 때까지 사정없이 때리게나."

사정을 두지 않고 때렸다. 발버둥 쳐도 소용이 없었다.

"장모님, 저 죽어요. 소다리 하나 가져 와요."

사위가 맞는 것을 보다 못해 장모가 술과 함께 돼지갈비며 부침개를 상다리가 부러지도록 차려서 내왔다.

그제야 청년들은 신랑을 풀어주고 먹고 마셔대기 시작했다.

웅태는 은근히 부아가 났다. 낮은 그래도 참고 견딜 만했다. 밤늦게까지 가지 않고 못살게 구는 데야 참는 것도 한계가 있었다. 생각 같아서는 실컷 두들겨 패고 도망치고 싶었다.

자정이 지난 지도 벌써 오래 되었는데 장난은 끝이 없었다.

"자, 지금부터는 초야에 무슨 짓을 했는지 이실직고하게."

"하긴 뭘 해요. 벌벌 떨다 밤을 새웠는데요."

"입은 삐뚤어져도 말은 바로 하랬다고 거짓말하는 것 좀 봐. 안되겠어. 혼을 내야 말을 할랑가. 매달아야 하겠네."

여럿이 달려들어 대들보에 매달아놓고 박달나무 몽둥이로 발바닥을 사정없이 내려쳤다. 해도 해도 너무 한다 싶었다.

궁하면 생각이 난다고 했던가. 생각지도 못한 방도가 떠올랐다.

"이실직고하지요. 그 전에 급한 불부터 끕시더."

"급한 불이라니? 그런 불도 있어?"

"화장실 말이시더. 화장실도 못 가게 하니껴?"

"내빼려고 하는 수작은 아니겠지?"

"사람을 어찌 보고 이러시오. 이래 뵈도 난 대장부란 말이오."

"믿을 수가 없으니 여기서 누게."

"누라면 누가 못 눌까. 냄새가 진동해도 난 모르오."

"큰 거 누려는가? 그렇다면 싸기 전에 냉큼 다녀오게."

응태는 간신히 동네 청년들의 손에서 벗어나 마을 밖을 나섰다. 밤이 꽤 깊었다는 것을 알려주는 듯 열여드레 달이 중천에서 배회하고 있었다. 다영도 몰래 빠져 나와 뒤따랐다.

"미안해서 어쩌지요? 우리 동네는 장난이 지나치게 심해요."

다영을 보자 응태는 꽁했던 마음이 눈 녹듯 녹았다.

"괜찮니더. 나중에 잊지 못할 추억이 되겠지요."

"그래도 그렇지요. 해도 너무 해요."

혼례를 치른 지 이틀째가 되는데도 신랑 신부는 말이 부부이지 둘이서 호젓한 시간을 한번도 가져 보지 못했다.

순간, 응태는 단 둘이 있다는 생각만으로도 가슴이 뛰기 시작했다.

지난 5월 단오 무렵, 우연히 부딪친 뒤, 다영을 보기만 해도 가슴은 디딜방아를 찧어대곤 했었다.

그만이 아니었다. 다영도 그랬다. 그네는 훌쩍 큰 키에 서글서글한 눈이며 미남인 청년과 마주친 순간, 저런 장부를 남편으로 맞이했으면 하고 마음을 얼마나 태웠는지 모른다.

그네는 열없고 수줍기로 치면

열 색시가 무색해.
화려한 꽃을 피우기보다
잎 사이 숨긴 열매에
삶을 맡겼음인지
달콤새큼한 향기로움이
순진한 입맛을 유혹해.

한번 경험해 보고 싶어라
열 처녀 모르는 첫 키스
부끄러움의 떨림이
천년 감동을 낳게 해서
리즈시절*의 꿈을 키울 수 있는지…

―시「부끄러움의 떨림」

* 영국 프리미어 리그 선수 스미스(Smith. A)가 축구 클럽 리즈 유나이티드에서 가장 뛰어난 활약을 하던 때에서 유래. 인생에 있어 최고 전성기, 절정기, 황금기란 의미를 지닌 신조어.

그랬는데 청혼이 들어왔다. 해서 하늘의 별을 딴 듯이 기뻐했으며 삼신할미가 소원을 들어줬다고 고마워했었다.

다영은 혼례를 치른 초야는 밤을 새워 이야기를 나누려고 했으나 밤새도록 상적꾼들의 방해로 말 한 마디 건네지 못했다.

게다가 종일 동네 친척들에게 시달리는 웅태를 보고도 도와주지 못해 또 얼마나 마음을 졸였는지 모른다.

낮은 그렇다 치고 밤늦게까지 신랑을 다리는 장난이 지나치다 싶어 생각 같아서는 뛰어들어 신랑을 빼내오고 싶은 생각이 들었으나 동네 사람들의 입방아 무서워 그렇게 할 수도 없었다.

이제나 저제나 하고 끝나기를 기다렸는데 밤이 깊어질수록 장난은 더욱 심해졌다. 마음이 편할 리 없었다.

초조하게 기다리기만 하는데 웅태가 뒷간을 간다고 빠져 나오는 틈을 타 다영은 몰래 뒤따라 나왔다.

열여드레 달이 달빛을 횡뎅그레 쏟아놓았다.

"웅태 씨, 우리 농암으로 갈까요?"

"그러시더. 가시더."

두 사람은 황악산 머리맡에 걸려 있는 달빛의 비호를 받으며 마을을 벗어났다. 그리고 반변천 물가로 갔다. 조약돌이 발에 밟혔다.

조약돌 밟히는 소리가 달빛에 흐뭇이 젖는다.

웅태는 물가에 이르러 달을 좇아 위를 올려다보았다.

산 중턱에는 일월암이라는 조용한 암자를 품은 비룡산과 사간 홍여하가 놀았다는 문암을 숨긴 문암산이 병풍을 둘러친 듯해 안온했다.

더욱이 일월암이 해바위, 달바위가 되어 내려다보고 있었다.

그네들은 조약돌을 밟으며 한참이나 물가를 거닐었다.

흐르는 물이 달빛을 받아 은빛을 뿌렸다.

주위 물상은 축복이라도 하는 듯 호젓하기만 했다.

오직 깨어 있는 것은 달과 흐르는 물뿐이었으나 달과 물의 흐름에 편승해서 갓 결혼한 신랑 신부가 여태껏 초야를 치르지 못해 강가로 나온 것 외에는 모든 것이 잠들었다.

강물이 흐르다 잠시 머무는 소가 있었다. 비룡산 아래에 있는 목자대소와 농바우 옆을 흐르는 농바우소였다. 해바위, 달바위에서 놀던 선녀가 내려와 목욕을 했다는 전설이 깃든 농바우소, 소 곁에 농암도 있었다.

농암은 두 평 남직한 너럭바위로 자체가 방구들 같았다. 요를 깔고 이불을 펴면 방이 되는, 다만 사방의 벽만 없을 뿐이었다.

다영은 단 둘이 있는 것만으로도 마음이 흡족했다.

맞선을 보기는커녕 중신애비의 말만 믿고 서로의 얼굴조차 보지 못한 채 정혼을 하고 혼례청에서야 겨우 얼굴을 대하는 결혼에 비하면 얼마나 다행스럽고 복 받은 결혼인지 모른다.

그런 인습 때문인지 모르겠으나 첫날밤에 신랑의 마음에 들지 않아 혼인 다음날로 소박맞고 평생을 독수공방으로 지내거나 시집에서 쫓겨나는 신세가 되는 경우도 더러 있었다.

그런 결혼에 비하면 축복받은 결혼임에 틀림없었다.

사람들의 이목 때문에 드러내놓고 사귀지는 못했으나 알 만한 것은 안 다음에 결혼을 했으니 낯도 익고 정도 들었다.

그런데도 다영은 남편인 웅태를 어떻게 부르는 것이 좋을지 마땅한 호칭이 생각나지 않았다. 당신이라고 부르기는 쑥스러우며 여보라고 부르기도 낯간지러웠다.

그렇다고 자네라고 부르기에는 너무 이른 감이 있었다.

"건너편 농암으로 가고 싶은데 가시겠어요?"

"그럽시더. 나도 가보고 싶었소."

"정말 그런 생각을 했어요?"

"결혼하기 전에 가끔 온 곳이 아이니껴?"

"그래요. 가서 앉아 이야기해요."

웅태는 다영을 덥석 안고 얕은 쪽의 여울을 건너 농암으로 갔다.

농암은 한 평 남짓한 너럭바위로 자체가 방구들이었으나 두 사람에 바위에 올라 떨어지지 않으려면 꼭 끌어안아야 한다.

구들방이었으니 요와 이불만 펴면 신방이었다.

하기야 사방에 벽이 없어 뭣하지만. 요와 이불이 없으니 신부의 치마를 벗어 덮으면 사랑땜은 하고도 남음이 있었다.

웅태가 걸터앉자 다영이 다가와 앉았다.

순간, 열여드레 달이 별들을 불러 모아 보초를 서게 하더니 두 사람을 축복해 주기라도 하는 양 찬란한 빛을 쏟아놓았다.

신랑 신부는 신부의 치마를 요로 하고 하늘의 달빛을 이불로 삼아 수많은 별들이 삼엄하게 경계하는, 한 평 남짓 되는 농암에 스스로 달빛 신방을 마련하고 초야에 치르지 못한 「부끄러움의 떨림」 끝에 사랑땜을 치르느라고 밤기운이 찬 데도 비지땀을 뻘뻘 흘렸다.

태어나 처음 갖는 남녀의 접촉이라 서툴고 어색하기는 했으나 평생을 두고 추억으로 반추하고도 남을, 더욱이 바위 위에 치마를 벗어서 깔았다고 하지만 서툰 데다 서로 뒤엉겨 몸부림치다 보니 무릎이 벗겨져 상처가 남는 사랑땜을 가질 수 있었다.

농암의 달빛 신방은 둘이 눕기에 부족해
자연스레 한 몸 되어
첫날밤에 치르지 못한
황금 사랑땜을
질펀하게 내지르며
참을 수 없는 절정으로
숨이 멎기 몇 번이나 했는지.

고로(高爐)에 불을 붙여
2000°로 쇠를 녹이듯
두 몸 한 몸이 되어

새벽이 하마 올까 애태우며
절구질을 하는 내내
누가 먼저랄 것도 없이
가슴 깊은 곳에
누구도 흉내 낼 수 없는
남도 우리 같이 어여삐 여겨 사랑했을까
란 인(印)을 새겼음이니…

―시「사랑땜」

다영은 사랑땜을 하고 난 다음인 데도 여전히 수줍어했다.
"남도 우리같이 서로 어여삐 여겨 사랑했을까?"
"……"
"남도 우리 같을까요?"
"……"
"말해 봐요."
"우, 우리 같기야 하, 할……"
"정말, 그렇지요?"
"……"

응태는 다영을 포옹하는 것으로 대답을 대신했다. 그 뒤로 그들은 사랑땜을 두 번 더하고 새벽녘에야 집으로 돌아왔다.

동네 청년들의 동상례는 끝이 없었다.

신랑은 사흘째도, 나흘째도 동네 청년들에게 시달리기만 했다.

신랑 신부는 결혼하기 전에는 남의 눈치만 보다가 결혼을 했는데도 동네 청년들에게 밤늦게까지 시달리느라고 단 둘만의 오붓한 시간을 가져 보지도 못한 채 나흘이 훌쩍 지나갔다.

사위를 대접하는 처지에서야 매 끼니마다 신경이 쓰여 나흘이 지루할 수도 있겠으나 당사자들이야 그럴 리 없다.

신랑 신부로 보면 한없이 아쉬운 시간일 것이었다.

닷새째가 되는 날이 밝았다.

흔히 말하는 신혼부부가 사랑땜 한번 질펀하게 하지 못하고 헤어져야 했다. 그것도 갓 결혼한 신랑 신부가 이렇게 헤어지면 몇 달 뒤가 아니면 일 년 뒤 신행해야 함께 지낼 수 있으니 얼마나 아쉽겠는가.

한창 남녀가 서로 그리워하며 사랑할 젊은 나이, 그랬으니 갓 결혼한 신부나 신랑은 서로를 얼마나 그리워했겠는가는 불을 보듯 뻔했다.

신랑은 새참 무렵, 본가로 돌아갔다.

신부도 그랬고 신랑도 그랬다. 눈을 뜨나 감으나 동상례를 피해 농암에서 잠시 보낸 초야가 짠했다. 남의 눈이 있어 그렇지, 생각 같아서는 당장 달려가고 싶으나 그럴 수도 없었다.

남들은 감히 상상도 못할 인연, 가슴 뛰는 사랑으로 맺어진 결혼이었다. 선도 보지 못한 채, 아니 사랑이 뭔지도 모르고 결혼한 부부라 하더라도 몇 달 만에, 때로는 해를 넘겨 재행을 와야 겨우 만날 수 있으며 정도 없이 결혼했다는 것만으로도 기다림은 하루가 천추 같다고 하는데 가슴 뛰는 사랑으로 결혼을 했는데도 겨우 나흘을 함께 지냈으니 오죽이나 아쉽고 안타깝겠는가.

그것도 결혼 첫날밤은 상적꾼들 등살 때문에 포옹 한번 하지 못했으며 이튿날 밤에야 동네 청년들을 피해 달아나다시피 해서 반변천 농암으로 가서 비로소 사랑땜을 했었다.

사랑땜을 한 뒤에도 밤마다 동상례로 시달림을 받느라고 지쳐 새벽녘에 잠자리에 들었으니 부부간의 사랑땜을 제대로 가져 보지도 못한 채 헤어졌으니 말이다.

그랬으니 이제는 신행 올 동안, 아니 재행을 오기 전에는 만날 수 없으니 마음은 타고 탔던 것이다.

다영은 늦가을과 초겨울을 기다림으로 보냈다. 그런데 기다리는 사람의 마음과는 달리 세월은 더디게 갔다.

또 한 해가 바뀌었다. 새해를 맞아 웅태는 장인 장모에게 신년 인사를 드린다는 핑계를 대고 다영을 만나러 재행을 왔다.

다영은 버선발로 뛰어나가 포옹이라도 하고 싶었다. 그러나 남의 눈이 무서워서 문설주에 기대어 속만 태웠다.

웅태는 장가들고 처음으로 처가에 온, 재행을 왔다고 해서 동네 어른들에게 인사 다니느라고 남은 해를 보냈고 밤에는 친척들이 새 손 왔다고 놀러와 둘이서 오붓한 시간을 가질 수도 없었다.

밤이 이슥해서야 마실 온 사람들이 돌아갔다. 그제야 다영은 웅태와 마주할 수 있었다.

너무나 반갑고 그리워 말문이 막혔다. 너무 반가우면 눈물까지 난다더니 볼을 타고 눈물이 주룩 흘러내렸다.

"얼마나 보고 싶었는지 모른답니다."

"그랬소. 난 하루에도 수십 번은 더 달려온 걸요."

"정말 그러셨어요?"

"그랬니더."

"우리 같은 사랑이 세상에 또 있을까."

두 사람은 오랜 기다림과 그리움으로 정분은 솟을 대로 솟아났다.

농암에서 처음 사랑땜을 하던 때와는 또 다른 사랑이 익을 대로 익어 불어터지기 직전이었다.

몇 달을 따로 떨어져 그리워하면서 고인 사랑이 가둬놓은 봇물처럼 흘러 넘쳐 질펀하게 쏟아놓았다.

응태는 기껏 사흘을 묵고 친가로 돌아갔다.

봄이 오고 새싹이 움트면서 신행 날짜가 다가왔다. 다영은 해묵이를 해서야 신행을 가게 되었다.

다영은 일년을 두고 신행 준비를 한다고 해도 부족했다.

그런데도 신행 날짜가 다가오자 바빠졌다.

최소한 갖춰야 할 살림살이로는 장롱, 경대, 옷, 이불, 요강 등을 장만했고 예단으로는 시조부, 시부모의 이불과 옷, 시삼촌과 시숙의 옷, 그리고 신랑과 가까운 일가친척 등에게 나눠줄 버선 등 예물을 준비하느라고 눈코 뜰 겨를이 없었다.

그래도 시간이 부족해서 신행을 며칠 앞두고는 꼬박 밤을 새우다시피 했으니 몸과 마음이 지치지 않을 수 없었다.

신행 당일은 길이 멀어 꼭두새벽에 일어나서 길 떠날 채비를 했는데도 날이 붐해져서야 겨우 집을 나설 수 있었다.

가마 옆으로는 신부가 타고 있음을 표시하기 위해 무명베를 빙 두르고서야 가마부터 앞세웠다. 그 뒤로 말을 탄 신부의 아버지가 상객으로, 짐을 진 하인이 뒤따랐다.

다영은 거친 가마꾼들의 걸음 탓으로 얼마 가지 않아 속이 메스꺼워지면서 멀미가 났다.

그렇다고 쉬어 가자고 할 수도 없었다. 길이 멀어 해 떨어지기 전에 도착하려면 쉬지 않고 가야 했기 때문이었다.

한나절이나 가마 속에서 시달린 끝에 가랫재 밑에 도착했다. 사람들이 짐을 지고 오르자면 너무 힘들어 가래가 끓는다고 해서 가랫재, 이 재만 넘으면 안동을 반은 온 셈이었다.

다영은 가마꾼을 생각해 가마에서 나와 걸어 재를 올랐다. 그로부터 그네는 가마를 타는 것보다 걷는 것이 더 많았다.

영덕에서 하룻길인 임동 장터를 지났다.

이어 내앞도 지나쳤다. 송천에 이르자 저 멀리 귀래정이 눈에 들어왔다. 선어대를 지나 용상에서 배를 타고 강을 건넜다.

해가 서산을 기웃거려서야 귀래정에 도착했다.

가마가 대문에 이르자 신랑 집에서 대기하고 있다가 콩, 팥, 목화씨 등을 가마 위에 던졌고 가마꾼들에게 대문 앞에 피워놓은 짚불을 타고 넘어 마당 한가운데 마련한 자리에다 가마를 내려놓도록 했다.

다영은 가마에서 내렸다. 울진 댁은 아들 낳는다는 속신대로 며느리를 맨 먼저 뒷간으로 안내한 뒤, 방으로 들게 했다.

폐백를 드리는 현구례가 시작되었다.

들러리가 들어 신부 집에서 가져온 술, 닭, 밤, 대추, 약포 등을 상에 차려놓은 다음, 신부를 일으켜 윗목에 서게 하더니 시조부모부터 잔을 따라 올리며 큰절을 하게 했다.

신부가 큰절을 하고 지리에 앉자 울진 댁은 며느리에게 치마를 벌리게 하더니 상위에 있는 대추를 한 주먹 던지면서 덕담했다.

"어따, 아들이나 주렁주렁 낳거라."

시부모에게 큰절을 올린 다음, 다영은 시키는 대로 집안의 순차에 따라 친척 어른들에게 절을 올렸다.

폐백의 절차가 끝나자 울진 댁은 가져온 함을 풀어 예단을 꺼내놓았다. 물목을 꺼내어 써 놓은 몫에 따라 가깝고 먼 친척들에게 예물을 나눠 주고 나자 날이 어두워졌다.

다영은 상객이며 후행에게 큰상을 들여보낸 뒤에야 며느리로서 시집에 와 처음이자 마지막이기도 한 큰상을 받았다.

그네는 오느라고 몹시 시장했으나 갓 시집온 새댁으로 수저를 들고 먹을 수도 없었다. 수저를 드는 체하다가 놓으면서 상을 물렸다.

그러자 들러리들이 상을 독차지했다.

시집 온 첫날이 밝자 하룻밤을 묵은 상객과 후행은 돌아갔다.

다영은 신행 온 다음날부터 고추 당초보다도 더 맵다는 시집살이를 하게 되었다. 고추 당초 맵다는 시집살이는 새벽에 일어나서 시부모에게 문안 인사를 드리는 것으로 시작되었다.

사흘째 아침은 새벽 같이 일어나서 부엌으로 들어가 친정에서 준비해 온 찬으로 밥을 지어 시부모에게 바쳤다.

여름이 지나고 가을이 되었다.

추수가 끝나자 시어머니가 햇곡식으로 떡과 음식을 장만해서 남편과 함께 근친을 가게 했다. 다영은 인절미와 절편 한 고리짝씩, 부침개 한 상자를 억년에게 지워 웅태와 함께 첫 친정을 갔다. 어머니가 처가 온 사위를 친척집으로 데리고 다니며 인사를 시켰다.

꿈같은 세월은 덧없이 흘러갔다. 덧없는 듯한 무심한 세월도 다영을 편들어줬다. 결혼 일년 만에 태기가 있었다. 낳으니 아들이었다.

며느리 사랑은 시아버지라고 했듯이 다영은 아들을 낳음으로써 시어머니보다는 시아버지의 사랑을 받게 되었다.

요신은 매우 자상했다. 삼칠일이 지나자 손자의 이름을 지어 주었다. 원(元)이었다. 새로운 시작의 의미와 모든 면에서 으뜸이 되라는 뜻으로 지었다고 했다. 부르기 쉽고 귀에 거슬리지 않는 이름이라 좋았다.

다영은 아이를 낳은 뒤, 새댁이나 홍구 댁으로 불리어지기보다는 아기 엄마라든가 원이 엄마로 불려졌다.

원이 돌날이었다. 요신은 손자인 원이에게 손목에 문양을 새기려고 준비했다. 일선 문 씨의 유언에 따라 고성 이 씨 유수공파의 자손임을 확인하는 문양이었다. 그러나 원이 엄마는 무엇 때문에 몸에 문양을 새기려고 하는지 알 수 없었다.

요신은 원이 엄마에게 직접 먹을 갈게 했다. 그리고 문양을 새기기에 앞서 며느리에게 '※'자의 유래부터 설명했다.

"※자는 고성 이 씨 유수공파임을 입증하는 문양이야. 시할머니 되시는 분이 돌아가시면서 유언을 했기 때문에 이를 받아들여 우리 가문의 유풍으로 삼아 새기는 게야. 너도 잘 들어뒀다가 실천하기 바란다. 며늘애기는 ※자를 새기는 방법에 대해 눈여겨볼 것이며 앞으로 태어나는 아기는 돌 전후해서 손등과 손목 부위가 접히는 데 새기도록 해라. 그리고 집안끼리 오가는 내간에도 말미에 수결한 다음, ※자를 표시하도록 하거라. 힘들거나 어려운 것도 아니다."

"네, 아버님. 명심하겠습니다."

"너도 우리 집안사람이 되었으니 결코 잊어서는 아니 된다."

"네, 아버님. 명심하고 또 명심하겠습니다."

몇 번 다짐을 받고도 마음이 놓이지 않는 모양이었다.

요신은 바늘에 먹물을 듬뿍 묻혔다. 원이의 손을 잡고 손등과 손목이 접히는 데다 ∪자를 새기고 이어 ∩자 하나를 더 새겼다.

그리고 위에서 아래로 ㅣ자를 새겨 ※자 표시를 만들었다.

세월은 유수 같다더니 이년이란 세월이 어느 새 훌쩍 흘러갔다.

이제 다영도 시집 법도를 어느 정도 익혔다.

하루는 요신이 응태와 다영을 함께 불렀다.

"그 동안 많이 생각했다. 사돈의 간절한 부탁도 있고 해서 더 이상 미룰 수가 없어. 딸만 뒀으니 오죽 외롭겠느냐. 어느 때고 좋으니 짐을 챙겨 처가로 들어가거라. 처가살이라고 해서 수치가 되는 것도 아니다. 영남의 명문가 자제들도 처가살이를 했어."

"……"

요신은 며느리를 따로 불러 당부했다.

"이제부터는 니 하기에 달렸다. 니 하기 나름이라는 뜻인 게야. 찧어 먹을 겉보리 서 말만 있어도 처가살이를 하지 않는다는 말이 있으나 난 그렇게 생각하지 않아. 식솔을 데리고 가거라. 어려운 일이 있으면 편지하고. 그렇다고 시집과 발길을 끊어서는 아니 된다. 시집 동네에 살 때보다도 자주 드나들도록 하고. 알아들었느냐?"

"네, 아버님. 명심하겠습니다."

웅태는 손 없는 날을 잡아 홍구로 이사했다.

처음 몇 달간은 처가에 얹혀살다가 석 달이 지나자 처가 옆에 새로 집을 지어 살림살이를 옮겼다. 옮겨놓고 보니 신접살림으로는 부족함은 있으나 그런 대로 살림을 꾸려 갈 만했다.

마누라가 좋으면 처가의 말뚝 보고도 절을 한다는 속담이 있듯이 웅태는 다영이 나서 자란 마을인 홍구라서 정이 갔다.

홍구는 오래된 마을이었다. 신라시대에는 칠파 고을 북면 홍구였다가 고려 때는 진성현 북면 홍구였고 조선조로 들어서는 진보현 북면 홍구리로 개편되었을 정도였으니까.

다영은 시집에서보다는 친정곳이에 와서부터 웅태 대하기가 더욱 조심스러워졌다. 말 한 마디도 생각해서 했고 사소한 행동마저 집을 찾아온 귀한 손님 대하듯 했다.

그래도 남편이 섭섭해 하지나 않을까, 서운해 하지나 않을까 하고 신경을 쓰다 보니 시집살이가 오히려 편하다는 생각이 들었다.

처음에는 남편이 처가살이를 달갑지 않아 하는 것 같았으나 시간이 지날수록 잘 적응해서 뒤늦게 마음이 놓였다.

웅태는 처가살이에 어느 정도 적응되어 갔다.

아들이 없는 장인에게 아들 노릇을 하면서 사는 것도 그리 나쁘지 않았다. 장인 장모가 잘 대해 주는 것도 좋았으나 그보다는 다영이 친정이라고 생색내지 아니하고 늘 아내의 도리를 다해 주는 것이 더없이 고맙고 눈물겨웠던 것이다.

그는 남들이 말하는 것처럼 찧어먹을 겉보리 서 말만 있어도 처가살이는 하지 않는다는 말을 실감할 수 없었다. 그는 처가살이도 할 만하다는 생각이 들었던 것이다.

무엇보다도 홍구의 지세가 마음에 들었다. 마을 전체가 높은 두들로 되어 있어 생활수단처럼 된 매사냥을 할 수 있기 때문이었다.

마을 뒤로는 높지도 낮지도 않은 산이 연이어 있다. 서쪽에는 황악산이 솟아 있고 북쪽으로는 북방산이 있어 매사냥으로는 적지였다.

또한 무예를 익힐 수 있어 좋았다.

웅태는 신접살림에 틀이 잡히자 본격적으로 무예를 익히기 시작했으며 기회를 보아 무과에 응시하려고 철저하게 준비했다. 게다가 천렵을 할 수 있었다. 고향에서도 천렵을 즐겼으나 낙동강과 반변천이 합류하는 지점으로 수량이 많을 뿐 이니리 늘 소용돌이치기 때문에 가물기 전에는 천렵은 엄두조차 내지 못했다.

천렵을 하다가 물살에 휩쓸려 생명을 잃을 수도 있어서였다.

천렵은 가물다가 비가 와서 수량이 갑자기 불어났을 때가 적기였다.

홍구리는 귀래정 바로 앞을 흐르는 낙동강에 비해 마을을 휘돌아 흐르는 반변천 물줄기는 일월산에 연원을 두고 영양 고을 전체의 물을 받아 마을 앞으로 흘려 간다.

해서 때문에 흔한 피리며 붕어, 미꾸라지 등은 제쳐두고라도 피리의 일종인 쉬리, 매운탕의 고수인 꺽지, 메기 새끼 비슷한 투가리, 팔뚝만한 잉어 등 어족도 다양했다.

영양 고을로 들어서는 선돌바위인 입암에서부터 마을 앞인 비룡산과 문암산 밑을 흐르는 농암 부근은 말할 것도 없었다.

삼형제 바위 부근은 천렵으로는 적소였다. 게다가 마을에서 십 리쯤 가면 석보의 삼의계곡은 천렵으로 둘도 없는 장소였다.

특히 삼의계곡은 당일치기로 천렵을 할 수도 있었으나 솥을 걸어놓고 밥을 해 먹으면서 천렵을 할 수 있어 더욱 좋았다.

유월 들어 본격적으로 장마가 시작되었다.

모내기를 끝내고 두 벌 김도 맸으니 농한기나 다름없었다.

웅태는 천렵을 가기 위해 그물을 손질하고 있는데 억년이 아버지 편지를 가지고 왔다. 안부 편지였으나 요사이 들어 천식이 심해졌다는 내용도 들어 있었다. 해서 천렵을 하는 기회에 천식에 좋다는 붕어를 잡아 소금에 절여 뒀다가 보내드리려고 마음먹었다.

때맞춰 억년이까지 왔으니 좋은 기회였다.

쓰던 통발부터 점검했다.

통발 하나 가지고는 부족할 것 같아 베어 말린 싸리나무를 삼으로 꼰 줄로 엮어 새로운 통발을 만들었다. 물살이 급한 데다 통발을 설치하면 물살 때문에 들어간 고기는 쉽게 되돌아 나오지 못했다.

그것도 통발이 길수록 들어온 고기는 나가지 못했다.

통발은 싸리나무 줄기를 이어대어 만들어서 서너 발이 넘었다. 새로운 통발까지 마련했으니 준비는 끝난 셈이다.

웅태는 억년을 데리고 천렵 하러 갔다. 그는 짐을 지게에 실어 억년에게 지우고 원이와 다영까지 데리고 집을 나섰다.

영양 고을 쪽으로 가다가 샛길로 들어섰다.

한참이나 걸었을까. 화매천이 나타났다.

화매천은 삼의리 맹동산에서 발원해 남쪽으로 흐르다가 포산리에서 꺾여 서북쪽으로 화매리, 택전리, 신평리, 원리, 지경리를 거쳐 입암면 방전리를 지나 흥구 앞을 흐르는 반변천으로 들어간다.

웅태는 삼의리를 지나 천렵의 적소인 삼의계곡으로 들어가서 짐을 풀었다. 골이 깊어 천렵 오는 사람이 없어 어족도 풍부했고 더욱이 큰물이 지나간 뒤라 고기 반 물 반이었다.

웅태는 익숙한 솜씨로 통발을 설치했다.

이제는 기다리는 것만 남았다.

그는 앉아 기다리기보다는 직접 나서서 고기를 잡았다.

"내가 그물을 대고 있을 터이니 자네는 발로 섶을 훑게."

고기를 잡는데 신 나지 않을까마는 억년은 더했다.

"그러지요. 훑는 데야 이력이 났습니다요."

웅태는 다영이 보고 일러 뒀다.

"내가 솥을 걸어 줄 것이니, 고기 튀길 준비를 하게. 배를 따서 줄 테니까 마른 밀가루에 묻혀 팔팔 끓는 기름에 튀기게."

"그걸 누가 모를까. 내가 알아서 할 테니까, 어서 잡기나 해요."

다영은 걸어놓은 솥에 마른 나무로 불을 지폈다. 이제는 배를 딴 고기를 밀가루에 묻혀 끓는 기름에 넣었다가 건지기만 하면 된다.

웅태는 섶이 많은 곳으로 가서 그물을 댔다. 억년이 서너 걸음 위에서 잽싸게 발로 훑으면서 내려왔다.

그는 고기가 도망치기 전에 그물을 들어올렸다.

한번 그물을 들 때마다 붕어며 쉬리가 열서너 마리씩 잡혔다.

잠깐 사이에 바구니가 거의 차다시피 했다.

잡은 고기는 억년이가 붕어의 배를 땄다.

다영은 배 딴 고기를 밀가루에 묻혀 끓는 기름에 집어넣었다. 잠시 사이 튀김으로 채반이 가득했다.

튀긴 쉬리는 안주로도 그만이었고 다영의 술 빚는 솜씨는 어머니의 비법을 물려받아 소문이 났으니 막걸리 맛도 일품이다.

웅태는 사람을 가리지 않아 억년을 친구처럼 대작했다. 튀긴 고기를 안주로 잔을 기울이고 있으면 신선이 부럽지 않았다.

"억년이 자네 수고 많았어. 한잔 들게나."

"아입니다요. 서방님께서 먼저 드셔야 지가 마시지요."

"내가 따라주는 거니까 어서 받게."

"지는 지 손으로 따라 마실래요."

"잔말 말고 어서 받아 마시게. 팔 떨어지겠네."

"할 수 없디더. 마시겠니더."

그제야 억년이 마지못해 잔을 받는 것이었다.

"단숨에 쭉 들이키게나."

억년이 잔을 들고 단숨에 쭉 들이켰다. 잔을 비우고 웅태에게 권하면서 입술을 손으로 문지르는데 보니까, 입이 항아리만하다.

"술맛이 이렇게 좋을 수가 있담. 신선이 부럽지 않습니더."

"그건 맞는 말이네. 자네가 바로 신선일세그려."

"지 처지에 신선이라니요. 당키나 하는 말이니껴."

"자네가 어디가 어때서. 나보다 열 몫은 낫네."

웅태는 억년을 상대로 잔을 기울였다.

어느 새 더위마저 달아나고 기분도 상쾌해졌다. 몇 잔 더 마시고 싶었으나 취하면 천렵을 하는 데 지장을 줄까 자제했다.

두 식경이 지났다. 통발을 들여다보니 제법 고기가 들었다.

쳐 둔 통발을 거둬 고기를 바구니에 쏟고 또 설치했다.

잡은 고기는 종류별로 분류했다.

쉬리며 꺽지, 붕어며 투가리, 쏘가리가 대부분이었다.

나머지 잡어는 도로 놓아줬다. 매운탕으로 일품인 쏘가리와 꺽지는 배를 따서 상하지 않게 소금에 절여 바구니에 담았다. 천식에 좋다는 붕어는 배를 따서 소금에 절여 항아리에 따로 담았다.

생각보다 많은 고기를 잡았다. 억년이 편에 매운탕감으로 붕어를 안동 본가로 보내줘도 충분할 것 같았다.

웅태는 천렵보다는 네 살 배기 원이가 물장구를 치며 노는 모습을 지켜보는 것이 보다 행복감에 젖었다.

평소에도 어디서 저런 귀여운 것이 태어났는가 싶게 사랑스러웠는데 물장구를 치고 노는 모습이 앙증스러워 넋을 놓고 바라보기도 했다.

저물 무렵에야 천렵을 끝내고 집으로 돌아왔다.

이튿날 이른 새벽, 웅태는 일어나서 억년을 깨웠다. 어제 잡은 고기는 소금으로 절였다고 하나 여름인데다 상할 염려가 있어 서둘러서 안부 편지와 함께 억년이 편으로 안동 본가에 보냈다.

가을 추수를 끝내고 보리며 밀 파종도 마쳤다.

마늘을 심고 나니 더 이상 할 일이 없었다. 농부라면 산에 가서 땔감을 하는 것으로 농한기를 보내는 시기가 되었다.

웅태는 이맘때가 일 년 중 가장 즐거운 기간이었다. 매사냥을 할 수 있기 때문이었다. 그는 매사냥을 매우 좋아했기 때문에 매사냥에 관한 책이라면 빌려서라도 읽어 모르는 것이 없었다.

이른 저녁을 먹은 뒤, 매사냥 준비를 하는데 곁에서 다영이 매사냥에 대해 이야기해 달라고 떼를 썼다. 아녀자가 매사냥에 대해 알아서 뭐 하느냐며 거절했으나 자꾸 보채니 아니 할 수도 없었다.

"매사냥의 역사는 꽤 오래되었네.『삼국사기』나『삼국유사』에도 매사냥에 대한 기록이 보이니까. 1천여 년 전, 고구려 집안현의 삼실총 남쪽 고분벽화에 매사냥 그림이 그려져 있다네."

"그렇게 오래 되었어요?"

"어디 그뿐이 아니네. 매사냥의 원조는 우리나라야. 우리나라의 매 중에서도 황해도 산을 제일로 쳤으며 장연, 강령 매를 으뜸으로 여겼어요. 왕에게 진상까지 했으니 말이네. 매 종류로는 다섯 종이 있네. 매 중에서도 진응, 곧 창응을 제일로 쳤어.

중국인들은 진응을 해동청 또는 해청으로 부르며 좋아했다네. 나라에서도 매년 일정한 수를 정해서 하정사로 하여금 황제에게 진상했고. 일본에서는 대마도 종가를 통해 청응을 주문하기도 했다고 하네."

"당신은 해박한 지식을 가져서 좋겠어요."

"좋기는, 좋을 리가 있겠어. 매사냥은 하나의 예술이라고 할 수 있네. 욕심을 내어 사냥을 한다면 그것은 이미 매사냥이라고 할 수 없네."

응태는 매사냥의 역사에 대해 이야기해 주었다.

매사냥은 고려조보다도 조선조에 와서 보다 활발하게 이뤄졌다.

태조 때부터 응방에 대한 기록이 나타난다.

태종 때는 응패가 실시되기도 했다. 세종 때는 응방의 응사가 90명이나 되었다는 기록도 있으며 중종 때는 매의 진상문제로 백성들의 원망을 사기도 했다는 기록도 보인다. 지평 임추(任樞)는 북쪽에 있는 도에 비해 경상도는 매가 나지 않아 백성들이 고통을 받고 있으므로 매 진상을 감해 줄 것을 왕에게 아뢰기까지 했다.

검토관 최산두(崔山斗)는 매를 진상하기 위해 백성들은 베 4~50필에 해당하는 값을 주고 사야 하기 때문에 원망이 크므로 응방의 폐지를 건의했으나 왕은 응방이야말로 놀이를 위해 둔 것이 아니라 천신을 위한 것이므로 폐지할 수 없다고 반대했다.

그리고 매를 잡는 사람은 신역까지 면제해 줬다.

이에 매잡이 백성들은 매를 잡지 못하면 집과 땅을 팔아서라도 베 4~50필을 주고 사야 했으니 그 어려움은 이루 말할 수 없다고 응수하기도 했다는 기록도 전한다.

매 진상의 폐단이 점점 늘어나고 백성들의 원성이 높아지자 중종 말기에 가서야 응방은 끝내 폐지되고 매사냥을 허락하는 하패만 남게 되었다. 선조 때는 응방이 없어졌기 때문에 응사들의 피해는 많이 줄어들었으나 매의 진상만은 여전히 시행되고 있었다.

"이젠 자도록 하세. 밤도 깊었으니까."

"그래요. 자요."

웅태는 홍구로 이사를 온 이태 만에 매사냥의 비법을 터득했다.

매사냥 철은 추수가 끝난 뒤부터 이듬해 봄까지이다.

달로 쳐서는 11월 중순부터 2월 말까지가 된다. 달수로는 넉 달 동안이 되지만 비가 오거나 눈이 오는 날을 제외하면 100여 일이며 해가 뜬 뒤부터 해가 질 때까지 사냥을 할 수 있었다.

멀리 매 사냥을 갈 때는 '난생간다'고 하며 하룻밤 자고 올 때는 식량을 충분히 가지고 가야 했다.

웅태는 '난생간' 적은 없었다.

홍구리는 산악인 데다 꿩이 많아 멀리까지 매 사냥을 나갈 필요가 없어서였다. 그것도 취미로 하기 때문에 억척스럽게 사냥할 필요를 느끼지 못한 탓도 있었다. 주로 훈련된 매를 구입해 사냥했다.

매를 직접 잡아 훈련시키는 경우는 극히 드문 일이다. 매는 잡은 꿩을 한꺼번에 먹지 않고 숨겨두었다가 나중에 먹는 습성이 있다.

이를 이용해 방틀을 놓아서 매를 잡기도 했다.

그런 것은 전문가만이 할 수 있었다.

매에게도 다양한 이름이 있다.

같은 종류의 매인데도 이름은 가지각색이다. 사냥 잘하는 매를 '보래'라고 하며 그해 봄에 태어난 매를 가리킨다.

태어난 지 이년째가 되는 매는 '이재', 삼년째가 되는 매는 '삼재', 그리고 4~5년 되는 매는 '초진'이라고 하는데 노련한 매 사냥꾼은 눈빛과 가슴털로 매의 종류며 나이까지 알아낸다.

보래는 눈빛이 노랗고 앞가슴의 털은 발갛다. 이재, 삼재, 초진은 눈빛이 붉은 빛을 띠며 앞가슴 털은 주로 누런빛을 띤다.

처음 잡은 매나 갓 산매는 수수대를 가로와 세로로 얽어 만든 매 우리에 넣고 기른다. 넓이는 두 평 정도, 높이는 사람 키 정도이며 중간에 매가 올라가서 쉬거나 잘 수 있도록 횃대를 매어준다.

먹이로는 새끼 까치를 주며 닭을 잡아주기도 한다.

사냥철이 다가오면 여러 날 동안 매에게 잠을 재우지 않는다.

이를 '매 받기'라고 한다. 매 받기는 매가 사냥에 참가하는 사람들의 얼굴을 미리 익히도록 하기 위해서이다.

그냥 데리고 나가면 사냥감을 향해 날려 보내는 순간, 도망가 버리는 '뜬 매'가 되거나 야생매인 '생매'가 되는 경우도 있기 때문이다.

매 받기를 하다가 장날이 되면 매가 사람들과 친숙해지도록 매의 다리에 가죽 끈을 달아 팔뚝에 올려놓고 시장을 돌아다니기도 한다.

이를 '매장치기'라고 한다.

매가 날아가 버리는 것을 사전에 방지하고 사람을 꺼려하지 않도록 하기 위한 일종의 훈련의 하나이다.

장식물 또한 필요했다.

매 꼬리에 방울을 다는 것을 '수장하기'라고 한다. 매방울은 호도 크기의 쇠방울을 주로 매다는데 얇고 가벼워서 멀리서도 매방울소리를 듣고 매의 움직임을 알 수 있도록 하기 위해서이다.

방울과 함께 거위 털과 얇은 뼈 조각도 단다. 거위 털은 매가 공중을 날 때 빛의 반사를 통해 밑에 있는 사람에게 매의 움직임을 알 수 있게 하며 얇은 뼈 조각은 매 주인의 이름과 주소를 적는 데 쓰인다.

이를 '패'라고 하며 꼬리털 가운데에도 가장 튼튼한 곳에 단다. 매방울을 달 때는 접착력이 뛰어난 개 쓸개를 녹여 붙인다.

응태는 훈련받은 매를 사려면 베 4·50필을 줘야 했기 때문에 훈련받지 않은 매를 사서 매받기와 매장치기로 훈련을 시켰다 그리고 살아 있는 닭을 이용해서 단계적으로 실전훈련도 곁들었다.

처음에는 매가 도망가지 못하도록 10미터 정도의 노끈을 매달아 훈련시켰다. 먼저 팔뚝에 두꺼운 가죽이나 헝겊뭉치로 만든 '버릉'이라는 토시를 끼고는 그 위에 매를 올려놓고 노끈을 풀어 놓고 있는 닭을 향해 '욱욱' 소리를 내며 공격하게 한다.

그렇게 되풀이해 숙달시키면서 30미터, 50미터씩 거리를 늘려 가며 고도를 높여 훈련시키기도 했다.

그러면 제법 사냥을 할 수 있게 된다.

매는 배가 부르면 먹이를 잡지 않는 속성이 있다. 그렇기 때문에 매의 먹이를 조절해서 왕성한 시냥욕구를 불러일으켜야 한다.

살찐 매를 두고는 '살 돋았다'고 하며, 마른 매에 대해서는 '살 낮다'고 한다. 매는 먹는 대로 살이 찌기 때문에 먹이로 조절해야 했다.

매를 풀어놓았을 때 공중을 빙빙 돌기만 하면 매의 위장에 기름이 끼었다는 것을 의미한다.

그런 매는 작은 솜을 먹이에 섞어 먹이면 다음날 아침 '끄드륵' 소리를 내며 토한다. 이를 '갬 올랐다'고 하며 갬이 오르면 사냥을 나가고 그렇지 않으면 나가지 않는다.

매를 훈련시켜 사냥을 가는 첫날이다.

응태는 전날 부탁해 둔 동네 사람 다섯을 데리고 집을 나섰다.

사냥 장소는 꿩이 많은 황악산과 비봉산 아래 기슭이었다.

너무 깊은 산으로 들어가면 매가 사냥하는 것을 볼 수 없기 때문에 골이 깊은 산으로는 들어가고 싶어도 되도록 피한다.
 웅태는 사람들을 데리고 뒷산 기슭에 도착했다. 그리고 양지바른 곳에 앉아 쉬면서 매가 몸을 털기를 기다렸다.
 기다리고 있으니까 매가 몸을 털었다.
 그때를 노려 웅태는 '해보자'고 소리를 지르면서 스스로 '봉받이'가 되어 능선으로 올라갔다. 나머지 사람들은 20여 보 간격으로 늘어서서 막대기를 가지고 나무나 숲을 툭툭 치며 능선을 향해 오르면서 숨은 꿩을 하늘로 날아가게 했다.
 한참이나 숲을 쳐서야 꿩이 푸드득 소리를 내며 날아올랐다. 몰이꾼은 일제히 야 하고 소리를 질렀다.
 웅태는 때를 놓칠세라 팔뚝에 있는 매를 날려 보냈다. 팔뚝을 떠난 매는 높이 치솟았다가 꿩이 날아간 쪽을 향해 낙하하면서 낚아챘다.
 이때 가장 가까이 있는 몰이꾼이 달려간다.
 늦게 도착하면 굶주린 매가 사냥한 꿩을 먹어 치운다.
 매는 잡은 먹이를 먹게 되면 배가 불러 사냥을 하려 들지 않기 때문에 다음 사냥은 포기해야 했다. 이를 '티석한다'고 한다.
 경우에 따라서는 매가 날아오르는 쪽으로 꿩이 오면 공중에서 낚아채는 것을 눈으로 목격할 수도 있다.
 이를 '건공치기'라고 한다.
 '건공치기'는 매사냥에서 가장 멋진 장면이다.
 때에 따라서는 매가 공중에서 빙빙 돌다가 토끼가 움직이는 것을 보고 곧장 내리꽂으며 잡는 것을 볼 수도 있었다.
 웅태는 방울소리를 듣고 매가 있는 곳으로 다가갔다.
 다가가니 매는 이미 한쪽 다리는 땅에 중심을 두고 나머지 다리의 날카로운 발톱으로는 꿩의 머리 부분을 타격하고 있었다.

타격하면서 부리를 이용해 눈알을 빼려고 했다.

매가 꿩에게 타격을 가하고 있을 때는 매의 등을 잡아서는 안 되며 손을 뻗어 다리를 잡아야 한다.

그렇게 하지 않으면 매가 달아나 버릴 수도 있다.

응태는 매의 다리를 잡아 꿩을 빼냈다. 그날은 첫 사냥치고 소득이 많았다. 꿩을 아홉 마리나 잡았던 것이다.

몰이꾼에게 저녁을 대접한 뒤, 꿩을 한 마리씩 나눠줬다.

사람들이 돌아간 뒤, 응태는 살아 있는 두 마리는 우리에 넣어 뒀다. 억년이 온다고 했으니 돌아가는 길에 들려 보내려고.

나머지 두 마리는 털을 뽑고 내장을 제거해서 다영에게 줬다.

"여보, 깨끗이 장만했으니 요리를 하게. 천식으로 고생하는 장인에게 고아 드리게. 꿩고기는 푹 고와야 좋다니까 오래 고게."

"사위 잘 둬 아버지가 호강하시네."

"이런 것을 가지고 호강이라니…"

"그게 어디예요. 꿩고기 구경 못하는 사람도 많은데."

다영은 저녁 내내 장작불을 피워 고기를 고았다. 물이 하얗도록 고았다. 그리고 삼을 넣고 또 푹 고았다.

다영은 밤이 이슥해서야 상을 차려 방으로 들고 들어갔다.

동지 무렵이라 밤도 긴 데다 저녁을 먹은 지 오래되어 그렇지 않아도 배가 출출할 시간이었다.

그랬으니 장정으로서 구미가 동한 것은 조금도 이상하지 않았다.

"아버지, 시장하시지요? 꿩고기를 고아 왔어요."

"잡느라고 고생한 이 서방이나 주지, 나한테까지 가져 와."

"이 서방은 아버님부터 드리라고 신신당부하던데요."

"나두 사위 농사 하나는 잘 지었다고 생각해."

"그렇다면 딸 농사는 못 지었다는 말씀인가요?"

"그래, 그래. 딸 농사는 더 잘 지었지."

다영은 아버지에게 상을 올리고 나서 따로 상을 차렸다. 상을 가지고 방으로 들어가니 원이도 깨어 있었다. 원이는 식성이 까다로워 약골이었다. 병도 잘 걸린다. 돌림병이라도 돌면 그냥 지나치는 법이 없다. 그런 원이도 꿩고기만은 먹었다. 그네는 부자가 함께 꿩고기를 먹는 것을 보고 있는 것만으로도 흐뭇한 행복감을 만끽했다.

사랑과 영혼

세월은 소문도 없이 흘러 흘러서 어느 덧 을유년(1585)이 되었다.

임오년(1582)에 홍구로 이주했으니 벌써 처가살이를 한 지도 벌써 네 해가 되었고 원이도 여섯 살이 되었다.

웅태는 참으로 성실하게 살았다.

처음 살림을 났을 때에 비해 세간도 늘었다. 닷 마지기 논이 매년 땅을 사 스무 마지기로 늘었고 텃밭 하나 있던 것이 열 마지기 밭으로 불어났으며 황소 두 마리도 기르게 되었던 것이다.

누가 보아도 한 살림이 되고도 남았다.

또한 무과에 응시하기 위해 꾸준히 무예도 연마했다.

이만큼 살게 된 것은 모두가 다영의 내조 덕이라고 할 수 있다. 결혼한 지 여섯 해가 지났으나 사랑은 변함이 없었다.

웅태가 아내를 끔찍이 생각하기도 했으나 다영 또한 남편의 마음을 미리 알아채고 잘 따라준 탓이었다.

일하러 논으로 가면 설거지를 끝내고 따라 나왔고 밭으로 가면 밭으로 따라 나와 일을 도와줬다.

천렵을 나가면 함께 갔고 매사냥을 가도 따라나섰다.

깊은 산으로 들어가서 무예를 연마할 때도 지켜 서서 격려했다.

부부 사이는 잠시도 떨어지지 않았으며 서로를 사랑했고 존경했다. 잠시라도 사이가 뜨면 무슨 일이라도 생길 것처럼 붙어 지냈다.
실이 있어야 바늘이 제 구실을 하듯이, 바늘이 있어야 실도 제 기능을 할 수 있듯이 부부 사이는 실과 바늘이었다. 오래 전부터 마을에서는 두 사람을 가리켜 금실 좋은 부부라고 칭찬이 자자했으며 세상에 둘도 없는 잉꼬부부라고 모두들 부러워하는 대상이 되었다.
을유년의 봄은 선걸음에 성큼 다가섰다.
대보름이 지난 지도 며칠 되지 않는데 얼었던 지표가 녹아 길이 질펀했고 이틀인가 여초름 같은 날씨가 계속되더니 때 아닌 폭우마저 쏟아졌으며 홍수가 지고 물난리가 났다.
홍수 뒤끝이라 웅태는 천렵을 하러 갔다.
멀리 갈 것도 없었다. 마을 앞 반변천에만 나가도 고기가 많은 데다 홍수까지 졌으니 겨우내 잠자던 고기들이 떼 지어 올라왔을 것이고 그물을 대고 섶을 훑기만 하면 눈 먼 고기처럼 잡힐 것이다.
웅태는 고기를 잡았다. 지금도 아버지가 천식으로 고생을 하고 계신다. 그것도 천식에는 붕어 곤 물이 좋다고 해서 붕어만 잡았다.
한나절이 못 가 바구니가 찼다.
집으로 돌아와 잡은 고기의 배를 따 소금에 절였다. 그저께 잡은 꿩은 햇것이라 고기가 연했다. 소금에 절인 붕어와 꿩고기를 들고 가져가기 좋게 싸서 두고 웅태는 아버지께 보내는 편지를 썼다.

아버님께 드립니다.
을유년 설날 원이와 함께 찾아뵙고 세배를 드린 지도 며칠이 지났습니다. 그 동안 할아버지를 비롯해서 가내가 두루 태평하온지 궁금합니다. 이곳도 아버님의 염려로 잘 지내고 있답니다.

아버님, 때 아닌 큰비가 내려 천렵 좀 했습니다. 해서 천식에 좋다는 붕어만 잡아 보내 드립니다. 아울러 그저께 잡은 것은 햇꿩이라 고기가 연할 듯해서 함께 보내 드립니다.

지난해는 가물어 밭곡식이 충실히 여물지 못했습니다. 제대로 여물지 못해 씨를 뿌려도 나지 않을까 걱정입니다.

곧 파종을 해야 하는데 말입니다. 조, 수수, 옥수수, 기장, 차조, 삼 등 씨앗을 막종이 편에 보내주셨으면 합니다.

이만 줄이겠습니다. 옥체 건강하셔요.

을유 2월 초닷새 소자 드림.

웅태는 편지를 쓴 다음, 막종을 불렀다. 막종은 어릴 때부터 함께 자란 종이었다. 웅태는 종이라고 해서 그를 함부로 대하지 않았는데 억년, 천진과 더불어 정이 든 때문만은 아니었다. 설 쇠러 갔다가 짐이 많아 데려온 뒤로 여태껏 머물고 있었다.

"소금에 절였다고 하나 붕어를 오래 둘 수는 없네. 연육도 마찬가지이네. 지금 붕어와 연육을 가지고 돌아가게. 그리고 씨앗을 구해서 꼭 좀 보내 달라고 아버님께 잘 말씀 드리게."

"알았시오. 수일 내로 가겠니더. 안녕히 기시오."

"조심해서 가게. 또 만나세."

편지를 보낸 뒤 며칠이 지났을까.

천진이 씨앗과 함께 아버지의 편지를 가지고 왔다.

아들 웅태의 편지에 답하며

막종이 반가운 편지를 가지고 왔으니 기쁘기 그지없다.

그 사이 온다더니 오지 않아 걱정을 했었다.

그러면서도 지난 번 많은 비가 내려 길이 막혀 속히 오지 못하는가 하고 걱정을 달랬는데 이제 한 시름 놓았다.

붕어와 연육은 병에 좋다 하니 기쁘게 받는다.

수수는 종자가 나빴던지 수확이 형편없어 나눠주지 못하겠다. 조, 기장, 마 씨앗은 막종이 편에 보내니 파종하도록 해라.

손만 보면 쓸 만한 그물도 같이 보낸다. 잘 손질해 뒀다가 붕어를 잡아서 보내다오. 편지에 못다 쓴 것은 막종이 말할 것이다.

그럼 잘 있거라. 또 보자구나.

2월 12일 아버지가.

4월 들어 지난해처럼 가물려고 하는지 비 한 방울 내리지 않았다.

못자리는 그만 두고라도 파종한 밭곡식마저 싹이 트지 않아 애간장을 태웠다. 자주 비가 내렸다면 벌써 보리가 누렇게 익어야 할 시기이지만 이삭만 내밀다 말고 말라 비틀어졌다.

어느 해보다도 보릿고개를 넘기기가 쉽지 않을 것 같았다. 먹을 것이 없어 모두가 비실비실하는 데다 날은 찌는 듯 더웠다. 그런 탓인지 어느 해보다도 역질이 일찍 돌았다.

응태는 역질 때문에 안동 본가에 다니러 가고 싶어도 갈 수 없었다. 그렇다고 인편을 통해 편지를 보낼 수도 없었다. 마을마다 역질이 번질까 기찰대를 조직해서 사람의 왕래를 막았다.

그랬는데 본가에서 편지가 왔다. 아버지가 보낸 것이었다.

아들 응태에게

오랫동안 안부를 알지 못해 걱정했다.

이곳 니 에미는 토사곽란으로 열이 나고 두통이 심한 지 열흘이 지났는데도 차도가 없더니 어저께부터 열이 가라앉기 시작했다.

　내 기쁘기 한량없구나.

　한번 다녀간다고 하더니 어째서 오지 않느냐?

　보리타작 때문에 오지 않는다고 생각되나 오지 않으니 까닭을 알 수 없어 걱정이다. 그도 아니라면 그쪽은 비가 많이 와서 길이 막힌 것은 아닌지 모르겠다. 기다리다 못해 사람을 보내어 안부를 묻는다.

　이곳은 아직도 역질(전염병)이 끝나지 않았다. 그러니 보리타작을 다 했다고 하더라도 급히 오려고 하지 말아라.

　보고 싶긴 하지만 어쩔 수 없구나.

　역질이 물러가고 안전해지기를 기다렸다가 그때 왔으면 좋겠다.

　석이 어미의 요강을 깨뜨려 마음이 아프다.

　편지와 함께 비싼 목정(피류)을 특별히 마련해서 보내니 옹기 굽는 데 부탁해서 하루라도 속히 요강을 가져오는 것이 좋겠다.

　이만 줄인다. 그럼 잘 있거라.

6월 초사흘 새벽, 아버지가.

　석이 엄마의 요강이라면 형수가 시집올 때 가져온 애지중지하던 것이 아닌가. 그런 요강을 깨뜨렸으니 형수의 마음이 아플 것이다.

　아니, 얼마나 마음 아파했기에 아버지께서 피류을 특별히 준비해서 보내주며 속히 만들어 보내라고 편지까지 썼을까.

　다영이 편지를 보더니 성화였다.

　"형님이 몹시 상심하시겠어요. 전보다 좋은 요강을 특별히 주문하셔요. 그리고 당신이 직접 가지고 가셔요."

　"알았네. 급히 서둘러야겠지."

　"그렇게 하셔요. 지금 당장 가서 주문하셔요."

"알았네. 깝치기는. 그렇지 않아도 내 일른 서둠세."

그 길로 웅태는 가마골로 가서 사례하고 좋은 요강을 특별히 부탁했다. 부탁한 지 열흘이 지나 약속한 날짜에 요강을 찾으러 갔다. 가서 보니 요강은 생각보다 곱게 구워져 있었다. 형수도 흡족해 하리라 생각하면서 깨지지 않도록 싸서 막종 편에 들려 보냈다.

기다릴 때는 한 방울도 내리지 않더니 본격적인 장마철로 들어서자 연일 비가 내렸다. 날씨마저 후덥지근해서 짜증이 났다.

저녁 무렵이었다. 놀러 나갔던 원이가 울상으로 들어섰다.

다영은 부엌에서 저녁을 하다가 원이를 안아 올렸다.

"어디가 아프니, 얼굴을 그렇게 찌프리게?"

"엄마, 머리가 깨지는 듯 아파."

"비 맞고 돌아다니지 말라고 그렇게 당부했었는데……"

원이의 이마를 만져 보니 손이 데일 정도로 뜨거웠다.

"학질이나 아닌지 모르겠다."

다영은 밤새 찬물에 수건을 적셔 이마에 대고 있었으나 열은 좀체 내리지 않았다. 날이 새는 대로 원이의 증세를 자세히 적어 귀래정에 알렸더니 다음날로 막종이 편지를 가지고 왔다.

편지를 보니 급히 쓰느라고 날짜마저 빠뜨렸다.

막종이 왔다가 돌아간 뒤로 안부를 알 수 없어 걱정을 했다. 지금에야 너의 편지 보고 시아가 아프다니, 역질이 아니었으면 좋겠다.

니가 적은 증세대로 약을 지어 보낸다. 아무튼 십분 조심하면서 수발하거라. 이웃 마을에 시기(유행병)가 돌고 있어 지금껏 사람을 보내지 못했다. 그러니 아이를 데리고 올 생각은 아예 말아라.

너 또한 병이 나면 원이를 어떻게 돌보겠느냐?

서로 보기를 원하지만 시기가 돌아 인심이 흉흉하고 마음도 편안하지 않으니 시기가 사라지기를 기다릴 수밖에 없겠구나.

쌓인 정 많으나 바쁘고 날씨조차 불순하니 조심하면서 지내는 것만도 다행으로 여겨야 하지 않겠느냐.

사돈께서는 병이 깊다 하니 안부 편지라도 써서 보내야 하는데 편지 쓰지 못하니 유감스럽구나. 니가 말로 대신 안부 전하거라.

이곳도 편안할 만하면 매가 병이 드니 큰일이다. 그리고 죽력(竹瀝)은 약에 좋다고 하니 구해서 보내주기 바란다.

다영은 시아버지가 지어 보낸 약을 달여 원이에게 먹였다.

그런데도 원이의 병은 좀체 낫지 않았다. 원이는 여름 내내 차도가 없다가 찬바람이 돌아서야 완쾌되었다.

다영은 여름 한철을 원이의 병 수발로 보낸 셈이었다.

수확기가 다가왔다. 이맘때면 농부들의 얼굴이 환해야 했으나 가뭄으로 한 해 농사를 망쳐 수심이 가득했다.

가을 수확을 앞두고 있는데도 벌써부터 춘궁기를 걱정해야 했으니 하늘도 너무 무심했다.

응태는 이런 저런 생각을 하다 보니 아버지에게 편지를 쓰지 못했다. 그랬는데 아버지로부터 이레 사이 두 번째 편지가 왔다.

아들 응태에게 편지를 보내며

요새 들어 너의 안부를 알 수 없으니 걱정이구나.

이곳은 모두 무사하다. 산이 정해져 오늘 개토를 했다. 이장은 특별히 날을 받아 하기로 했다. 너의 장인은 얼굴빛이 좋아 보이지 않더구나. 그런데도 풍산으로 가는 것을 보니 걱정이 앞선다.

긴 병은 재산만 축낼 뿐인데 가난하니 더욱 걱정이 된다.
산진매를 몇 마리 사 들였으나 장식물이 없어 걱정이다.
너의 매부(권몽길)도 산진매를 샀다 하니 기쁘다.
이번에 은 세 덩이를 보낸다. 원이 목에 늘 걸어줘라.
넌 언제 오려느냐? 기다리기 힘들다.

10월 7일 밤 아버지가.

응태는 아버지가 새삼 고마워졌다. 손자를 생각해서 귀한 은을 보내준 것도 그렇고 번번이 잊지 않고 안부를 묻는 부정이 그랬다.

아들 응태에게 편지를 보내며

네가 간 뒤로 안부 듣지 못한 지 여러 날이 되었다. 심히 걱정스럽고 망극하기 이를 데 없다. 이곳은 상하가 무사하다.

얼마 전 억년이 갈 때 편지를 보냈는데 답서 없어 한스럽고 네가 올 일인데도 오지 않으니 더욱 그렇구나.

하루라도 빨리 왔으면 한다.

그래, 넌 언제 오려고 하느냐? 오지 않는 데야 어찌 볼 수 있을꼬. 문에 기대어 바라볼 뿐이나 늙어 감내하기도 힘들다.

이렇게 급히 편지를 보내는 이유는 다름이 아니고 너의 매 새끼를 사려는 사람이 있어서이다.

값은 베 6~7필 정도로 정하려고 하는데 너의 의향은 어떠냐?

사는 쪽도 그 값이면 사겠다고 하고 내 생각도 같다.

그러니 그렇게 정하는 것이 좋지 않겠느냐. 권씨(첩)는 18일까지 구미에서 돌아오지 않겠다고 하니, 원동에 가 며칠 머물다 올 생각이다.

10월 15일 아버지가.

응태는 매를 훈련시켜 팔면 4~50필은 받을 수 있었으나 아버지의 의견을 존중해 그 값이면 파시라고 편지를 써 막종이 편에 보냈다. 매를 판 돈은 어머님, 아버님 보약이나 사 드시라고 덧붙여서.

한 해가 저물고 병술년 새해가 되었다. 머잖아 만물이 소생하는 봄이 다가올 것이었다. 그러나 다영은 근심뿐이었다.

지난겨울 염병으로 고생하던 남편은 봄이 되었는데도 계속해 시름시름 앓기 때문이었다.

응태는 육 척 장신의 체구인 데다 몸집도 무인의 후예답게 우람했다. 건강한 사람도 한번 쓰러지면 일어나기 쉽지 않듯이 응태가 그랬다. 무과에 응시하기 위해 무예로 몸을 단련했으나 병에 장사 없다고 역질에 걸리자 우람한 체구에 살은 빠져 뼈만 앙상하게 드러났다.

전의감 봉사를 지낸 아버지를 둔 탓으로 병에 좋다는 약이란 약은 다 써 보았으나 차도가 나타나지 않았다.

아비지마지도 자식의 병은 다스리지 못했다.

이러다가 변이라도 당하는 것은 아닐까.

다영은 생각다 못해 시아버지에게 본가로 가서 병을 치료하는 것이 좋을 것 같다는 편지를 썼다. 편지를 쓰는데 가슴이 북받쳐 글씨도 씌어지지 않았고 생각도 나지 않았다.

마을 사람들은 안사돈끼리 주고받는 사돈지나 제문이 필요하면 그네에게 단골로 부탁을 했으며 부탁을 받으면 즉시 써 주곤 했었는데 지금은 손이 떨리고 사연은 두서가 없었으며 막히기만 했다. 더욱이 서러움이 북받치면서 눈물이 볼을 타고 흘러내리기까지 했다.

아버님께 올립니다

가내가 두루 평안하옵신지요? 자주 문안드리지 못해 죄송합니다.

아버님, 어쩌면 좋겠습니까? 제가 박복하고 덕이 없는 탓인지 한번 득병한 원이 아빠의 병은 봄이 되었는데도 차도를 보이지 않으니 저로서는 어떻게 해야 좋을지 모르겠습니다, 시아버님.
　　아녀자의 소견으로는 풍토 탓인가 생각됩니다. 본가로 가서 병을 다스렸으면 하는데 아버님께서는 어떤 의향이신지요?
　　이제 와서 누구를 탓하며 누구를 원망하겠습니까마는 모든 것은 덕 없고 박복한 제 탓으로 돌립니다.
　　아버님, 저희 좀 도와주세요. 원이 아빠 좀 살려주세요. 새벽이면 하루도 빠짐없이 정한수를 길러다놓고 지성으로 빌어도 보았사오며 용타는 박수무당을 데려다 굿도 했으나 차도가 없습니다.
　　지아비를 득병하게 한 죄 많은 아녀자로서 무슨 말씀을 아버님께 드리오리까. 그럼 총총 이만 줄이겠나이다.
　　아버님, 건강하셔야 합니다.

3월 24일. 죄 많은 며느리 상백

　　다영은 편지를 써 억년이를 재촉해서 안동 본가로 보냈다.
　　편지를 보낸 지 이틀째 저녁 무렵이었다.
　　시숙인 몽태가 직접 동생을 데려갈 가마까지 가지고 억년, 천진, 막종, 춘광과 함께 들이닥쳤다.
　　"이렇게 시아주버님께서 오실 줄은 몰랐습니다."
　　"좀 더 일찍 와 봤어야 했는데…"
　　"지금 와 주신 것만도 고맙습니다."
　　"제수씨, 동생부터 봅시더."
　　다영은 시숙을 안방으로 안내했다.
　　방으로 들어선 몽태는 동생의 안색부터 살폈다.

눈동자는 생기를 잃은 데다 사람을 똑바로 쳐다보지도 못했다.

누가 보아도 중증임이 분명했다.

"건강하던 자네가 왜 이렇게 누워 있는가? 일어나게. 착한 제수씨 고생시키지 말고 일어나게. 말귀를 알아들었으면 눈을 떠보게."

그렇게 말을 하는 데도 웅태는 한 여름 그늘에 매어 둔 황소가 더위에 지쳐 눈을 감고 있듯이 눈조차 떠보지 않았다.

몽태는 하나뿐인 동생이 처가살이를 하고 있어 딱한 데다 병까지 얻었으니 더욱 가슴이 쓰리고 아팠다.

더욱이 동생이 이 지경이 되도록 나 몰라라 하고 내버려둔 것이 몹시 죄스럽기까지 했다.

몽태는 동생의 상태를 확인하고 다영에게 말했다.

"제수씨, 내일 안동으로 데려갈까 하니더. 혼자 고생하기보다는 돌볼 사람도 많고 하니 여러 모로 좋지 않겠니껴. 허락해 주시지요. 데리고 갈 사람까지 데리고 왔니더. 허락해 주시지요?"

"아주버님, 저도 원했답니다."

"그렇게 알고 준비하겠니다."

"머슴이 있어 농사는 지을 것입니다. 저도 몸이 불편하신 아버지께 농감을 부탁하고 원이와 함께 가겠습니다."

"그렇게 하시지요."

다영은 이른 아침을 지어 환자를 태워 갈 가마꾼들부터 배불리 먹인 다음 부랴부랴 따라나섰다.

그날따라 수도 없이 시집과 친정을 오고 간 낯익은 길이 왠지 모르게 낯설게만 느껴졌으며 눈물이 앞을 가려 헛걸음만 디뎠다.

서둘러 출발한다고 했으나 일행은 저녁참에야 송천동 언덕에 올라섰다. 저 멀리 귀래정이 눈에 들어오자 다영은 울음이 북받쳤다.

지난 설날 차례를 지내기 위해 남편과 원이 그렇게 셋이서 다녀갔었는데 지금은 어떻게나 낯설기만 했다.
귀래정 마당으로 들어서자 시집 식구들이 가마를 에워쌌다.
시아버지며 시어머니, 조카며 질녀며 이웃 사람까지 와서 지켜보는 것이 자기를 원망하는 것만 같아 다영은 고개를 들 수조차 없었다. 울진 댁이 들어 가마를 붙들고 통곡하는 바람에 다영은 뒷전으로 밀려났으며 해서 시부모께 인사조차 할 수 없었다.
"설에 왔을 때만 해도 멀쩡하던 니가 이렇게 병들어서 돌아오다니. 성한 다리 어디다 두고 이렇게 가마 타고 돌아오길 와."
다영은 시어머니 치마폭을 잡고 함께 울었다.
"어머님, 모두가 제 탓이에요. 제가 박복한 데다 죄가 많아 그래요. 그러니 어머님, 그만 우셔요, 네."
"박복한 이년에게 병을 줄 것이지. 죄 없는 자식에게 병을 주다니, 흑흑. 부처님도 무심하시지."
손위 누이도 소리 내어 울었다. 그럴수록 다영은 자기 죄인 양 생각이 들었고 가시방석에 앉은 것 같아 몸 둘 바를 몰랐다.
다영은 눈멀고 귀먹고 벙어리가 되어 오로지 남편의 병 수발에만 전념했다. 병 수발을 하기 위해 이 세상에 태어난 사람처럼 남편을 돌보았다. 병에 좋다는 약은 몇백 리고 가서 지어 왔으며 좋다는 약초는 일월산을 뒤져서라도 캐어 와 남편에게 달여 먹였다.
그러나 하늘도 무심하시지 전혀 차도가 보이지 않았다.
그렇다고 해서 다영은 하늘을 원망하지 않았다. 그네는 정성이 부족해서 병이 낫지 않는다고 여기고 눈물겹도록 병 수발을 했다.
여성에게 정조보다도 더 소중히 여기는 머리카락, 남편이 과거 보러 가는데 돈이 부족하면 긴 머리카락을 잘라서 달비, 댕기머리로 만들어 팔아서는 노자에 보태 줬다고 하는 일화를 가진 머리카락이 아닌가.
그런 머리카락을 다영은 거울을 들여다보면서 싹둑싹둑 잘랐다.
숱 많고 삼단 같이 치렁치렁한 머리카락은 손길 따라 잘려 나갔다. 머리를 자른 뒤, 수건을 써 식구들의 눈을 속였다.
자른 머리카락을 가지고 다영은 식구들이 잠든 깊은 밤이면 남편 병상을 지키면서 눈여겨 뒀던 눈썰미로 미투리를 삼았다.
"당신, 나 지금 뭐 하고 있는지 알아요. 당신 병 나으면 신으라고 미투리를 삼고 있답니다. 그러니 어서 일어나세요. 제가 가련하고 어린 원이가 불쌍하지도 않으세요, 네. 어서요"
아무리 말을 해도 응태는 말이 없다. 말이 없는 게 아니라 말할 기운이 없는지도 모른다. 그네는 답답하다 못해서 편지를 썼다.

원이 아버님께 올립니다.
저 지금 뭘 하고 있는지 아세요? 자네 병 나으면 신으라고 미투리를 삼고 있답니다. 이렇게 정성을 다해 미투리를 삼고 있는데 신어 보지도 못하면 어떻게 해요. 그러니 일어나세요.
삼과 머리카락을 반반 섞어 새끼부터 꼬았답니다. 그리고 틀을 만들어 머리카락을 씨로 해서 미투리를 삼고 있답니다.
이렇게 정성을 다하는 데야 병인들 아니 낫고 베기겠어요.
자네, 저와 원이를 생각해서라도 마음을 굳게 가지시고 일어나세요. 원이를 생각해서라도 자네는 반드시 일어나셔야 합니다.
자네는 늘 함께 살다가 함께 죽자고 하셨잖아요. 어린 원이는 아버지 없이 어떻게 살라 하고 계속 누워 있으며 제 뱃속에 든 아이가 태어나면 누구를 아빠라고 부르라고 일어나지 않으세요. 그러니 어서 툭툭 털고 일어나세요. 이렇게 두 손 모아 빌고 있잖아요.

자네 병 나으라고 기원하는 정성을 봐서라도 일어나세요, 네.

세상에 사람이 어쩌면 그렇게 무심할 수 있어요. 제가 무심하다고 하지 않을 테니까, 어서 일어나세요, 원이 아빠.

5월 24일 밤, 집에서

사람은 한번 세상에 태어났다가 죽기 마련인가.

생명 받아 태어난 사람을 세상에 내보낸 조물주라고 해서 이렇게 쉽게 데려갈 수 있는가. 태어나 산다는 것은 여름 하늘에 한 조각구름이 생기는 것과 같고 죽음 또한 여름 하늘에 구름이 생겼다가 없어지는 것과도 같은가. 여름 하늘에 떠도는 구름도 본래 형체 없이 태어나고 죽는 것 또한 형체가 없음이 아니던가.

사람의 목숨이란 가을날 아침에 찬란한 햇살을 받은 이슬과도 같을진데 이슬 또한 머잖아 사라지는 것이 아니겠는가.

죽는 것은 인력으로 어떻게 할 수 없어. 몸부림친다고 살아난다면 누가 죽겠어. 숨이 끊어진 사람은 돌아오지 않아.

돌아온다는 생각 자체가 산 사람의 욕심에 지나지 않아.

뜨거운 불에 물이 끓지만 불이 꺼지면 물도 곧 식어. 사람이라고 다를 게 무에 있어. 목숨 끊어지면 생각하지 말아야지.

창공을 나는 새마저 끝내는 제 집으로 돌아오지 않듯이 목숨 또한 한번 가면 영영 돌아오지 않아. 바람은 제 자리에 머물 수 없듯이 제 자리에 머무는 것은 이 세상에 아무 것도 없음이야.

하늘은 무심했다. 연약한 아녀자가 그렇게 애원했는데도 이를 나 몰라라 한 채 착한 사람을 끝내 데려가려 하다니.

갓 서른한 살의 나이였다. 살아온 만큼 두 곱을 더 살아도 트집을 잡거나 탓할 사람도 없는데 저승 가는 길은 눈물 앞세운 길인지 응태는 산 사람의 애간장을 끓이다가 인연을 뚝 끊고 말았던 것이다.

5월 스무닷새 새벽이었다.

웅태를 지켜보며 설마, 설마 하던 가족들은 그만 넋을 잃고 말았다. 형제 사이, 남매 사이, 부모 사이보다도 피 한 방울 섞이지 않은 부부 사이인데도 마음은 천붕지괴(天崩地壞), 바로 그것이었다.

시아주버님보다는 손위 누이가, 누이보다는 낳은 아버지가, 아버지보다는 기른 어머니의 슬픔이 더 큰 것인지도 모른다.

시아버지는 눈물을 뚝뚝 흘리면서도 울음을 참았고 시어머니는 구슬 같은 눈물을 흘리면서 며느리를 원망했다.

시누이도 다영을 바라보는 시선이 곱지 않았다.

들어온 사람-시집온 며느리-가 비상이라도 먹여 사람을 죽인 것처럼 어쩌면 그렇게 탓하기만 하는 것인지 알 수 없었다.

그랬으니 다영의 심정은 오죽했을까.

눈물이 나오거나 울음을 울 수 있는 것은 덜 기막힌 일을 당했을 경우이다. 그네는 너무나 기막힌 일을 당해 눈물도 울음도 도망가 버린 정신 나간 사람 같았다.

시집 식구 중에서 시아버지만 달랐다.

부모를 앞세운 자식이니 불효를 말한다면 한이 없을 것인 데도.

그런 시아버지는 슬픔을 당신 스스로 꾹꾹 눌러 담고 내 손으로 낳은 자식, 내 손으로 묻다니, 하면서도 일을 손수 처리했다.

요신은 진작부터 아들이 오래 살지 못할 것임을 짐작하고 있었던 것 같았다. 웅태가 숨을 거두자 차분하게 시신을 준비한 정침으로 옮겨놓고 속광부터 했다. 그리고 재차 솜을 코에 갖다 대어 숨을 쉬는지 확인했다. 가져다댄 솜은 흔들림이라곤 조금도 없었다. 귀여운 어린 자식과 사랑하는 아내를 두고 가기 때문일까. 눈도 미처 감지 못하고 숨을 거둔 웅태의 눈부터 감기고 두 손은 배 위로 모아서 엄지를 함께 묶었으며 다른 한쪽 끝으로는 발가락도 묶었다.

그리고 하얀 천으로 시신을 덮은 뒤, 아들의 웃옷을 가지고 지붕으로 올라가 북쪽을 향해 옷을 휘두르면서 이름을 부를 때마다 복을 세 번 복, 복 부르면서 초혼했다. 초혼을 한 뒤에야 장막을 치고 시신의 머리를 남쪽으로 향하게 해서 시상에 안치해 놓고 입을 벌려 솜을 끼우고 귀며 코도 막았으며 팔과 다리는 뒤틀리지 않게 연궤에 묶었다.

그런 다음에도 요신은 일일이 지시했다.

"어리지만 원이가 상주노릇을 할 수밖에 없네. 주부는 며늘애가 맡고 호상은 몽태가 해야 하네."

사자밥을 차려놓고 세 번 복, 복, 복 하고 초혼한 뒤, 대 밖에 내다놓았다. 그제야 다영은 흰옷으로 갈아입고 머리를 풀었다. 원이에게는 흰 두루마기를 입히되 법도대로 왼 팔은 끼우지 않았다.

옷을 갈아입은 다음, 시신을 둘러친 병풍 앞에 마련한 제상에 수시로 분향하면서 습의를 준비했다. 습의는 마지막 가는 사람에 대한 남아 있는 정성이기 때문에 꼼꼼하게 마련했다.

다영은 시어머니로부터 우는 꼴조차 보기 싫은 년이 청승스럽게 울긴 왜 울어 하는 소리를 들은 뒤로 식구들이 보는 앞에서는 일체 눈물을 보이지 않았다. 그런 그네를 두고 이번에는 독한 년, 표독스런 년이라고 쏘아댔으나 의연하게 처신했다. 너무나 의연해서 시집 식구들에게 남편이 죽기를 바란 것처럼 오해를 사기도 했다.

그러다가도 식구들이 지쳐 쓰러진 한밤중이면 병풍을 치우고 관에 엎어져 소리 죽여 날이 샐 때까지 울었다.

그러면서도 다영은 남편을 애도하기에 앞서 그저 나약한 아낙네의 처연한 모습 그대로를 슬퍼했다. 그것도 죽음 앞에서 단지 슬픔을 억제할 수 없는 평범한 아내의 마음으로 슬퍼했던 것이다.

그렇게 그네는 서러워하다가 누가 시킨 것도 아니었고 어디서 본 것 것도 아니었으나 마음 저 깊숙한 데서 우러나온 그대로 벼루를 찾아 먹을 갈고 한지를 꺼내어 편지 쓸 준비를 했다.

그네는 한지를 펼쳐놓는 순간, 그 동안 참고 참았던 눈물이 한꺼번에 왈칵 쏟아지기 시작하는 것이 아닌가.

그렇지 않아도 죽은 남편에게 편지를 쓴다고 생각만 해도 눈물이 쏟아져 앞을 가렸는데 이제 한지까지 펴 놓으니 소나기처럼 흐르는 눈물이 한지를 적셨고 한지가 너무 푹 젖어 붓을 대기만 해도 한지가 찢어질 뿐 아니라 먹물이 이리저리 번질 것 같았다.

비록 슬픔을 참고 쓴다고 해도 먹물이 펼쳐놓은 한지에 번져 글씨는 알아볼 수도 없을 것이었다.

그네는 눈물로 한지만 적시다 밤을 꼬박 새웠다.

둘째 날 밤에도 한지만 적시다 말았으며 셋째 날 밤에도 눈물이 한지를 적셔 도저히 글을 써 나갈 수 없었다.

넷째 날 밤에도 적셨고 다섯째 날 밤에도 끝내 편지를 쓰지 못하고 눈물로 한지만 적시다 말았다. 그만큼 울어서 한지를 적셨으면 눈물이 마를 만도 했는데 그게 아니었다.

조선조의 여성을 어떻게 그리고 묘사하며 설명할 수 있을까.

그런 설명이 가능할까.

여성예찬의 예는 동양 최고의 고전이라고 일컫는 『시경』 첫머리 첫수에 나타나 있다. 아래에 첫수 첫머리 4행을 인용한다.

꾸욱 꾸욱 비둘기　　　關關雎鳩

강안 물에서 울 듯이   在河之洲
얌전한 아가씨야   窈窕淑女
사내의 좋은 배필   君子好逑

　남녀 간의 사랑을 노래한「관저(關雎)」라는 시는 총 20행인데 '요조숙녀(窈窕淑女)'란 구가 4행이나 차지하고 있듯이 동양 최고의 경전인『시경』마저 이상적인 여성을 일컫는다.
　'요조숙녀(窈窕淑女)'라는 형용사를 동원했다.
　주석가들은 '요조'를 '幽', '閒(閑)', '貞', '靜'이라고 주석하고 마음이 깊고 그윽하다, 행동거지는 여유가 있고 한가하다, 절개는 곧고 태도 또한 고요하다고 풀이하고 있다.
　『시경』의 여성예찬은 그대로 동양적인 여성예찬으로 굳어져 정적이며 고전적인 여성미의 귀감이 되었다.
　우리나라도『시경』의 그것처럼 예찬의 테두리에서 벗어나지 못했으며 여성 자신 또한 얌전과 고요한 아름다움을 장점으로, 아니 천분으로 여겼는지도 모른다. 조선조소설 중 백미의 하나인「춘향전」에서 춘향의 거동을 묘사한 부분을 인용한다.

　고운 태도, 염용하고 앉은 거동, 백석창파 새 빛 뒤에 목욕하고 앉은 제비 사람보고 놀라는 듯, 별로 단장한 일 없이도 천연의 국색이라. 옥안을 상대하니 여운간지명월이요, 단순을 반개하니 약수중지연화로다.

　춘향의 얌전하고 조용한 태깔을 예찬하고 있다.
　여성을 예찬하는 말로 '물 찬 제비', '구름 사이의 달', '꼭 다문 입술', '그린 듯이 가지런한 아미 같은 눈썹' 등의 어구는 액세서리처럼 따라다녔다. 이런 미인의 옷 차림새를 두고는 '회장저고리', '긴 치마', '외씨 보선', '수당혜' 등으로 묘사했다.

그런 탓인지 모르겠으나 지금까지도 오랜 전통과 미풍으로 굳어진 탓인지 시인이나 묵객들의 단골 메뉴가 되고 있지 않는가.

이런 여성예찬은 온고지신으로 아름답고 그리운 면이 없는 것은 아니나 우주시대인 지금 이를 답습한다는 것은 환상을 좇는 것과 같아서 아름다운 반동으로 대접받을 우려마저 있다.

시대는 바뀌고 사람의 의식도 변했다. 남녀동등의 시대가 된 지 오래다. 아니, 모든 면에서 여성이 남성을 압도하고 있는지도 모른다.

미 LPGA에서 한국 낭자들의 선전이 이를 단적으로 말해 주고 있다. 이번 벤쿠버 올림픽에서 여자 싱글 피겨사상 최고의 점수를 획득한 김연아의 인기는 세계를 들었다 놓았다 하지 않았는가. 해서 지금은 온전히 여성상위시대가 된 것 같은 느낌마저 든다.

이런 여성상위시대에 '이미같은 눈썹', '외씨 보신'처럼 의고적으로 노래해 보았댔자 그것은 이미 흘러간 꿈, 봉건적인 미에 대한 감상이거나 연민이다. 아니, 시적인 만가에 불과할지도 모른다.

한 '一자로 그린 듯한 초생달 같은 아미', '그믐달 같은 눈썹'이며 '거안제미(擧案齊眉)', 곧 밑으로 내리깐 데다 얌전하며 다소곳한 눈매를 예찬한 것이야말로 여성을 외적으로 쏠리는 관심을 의도적으로 막아 버린 셈이 된다. '회장저고리', '자주 고름'은 자연스런 가슴의 풍부함과 날랜 활동을 저지했다. '질질 끌리는 긴 치마'는 일생 동안 여성을 안방과 마루의 순례자로 만들어 버렸다.

'외씨 보선', '수당혜'는 일종의 전족, 그네들에게 먼 문밖 활동을 못하게 한 것은 아닌지 생각해 볼 일이다.

여성의 남성적 성향은 수치심의 결여에서도 나타나고 있다.

노랑 저고리, 연분홍 치마가 바람에 휘날리며,
다소곳이 앉아 고름만 잘근잘근 물어뜯던
그런 옛날이 그립습니다.

이런 종류의 동경은 아득한 옛날이 되고 말았다.
현대의 그네들은 귀뿌리의 야릿야릿한 간지러움이나 앵두 같은 볼의 불그레함이나 복숭아 빛 볼을 잊은 지 벌써 오래다.
그네들 중 일부는 무화과 잎이나 가랑잎조차 거추장스러울 것이다.
그네들은 반나(半裸)나 전나(全裸) 등 누드를 내세우기도 하고 진이(眞伊)까지 들먹이며 시위까지 하지 않는가.
이런 행동이 전통을 해치는 것은 아닐까.
여성의 아름다움을 '샛별 같은 눈매', '초생달 같은 눈썹', '방긋방긋 웃는 웃음', '고운 입술과 박씨 같은 이'에서 찾았다.
그런데 그 웃음이 아무리 구름처럼 아름답다고 해도, 그 입술이 석류마냥 곱다고 해도, 그 웃음 끝에 영롱히 빛나는 초승달 같은 언어, 석류 주머니를 열고 도란도란 드러나는 사연이라고 하더라도 여성 예찬은 한낱 병풍에 그린 원앙새 같은 정물에 불과한 것은 아닐까.
여성예찬은 오로지 그네들의 낭랑한 목소리, 교묘하고 변화무쌍한 악센트, 다채롭고 화려한 언어에 있기 때문이다.
그것도 언어 예술의 최고는 바로 시에 있다. 시야말로 최고도로 정화되고 순화된 언어의 결정체란 점에 있어 더욱 그렇다.
여성의 언어는 인류 언어 중에서 최고의 시이다.
그러기에 여성은 나면서부터 시인이나 다름없다. 여성은 여러 가지 의미에서 미래의 시인이 되고도 남는다.
여기에는 평범한 여성조차도 예외란 있을 수 없다. 문제는 여성의 언어가 외국어처럼 황홀하고 난해하다는 데 있다.

그네들의 언어를 이해하려면 민첩한 동시통역이 필요하다. 아니 시의, 여성의 언어는 동시통역이 불가능할 만큼 상징적이다.

여성어는 요설(饒舌)과 다변(多辯)에 있다.

곧 총알처럼 쫑알대는 수다함이다.

동서를 막론하고 여성에게 침묵과 무언을 강조한 탓인지 여성을 두고 '유한(幽閒)', '정정(貞靜)'을 즐겨 썼고 서양에서도 '침묵이 금'이라는 금언까지 생겼으니.

그렇다고 해도 절로 흘러나오는 예지의 샘물, 앵무새같이 재잘대고 싶어 하는 자랑과 하소연과 흉내는 막을 길이 없다.

마을의 샘가나 시냇가 빨래터, 도시의 공동수도(지금은 옛날이야기가 됐지만), 그네들의 회의를 볼 것 같으면 본연한 변재(辯才)와 다채로운 토의사항, 언어 경연의 콩쿨대회에 나간 것이나 다름없으니…

때늦은 감은 있으나 지금이라도 여성으로 하여금 마음껏 재살대게 해서 인생의 하숙이 아닌 삶의 주택에 살게 해야 할 것이다.

그네들의 다변과 수다는 눌려 지내는 불평과 누적된 불만과 약자로서 하소연의 통풍구, 사람의 주택이기 때문이다.

여성어는 언어의 속도에 있다.

그네들의 말씨를 보면 봉건시대에는 한없이 느리면서도 전아함을 특색으로 하고 있다. 국문학에 있어서 궁중문학, 내방문학의 우수성은 주로 그런 데서 찾을 수 있다.

초간택이 되니 선대왕께옵서 용렬한 재질을 천보로 여기시어 과히 융숭히 하시어 각별히 어여쁘게 여기시고 정서왕후께서도 가까이 보시고 선희궁께서는 오시어 간선하는 보계에 오르지 아니하시고…

선인이 들어오셔서 선비께 아 아이 수망을 드리니, "이 어떤 일인가?" 하시고 근심하시니, 선비 말씀하시기를 "한미한 선비의 자식이니 들여보내지 말았으면…" 하시고 양위 근심하시던 말씀을 잠결에 듣고 자다가 깨어 마음이 동하여 자리에서 많이 울고 궁중이 사랑하던 일을 생각하니 놀라워 즐기지 아니하니, 부모 도리어 위로하시고 "아이가 무슨 일을 알리." 하시니 내 초간택 후로 심히 슬퍼하는 것을 괴히 여기시니, 궁중에 들어와 억만창생을 겪어 그리 마음이 스스로 그러하였던가. 일변 괴이하고…

「한중록」 – 원문을 읽기 쉽게 윤문했음. 이하 같음

낸들 무슨 일을 아니 헤아리오마는 동서도 모르는 아이 슬하에서 자라는 것이나 보려고 했더니, 위력으로 앗아다가 가는 곳도 이르지 아니하다가 죽였으니 애가 끓는 듯 살을 베는 듯하니. 서러움을 참지 못하여 어머님이시며 내 일로 서러워 죽은 동생들을 생각하니 이제 죽으면 지하에 가도 부형에게 반가이 뵙지 못하여 부끄러울 것이며 외로이 돌 것이니. 참는 일이 많아 죽지 못하니 무슨 원수로 이런 서러운 일을 볼 것인가, 지은 죄 없으니 설움은 내 받으나 …

―「계축일기」

앞의 인용문은 사도세자 비인 혜경궁 홍씨가 만년에 회고적으로 쓴 『한중록』의 독백, 뒤는 선조의 계비로 폐모되고 아기까지 무참히 빼앗긴 인목대비가 궁녀에게 답한 내용이다.

말 대신 글이긴 하지만 원래 말도 이런 정도에서 크게 벗어나지 않았을 것이라고 짐작되나 처참한 정황을 서술한 언어인데도 줄기차게 느리고 우아함의 일색이라고 하겠다.

여성어는 고저음에 있다.

여성의 음성은 워낙 금속성이 본질이요 쨍쨍한 것이 특징이다. 여성 성악가 중에서 소프라노가 많다는 것은 이를 단적으로 시사한다.

여성들의 얼굴이 아무리 못 생긴 무염(無鹽)과 같다 하더라도 그네들의 낭랑하고 정다운 목소리는 상상 이상의 동경, 매혹 이상의 감정을 느끼게 한다. 그네들은 웅변가의 억양법과 과장법도 충분히 습득해서 놀라운 일에는 저음을 토하고 대수롭지 않은 일에는 최고의 기성을 발하기 일쑤인 경우가 수다하다 하겠다.

인용한 시조를 감상하면 이해가 될 것이다.

묏버들 가지 꺾어 보내노라 임의 손에
자시는 창 밖에 심어두고 보소서
밤비에 새잎 갓 나거든 날인가 여기소서.

솔이 솔이라 하니 솔만 여겼도다
천심절벽에 낙락장송 내 기로다
길 아래 초동의 졈낫이야 겨뤄 볼 줄 있으랴

앞은 홍랑(洪娘)의 작으로 사뭇 여성적인 고운 말씨로 가련한 처지를 하소연한 노래라고 할 수 있다.

뒤는 소이의 작으로 알려졌는데 속된 남성들이 귀찮게 덤벼드는 것을 야유한 내용이 주류를 이뤘다

두 편 다 나름대로 특징이 있겠으나 전자는 여린 말씨를 좋아하고 후자는 거센 남성에 대항하는 말씨가 뚜렷하다.

여성어에는 여성의 정서가 깃들어 있다.

남성에게는 여보, 당신, 그이, 자네 등은 살벌한 단어일지 모르나 일단 여성의 입에서 나오는 순간, 언어의 마술사에 홀린 듯 다정한 말씨로 변하는 데야 어떻게 하겠는가. 최고의 찬사에 값하는 여성의 언어도 반대로 전환하는 예가 없지 않아 있긴 있지만.

  여성들의 왜곡된 눈썹, 비틀리는 푸른 입술을 통해 나올 때는 딱한 풍경, 성가신 청감(聽感)에 해당되는 경우이겠기 때문이다.

  그런데 욕설과 싸움은 때로는 고성이 필요할지 모른다.

  그러한 경우에 있어서도 어느 시인의 애인, 그네의 꾸지람마저 시적으로 미화하여 아름답고 성스럽게 할 수 있는 장점이 곧 여성어고 여성어의 정서라고 할 수 있을 것이다.

  글로는 훈민정음이 창제된 뒤 그 보급의 일환으로 불경언해를 추진하면서 내간체가 형성되었다.

  이는 여류문학의 원동력이 되기도 했다.

  정음이 창제된 이래 『석보상절(釋譜詳節)』과 『월인천강지곡(月印千江之曲)』, 계속된 불경언해(佛經諺解)로 정음이 문자로 정착하게 된다.

  이어 성종의 어머니인 인수대비에 의해 『내훈(內訓)』과 『여사서(女四書)』가 간행되어 여류문학이 뿌리를 내리게 되었으며 『두시언해(杜詩諺解)』와 『소학언해(小學諺解)』 등으로 싹이 텄다.

  그러나 삼강오륜의 하나인 남녀유별(男女有別)이 삼종지도, 칠거지악, 남존여비, 남녀칠세부동석 등으로 악용되어 여성들에게 올가미를 씌우더니 급기야 문자 교육까지 금기시하기에 이르렀으니…

  뒤늦게 여성의 배움은 정음이 창제된 이후에도, 정음을 두고 언문(諺文), 안글, 뒷간글이라 해서 배우게는 했으나 편지를 써 안부를 물을 정도의 배움이 전부였으니 딱한 제도의 올가미였다.

  그런데도 여류의 작품이 가뭄에 콩 나듯 했으니 그나마 다행이랄까.

원이 엄마의 한글 편지 또한 예외가 아니다. 극히 드문 예라고 할까.

이레째 날 한밤중이었다. 날이 새면 발인을 한다. 더 이상 쓰지 않았다가는 관 속에 보공으로 넣을 수도 없었다.

그네는 잠시 눈물이 멎은 틈을 놓치지 않고 눈물로 절고 절어 소금기가 물씬 밴 한지에 비로소 글을 쓰기 시작했다.

워니아버님끠샹빅

이렇게 서두를 쓰고 어림잡아 한 줄쯤 띄워 날짜를 썼다.

병슐뉴월초ᄒᆞ른날지븨셔

그네는 날짜부터 적고 나서 편지를 쓰기 시작했다.

자내샹해날ᄃᆞ려닐오ᄃᆡ둘히머리셰도록사다가홈ᄭᅴ죽쟈ᄒᆞ시더니엇디ᄒᆞ야나ᄅᆞᆯ두고자내몬져가시ᄂᆞᆫ날ᄒᆞ고ᄌᆞ식ᄒᆞ며뉘귀걸ᄒᆞ야엇디ᄒᆞ야살라ᄒᆞ야다더디고자내몬져가시ᄂᆞᆫ고자내날향히ᄆᆞᅀᆞ믈엇디가지며나ᄂᆞᆫ자내향히ᄆᆞᅀᆞ믈엇디가지던고양자내ᄃᆞ려내닐오ᄃᆡᄒᆞᆫᄃᆡ누어셔이보소ᄂᆞᆷ도우리ᄀᆞ티서ᄅᆞ에엿쎄녀겨ᄉᆞ랑ᄒᆞ리놈도우리ᄀᆞᆮᄐᆞᆫ가ᄒᆞ야자내ᄃᆞ려니ᄅᆞ더니엇디그런이ᄅᆞᆯ싱각디아녀나ᄅᆞᆯᄇᆞ리고몬져가시ᄂᆞᆫ고자내여히고아ᄆᆞ여내살셰업ᄉᆞ니수이자내ᄒᆞᆫ ᄃᆡ가고져ᄒᆞ니날ᄃᆞ려가소자내향히ᄆᆞᅀᆞ믈ᄎᆞ싱니 줄 줄리업ᄉᆞ니아ᄆᆞ려셜운ᄠᅳᆮᄀᆞ이업ᄉᆞ니이내안ᄒᆞ어듸다가두고ᄌᆞ식ᄃᆞ리고자내ᄅᆞ그려살려뇨ᄒᆞ노이다이내유무보시고내ᄭᅮ메ᄌᆞ셰와니ᄅᆞ소내ᄭᅮ메이보신말ᄌᆞ셰듣고져ᄒᆞ야이리서년뇌ᄌᆞ셰보시고날ᄃᆞ려니ᄅᆞ소자내내빈ᄌᆞ식나거든보고사롤일ᄒᆞ고그리가시듸빈ᄌᆞ식나거든누ᄅᆞᆯ아

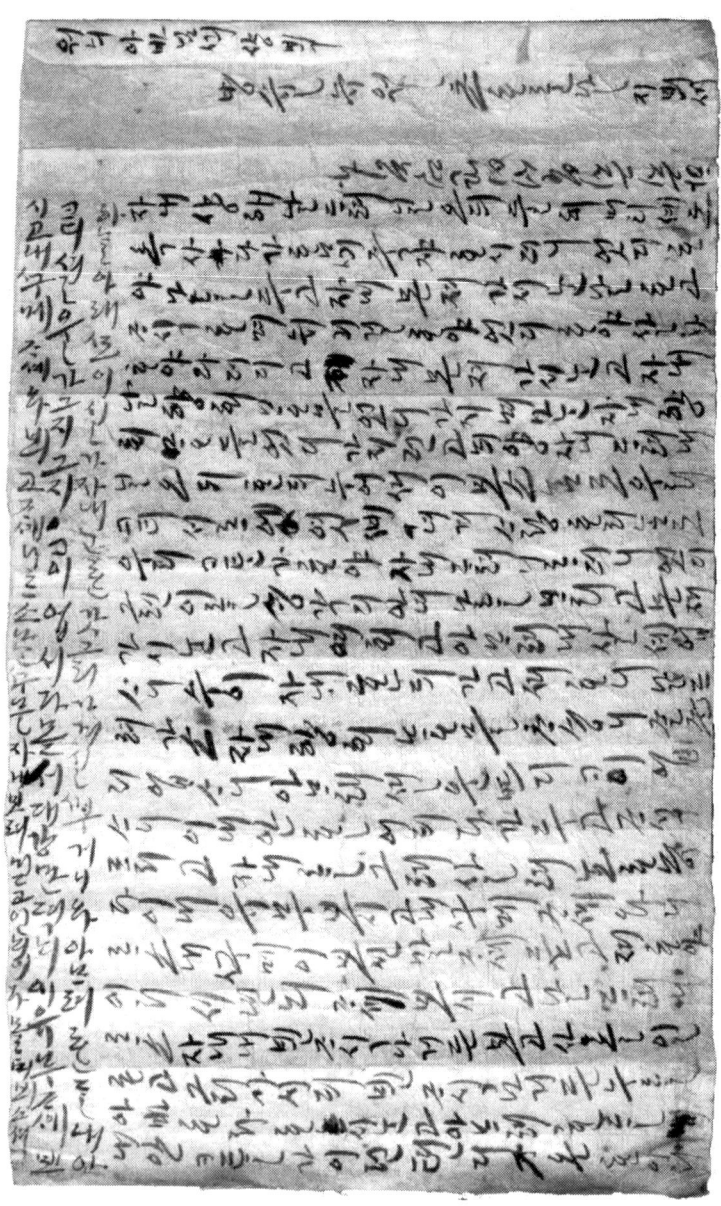

원이 엄마의 한글편지(출처, 안동대 박물관)

바ᄒᆞ라ᄒᆞ시ᄂᆞ고아ᄆᆞ려혼ᄃᆞᆯ내안ᄌᆞ틀가이런텬디ᄌᆞ온혼이리

여기까지 쓰자 사연은 끝나지도 않았는데 쓸 공간이 없었다. 그네는 종이를 옆으로 돌렸다. 첫머리 부분에다 지금까지 쓴 것과는 직각으로 엇갈리게 줄을 잡아 나머지를 쓰기 시작했다.

하ᄂᆞᆯ아래또이실가자내ᄂᆞᆫ혼갓그리가겨실ᄲᅮ거니와아ᄆᆞ려혼ᄃᆞᆯ내안ᄌᆞ틔셜울가그지그지ᄌᆞ이업서다서대강만뇌이유무ᄌᆞ셰보시고내ᄭᅮ메ᄌᆞ셰와뵈고ᄌᆞ셰니ᄅᆞ소나ᄂᆞᆫ ᄭᅮ믈자내보려믿고인뇌이다몰래뵈쇼셔

마지막으로 인사를 하려고 하는데 여백이 없었다. 그래서 그네는 종이를 다시 돌려 편지를 쓰기 시작한 첫줄 끝과, 날짜와 첫줄을 쓴 사이에다 거꾸로 마지막 인사말을 쓰고 편지를 마무리 지었다.

하그지그지지업서이만뇌이다.

하늘 아래 이렇게 아득한 일이 또 있을까요.

당신, 머리 세도록 살다 함께 죽자 하시더니, 꽃보다 아름다운 서른 나이에 저만 남겨두고 어떻게 먼저 가실 수 있답니까. 저를 향한 당신의 마음, 저 또한 당신 향한 마음이 어땠는지 너무나 잘 아시면서. 늘 한데 눕기만 하면, "여보, 남도 우리같이 어여삐 여겨 사랑했을까." 하고 속삭이곤 했었는데. 아이 낳으면 누구를 아비라 부르게 해야 합니까. 지금 당장이라도 당신에게 달려가고자 하니 속히 절 데려가 주셔요. 기가 막히도록 서러운 이 마음, 한도 없고 끝도 없어 꿈에서나마 당신 말 듣고자 해서 급히 써 관에 넣습니다. 거듭거듭 보고 제 꿈에 와 말씀해 주셔요. 꿈이라도

좋으니 자주자주 나타나 얼굴 보여 주시고요.

당신은 그렇게 하리라 저는 굳게 믿고 있답니다.

—시『하늘 아래』

죽은 사람이지만 살아 있는 사람에게 보내는 편지처럼 썼다.

편지의 사연은 너무너무 곡진해서 병풍 뒤에 누워 있는 남편에게 고스란히 전달되고도 남을 것 같았다.

그것은 편지 끝에 애원의 묘처를 하나쯤 숨겨뒀기 때문이었다.

꿈에서나마 회답을 받아보겠다는 소망이야말로 남편을 그리워하는 마음을 그대로 대변하면서 끝으로 간곡한 매달림의 하소연, 바로 그것이었던 것이다. 다영은 수결을 하고 ※자를 표시했다.

일선 문 씨가 유언했고 시아버지가 자식을 낳으면 손등과 손목이 만나는 부위에 고성 이 씨 자손임을 확인하는 문양을 새기라는 유훈대로.

그네는 편지를 쓰고 나자 너무나 서러움이 북받쳐 어디에 남아 있었는지 모를 눈물이 ※자에 뚝 떨어졌다.

이응태의 형이 쓴 만시가 염을 한 위에 놓여 있다(출처, 안동대 박물관)

눈물이 떨어져 미처 마르지도 못한 ※는 눈물로 얼룩져 희미해졌다.

그러나 그네가 피눈물로 쓴 한글편지는 한지에 소설을 써서 피거나 찢어지지 않도록 들기름을 묻혀 발라주었듯이 눈물이 들기름을 대신했기 때문에 종이가 피거나 삭는 것을 방지했다.

한지의 수명은 잘 보관하면 칠팔백 년은 간다.

여기에 소금기가 반 이상인 피눈물이 밴 한지에 글씨를 썼으니 의도적으로 소금물을 먹인 셈이었다.

그랬으니 피거나 삭는 것을 방지했던 것이다.

너무나 아까운 나이에 세상을 등진 응태에게는 사랑스런 아내와 귀여운 자식 말고도 부모는 물론 형도 있고 손위 누이도 있었다.

동생을 잃은 형이며 다른 식솔들은 다영과는 또 다른 슬픔으로 남아 목이 메다 못해 울컥 치받치곤 했다.

젊은 자식을 떠나보내는 부모의 마음이야 말해서 뭣하겠는가마는 남달리 형제간의 우애기 깊었던 몽대는 동생의 죽음을 두고 어느 형제보다도 슬픔을 억제할 수 없었다.

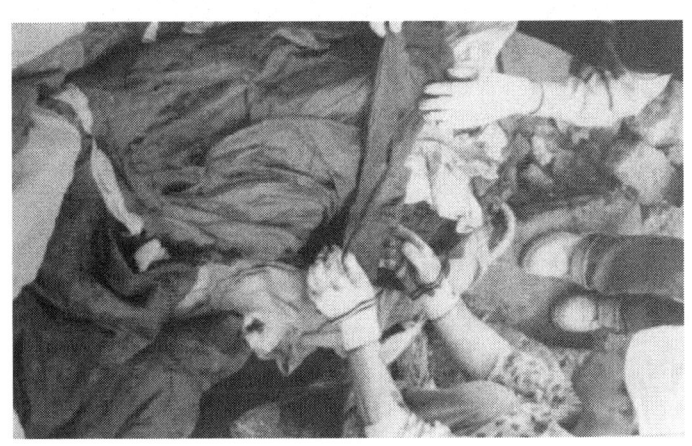

염습의를 수거하는 장면(출처, 안동대 박물관)

수습한 개당고(출처, 안동대 박물관)

몽태는 제수씨의 소리 없이 흐느끼는 모습을 몰래 지켜보다가 방으로 들어가더니 아껴뒀던 부채 하나를 가지고 나왔다.

그가 가지고 나온 접부채는 대나무 살을 종이보다 얇게 쪼개어 붙인 데다 그림이나 글귀 하나 없는 맨 종이였다.

몽태는 병풍 앞에서 벼루에 물을 붓고 먹을 갈았다.

그는 먹을 간 뒤, 붓을 들어 먹물을 묻힌 다음, 넉 자 넉 줄의 시를 짓기 시작하는데 손은 왜 그렇게 떨리는지 알 수 없었다.

저승 가는 길은 아무나 동행할 수 있는 길이 아니었다.

해서 더욱 서러운지 모르겠으나 몽태는 저승 가는 길에 외롭지 않게 노자라도 보태 쓰라고 지은 한시를 부채에 옮겨 썼다.

다른 의도는 전혀 없었다.

부채에 만시를 옮겨 적어 동기간의 정의 표시로 이를 입관 때 넣어 주려고 썼던 것이다.

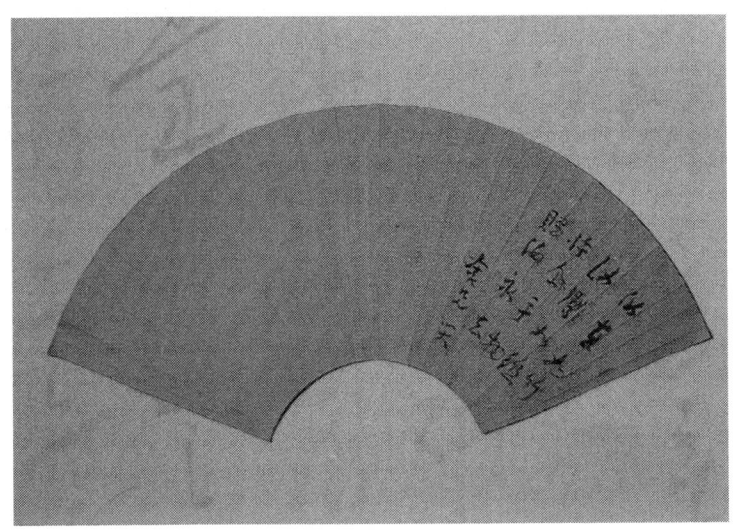

형(이몽태)이 부채에 쓴 만시(출처, 안동대 박물관)

사랑과 영혼 ‖ 251

그대 올곧음은 대쪽이고	汝直如竹
그대 깨끗함은 백지 같다네.	汝潔如紙
내 쓰던 부채를	將余手物
그대에게 징표로 주네	贐汝永去
형이 곡하면서	舍兄哭

그렇게 해도 마음 한 구석에서는 여한이 가시지 않았다.

몽태는 애석함이 떨쳐지지 않아 또 만시(輓詩)를 지었다.

한 배에 태어난 동생을 돌보지 못한 회한, 그것도 이름도 모를 병으로 젊은 나이에 죽다니… 저 세상에 가서는 신선이 되어 못다 한 이생의 삶을 누리기를 기원하면서 오언시를 지었다.

울면서 아우를 보내다　泣決舍弟

그대와 함께 부모님 모신 지	共汝奉旨甘
어느덧 서른한 해	于今三十一
돌연 세상을 떠나다니	奄然隔重泉
어찌 이다지도 급한가	鴒原何太疾
땅을 쳐도 답답하고	扣地之茫茫
하늘에 호소해도 묵묵부답	呼天之默默
나만 외로이 남겨두고	孑然我獨留
뉘와 지내려고 갔는가	汝歸誰與匹
그대가 남긴 자식	汝留遺後兒
내 살아 있으니 보살피리	我在猶可護

소망은 그대 신선이 되는 것	所望好上仙
삼생의 인연 어찌나 빠른지	三生何不速
그대에게 도움 바랠 일은	亦望勸有助
부모님 만세 기원하는 것	親庭壽萬億

| 형이 정신없이 울면서 쓰다 | 舍兄神亂哭草 |

 손톱과 발톱도 깎아서 머리털과 함께 다섯 개의 조발낭에 담아 대렴시 관에 넣으려고 따로 마련해 두기도 했다.
 그런 준비를 한 다음, 습을 시작했다.

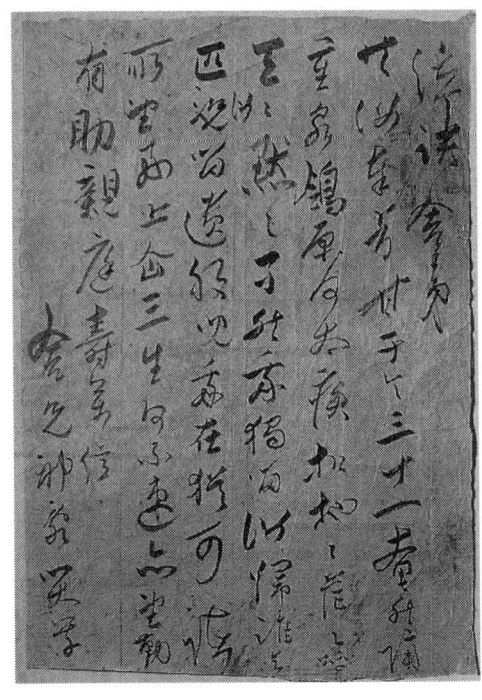

형이 동생을 보내며 쓴 만시(출처, 안동대 박물관)

요를 깔고 심의 등 웃옷을 포개어 끼우고 아래옷도 포개어 요 위에 올려놓았다. 시신을 옮겨놓고 준비한 철릭 세 벌을 미리 끼워놓고 상의 다섯 벌도 순서대로 팔을 끼어 놓았다.

준비한 하의도 순서에 따라 미리 끼어놓았다.

단령 등 세 벌도 준비했으며 악수, 버선, 복건, 신발 등도 옆에 놓아뒀다. 그리고 바지부터 입히기 시작해서 상의를 각각 우임으로 입혀 습을 마무리 지었다. 습을 끝낸 뒤, 바지 안으로 버선을 신기고 나서 또 행전을 신겼으며 떡목과 복건을 씌웠다.

비로소 상주가 왼 소매를 벗고 곡을 할 수 있다.

죽은 사람을 보내는 데 있어 산 사람의 정성은 수의로 나타나기 마련이다. 그런 탓으로 아흐레 장으로 예정한 것이 수의(壽衣)가 마련되지 않아 생각지도 않게 보름장이 되고 말았다.

수의는 다영이 들어 마련했으므로 염을 할 때, 준비한 수의를 빠뜨리지나 않는가 해 처음부터 끝까지 지켜보지 않을 수 없었다.

관은 마련해 둔 것이 있었다.

요신은 아버지가 작고했을 때, 관을 마련하다가 재질이 탐이 나서 당신의 것까지 마련해 뒀었는데 급한 대로 그것을 사용하기로 했다.

재질은 춘양목이었으며 그것도 원목으로 옻을 수도 없이 칠했기 때문에 하루 이틀에 마련할 수 있는 그런 관이 아니었다. 웅태는 좋은 관에 들어갈 수 있는 것만이 젊은 나이에 죽은 보상이 된 셈이었다.

먼저 시신부터 목욕시켰다.

쌀을 두어 번 씻어 맑은 뜨물을 받아 머리를 씻기고 빗질을 한 다음, 상투를 틀어 동곳을 꽂고 차례로 얼굴, 손, 상체, 하체, 발 순서로 씻어 옷을 입혔으며 명견으로 얼굴을 덮었다.

곡이 끝나자 준비한 쌀을 시신의 입에 세 번 떠 넣었다. 그런 다음에 명목으로 눈을 가리고 충이로 귀를 가렸다.

이어 허리띠를 맨 뒤, 악수로 손을 싸고 이불을 덮었다.

이불을 덮은 다음 영좌를 설치했다.

흰 비단으로 혼백을 접어 혼백상자에 넣고 죽은 사람이 입던 옷을 종이에 싸서 교의에 안치하고 나서 제상에 과일을 차리고 잔을 놓아두어 아침저녁으로 음식을 올리고 분향을 할 수 있게 했다.

명정은 영좌 오른쪽에 세워 두고 이불을 펴고 소렴전을 차렸다. 먼저 습전부터 치우고 소렴의식을 간단히 치른 뒤, 소렴했다.

일찌감치 소렴 횡교와 종교를 펴고 소렴금을 대각선으로 펴 뒀으며 소렴금 위, 허리 부근에 조아도 펼쳐놓았다. 단령, 직령 두 벌, 철릭은 소매를 입히기 쉽게 미리 소매를 끼워 뒀다.

그런 준비를 끝낸 다음, 습을 마친 시신을 옮겨 본격적으로 염을 시작했다. 옷으로 머리를 받치고 양어깨를 채웠으며 나리와 무릎 사이는 옷을 끼워 입히기 쉽게 했다.

한삼을 접어 목에 놓고 겹상의로 얼굴을 덮었다. 액주름, 철릭, 한삼, 행전, 합당고 등으로 다리 부분의 공간을 메웠다. 시신 싸기로는 철릭과 단령을 가지고 각각 좌임으로 여며서 대를 묶었으며 단령의 중심을 가지런히 해 앞 중심에 모았다. 치마를 접어 얼굴을 덮고 그 위에 장의를 접어 덮어 씌웠으며 한삼으로 머리 좌측을 매웠다.

그런 다음, 동자 한삼으로 얼굴을 덮고 겹철릭으로 덮어 씌웠다.

접은 직령으로 다리 위를 덮고 소렴금을 좌임으로 하고 발과 머리는 좌측과 우측으로 싼 다음 종교를 엮었다. 끝으로 위에서 두 번째, 다섯 번째는 남겨두고 횡교를 묶어 소렴을 끝냈다.

소렴을 끝내자 음식을 차려 분향하고 헌작했다.

헌작한 다음, 옷과 이불 등을 준비하고 영좌를 치워 대렴전을 차렸다.

관은 들기 쉽게 굉목에 놓은 뒤, 재를 뿌리고 칠성판을 놓아 요를 깔았다. 관 안에는 대렴 횡교와 종교를 폈다.

그 위에 대렴금을 마름모꼴로 펼쳐놓았다. 액주름, 마포 조각, 단금을 차례대로 접어놓고 소렴한 시신을 대렴금으로 옮겼다.

이어 오낭부터 시작해서 차례대로 제 위치에 놓았다.

우측 머리에는 머리카락을 잘라 남편의 쾌유를 빌면서 삼은 미투리를 한지에 싸서 놓아뒀다. 다리 쪽 우측에는 버선 한 쌍, 좌측에도 한 쌍을 놓고 머리 위 가장자리는 한지를 둘렀다.

한지 위는 삼베로 된 철릭을 다시 둘렀다.

도아는 우측 목 부위에 놓았다. 철릭과 곁막이를 접어 다리부분을 덮고 철릭 위는 다시 길게 접은 장의로 덮었다.

우측 허리에 행전 한 쌍을 꽂고 장의 위에다가는 접은 개당고를 머리 쪽으로 향하게 해서 놓았다. 또 다시 다리에는 짧은 합당고를 놓아두고 한지로 다리 좌우 빈 공간을 채웠다.

다영은 남편이 평소 아껴 쓰던 물건과 여벌의 옷은 따로 모아 두었었다. 그리고 그네가 입던 옷 중에서 남편이 특별히 예쁘게 보아주던 꽃무늬 비단 저고리와 치마, 나들이할 때 머리를 가리던 명주 장옷도 챙겨 놓았었다. 그리고 남편이 애지중지하던 원이 저고리가 눈에 띄었다. 그네는 그런 것까지 남편의 관에 넣기 위해 챙겼다.

그렇게 넣어 두기만 해도 저승에 가서도 남편은 혼자가 아닐 것이기 때문에 외롭지 않을 것이라는 생각을 했다.

그녀는 수례지의를 챙기자니 금방이라도 쓰러질 것 같았다.

그런데도 안동 고을에서 누구네 며느리 하면 모르는 사람이 없는 문중으로 시집 왔으니 겉으로는 의연해야 했다.

그네는 챙겨 두었던 수례지의를 관에 꼭꼭 눌러 넣고 마지막으로 남 몰래 쓴, 눈물로 써서 소금기가 덕지덕지한 '원이 아버지께'란 한글편지도 챙겨 넣었다. 그리고 머리에서 허리까지 철릭으로 덮고 또 가슴에서 다리까지 직령으로 덮었다.

요신은 자식이 보낸 편지를 버리지 아니하고 편지꽂이에 모아뒀었다. 그렇게 모아뒀던 한문 편지와 한글편지를 관에 넣었다. 또한 평소 지니고 다니던 비단 주머니와 주머니 속에는 출타할 때마다 지니고 다니는 참빗이 들어 있었는데 그것도 관 아래쪽에 놓아뒀다.

그리고 몽태가 동생을 애도해서 쓴 만시(輓詩)와 저승 가는 징표로 주기 위해 직접 지은 시를 쓴 부채를 놓았다.

오촌 당숙이 들어 대렴금을 다리 쪽에서 머리 쪽으로, 좌측에서 우측으로 접고 종교는 가장자리 두 가닥만 묶은 다음, 횡교 다섯 가닥까지 묶었다. 여럿이 들어 대렴을 한 시신을 관에 넣고 조발낭을 나눠 넣었다. 그러고도 남은 공간은 부인이며 아들, 친구의 옷으로 보공해서 시신이 일체 움직이지 못하도록 고정했다.

상주의 곡이 끝나고 뚜껑을 덮어 은정, 곧 머리 없는 대나무못을 박은 다음 천으로 관, 즉 영구를 싸서 묶어 대렴을 끝냈다.

대렴이 끝나자 명정을 써 영좌에 걸어뒀다.

이제 웅태는 관속에 들어갔으니 집을 떠나는 것만이 남았다.

입관이 끝나자 호상이 들어 원이를 성복시켰다.

어린 원이에게 참최(斬衰 -참최 : 조부나 부친상에 입는 상복)의 상복을 입히니 애처롭고 불쌍하기까지 했다.

발인 전날 밤에는 상여를 가져다 꾸미면 상여를 맬 상여꾼들이 상여를 매고 한 바탕 마당을 돌면 상주가 나와 곡을 하고 절을 하는데 어린 상주가 시키는 대로 따라 하니까 보는 사람마다 눈시울을 적셨으며 호상 아닌

악상이기 때문에 흉내만 내다가 말았다.

발인일 아침이 되었다.

복인들이 모여 영좌에 조전을 차려 곡을 하고 재배했다. 축관이 복인을 관 앞에 엎드리게 한 다음, 혼백을 들고 앞장서게 했다. 명정이 방을 나오자 영구를 옮기기 위해 친척들이 들어갔다.

영구를 옮기기에 앞서 축관이 "금일천구 취여감(今日遷柩 就輿敢)"고 하자 관을 다섯 묶음으로 묶은 천 끝을 잡은 여덟 사람이 영구해 들고 방 네 귀퉁이마다 '중상이오'를 세 번씩 외치고 방을 나섰다.

방을 나서면서 미리 놓아둔 바가지를 밟아 깨뜨리면서 상여로 옮겼다. 관을 상여에 옮겨 단단히 잡아맨 다음, 견전을 올렸다.

견전을 마치자 상여는 선소리꾼의 선도로 마당을 세 바퀴 돈 다음, 대문을 나서 동구를 벗어났다.

상여는 사랑하는 아내와 하나뿐인 아들 원이, 이제는 예순이 넘은 아버지, 울다 지쳐 몸도 가누지 못하는 어머니, 형과 누이를 두고, 선소리꾼의 구성진 가락을 앞세워 선영을 향해 떠나갔다.

간다 간다 나는 간다
여허 넘차 너허야
가련하고 불쌍토다
여허 넘차 너허야
원이 엄마 불쌍토다
여허 넘차 너허야
나는 가네 나는 가네
여허 넘차 너허야
어린 원이 어찌할고

여허 넘차 너허야
나는 못가 나는 못가
여허 넘차 너허야
어린 원이 두곤 못가
여허 넘차 너허야
사방 십리 사대천왕
여허 넘차 너허야
황천길 좀 막아주소
여허 넘차 너허야

사람이 왜 사느냐의 해답은 죽음이 무엇인가에서 찾을 수 있다.

인류는 죽음을 의식했기 때문에 삶의 한계를 인식할 수 있었으며 문화의 시초는 삶과 죽음으로부터 시작됐다.

해서 무덤은 죽음에 대한 삶의 인식이라고 할 수 있나.

죽은 사람에게 수의를 입히는 것만 해도 그렇다.

살아 있는 상태를 그대로 유지하기 위한 방편으로 이생에서 저승으로 단지 장소를 옮기는 것으로 인식했기 때문에 살아 있을 때와 똑같이 옷을 입혔다. 때로는 육체를 영구히 보존하기 위해 썩지 않는 방법을 강구하기까지 했는데 이는 지극히 자연스런 현상이라고 하겠다.

선조들은 처리하는 방법에 있어서도 육체와 혼을 함께 중요시했기 때문에 이를 보존하는, 또는 보호하는 상징적인 시설물을 설치했는데 그것이 육안으로 보이는 무덤으로 나타내게 된 것이 아니가 싶다.

그렇기 때문에 무덤을 '저승의 집'으로 생각했으며 무덤 안에다 이승에서 쓰던 물건을 넣어 두기도 했으며 명당관까지 생겼다.

때로는 넋이 살고 있는 무덤 주변에 시설물을 설치하기도 했다.

석등, 망주석, 좌판, 비석 등 석물은 반영구적이기 때문에 지금에 와서는 금석문(金石文)의 보고로 대접받는다.

그런 탓으로 지금도 무덤에서 유물이 출토되고 있다.

응태의 묘는 요신이 도맡아 일을 했다. 부자간의 성이 남달라 한 달에 도 두 번 편지를 할 정도로 각별했던 만큼 아들을 보내는데도 아버지의 자상함을 그대로 드러냈다. 요신은 지관을 데려다 선산을 둘러보고 아버지를 묻은 아래쪽에 터를 마련했다.

그것도 한 사람의 지관으로 만족할 수 없었던지 두 사람을 더 불러 세 사람의 의견이 일치해서야 관중을 파게 했다.

흔히 말하는 명당의 조건인 좌청룡 우백호를 갖춘 데다 앞으로 흘러 들어오는 물은 보이고 나가는 물은 보이지 않는 곳은 아니라고 하더라도 상주가 너무 어려 삼 년 시묘를 할 수 없기 때문에 토질이 좋고 물이 잘 빠지면 그만이었지 그 이상은 바라지도 않았다.

그는 명당이 따로 있는 게 아니라는 생각을 가지고 있었다.

삼 년 시묘하는 데 있어 상주가 겨울에 얼지 않게 좌청룡 우백호로 찬 북풍을 막아주면 그만이고, 먹지 못하고 잠자리 불편해서 건강을 해치기 일쑤인 상주가 최소한 몸이나 깨끗이 하라고 앞에는 물이 흐르는 곳을 명당으로 여겼을 것이라고 믿고 있다.

그리고 무덤에 물이 들지 않는 곳을 명당이라고 하는 것은 살이 쉬 썩어 뼈만 남기를 바라는 것이기 때문에 묘지 선정도 까다롭지 않았다.

상여가 하관 시에 맞춰 운구하면 바로 하관할 수 있도록 미리 광중을 파 두게 된다. 사람이 운명하는 즉시 서둘러서 장례를 치르기 위해 광중을 미리 준비하는 관습이 있어서였다.

요신은 죽은 아들을 곱게 묻어주기 위해 운명한 다음날로 풍수와 지관을 불러 방위에 맞춰 정하고 광중 네 귀퉁이의 흙을 한 삽씩 파낸 다음, 산

신제부터 지냈다. 막대기 위 부분을 깎아 토지신지위(土地神之位)를 써서 땅에 꽂고 가져간 음식을 진설한 뒤 강신하고 헌작했다.

그런 다음에야 삽으로 땅을 세 번 파고 광중을 파 들어갔다.

광중을 팔수록 지관의 예상이 들어맞았다.

광중을 깊이 파고 보니 흔히 볼 수 있는 흙이 아니었다. 백이면 아흔아홉 군데가 산성이기 마련인데 비해 토질이 좋았다. 그것도 흙이 푸석푸석한 데다 덩어리가 지지 않았다. 비가 오면 스며든 물이 고이지 않고 곧바로 빠지는 질 좋은 알칼리성 토질이던 것이다.

해서 곡괭이를 사용할 필요도 없었다.

산역꾼들은 일하기가 쉬웠던지 고인에 대해 요절해서 아깝기야 그지없겠지만 살아서 복이 많아 죽어서도 명당에 묻힌다고 너나없이 한 마디씩 거들었던 것이다.

파기를 다하고 영구가 도착하면 하관 때까지 관을 안치하기 위해 차일을 쳤으며 설영각도 미련헤 두었다.

상여는 생각보다 빨리 도착했다.

호상 같으면 선소리꾼의 진두지휘로 운구 도중 서너 번씩 멈춰 서서 상주가 상여 앞으로 나와 절하라며 버티기도 하고 새끼줄을 달아 돈을 걸라며 가지 않고 시간을 끌기도 했을 것이다.

그러면 상주는 하관이 늦어질까 종종 걸음을 치면서 선소리꾼의 요구에 응하기 마련인데 악상에다 상주가 어려 그런 장난을 치지 않아 예상보다 빨리 도착한 것이었다.

관을 설영각에 안치하고 영좌를 모신 다음, 제물을 차려놓았다.

하관은 오시였다. 오시 무렵이 되자 상제가 곡을 하는 가운데 관을 운구해서 광중 가까이 옮겼다가 안광을 했다.

공포로 영구 위를 깨끗이 닦아내고 명정을 덮은 다음, 준비한 돌로 된 횡대를 홀수에 맞춰 다섯 장을 덮었다.

그리고 시신의 가슴 부근의 횡대를 걷어내고 상주가 바치는 현훈을 놓아둔 뒤 재차 횡대를 덮었다.

상주가 곡을 한 뒤, 옷에 흙을 담아 광중 네 귀에 뿌렸다.

그러자 산역꾼들이 파낸 흙에 석회를 섞어 혼합하고 물을 뿌려 관과 광중 사이 빈 곳을 꼭꼭 메웠다.

폭우가 쏟아져도 빗물이 들어가지 못하도록 관 위 횡대를 덮은 부분을 석회 섞은 흙으로 두툼하게 덮었다. 그렇게 해 두면 빗물이 스며들어 저절로 회곽이 만들어진다.

산역꾼들이 달려들어 원을 그리고 돌면서 단단히 밟았다.

뚜껑 있는 사기그릇에 재를 담아 지석에 새기는 대신 종이에 써서 넣고 광중 앞쪽에 묻고는 평토작업으로 들어갔다.

평토작업이 끝나자 평토제를 지냈다. 평토제를 끝내자 혼백을 안고 묘를 한 바퀴 돈 다음, 이어 반혼(返魂)한 뒤에서야 봉분을 짓기 시작했다. 비가 오면 봉분이 무너질 우려가 있기 때문에 크게 지을수록 단단히 밟아야 하는 것은 지극히 당연했다.

성토하면 밟고 밟은 다음, 몽둥이로 두드려 다지면서 폭우에도 무너지지 않도록 튼튼하게 봉분을 지었다. 그리고 광중 중간쯤에 꽂은 막대기를 조금씩 빼어 올리면서 봉분을 높였다.

산역꾼들은 막대기에 새끼줄을 달아 돈을 걸라고 장난을 쳤다. 돈이 어느 정도 걸리자 잔디를 떠 와 무덤 주변을 입혔다.

호상이 들어 촘촘하게 잘 입혀 달라고 부탁했다.

"단단히 입히게. 어린 상주를 봐서라도 단단히 입히게나."

"그렇잖아도 단단히 입히고 있소이다."

"말로만 말고 단단히 입히게, 입혀. 무너지지 않게시리."

"돈이 입히지 사람이 입히는가. 돈이나 걸게."

산역꾼들은 이만하면 많이 입힌 것이라고 자화자찬하는 사이, 산역마저도 끝이 난 셈이었다.

응태는 아내와 자식을 두고 뒷산에 묻혔다.

무덤 앞에 서서 바라보면 북으로 산등성이를 넘어 어릴 적에 뛰고 놀며 물장구치던 낙동강 물소리가 들리는 듯하고 은행나무를 오르내리면서 숨바꼭질하던 귀래정이 한눈에 들어왔다.

무덤 남쪽으로 작은 언덕을 하나 넘으면 할아버지, 할머니가 누워 계신 산소가 마주 보였다.

할아버지는 열 살 들던 해, 환갑을 지낸 이듬해에 돌아가셨으니 어릴 때 극진한 사랑을 받았으며 그보다 일찍 돌아가신 할머니는 어린 손주를 안고 자기도 했었다.

그런 조부모 곁에 묻혔으니 응태는 외롭지는 않을 것이었다.

세상에 태어나 산다는 것은
새로운 빛을 받아 떠나는 것일진대
생명 받아 태어났다는 것은
세상 어디에서 왔으며
죽음 또한 어디로 가고 있는지.
그것은 여름 하늘에 구름이 생겼다
사라지는 것과 같을 것임에.
하늘에 떠도는 구름마저도
아무런 형체 없음이니
태어났다가 죽는 것마저
구름이 생겼다 사라지는 것과 같아.

남은 것은 풀잎에 맺혀 있는 이슬보다
못하다고 할 수 있으니
이슬 또한 멀지 않아 흔적 없이 사라질 것이니.

세상에 태어나 산다는 것은
구름이 생겼다 사라지는 것일진대
물건이 없어진 것과 같아서
죽으면 돌아오지 않아
돌아온다는 마음먹지 말아야.
물은 뜨거운 불에 펄펄 끓지만
불길이 죽으면 식을 것임에.
숲속 새들도 둥지를 떠나면
영영 돌아오지 않듯이
만물의 영장인 사람이라고
새들과 다를 것이 무엇이 있겠냐만.
바람에 씻기듯 머무는 것은 없음이니
죽으면 돌보지 말아야지
목숨 또한 언제 어느 때고 사라지게 마련이니.

—시 「세상에 태어나」

    다영은 장지까지는 따라가지 못하고 대문에서 영구를 보내고 넋을 잃은 채 종일 보내다가 저녁 무렵, 혼백이 돌아와서야 정신이 들었으며 삼우제를 지낼 때에야 비로소 남편의 무덤에 가 볼 수 있었다.
    그네는 갓 지어진 무덤을 보자 가슴은 메어지고 창자는 끊어지는 듯했다. 세월은 약이라는 말이 있다. 시간이 흐르면 어떤 슬픔도 잊히어지기 마련이라는 데서 유래한 잠언일 것이다.

그런데 다영은 그렇지 않았다. 날이 갈수록 그네는 사랑과 영혼의 충실한 노예가 되어 갔다. 사람이 천수를 누리고 죽으면 호상이라고 했고 젊은 나이에 죽으면 악상이라고들 했다.

부모가 천수를 누리고 죽어도 상주는 식음을 전폐하고 물만으로 연명하다 장례를 치르고 졸곡제를 지내야 밥과 반찬을 먹을 수 있으며 잠자리에 들어 목침을 베고 비로소 잠을 잘 수 있다.

상을 당한 악상(惡喪)의 경우에 있어서는 고인이 전생에 죄를 많이 지어 일찍 죽었다고 생각할 수도 있으나 그 반대로 산 사람이 죄를 많이 지어 사람을 일찍 죽게 했다고 여길 수도 있었다.

특히 여자가 시집가서 삼 년 안에 시부모가 죽거나 남편이 죽으면 그 탓을 사람이 잘못 들어와서라고 여기기 일쑤였다.

원이 엄마도 예외가 아니었다. 남편을 잃은 슬픔은 제쳐 두고라도 시어머니가 사람 하나 잘못 데려와 덕대 같은 아들이 죽있다고 여겼으니 며느리가 곱게 보일 리 없었다.

시집와 삼 년 안에 우환이 생기면 사람 잘못 데려와 그렇게 되었으며 집안에 액을 가져온 여자라 해서 더더욱 가혹하게 시집살이를 시켰으며 구박하다 못해 친정으로 내치는 일도 흔히 있는 일이었다.

안동처럼 오래된 웅부의 고을에 들어와 터를 잡고 살면서 안동 김씨, 안동 권씨, 의성 김씨, 진성 이 씨 등 호족과 버금갈 정도로 떵떵거리고 산 이름 있는 집안으로서 홍구로 쫓겨 오다시피 해서 사는 강릉 김씨 같은 작은 집안의 딸쯤이야 자칫 업신여김을 받을 수도 있었다.

게다가 부모가 정해준 혼인이 아닌 저들끼리 좋아서 마지못해 허락한 결혼이었기 때문에 원이 엄마로서는 시어머니 눈에 들기가 쉽지 않았을 것이며 젊은 나이의 아들까지 잃은 시어머니 밑이었으니 숨이 붙어 있어서 산 것이지 죽은 것이나 다름없었다.

다영은 예법대로 졸곡제를 지내고 부제까지 지내고도 곡기는 일체 입에 대지 않았으며 아침저녁으로 곡을 하던 것을 초하루와 보름으로 삭망만 하면 되는데도 매일 곡을 했다.

부제를 치르고 수일이 지나자 시아버지가 며느리도 들어온 자식이라고 당신의 애통한 마음을 숨기고 사랑방으로 불렀다.

"며늘 아가야, 세상은 공평하기 마련이니 너무 마음 아파하지 말거라. 조물주도 거두시면 반드시 돌려주시는 법도 있느니라. 젊은 사람을 데려갔으니 이제 돌려받는 일만 남았다. 돌려받아서 집안을 일으키거라."

"아버님, 저는 죄 많은 여인입니다. 어찌 그런 분부까지……"

"나도 죄가 그리 많아 자식을 앞세웠느니."

시아버지는 젊은 나이에 어머니 일선 문 씨를 여의었다.

그랬으니 피를 나눈 사람을 잃은 슬픔이 어떤 것인가를 알고 있었다.

시아버지는 죽은 사람은 죽은 사람이고, 혼자된 며느리이지만 어린 손자를 훌륭히 키워 대를 이어 주기를 바랐던 것이다.

세상에 회자정리(會者定離)가 불변의 진리라고 한다면 거자필반은 한 번 간 사람이 돌아올 확률보다 돌아오지 않을 확률이 훨씬 높은 것이 인간사회의 철칙이 아닌가 싶기도 했다.

시아버지가 말씀하신 거두는 것은 회자정리와 비슷해서 뒷간에 가는 것과 같고 돌려받는 것은 거자필반(去者必返)처럼 볼 일을 마치고 뒷간에서 나오는 것과도 같았다.

원이 엄마는 거두어간 것을 돌려받기 위해 숱한 시련을 겪어야 했으며 그로부터 412년이 지난 뒤에야 시아버지의 말씀대로 그 빚을 되돌려 받게 된다면 이 또한 이적이 아닐 수 없겠다.

시아버지의 간곡한 부탁에도 아랑 곳 않고 다영은 곡기를 끊고 남편 따라 순절하기로 마음을 더 더욱 굳혔다.

지아비를 향한 아녀자의 순절은 삼강오륜 그 어디에도 들어 있지 않았는데도 그네는 이를 실천하려고 했다.

남성이 지배하는 사회에서는 그 어떤 부덕보다도 순절이 은근히 강요되었던 미덕의 하나였다.

그것도 포상을 내려 장려했다.

순절이 세상에 알려져 나라에서 포상을 내리고 열녀문이나 정려(旌閭)가 세워진다는 것은 시집 가문의 명예일 뿐 아니라 친정 가문의 자랑이기도 해서 시집에서보다는 친정에서 은근히 부추기고 권장했다.

더욱이 열녀지려라도 되면 대과에 장원한 이상으로 가문의 명예로 생각했고 두고두고 자랑거리가 되었던 것이다.

그랬으니 젊은 과부의 순절은 가문의 명예를 한껏 높여줌은 말할 나위도 없었으나 반드시 그런 것도 아니었다.

한편, 순절이니 자문은 그런 부담감에서 벗어날 수 있어 좋았고 당당하게 자랑할 수 있어 오히려 방조하거나 강요되었던 것이다.

그에 비해 시집이나 친정 사람들은 젊은 나이, 청상(靑孀)을 곁에 두고 보는 것도 차마 인간으로 할 짓이 아니었던 것이다.

외간 남자와 눈이라도 맞아 도망을 치거나 홀아비에게 보쌈이라도 당하는 날이면 고개를 들고 바깥출입을 할 수도 없었다.

그런데 다영의 경우는 달랐다.

어린 원이의 양육문제도 있었으나 뱃속에 유복자까지 가졌으니 시집에서 순절을 방관할 리 없었다. 아니, 목숨이나 부지하면서 아이나 잘 키워주기를 바랬는데 그게 아니었다.

순절을 결심한 이래, 곡기는 고사하고 물 한 모금 대지 않은 것이 알려지자 시어머니가 들어 되레 말렸다. 그것은 뱃속에 든 아이 때문이었다.

손이 귀한 집안으로서는 며느리의 순절보다는 뱃속에 가진 것이나 말썽 없이 낳아 주기를 바랐는지도 모른다.

"뱃속에 든 아이를 생각해서라도 뭐든 먹고 정신 차리거라."

"음식이 들어가면 토하기만 하니 어쩔 수 없습니다."

그네는 거짓으로 대답했다.

"토하더라도 먹거라. 억지로라도 먹어."

"……?"

"널 생각해서가 아니라 뱃속에 든 아이를 생각해서다."

"네, 어머님. 명심 또 명심하겠습니다. 그러니 걱정 놓으셔요."

시어머니의 말은 곧 제왕의 명과도 같았다.

그랬으니 시집가 살고 못 사는 것은 오직 시어머니의 말 한 마디에 달렸던 것이다. 원이 엄마는 순절하기로 마음을 먹었기 때문에 시어머니의 말이 무서울 리 없었다. 그런데도 병약한 원이를 두고 앞으로 살아갈 일을 생각하면 이럴 수도, 저럴 수도 없었다.

"앞으로는 내 앞에서 먹도록 해라."

"어떻게 지아비를 앞세운 년이 곡기를 먹을 수 있겠습니까."

"그런 거 상관하지 말고 어서 먹거라."

"죽어야 할 년, 년이……"

그네는 시어미의 강요에 시부모가 시퍼렇게 살아 있는 데다 젊은 남편을 앞세운 죄 많은 년이 어찌 곡기를 먹을 수 있느냐고 둘러댔으나 속으로는 순절의 결심을 거두지 못해서였다.

"내 말을 명심하도록 해라."

"네, 어머님."

원이 엄마는 시어머니 앞이라 마지못해 먹는다기보다는 목구멍으로 밀어 넣었다. 그러나 식구들이 보지 않는 부엌으로 가면 토해냈다.

그렇게 먹은 것도 음식이라고 토해지지 않으면 손가락을 목구멍 깊숙이 집어넣어 토해내곤 했다.

위장이라는 것은 음식을 받아 소화시키기 마련인지 일단 한번 삼킨 음식은 좀체 토해지지 않을 때가 있었다. 그럴 때는 두 번 세 번 거듭해서 손가락을 목구멍 깊숙이 집어넣어 토해냈기 때문에 목구멍이 헐대로 헐었고 콱콱 토할 때마다 피가 섞여 나왔다.

그랬으니 위장은 말할 것도 없었고 사람 꼴부터가 말이 아니었다.

원이 엄마는 갈수록 야위어만 갔다. 사람 꼴은 말이 아니었다. 시집 식구들의 눈을 속여 가며 먹은 음식을 토해내고 남편의 빈소를 지키는 그네에게서는 섬뜩함이 느껴질 정도였다.

삼베옷을 입은 그네에게서 풍기는 이미지는 아침 햇살을 받으며 노송 끝에 앉아 있는 단정학을 보는 느낌과도 같았다.

『쌍학명』의 한 구절인 '의는 홀로 살지 아니하고 죽어서 함께 묻히기를 바란다(義不獨生 死同穴)'를 실천하는 것 같은 이미지를 풍겼다.

원이 엄마의 목숨은 끈질겼다.

두 달을 그렇게 버텼는데도 죽지 못하고 목숨이 붙어 있었다.

그런데 그네가 순절을 포기하게 된 것은 생각지도 않았던 원이의 죽음 때문이었다. 그렇지 않아도 원이는 잔병치레를 달고 있는 데다 역질(疫疾)이 돌았다 하면 빠뜨리지 아니하고 병치레를 했는데 어린 것이 상주노릇을 하면서 장례를 치르느라고 탈진한 데다 경황이 없어 건강을 챙겨주지 못한 탓인지 덜컥 병이 나고 말았다.

어른들 위주로 어린것에게 무리하게 상주노릇을 시킨 것이 병의 원인이었고 먹은 것도 부실한 데다 아버지를 잃은 슬픔으로 상심하다 보니 골병이 든 것도 발병의 한 원인이었다.

원이는 부제를 지낸 뒤부터 안색이 좋지 않았으나 가족 중 누구 하나

이를 눈치 채지 못했다. 게다가 그네마저 순절하기로 결심하고 죽은 남편을 따라 죽으려고만 했으니 어린 것의 건강은 말이 아니었다.

그런데도 어린것이 참을성은 있어 아프다는 표정조차 짓지 않았으니 한 가족이라도 알 턱이 없었고 병이 위중해서 겉으로 드러나기 전까지는 그 누구도 눈치 채지 못했던 것이다.

그네는 뒤늦게 원이의 안색이 좋지 않은 것을 알았다.

"어디가 아프냐? 안색이 좋지 않구나."

"……"

"아가야, 어디가 어떻게 아픈 지, 자세히 말해 보거라."

"엄마, 머리가 아파요."

"큰일 치르느라 그렇겠지. 잘 먹으면 나을 곤 게다."

"네, 엄마. 앞으로 엄마 걱정 끼치지 않고 밥 많이 먹을게요."

"언제부터 그렇게 아팠느냐? 그런데도 말을 안했어."

"머리가 아프기는 부제를 지낸 다음 날인가 봐요."

"진작 말하지 않았어? 어디 만져 보자."

원이 엄마는 아들의 이마를 짚어보았다. 이마는 전에 없이 불같이 뜨거웠다. 이러다 하나 있는 자식마저 잃는 것은 아닐까.

원이의 병이 알려지자 집안이 발칵 뒤집혀졌다.

요신은 건강이 좋지 않아 오늘 내일 했다.

그런데도 아들을 잃은 슬픔을 억제하고 전의를 지낸 아버지 명정이 남겨둔 처방전을 참조해 원이의 병을 다스렸다.

그는 아들의 병을 다스렸으나 구하지 못했기 때문에 두 번 다시 실패하지 않겠다는 듯 약방문까지 손수 지었고 약을 달이는 데도 일일이 간섭해서 병을 다스린 끝에 열흘이 지나자 차도가 있었다.

지난해도 그랬듯이 금년도 유난히 가물었다.

얼마나 가물었던지 보리며 밀을 수확했으나 빈 껍질뿐이었다. 농민들의 한숨으로 땅이 꺼지고 하늘도 내려앉을 것 같았다. 보리흉년에 엎친 데 덮친 격으로 여름이 가기도 전에 역질이 돌았다.

마을마다 역질이 창궐해서 인심마저 흉흉했다.

이번 역질은 전염성이 강해 치사율이 높았다. 해서 환자가 있는 집은 새끼줄을 쳐 사람의 출입을 막았고 마을과 마을을 잇는 길이 차단되었다. 마을마다 청년들이 기찰대를 조직해서 드나드는 사람을 감시했다.

그런데도 역질로 말미암아 마을이 마을을, 동네가 동네를, 사람이 사람을 경계하고 두렵게 했으며 인심은 살벌할 정도로 흉흉해졌다.

급기야 기찰대를 두 배로 늘려서 조직하고 환자 집과 마을 공동 우물을 밤낮으로 지키며 집에 환자가 있는 사람의 접근을 막았다.

역질에 걸린 사람이 있으면 가족 모두에게 바깥출입을 막았으며 심지어 이웃집에서 물을 길어다 줘서 먹게 했다.

마을 입구에는 외부 사람이 들어오지 못하도록 파수를 보았다.

그렇게 철저하게 감시했는데도 마을마다 숱한 사람이 떼죽음을 당했다. 몸이 약한 원이도 예외일 리 없었다.

원이 엄마는 주의를 하느라고 최선을 다하긴 했다. 그런데도 원이가 덜컥 역질에 걸리고 말았던 것이다. 닷새나 앓아누웠을까.

새벽녘에 원이는 숨을 거두고 말았다.

그네로서는 남편을 잃은 지 석 달도 되지 않아 사랑하는 아들, 남편이 남겨놓은 유일한 혈육마저 잃었으니 그 슬픔을 어찌 말로 다할 수 있으랴. 손주를 잃은 슬픔, 혈육을 잃은 상실감도 컸겠으나 어린 자식을 잃은 엄마의 슬픔만은 하겠는가. 땅을 치고 통곡하면서 몸부림쳤다.

아니, 세상에 둘도 없는 박복한 년이라고 가슴을 쥐어뜯었다.

남편이 요절한 데다 자식마저 제 명을 살지 못하게 한 죄 많은 여인이었다. 몸부림쳤으나 인력으로서는 어찌 할 수 없었다.

　남의 며느리로서 남편까지 잃은 여인이 되었고 죽은 남편의 유일한 혈육마저 죽게 해서 대를 끊어 놓았으니 더 더욱 시집 식구들에게는 고개를 들 수 없는 여인이 되고 말았다.

　시간이 지날수록 그네에게는 남편의 죽음과는 또 다른 자식의 죽음이야말로 쓰라린 고통이 되어 가슴을 파고들었으며 예고도 없이 찾아온 원이의 죽음으로 죽기로 작심했는데도 산다는 것에 대해 미련을 버릴 수 없었다. 그러면서 산다는 것에 허무를 느꼈다.

　아니었다. 그게 아니었다. 자기가 낳은 자식과의 사별을 통해 미지의 세계, 사후 세계에 대한 두려움마저 생겼다.

　원이를 하얀 보에 싸서 안고 산으로 가 돌무덤을 써 주고 돌아섰을 때의 비통함은 조물주에 대한 저항감으로 돌변하기도 했다.

　엄청난 조물주의 힘에 대한 연약한 아녀자가 할 수 있는 최소한의 감정인 부아가 숫다 못해 악까지 받쳤다.

　생명을 주었으면 그 생명에 대해 어느 일정 기간까지 존속에 대한 책임을 져야 할 것인데 조물주는 그렇게 하지 않았다. 그랬는데 급기야 그네는 조물주가 미워 죽을 수 없다는 생각에까지 미쳤다.

　죽긴, 왜 죽어. 억척스럽게 살아남아야지.

　마침내 그네는 마음을 돌려먹었다.

　그것은 생과 사를 갈라놓는 계기가 되었으며 지상의 모든 인연을 스스로 끊고 남편이 간 저 세상으로 가고자 했으나 이제는 분해서라도 살아야 한다는 결심으로 돌아섰다. 어떠한 운명이 닥치더라도 운명이라는 수레바퀴에 깔리거나 짓밟히지 아니하고 당당하게, 그것도 정면으로 부딪쳐 맞설 것임을 다짐하고 다짐했다.

　아무리 불행한 사람이라 하더라도 죽으라는 법은 없는 모양이었다.

병술년이 저물기 전에 다영에게도 희망이 열렸던 것이다.

새로운 생명의 탄생이 바로 그것이었다. 아기는 못다 산 웅태의 여생과 원이의 긴 생을 대신해서 태어난 것만 같았다. 그런 탓인지 웅태의 모습과 원이의 모습을 반반씩 닮은 듯했다.

그네로서는 새로운 생명의 탄생은 새로운 삶의 시작을 의미했다.

세월이 약이라는 말도 있으나 아이로 인해 남편을 잃은 슬픔, 자식을 잃은 아픔을 어느 정도 자제할 수 있었다.

그로부터 그네의 삶은 오직 아이를 위한 삶으로 이어졌다.

가까이는 남편의 대를 이어주는 삶이었고 길게는 고성 이 씨 유수공파의 대를 이어주는 삶이기도 했던 것이다.

요신이 들어 아기에게 이름을 지어줬다.

"이 아이는 보통 아이가 아니다. 유수공파의 대를 이을 아이기 때문에 보통 아이가 아니라는 뜻인 게야. 그러니 기르는 데 소홀함이 없도록 해라. 이름은 성회(誠會)로 내 지었으니 그렇게 일고……"

사람이 아무리 슬퍼하더라도 봄은 어김없이 찾아온다.

다영은 아이를 강보에 싸서 업고 홍구로 돌아왔다.

일 년 가까이 비워둔 집을 정리하고 또 다시 살아 보겠다고 씨앗을 챙겨 봄 파종을 서둘렀다. 상머슴을 한 사람 두고 나머지 일은 품을 사서 한다면 농사를 지을 수 있을 것 같았고 남편의 빈자리는 성회로 메운다면 견뎌낼 것도 같았다.

죽은 사람만 불쌍하며 산 사람은 무슨 수를 써서라도 살아가기 마련이라는 말이 있듯이 다영은 원이의 손을 잡고 다닌 길이며 남편의 손때가 묻은 농기구를 대할수록 넋을 잃었다가도 어린아이를 생각해서 기운을 차리고 억척스럽게 살았다.

그네는 아이가 돌이 되자 시조모인 일선 문 씨의 유언에 따라 아이의 손등과 손목 부위가 만나는 지점에다 가문을 상징하는 문양을 새겨 주었다. 원이가 태어나 돌이 지났을 때도 문양을 예쁘게 새겼듯이. 그때와 다름이 있다면 남편이 옆에 없다는 것뿐이었다.

어릴 때 새긴 응태의 문양은 자라면서 희미해졌다.

해서 그네가 남편의 문양을 새로 새기도 했었다.

다영은 그런 경험을 살려 어느 때보다도 정성을 다해 먹을 갈았다. 먹을 갈아서는 바늘에 먹물을 묻혀 먼저 좌에서 우로 ∪자의 문양을 새기었다. 이어서 ∩자를 한번 더 새겼다. 그리고 위에서 아래로 1자를 새겼다. 그러자 이내 먹물도 선명하게 ※자 표시가 나타났다.

성회는 원이와는 다르게 잔병치레를 거의 하지 않았다.

아비의 얼굴도 모른 채 태어났는데도 탈 없이 컸다.

더욱이 아비 없이 자란 호로 자식이라는 소리를 듣지 않게 되어 그네는 그것만으로도 얼마나 고마워했는지, 천지신명께 감사했다.

임진년이 되었다. 이제 성회도 일곱 살이 되었다.

호사다마라고 4월 열 나흗날이었다. 왜는 15만 정병을 이끌고 부산포에 상륙해서 동래성을 하루아침에 유린하고 북으로 밀고 올라온다는 소문이 나도는가 싶더니 그것이 사실로 굳어져 그로부터 조선 팔도는 미증유의 전란으로 백성들은 도탄에 빠지게 된다.

그에 따른 임진왜란 예점설화가 수도 없이 파생되어 서민들의 입에 오르내리곤 했다. 하회를 중심으로 한 설화도 생겼다.

하루는 겸암이 서애에게 말했다.

"모월 모일 저물 무렵에 중놈이 찾아와 하룻밤 자자고 할 것인즉 재워주지 말고 내 집으로 보내주게. 흘려듣지 말고 명심하거라."

서애는 대수롭지 않게 여기고 건성으로 대답했다.

과연 그날이 되자 겸암의 말대로 중이 찾아와 자고 가기를 부탁했다.

서애는 부탁한 대로 중을 겸암의 사랑으로 보냈다. 겸암은 중에게 약주를 대접해서 고주망태를 만들었다.

그런 다음, 중의 등짐을 조사했다. 짐 속에는 조선에 잠입해서 지도를 그린 많은 종이와 비수 한 자루까지 들어 있었다.

겸암은 중을 깨워 비수를 목에 들이대고 호통 쳤다.

"이 돼먹지 못한 중놈아, 네 정체를 밝히렷다!"

"왜인 중이오이다."

"왜인 중이 뭣 때문에 조선에 잠입했는고? 잠입했다면 간자렷다."

"간자라니요. 조선의 지도를 그리려고 왔소이다."

"지도를 그려서 뭣에 쓸려고?"

"……"

"비수로는 누굴 해치려고 했는고? 속히 이실직고하렷다!"

"……"

"내가 모를 줄 아느냐. 오래 전부터 알고 있었다.

네 놈은 왜의 첩자니라. 몰래 그린 지도는 조선 침략 시에 사용하려고 하는 줄도 알고 있다. 그리고 비수로 서애를 암살하려고 했것다?"

그제야 중은 실토를 하면서 살려 달라고 애원했다.

겸암은 중을 죽이려고 해도 천운이라 죽일 수 없다며 살려주면서 하회만은 침략하지 못하도록 엄포를 놓아 돌려보냈다.

왜는 부산포와 동래성을 함락시키고 그 여세를 몰아서 경주, 영천, 군위를 거쳐 한양을 향해 파죽지세로 올라왔던 것이다.

요신은 차일피일할 수도 없었다.

가족들을 불러 단안을 내렸다.

"이 많은 식구가 어디로 피난 가 목숨을 부지하겠는가? 생각해 보니, 일가붙이가 사는 영주로 가는 것이 좋을 것 같구나."

왜가 안동이라고 그냥 둘 이 없었고 이 씨 집안은 안동에서 세도께나 부린 집안이니 당할 피해를 생각하면 서둘러야 했다.

요신은 5월 초하루, 밤을 타 식솔들을 이끌고 집을 떠나 영주로 가려다 말고 마음을 돌려 다음 날 홍구에 도착했다.

그랬으니 다영은 늙은 부모는 물론이고 뭉태의 가족까지 합쳐 어려운 전쟁 동안, 대가족의 식량을 마련하기에 또 한번 고초를 겪지 않을 수 없었다. 그네는 시부모, 형님 내외분, 그리고 조카며 질녀들을 맞아 밥이 아니면 하루 세 끼 죽이라도 끓여대야 했던 것이다. 그나마도 다행인 것은 지난해는 풍년이 들어 양도는 넉넉했다.

그렇지 않았다면 쪽박 차고 빌어먹으러 길거리로 나서거나 아니면 앉아서 고스란히 굶어 죽어야 할 판이었다.

홍구는 영덕에서 안동으로 가거나 안동에서 영덕으로 가는 입구에 있었으나 바깥에서 보면 산으로 온통 둘러싸여 있어 마을이 있을 성싶지 않았다. 게다가 높다란 두들 뒤쪽에 마을이 있기 때문에 바깥에서는 마을이 보이지 않았다. 그런 지세 탓으로 십승지는 아니었으나 그에 버금 갈 만큼 경치가 빼어났으며 왜도 들어오지 않았던 것이다.

다영은 난리가 얼마나 지속될지 알 수 없었으나 스물이 넘는 식구들을 굶기지 아니하고 두 끼 죽이나마 쑤어 먹이면서도 불평을 하거나 싫은 내색을 하지 않았으며 되도록 시집 식구들이 편안하게 쉬었다가 난이 끝나 돌아가도록 배려했다. 해서 피난 중이라고 해도 시집 식구들은 별 불편을 모르고 생활할 수 있었다. 그네는 죽은 남편에 대한 마지막 도리라고 생각하고 살아 있을 때처럼 섬겼다.

때로는 성회며 조카들을 삼의계곡으로 데리고 가서 쉬우며 꺽지 등 물고기를 잡아 기름에 튀기거나 매운탕을 끓여 먹이기도 했다.

그런데 나라의 형편은 갈수록 말이 아니었다.

나라에서는 신립(申砬)을 도순변사로, 이일(李鎰)을 순변사로, 김여물(金汝岉)을 종사관으로 임명해서 왜의 침입에 대비했으나 이일이 상주에서 패하여 충주로 물러났다.

그 바람에 천험의 요새인 새재를 버리고 탄금대에 배수진을 치고 분전하다 패하여 자결하고 말았던 것이다.

조정은 신립의 패전 소식을 듣고 파천의 길에 올랐다.

조정이 한양을 버리고 파천하자 백성들은 살길을 찾아 뿔뿔이 흩어졌다. 노비들은 그 틈을 타 들고 일어나 노비 문적이 있는 장례원과 형조를 불태우고 경복궁과 창덕궁을 약탈했다.

부산포에 상륙한 왜는 20여일 만에 한양을 점령했으며 두 달도 못 되어 무방비상태인 전국을 휩쓸고 함경도까지 진출했다.

관군은 연전연패했다. 그러나 민의의 총체인 의병은 후방에서 해군처럼 왜의 보급로를 차단하면서 유격전을 펼쳐 왜의 활동에 지장을 주었고 뒤에 관군 정비에 시간적인 여유를 마련해줬다.

선조가 의주로 파천하면서 굴욕적인 청병 끝에 조선에 온 이여송의 5만군은 왜군에 버금갈 만큼 관민에게 피해를 끼쳤다.

왜란이 발발한 지 일 년이 된 이듬해 봄이 되었다.

백성들의 핍박은 말로 다 할 수 없었다. 굶주린 데다 날씨마저 추워 얼어 죽은 시체가 길에 가득했다. 거리에는 어미가 숨이 끊어진 지 오래인데도 어린아이가 매달려 젖을 빠는 처참한 장면은 물론, 살아남은 사람마저도 굶주림에 지쳐 몰골은 귀신과 같았다.

각 도 백성들은 서로 헤어져 살 곳을 잃었으며 굶주린 사람들이 서로 의지해 구걸하는 행렬이 길마다 가득했다.

극도의 굶주림은 사람끼리 서로 잡아먹는 지경에까지 이르렀다.

해서 아이 잃은 사람이 있다는 소문이 더러 들리기도 했다.

심지어 길바닥에 죽어 있는 시체를 도려내어 먹기도 했고 생사람을 죽였을 때는 내장까지 씻어서 먹었다.

날로 유민들은 늘어나고 곡물은 점점 동이 났으며, 못 먹어 죽은 데다 병들어 죽은 시체로 구릉을 쌓고도 남을 지경이었다.

이런 기록은 정사인 『선조실록』에 자주 인견되고 있으며 야사인 유성룡의 『징비록』에는 보다 리얼하게 기록되어 있다.

왜는 역질이 크게 유행하자, 전의를 상실한 데다 전황마저 불리해지자 청의 화의에 응하는 척하면서 일대 남해안으로 일단 물러났다.

이런 소문을 들은 요신은 고향으로 돌아가려고 했다.

"며늘아기 때문에 난을 무사히 넘겼으니, 무엇으로 보답할꼬?"

"아버님, 무슨 말씀을 그리 하시는지요. 한 것도 없습니다."

"한 것이 없다니. 지극 정성으로 섬긴 이유를 난 알고 있다."

"아버님, 지금 하신 말씀은 무, 무슨 뜻이옵니까?"

"니 마음을 알고 있다는 말이니, 더 이상 입에 올리지 말거라."

"그러시다면 애기 아빠의 무덤에 비라도 세웠으면……"

"안다니까, 그러는구나. 내 알아서 처리하마."

숱한 사람들이 왜병의 총칼에 죽고, 못 먹어 죽고, 병들어 죽고, 굶주린 사람들에게 요기꺼리로 잡혀 죽는 기막힌 희생까지 입는 미증유의 왜란이 지속되고 있었다.

그런데도 귀래정 시집 식구들은 별 고생 없이 살아남아 무사히 고향으로 돌아갈 수 있게 되었던 것이다.

모두가 그네의 헌신적인 희생 때문이었으나 요신은 단호했다.

"나도 늘 웅태가 마음에 걸리는데 니 마음이야 오죽 하겠느냐. 그렇다고 내 손으로 젊은 나이에 죽은 자식의 비를 세울 수는 없네. 어디 부모를 앞세운 자식의 비를 세워주는 부모가 있다더냐. 늙은 부모를 앞세우고 먼저 갔으니, 자식으로서는 그보다 불효가 없어. 그런데 어찌 내가 살아 있는데 자식의 비를 세울 수가 있을꼬."

"아버님, 그러시다면……"

"내 죽은 뒤에 비를 세우는 것을 누가 말리겠느냐. 그렇지만 무연묘로 남겨 두는 것도 좋을 게야. 그것도 제 복이니라."

이렇게 자상하게 말씀하시는 데야 다영은 어쩔 수 없었다.

"네, 아버님. 명심하겠습니다."

"못난 시아비의 마음을 알아주니, 고맙기 그지없구나."

시집 식구들은 한 해를 보내고 고향으로 돌아갔다.

도요토미 히데요시(豊臣秀吉)는 전황이 불리해지자 조선 병사들을 죽여 코를 베어 오도록 명령했다. 패전의 와중에서 왜병은 조선 병사들을 죽여 코를 벨 수 없게 되자 아녀자며 노인 등 가리지 않고 닥치는 대로 코를 베어 절여뒀다가 왜로 보냈다.

그것이 오늘날 경도 교외의 이총(耳塚) 또는 비총(鼻塚)으로 남아 역사를 아는 사람들로 하여금 가슴을 아프게 했다.

왜적도 왜적이지만 더욱 한심한 것은 공명고신첩과 함께 참수급제제의 실시였다. 참수급제제가 실시된 뒤로 굶주린 백성들이나 힘없는 사람들은 머리조차 보존할 수 없게 되었다.

왜를 죽여 그 목을 베어 바치는 것이 아니라 죽은 사람의 머리나 산 사람을 죽여서 왜의 머리로 만들어 바치고 벼슬을 했다.

진짜 왜의 목을 베어 바친다 하더라도 다른 사람들로부터 사들였으며 값을 흥정하다 송사까지 벌렸다. 그렇게 해서 벼슬을 산 사람일수록 백성들을 더욱 착취하기 마련이다.

그런 미증유의 7년 전란도 하늘의 뜻이었던지 이순신의 한산대첩(閑山大捷)으로 막을 내렸다.

왜란이 끝난 지 10년이 지났다. 요신은 여든 아홉의 나이로 세상을 떴다. 몽태도 아흔 두 살까지 살다가 세상을 등졌다.

두 분은 젊은 나이에 세상을 떠난 아들이며 동생의 남은 몫까지 살았기 때문인지 극히 드물게도 장수를 했다.

누가 세월은 여류 같다고 했을까.

그것은 다영을 두고 한 말 같았다. 벌써 머리카락도 희끗희끗해졌다. 나이가 쉰을 넘어섰으니 오래 살았다고 할 수 있었다.

바깥세상도 변해도 참 많이도 변했다. 임진왜란을 겪은 선조가 승하하고 광해(光海)가 왕위에 올랐다.

어떤 사람이든 죽어라죽어라 하는 법도 없다.

다영이 그랬다. 성회가 곱게 자라 장가를 들게 되었던 것이다.

그네는 나가는 사람보다도 좋은 사람이 들어와야 동기간에 정 두고 지낸다는 옛말 그대로 가정교육을 제대로 받은 안동 권문의 여식을 며느리로 맞이했다. 며느리로 맞이해서는 아녀자로서 해야 할 일과 해서는 아니되는 일을 가르쳤다. 그네는 일선 문 씨가 그랬듯이 고성 이 씨 집안의 며느리로서 반드시 지켜야 할 일을 누누이 당부했다.

"지금부터 내가 하는 말을 명심해서 듣고 그대로 시행토록 해라. 아들을 낳아 돌이 지나면 손등과 손목 사이, 주름살지는 부분에 문양을 새기도록 해라. 먼저 먹을 되게 간 다음, 바늘을 먹물에 묻혀 좌에서 우로 꼭꼭 찔러 ∪자를 새기고 이어 바로 밑에다 ∩자를 하나 더 새기도록 해라. 그런 다음에 위에서 아래로 │자를 새기도록 하고. 그러면 고성 이 씨 유수공파 자손임을 증명하는 문양인 ※자란 표시가 나타날 것이야. 너는 직접 겪어 보지 않아 모를 것이다.

…임진왜란 때, 피난 가다 가족이 뿔뿔이 흩어져 찾지 못한 사람이 오죽이나 많았느냐. 잃어버린 아이를 나중 되찾았다고 해도 무엇으로 자기

핏줄임을 확인할 수 있겠느냐. 그런 사태가 발생해서는 아니 되겠지만 유비무환으로 미리 대비해 두자는 것이지. 이것은 일선 문 씨의 유언이며 고성 이 씨 유수공파의 유훈이니, 결코 잊어서는 아니 되며 명심, 또 명심해야 할 것이야."

며느리는 똑똑해서 다영의 말뜻을 알아들었다.

"어머님 말씀대로 실천할 것입니다."

"너도 며느리를 보거든 오늘 내가 한 것처럼 하도록 해라."

"네 어머님. 그러겠습니다."

덧없는 세월, 이태가 또 흘러갔다. 다영은 손주를 보았다.

이름을 외자인 현(玹)으로 지었다. 그리고 이태가 지나 손주를 보았는데 이번에는 옥(玉)으로 이름을 지었다.

손자가 돌이 지나자 손등과 손목 부위에 문양을 새겨야 했다.

그런데 이번에는 주객이 자리를 바꿔 앉은 셈이 되었다. 다영이 며느리가 문양을 새기는 것을 지켜보아야 했기 때문이다.

며느리는 시어머니가 시키는 대로 먹을 짙게 갈아 한번도 쓴 적이 없는 새 바늘을 벼루에 간 먹물에 조금 묻혔다.

문혀서는 먹물로 표시해 둔 표시 따라 좌에서 우로 꼭꼭 찔러 ∪자를 새기고 이번에는 꺼꾸로 ∩자를 새겼다. 그리고 위에서 아래로 꼭꼭 찔러 l자를 새기자 선명하게 ※자란 문양이 드러났다.

"수고했다. 나보다 더 잘 새기는구나."

"어머님, 생각보다 못했습니다."

"그게 쉬운 게야. 우는 아이 생각하면 어미로서 몹쓸 짓이나 후일을 대비하자고 하는 것이니, 마음 아파도 참는 수밖에는."

"알고 있습니다, 어머님."

다영은 이제 이 세상에 남아 있을 하등의 이유가 없어졌다.

지금 당장 죽는다고 해도 할 만큼 했으니까 지하에 가서도 남편을 당당하게 대면할 수 있을 것 같았다.

그네는 뒤늦은 감은 있었으나 순절하기로 결심을 굳혔다.

일체 곡기를 끊고 조용히 죽음을 기다렸던 것이다.

임종이 가까워 오자, 그네는 아들 내외를 가까이 불렀다.

"내 죽거든 무덤 쓸 생각은 말아라. 화장을 하도록 해라. 화장을 해서 가루는 일월암 밑에 있는 농암 소에 뿌리도록 해라.

…딴 마음 먹지 말고 그대로 하거라. 한때는 니 아비 무덤 옆에 묻히고도 싶었으나 젊은 나이의 남편을 보내고 무슨 낯짝으로 묻히겠느냐. 남들은 팔자가 거칠고 드세서 젊은 남편을 잡아먹었다고 몰아세웠지만 난 한마디 변명조차 해 본 적이 없어. …그것이 아녀자의 운명이거니 하고 순종하면서 받아들이며 지금껏 살아왔다."

그러면서 그네는 속으로 남편과 첫날밤을 보낸 농암을 잊지 못해 그곳에 묻히고 싶었으나 물가 바위라서 묻힐 수는 없었다.

그런 탓으로 화장을 해서 재나 뿌려 달라고 유언했는지도 모른다.

"왜 말들이 없어? 알아들었는가 묻는데도."

"……"

다영은 두 아들을 설득했으나 막내가 들어 유독 반대했다.

"스님도 아닌데 화장을 할 수야 있겠습니까?"

"스님이라고 해서 화장을 다 한다던가? 그렇지가 않아."

"반드시 그런 것은 아니지만요 전 반대합니다. 선산도 있으며 아버님 무덤 옆에 가묘까지 마련해 뒀는데 아니 됩니다."

"화장을 하도록 해라. 에미의 소원이다."

이때 큰며느리가 들어 다영 편을 들어줬다.

"삼촌, 마지막 효도로 여기고 어머님 말씀대로 따르셔요."

그로부터 이틀이나 자리에 누워 있었을까.

그네의 얼굴은 한없이 평온해 보이는 가운데 앞서 간 웅태의 길을 뒤따라가듯이 가쁜 숨소리 속에 가래 끓는 소리가 들리는 듯하다가 이내 짚불 사그라지듯이 끈기도 없고 지속성도 없던 숨이 멎고 말았다.

먼저 간 남편을 따라가는 그네의 길은 너무나 태평스러웠고 한없이 행복해 보였다. 젊어서는 너무나 박복했던 다영, 그래도 죽음 하나는 조물주가 축복해 주었나 보다.

남이 보기에는 이렇다 할 큰 병치레도 없었다.

그렇다고 심하게 앓아누워 대소변을 받아낸 적도 없이 수저를 놓더니 이틀 만에 그만 숨을 거뒀던 것이다.

살아생전에 고생을 너무 많이 한 사람은 죽음 또한 힘들게 맞이하는 데 비해 그네는 오복 하나는 가지고 태어났던 것이다.

성회가 들어 수의를 입히기에 앞서 향 삶은 물로 시신을 깨끗이 닦아주었다. 이미 영혼이 떠나간 시신은 뻣뻣하게 굳어 한 도막나무처럼 물질로 돌아가 있었다.

그네는 바싹 말라 뼈대만 남은 몸은 앙상했고 피부는 황태껍질처럼 광택을 잃었으나 그네의 죽음은 단절이 아니었다.

죽기 전에 새로운 시작이 진척되고 있었다는 것을 의미하며 성회야말로 개인이기보다는 혈족이라는, 아니 가문이라는 집단적 생명의 한 연결고리이기 때문에 그네의 죽음은 단절된 것이라고는 할 수 없었다.

성회는 보름장으로 장례를 치렀다.

그는 유언대로 화장을 해서 뼛가루는 아들의 손에 의해 농바우소에 뿌려졌다.

꽃은 화려하게 피긴 해도 열흘 보기도 어렵고 권력이 좋다 하나 십 년 세도도 드물다고 한다. 이는 인생이 덧없고 세월이 무상함을 인간에게 깨우쳐주는 잠언이라고 할 수 있다.

누가 알았으랴.

하늘 높은 줄 모르고 기고만장 날뛰던 대북파들이 저지른 인목대비폐비사건이 스스로의 무덤을 팔 줄이야.

대북파는 박응서(朴應犀), 서양갑(徐羊甲) 일당의 역모사건을 악용, 부원군 김제남(金悌男) 등이 인목대비 아들인 영창대군을 왕으로 추대하려고 했다고 무고했다.

그러자 광해는 김제남을 사사하고 영창대군을 서인으로 강등시켜 강화에 유배시켰다. 그런 조치에도 불구하고 대북파는 만족하지 못해 폐모론을 들고 나왔으며 영창대군을 사사하기로 모의했다.

이런 기미를 눈치 챈 강화부사 정항(鄭沆)은 이이첨에게 아첨하기 위해 영창대군을 사사로이 죽였다.

방안에 청솔을 가득 채우고 그 가운데 여덟 살 난 어린아이에 지나지 않은 영창대군을 가둬 문에 못을 박아 나오지 못하게 하고 불질을 해 질식시켰다.

사흘 밤낮 불을 땠으니 시신은 황태처럼 뻬쩍 말라 버렸다.

대북파는 영창대군을 말려 죽인 뒤, 그것으로도 만족할 수 없었던지 폐모론을 들고 나와 인목대비를 삭호하고 서궁에 유폐시켰다.

대북파에게 줄곧 눌려 지내던 서인들은 이 폐비사건을 결정적인 빌미로 삼아 이귀(李貴), 김유(金瑬), 이괄(李适) 등이 은밀히 일을 추진했다. 거사 날짜는 3월 12일로 정했다.

홍제원에서 장단의 이서(李曙) 군사, 이천의 이중로(李重老) 군사가 김유의 군사와 합류했다. 김유는 이괄을 대장으로 삼고 능양군 종(倧)의 친솔 아래 창의문으로 진격하게 했다.

이미 포섭된 훈련대장 이흥립의 내응으로 대궐을 무난히 점령하고 광해를 몰아냈으며 왕대비의 윤허를 얻어 능양군을 왕으로 추대하니 이 분이 바로 삼전도의 비극을 겪는 인조이다.

인조는 반정의 공신 33인을 추천 받아 3등급으로 나눠 정사공신 훈호를 내렸으며 등위에 따라 벼슬을 제수했다.

세상사란 아무리 공평하게 집행한다고 해도 불평이 있게 마련인지 반정은 성공했으나 서훈관계로 서인 사이에 반목이 일었다.

누구보다도 불만 많은 공신은 이괄이었다.

이괄은 무관 출신인데도 문장이 뛰어났으며 무관답지 않게 글씨도 잘 썼다. 북평사로 보직되어 부임하기 직전, 인조반정에 가담해서 반군의 대장이 되어 대궐을 점령하고 능양군을 왕으로 추대하는 데 가장 많은 공헌을 했는데도 이등공신으로 책정된 것에 대해 불만을 품었다.

그는 한성 부윤에 이어 평안병사겸 부원수를 제수 받아 임지로 가기 바로 전인 갑자년(1624) 1월, 공신 책봉에 불만을 품은 이괄은 기익헌(奇益獻), 한명련(韓明璉) 등을 포섭해 반란을 일으켰다.

그는 반군을 직접 통솔해 가는 곳마다 관군을 격퇴시켰다. 관군이 패퇴하자 왕은 난을 피해 공주로 몽진했다.

이괄은 한양을 점령하고 왕자인 홍안군 제(瑅)를 왕으로 추대했다.

반군이 승리에 도취해 있는 사이, 패퇴한 관군 대장 장만(張晚)은 삼도의 군사를 모아 한양으로 진격했다.

안현에 이르러 더 이상 진격하지 못하자 반군과 최후의 결전을 치르기 위해 진지를 구축하고 대치했다.

그런데 병력의 수로나 사기 면으로 보아 관군이 절대적으로 불리했으며 게다가 지리의 이점마저 잃고 있었다.

고개 하나를 사이에 두고 대치한 반군은 지리의 이점을 최대한 살려 고개 위를 선점해서 올라오고 있는 관군을 내려다보고 싸우게 되었으며 관군은 병법에도 나와 있지 않은 고개 밑에서 위를 향해 치고 올라가면서 싸워야 하는 불리한 위치에 있었다.

누가 보아도 승패는 이미 끝난 것이나 다름없었으나 양측은 호시탐탐 대치하다가 오시부터 격전이 붙었다. 그것도 모든 섬에서 불리한 관군 쪽에서 먼저 싸움을 걸었던 것이다.

개전 초는 반군의 반격으로 관군이 일방적으로 몰리기만 했다.

사기충천한 반군의 공격으로 관군은 패전을 기정사실로 받아들일 무렵, 이변이 일어났다. 그때까지 내리 불던 골바람이 오후가 되자 밑 바람이 일더니 고개 위를 향해 치부는 것이 아닌가.

장만은 이때를 놓칠 리 없었다. 부하들에게 준비시킨 고춧가루를 일시에 뿌리라고 명령했다.

내려오면서 일방적으로 공격만 하던 반군은 뜻하지 않은 고춧가루 공세에 눈을 뜨지 못하고 당황하는 틈을 타 관군이 치고 올라갔다.

그러자 전세는 일시에 돌변하고 말았던 것이다.

반군은 패퇴해서 뿔뿔이 달아나거나 아니면 자진해 항복했다.

이수백(李守白)이 이괄의 목을 베어 관군에게 바치자 한 달 간이나 질질 끌었던 이괄의 난은 종지부를 찍었던 것이다.

그런데 난의 불똥으로 고성 이 씨 문중에서도 유수공파가 가장 큰 타격을 입었다. 역모를 꾀한 자는 삼족을 멸한다고 했듯이 이응태 일가는 이괄과 먼 조카뻘이 되는 관계로 연좌되어 벼슬길이 막혔으며 관아의 감시 대상에서 벗어날 수 없었다.

홍구에 살고 있는 성회는 안동과는 거리가 멀어 피해는 덜했으나 자손들이 현달하지 못한 데다 손마저 귀했던 것이다.

세월은 소리 없이 흘렀다.

성회는 현과 옥을 데리고 귀래정으로 돌아와 굉의 후손으로서 대를 이어 살았으며 일부는 의성으로 이주해 살기도 했다.

　벼슬길이 막혔기 때문에 훌륭한 자손이 태어난다고 해도 관직에 나아갈 수 없었다. 한때 영화를 누렸던 문벌이 이름 없는 집안으로 근근이 대를 잇고 살았으며 살아서는 고성, 죽어서는 철성이 되어 오랜 동안 동면 생활로 들어갔다.

시공을 초월한 만남

프레지 리는 실리콘 밸리에 있는 자기 사무실에서 바다를 내려다보고 있었다. 석양을 받은 바다는 황금빛으로 물들었다.

이런 바다는 극히 드문 일이었다. 날씨 탓일 것이었다. 지중해성 기후라고 해도 여름 들어 비 한 방울 내리지 않았었다.

프레지 리는 47년 만에 태어난 나라를 다녀온 지도 벌써 넉 달이 지났다. 외로움으로 온몸을 떨어대며 그리워한 고국, 그런 고국을 다녀온 지금은 전보다도 더 진한 그리움을 축적했다.

그리움을 담을 그릇은 우주보다도 더 커야 하는지, 담아도 담아도 넘칠 줄을 모른다. 그런 그리움과 함께 부모는 누구인지, 고향은 어디인지 등 궁금증이 꼬리를 물고 일어났다.

프레지 리는 출세를 했어도 누구처럼 언론에 흘려 귀국하지 않았다. 천성이 시끄러운 것을 싫어했기 때문에 조용하게 다녀왔다.

그렇게 다녀오면서 주마간산 격으로 본 한국에 대한 이미지는 얼마나 강하게 박혔던지 뇌리에서 사라지지 않았다.

고궁을 둘러보며 한국적인 건축미에 매료되었고 김규리 교수와 함께 안동을 여행한 기억은 너무나 생생해서 영영 잊혀질 것 같지 않았다.

안동 여행 중에 무연묘의 주인이 이응태로 밝혀진 순간은 정말 감동적이었다. 더욱이 무덤을 해체해서 시신을 수습하는 과정에 출토된 수의며 미투리, 특히 한글편지에 대한 원이 엄마의 애절한 사연은 자기가 지금 뿌리를 찾고 있는 그것과도 같아 눈시울이 마냥 젖었었다.

그리고 생전의 모습과 다름없는 450년 전의 미이라를 보는 순간, 가슴이 찡하는 강렬한 충격까지 받지 않았던가.

뿐만이 아니었다. 김규리 교수를 만난 것은 인생을 다시 시작하는 것 같은 기쁨도 있었다. 지금까지 살아오면서 사업상 관계 외에 사람에게 마음을 빼앗기거나 준 적이 없었다. 그것은 오직 앞만 보고 달려왔기 때문에 마음의 여유가 없어서인지도 모른다.

그녀는 사십대 초반이었으나 혼자서 생활해서인지 나이보다 훨씬 젊어 보였다. 목소리도 고왔다.

대개 혼자 살면 남을 생각지 아니하고 자기본위로 옷을 입거나 화장도 소홀히 하는 경우가 많은데 비해 남을 배려한 옷차림이나 화장이 마음에 들었던 것이다.

그런 탓인지 김규리 교수는 굉장히 세련된 멋쟁이였다.

게다가 가식 없는 자연스러움이 있어 사람을 편하게 했으며 인생의 반려자로 선택한다고 해도 부족함이 없는 여성이었다.

입양되어 문제아로 성장했고 뒤늦게 뿌리를 찾는 사람인데도 자기를 지극히 정상적인 사람으로 대해 줘서 마음이 편안했던 것이다.

만약 그녀가 심각한 체라도 했다고 한다면 질식할 것만 같아 뿌리 찾기를 포기하고 돌아갔을지도 모른다.

프레지 리는 기억을 근거로 해서 뿌리를 찾고자 한 것은 아니었다. 어릴 때의 기억은 너무나 희미해서 지우개로 살짝 문지르기만 해도 지워질 것 같은 그런 것들이었다. 그것도 극히 단편적인 것들뿐이었다.

1950년 날벼락과도 같은 폭격은 그의 모든 것을 싹쓸이해 갔었다.

그때의 상실감은 지금도 어떻게 추스를 수 없었고 고향에 대한 기억은 한없는 공포로만 남아 있었다. 고향에서 보낸 어린 시절은 먹물로 지워 버린 듯한 캄캄한 어둠과도 같았다.

나이가 어리고 사고가 영글지 못했으며 생각조차 모자라기만 해서였을까. 그는 망각의 깊은 어둠 속으로 들어가 부모의 죽음과 고향의 유년 시절을 만나 보려고 했으나 기억이 단절되기 일쑤였다.

그럴수록 고향 생각은 더 더욱 간절했고 가슴은 찢어지는 듯했다. 그것은 태초에 어둠이 있었듯이 그런 것과도 같았다.

그도 아니었다. 심해 같은 어둠 속을 수십 년이나 거슬러 올라간 어느 한 시점에 운석이 떨어져 모든 것을 망가뜨린 것 같은 고향의 단편들, 운석은 찬란한 빛줄기를 남기면서 굉음과 함께 땅에 떨어지고 그 자리에 대낮 같이 불을 밝히면서 커다란 웅덩이를 파놓았으나 이를 채울 기억은 너무나도 빈약한 것들뿐이었다.

프레지 리는 한국을 다녀온 뒤로 막막한 어둠 속에서 한 점 생명이 꼼지락대는 것처럼 손에 잡히는 기억을 더듬는 버릇이 생겼다. 때로는 개미 떼 행렬이 지나가면 넋을 놓고 바라보기도 했었다.

땅강아지를 가지고 놀았던 것이며 풍뎅이를 잡아 네 다리를 분질러 날개로 땅을 치며 도는 것을 보고 즐겼다.

호박꽃에서 꿀을 빠는 벌을 잡아서 침을 뽑아 날려 보내기도 했으며 비가 오면 도랑물에 갓 꽃 진 호박을 따다 물레방아를 만들어 놀았다. 소 꼬리털을 뽑아 고를 지어 매미를 잡기도 했다.

잠자리를 잡아서 작대기 끝에 매달아 개구리 앞에 드리웠다가 물면 하늘 높이 냅다 던지기도 했었다.

그런 것은 외국생활을 했다고 하더라도 강하게 남아 있었다.

왕할미(증조 할머니)에 대한 기억도 있었다.

대여섯 살 때였다. 건너 방을 가기 위해 안방을 지나다 왕할미에게 곰방대로 머리를 얻어맞은 적도 있었다.

동네에서 기제사를 지내면 어른이 있는 집마다 음복을 돌렸는데 왕할미가 들기 전에 손을 대다가 혼쭐난 적도 있었다.

왕할미가 죽어 상례가 나갈 때는 만장기를 들고 장지로 가려고 땡강을 부린 적도 있었다.

또 술래잡기 놀이 중에 나무에 올라가 숨었다가 잠이 들어 떨어져 운 것과 여름이면 집 앞을 흐르는 물살 센 강물에 뛰어들어 멱을 감다 엄마에게 혼쭐난 것 등은 어렴풋이 기억해 낼 수 있었다.

난리가 뭔지는 모르지만 미숫가루며 먹을 것을 잔뜩 해서는 이고 지고 어디론가 가다가 비행기 폭격으로 엄마 아빠가 죽었고 죽은 엄마 품에 파고들어 울고불고 하다가 코크고 눈 푸른 쏴알라대는 군인 아저씨들을 만나게 된 것은 기억의 하나라고 할 수 있다.

그런데도 뿌리를 찾는데 도움이 될 만한 단서인 부모의 이름이나 동네 같은 것은 전혀 생각나지 않았다.

한국을 다녀온 소득이라면 '니껴'니 '시더'의 말투가 안동 지방의 사투리라는 것을 안 것뿐이었다. 그랬으니 김규리 교수의 판단으로서는 하찮은 소득에 지나지 않았는지도 모른다.

김규리는 놀라 물었었다.

"선생님께서는 어떻게 사투리를 그렇게 완벽하게 구사할 수 있으세요? 미국을 이삼 년만 있다가 온 사람도 눈꼴사납게도 혀 꼬부라진 소리를 하는데 말이에요. 선생님은 그게 매력적이기도 하구요."

"이야기하자면 길어집니더."

"선생님, 듣고 싶어요. 어서 들려 주세요."

"미국으로 건너가 산 지 5년째 되었을 무렵이시더. 지독한 홈 시크에 시달린 적이 있니더. 정말 미칠 것 같았니더. 그럴 때 아무도 없는 곳으로 가서 죽어라고 소리쳤니더. '니껴'다. 어쩔래? '시더'다. 어쩔 테야? 이 코쟁이 놈들아 하고. 그렇게 소리치고 나면 어느 정도 마음이 가라앉았니더. 그 뒤로 혼자 있을 때는 버릇처럼 '니껴'다 왜, '시더'다 어쩔래 하고 소리치곤 했니더. 해서 지금까지 습관처럼 곧잘 튀어나오곤 하니더."

"그러셨군요. 그런 아픈 기억이 있었군요."

프레지 리는 미국 애들과의 싸움 덕으로 방언을 잊지 않을 수 있었다. 그리고 대학에 들어가서는 우연히도 한국에서 유학 온 학생과 한 방을 쓰게 되었다. 그의 고향이 안동이었던 것이다.

해서 그와 함께 지내면서 장난삼아 따라 하다 보니 안동 방언을 구사할 수 있게 되었다.

그 뿐만 아니라 김호중과 4년을 함께 생활하는 동안, 안동지방 방언뿐 아니라 한국어를 보다 잘 구사할 수 있게 되었으며 그가 가지고 온 책을 읽어 또한 많은 지식까지도 덤으로 습득할 수 있었다.

생각하면 반짝반짝 빛을 내며 까마득히 날아가는 것은 B-29 폭격기였고 쌕쌕 소리를 내며 날아가는 것은 F-86 전폭기였을 것이다. 엄마 아빠는 비행기 소리만 나도 숨으라고 성화였다.

언제인지는 정확히 알 수 없었다.

남쪽으로 까맣게 몰려갔던 인민군이 되레 몰려와서는 집집이 들어가 밥을 지어 달라고 총부리를 들이댔다.

엄마 아빠는 인민군의 눈을 피해 강 안(岸)에 파놓는 방공호로 숨기 위해 집을 빠져 나와 아들의 손을 잡고 뛰다가 인민군에게 발각되었다. 인민군 열댓 명이 따라오면서 다발총을 난사했다.

거의 사로잡히게 되었을 바로 그 순간이었다. 난데없이 산을 넘어온 쌕쌕이가 폭탄을 떨어뜨렸고 기관총을 난사했다. 그 바람에 엄마 아빠는 유탄에 맞아 죽었고 그는 죽은 엄마의 품에서 울다 지쳐 쓰러졌다.

이튿날 미군 선발대가 지나가다가 죽은 엄마의 시체 위에 지쳐 쓰러진 아이를 발견했다. 군대가 적을 쫓아 북진을 계속하고 있었기 때문에 고아원 같은 데 맡기지 못하고 데리고 다녔던 것이다.

며칠이 못 가 그는 부대의 마스코트가 되었다.

마스코트가 된 뒤로 우연의 일치였는지 모르나 부대 내의 희생자가 급격히 줄어들었다. 해서 미군들이 더욱 귀여워했는지도 모른다.

특히 피터 중위는 그를 양아들로 삼아 이름을 피터 영 리로 지어 주기까지 했다. 그는 이듬해 소령으로 승진한 데다 한국 근무 1년을 마치고 신병과 교체되어 미국으로 돌아가게 되었다.

피터는 영 리를 미국으로 데려가기 위해 다방면으로 노력했으나 정상적으로는 출국할 방법이 없었다. 귀국 박스나 더블 백에 넣어 몰래 데려가기 전에는. 해서 피터는 귀국을 한 달 앞두고 영을 단련시켰다.

한 달 열흘이나 소요되는 뱃길에서 견뎌낼 수 있게 빵 만으로만 며칠을 견디는 훈련이며 물을 먹지 않고 며칠을 참아내는 훈련도 시켰다.

여덟 살이 된 영은 그런 훈련을 잘도 참아냈다.

피터는 귀국 박스에 영을 넣으려다 짐간에 들어가게 되면 박스 찾기가 쉽지 않을 것이기 때문에 더블 백에 넣어 배를 타기로 했다. 게다가 전염병이 돌아 검역이 매우 까다로웠다.

그도 예방접종 주사를 다섯 대나 맞을 정도였다.

그랬으니 더블백의 검사도 엄했을 뿐 아니라 승선하면서 더블 백 속까지 DDT를 뿌렸다. 그런데도 영은 잘 참아 냈던 것이다.

승선하자 피터는 장교라 2인용 선실을 배정 받았으며 함께 쓰는 스미스 소령의 양해를 얻었기 때문에 어려움이 없었다.

그러나 수많은 병사들의 눈을 피해 화장실에 데려가기란 쉬운 일이 아니었다. 소변은 깡통에 받아 뒀다가 바다에 버리면 되지만 대변은 그렇지 않았다. 위험을 줄이는 방법으로는 화장실을 가는 횟수를 줄일 수밖에 없었고 최소한의 생존에 필요한 양만 먹고 버텼다. 한달 보름이 지나 L.A항에 내렸을 때, 영은 뼈만 남았다.

피터는 귀국 즉시 휴가를 얻어 기차를 타고 고향인 텍사스로 데려갔다. 그의 집은 콜로라도 시티에서 그리 멀지 않은 인구 1천 5백 명인 소도시인 웨스트 부르크에 있었다.

입대하기 바로 전에 결혼을 해서 벌써 아들 하나를 두고 있었는데 세 살이었다. 그는 아일랜드계 미국인으로 부자는 아니었으나 살아가는 데는 별 어려움이 없어 영을 학교에 보낼 수 있었던 것이다.

영은 초등학교 1학년부터 학교에 다니게 되었다.

그는 1년여나 미군을 따라 다녔는데도 말이 통하지 않아 외톨이가 되기도 했고 따돌림을 받기도 일쑤였다.

피터는 중령으로 제대를 하고 고향으로 돌아와 정식으로 그를 피터 영 리라는 이름으로 입적시켰다. 그때 나이 열 셋이었다.

영은 텍사스의 작은 마을 웨스트 부르크에는 동양인이라곤 유일했기 때문에 주위의 주목을 받게 되었다.

피터의 영향력도 있었으나 마을 사람들은 친절하게 대해 주었다. 워낙 작은 마을이라 아이들도 영을 알아보고 친해지려고 했기 때문에 학교에 가면 가끔 책상 위에 꽃과 작은 선물이 놓여 있기도 했다.

영은 명랑하고 활달하게 생활했다.

영어를 익히기 시작하면서부터 입양에 대한 이야기를 듣게 되었다. 영천을 지나 북으로 전진하다가 죽은 엄마 품에 쓰러져 있던 영을 피터가 발견했다는 말을 가끔 듣곤 했다.

그러다가 그는 사춘기로 들어서면서 심한 갈등을 겪었다. 주변 사람들은 푸른 눈과 흰색의 피부를 가졌는데 자기만이 검은 눈에 황색 피부를 가졌다는 것이 열등감을 불러일으키게 된 원인이었다. 더욱이 짝꿍인 매어리를 좋아하면서부터 더했다.

그녀가 잘 대해 줬는데도 열등감은 가시지 않았다. 그로부터 방황하기 시작했는데 고등학교에 들어가서도 방황은 계속되었으며 항상 겉돌기만 했다. 이러다가는 대학도 포기해야 할 것 같았다.

피터도 영의 대학 교육을 포기하다시피 했다.

고2 여름방학이었다. 방학이 되자 가족이 함께 캠핑을 갔다. 캠핑 장소는 콜로라도 강이 흐르는 자연공원이었다.

경관이 빼어난 데다 물이 맑아 캠핑 장소로는 그만이었다.

늦은 아침을 먹은 뒤였다.

피터는 피터 2세를 데리고 강으로 낚시를 갔다.

피터 부인은 나무 그늘에 누워 책을 읽고 있었고 영은 외톨이가 되어 강가를 배회하고 있었다.

피터는 일에 빠지면 모든 것을 잊는 버릇이 있었다.

한창 낚시에 몰입할 때는 곁에 있는 어린 아들의 존재까지 잊었다.

피터 2세는 일곱 살이었다.

아무 것도 모를 나이였다. 천방지축 돌아다녔다.

저 혼자 돌아다니다가 강가로 가서 물장구를 치며 놀았다.

그는 놀다가 그만 실족해서 물살에 휩쓸려 떠내려갔다. 사람들이 발을 동동 구르며 마구 소리쳐댔다.

"아이가 떠내려가. 이를 어쩌지, 이를."

그러나 누구 하나 강물로 뛰어들어 아이를 구하려는 사람은 없었다. 피터도 마찬가지였다. 그는 수영을 할 줄 몰랐다. 아들이 떠내려가는 데도 속수무책이었다. 50미터 전방에는 급류까지 있었다.

그때 누군가 강물로 뛰어 들었다. 피터는 물로 뛰어든 사람이 영인 줄 몰랐다. 아이를 향해 헤엄쳐 가는 사람은 수영을 잘하는 것도 아니었다. 느리지만 끈기 있게 물살을 헤치며 아이에게 다가갔다.

청년은 아이가 급류에 휩쓸리기 전에 낚아채 강가로 나왔다.

청년이 헤엄치는 것은 흔히 보는 자유형이 아니라 듣지도 보지도 못한 수영이었다. 청년의 헤엄은 시골 아이들이 큰물이 지면 냇가에 나가 마구잡이로 헤엄을 치는 개헤엄이었다.

개헤엄은 빠르지는 않았으나 세찬 물살을 헤집고 나올 수는 있다.

청년이 아이를 강가에 눕히고 인공호흡을 시키자 아이는 다행히도 물을 토해냈다. 비로소 지켜보던 사람들이 탄성을 질러댔다.

청년은 바로 피터 영 리였던 것이다.

어릴 때, 물에 들어가지 말라고 신신당부하던 엄마의 눈을 피해 강에서 마구잡이로 수영을 한 것이 물에 빠진 동생을 구하게 된 것이었다.

영은 그로부터 사람이 몰라보게 달라졌다. 그것은 백인도 하지 못한 일을 자기가 해냈다는 자부심 때문인지도 모른다.

영은 고등학교 2학년 겨울방학 때, 비로소 핏줄이 어떤 것인가를 알게 되었다. 텍사스주 입양자협회가 주관한 입양자 모임이 피닉스시에서 열렸었다. 양부모가 함께 참석한 모임은 조촐했으나 핏줄이 얼마나 소중한가를 깨닫기에는 충분했다.

참석한 입양아는 모두 동양인으로 눈이 검고 머리가 검다는 이유만으로 몇 시간이 못 가 친해질 수 있었다.

그런 경험은 영으로서는 처음이었다.

꼬리표처럼 따라다니는 "얘는 한국에서 입양해 왔답니다. 전쟁 고아구요" 하는 설명은 필요 없었다.

그리고 누군가를 소개할 때도 큰 키에 푸른 눈, 금발의 소유자 누구 하는 식의 소개를 하지 않아도 되었다.

그러면서 이런 것이 핏줄인가, 이것이 동질감이구나 하는 것을 깨닫게 되었고 이 끈끈한 정이야말로 바로 핏줄이구나 하고 느꼈다.

그 뒤, 대학 졸업하기까지 입양아 모임에는 빠지지 않았다.

영은 고등학교를 수석으로 졸업했다. 그리고 최고 명문의 하나인 M대학 전자공학과에 입학했다. 대학을 졸업하고 곧바로 대학원에 진학했으며 5년 후에는 박사학위까지 취득했다.

그는 모교에 교수로 남으라는 지도교수의 간곡한 요청을 거절했으며 일류 연구소에서도 초빙이 있었으나 그것마저 마다하고 벤처기업을 창업해서 컴퓨터 그래픽과 새로운 멀티미디어 개발에 심혈을 쏟았다.

그렇게 부단히 노력한 결과, 창업한 지 5년도 안되어 기반은 탄탄해졌으며 회사는 나날이 번창했다.

성공 비결이라면 남보다 반 발짝이라도 앞서 가려고 하는 것이라고 할 수 있다. 재산은 펀드가 아니라 사람이라는 것을 누구보다도 젊은 나이에 깨달은 점도 있었다.

대인관계를 가장 소중한 자산으로 생각했다.

상대에게 목숨까지도 버릴 수 있다는 신의를 보여줬으며 그것도 그들로 하여금 믿게 만들었다. 그런 일념으로 한결같이 사람을 대했기 때문에 함께 일을 한 사람 가운데 배신한 사람은 없었으며 그들은 자신의 일처럼 회사에 전념했다.

영은 창업 12년 만에 상장기업주가 되었다. 상장되자 주가가 연일 뛰어올라 2년 만에 스무 배 가까이 성장했다.

그는 기업 이윤의 20퍼센트에 가까운 돈을 연구에 투자했다.

그 결과, 당시로서는 대기업에서도 포기한 기존시설을 이용한 화상전송이 가능한 시스템을 개발했다. 그것은 세계적으로 1천 5백억 달러 이상의 구매력이 있는 경이적인 신소재였다.

영은 한국의 재벌 총수를 만나려고 다각적인 채널을 이용했으나 연결되지 못했다. 기껏 오너의 눈치나 보는 고용 사장을 만나 화상전송시스템에 대한 잠재력과 앞으로의 전망을 설명하고 헐값이라도 넘겨주겠다고 했으나 결과는 입만 아플 뿐이었다.

고용 사장은 안전한 사업을 원했다. 그들은 어느 회사가 제품을 만들어 얼마만큼 팔아 이익을 봤는지 구체적인 사례를 가져오면 고려해 보겠다는 무책임한 말만 늘어놓았다. 첫째가는 재벌도 그랬고 둘째가라면 서러워하는 재벌 그룹도 마찬가지였다.

영은 할 수 없었다. 스스로 창업한 벤처기업으로서는 방대한 자금이 소요되기 때문에 직접 개발은 도저히 불가능했다. 해서 어쩔 수 없이 세계 굴지의 회사에 매도하는 수밖에 없었다.

영은 게이트 그룹의 총수를 만나 본격적으로 상담했다.

두 시간에 걸쳐 화상전송시스템에 대한 구체적인 설명을 들은 파셜 회장은 대동한 임원들과 상의한 끝에 결론을 내렸다.

"피터 영 리, 그렇다면 좋소이다. 이렇게 합시다. 프로젝트는 물론이고 닥터 리가 설립한 회사까지 우리가 인수하겠소. 자산 평가가 12억 달러로 나왔으니까 11억 달러면 되시겠소이까?"

그로서는 가타부타가 있을 수 없었다.

"그 정도면 만족합니다."

"그런데 조건이 하나 더 있소이다. 당신이 개발한 화상전송시스템은 누구보다도 당신이 잘 알 거요. 그렇기 때문에 시스템을 위한 별도 회사를 설립한다면 회사를 맡아 주겠소? 맡아 준다는 조건이라면 지금 당장 계약할 수 있소, 닥터 리. 수락하시겠소이까?"

영 리는 더 이상 바랄 것도 기댈 것도 없었다. 그랬으니까 그는 그 자리에서 계약서에 지체할 것 없이 서명을 했던 것이다.

벤처기업을 창업한 지 15년이 흘렀다. 그 사이 그는 소리 없이 11억 달러의 거부가 되었고 연봉 45만 달러의 고용사장이 되었다. 그렇게 해서 그는 미국 재계에 영향력을 미치는 사람이 되었다.

1951년 더블 백 속에 들어가 수송함에 올랐고, 미국에 와서는 한낱 문제아에 불과했던 입양아가 43년 만에 재계에 영향력을 미치는 인사가 되었으니 가히 신화적이라고 할 수 있었다.

그렇다고 그에게 좋은 일만 있었던 것은 아니다. 실패한 적도 있다. 결혼이 그것이었다. 박사학위를 취득한 그 해 가을이었다.

지도교수 웨이트가 모교에 교수로 남아 달라고 요청했으나 이를 점잖게 거절했다. 거절한 것까지는 좋았으나 결혼을 전제로 동거하던 잉그리트로부터 결별을 선언 당했다.

그녀는 웨이트 교수의 맏딸이었다. 뜻밖의 결별에 충격이 컸다.

그때 받은 충격으로 그는 지금까지도 독신으로 살고 있다.

프레지 리는 이제 쉰 넷이란 나이를 먹었다.

나이 쉰 넷인데 늙었다는 징조일까.

정상에 서기 전까지는 앞만 보고 달려왔었는데 정상에 서자 여유가 생기면서 새로운 고민거리가 생겼다.

전쟁 때 피난을 가다가 부모가 죽었으니 죽은 부모를 찾을 수는 없었으나 내가 누구인가 하는, 적어도 뿌리만은 알고 싶었다.

알렉스 헤이의 『뿌리』가 연속극으로 방영되었을 당시에는 몰랐으나 지금 와서 다시 보니 가슴이 뭉클 하는 감동이 있었다.

겉으로 보기에는 미국이라는 나라는 돼먹지 않은 나라 같으나 실은 그렇지 않았다. 그렇게 알려진 것은 상류사회의 문화가 아닌 하류사회의 돼먹지 않은 문화가 눈에 익었기 때문일 것이다.

미국의 상류사회는 돈이 많다고 해서 받아들이거나 인정해 주는 그런 사회가 아니었다. 혈통과 가문을 중시했다.

혈통이 있고 가문이 있는 집안은 저희들끼리 혼인을 하지 웬만해서는 문을 열어 주지 않았다.

그에 비해 한국 사회가 양반이라는 전통은 어디다 팽개치고 돈만 있으면 행세하고 대접받는 졸부들의 세상이 되었는지 모른다.

프레지 리는 그런 미국 상류사회의 폐쇄성을 누구보다도 잘 알고 있었다. 해서 뿌리에 대한 관심을 가졌는지도 모른다.

그는 47년 만에 한국에 가서 오민석이 소개해 준 김규리 교수를 만났다. 그녀를 만나 안내를 받으면서 며칠 함께 지내는 동안, 그녀의 인간적인 매력에 매료되었다. 김규리는 박사며 교수이기 전에 너무나 인간적이어서 호감이 갔던 것이다.

바쁜 시간을 쪼개어 한국을 방문했을 때만 해도 별로 기대를 하지 않았으나 막상 한국에 가서 보니 겉은 미국과 비슷해 보여도 실은 전혀 다르다는 데 놀라지 않을 수 없었다.

그것이 뿌리를 찾겠다는 신념을 보다 강하게 자극했는지도 모른다.

뿌리를 찾겠다고 해서 무슨 단서가 있는 것도 아니었다.

어릴 적 말투만은 무슨 일이 있더라도 잊어서는 아니 된다고 혼자 있을 때마다 중얼거려 지금도 자연스럽게 튀어 나오는 '니껴'와 '시더', 심지어 '꺼깨이'까지 주워 섬겼으니까.

그런 방언을 근거로 한다면 어느 지방인지는 추정이 가능할 것도 같았다. 그리고 뿌리를 찾는 데 도움이 될 수는 없겠으나 생각나는 단편적인 기억은 지금도 남아 있었다.

그런 기억 가지고 뿌리를 찾지는 못했으나 고국에 대한 새로운 인식을 가지고 미국으로 돌아온 것만 해도 방문 성과는 있었다.

한번 더 한국을 방문하고 싶지만 시간이 좀체 나지 않았다.

기껏 김 교수에게 전화를 해 안부나 묻는 것이 고작이었다.

프레지 리는 비서에게 단단히 일러 뒀었다.

어떤 긴급한 전화가 걸려오든, 누가 찾아오든 없다고 하라고 부탁을 했는데도 노크 소리가 나더니 비서가 문을 열고 들어왔다.

그랬으니 리로서는 싫어도 추억에서 깨어날 수밖에 없었다.

"프레지 리, 백악관에서 온 전화입니다. 받아 보시지요."

"있다고 했다면 받지 않을 수도 없게 됐잖아."

프레지 리는 어쩔 수 없이 전화를 받았다.

"여보세요. 프레지 립니다."

"안녕하세요. 저는 부통령 수석비서입니다. 부통령의 만찬회에 참석하실 수 있겠는지요? 있다면 초청장을 보내겠습니다."

들어보나 마나 뻔했다. 예비선거에 나서기 위해 기부금을 거두기 위한 모임이었던 것이다. 그로서는 거절할 수 없었다.

"무한한 영광입니다."

"그럼 그렇게 알고 초청장을 보내겠습니다."

프레지 리는 한국을 다녀와서부터는 한국을 다시 생각하게 되었다. 미국에서 일방적으로 보도되는 한국의 이미지와는 전혀 달랐던 것이다. 미국의 언론은 정치논리와 부합했는지, 아니면 경제논리에 아부했는지 한국의 부정적인 면을 크게 부각시켰다.

반정부 데모나 하며 노사간에 화합보다는 죽기 아니면 살기로 대결이나 하고 투쟁만 하는 나라라고 일방적으로 매도만 했지 우방이라고 해서 특별히 이해하려고 하지 않았다.

그것은 미국 상류사회의 단면을 언론이 그대로 답습하는 것이나 다름없었다. 자기들끼리만 문을 열어 두고 그 외는 문을 안으로 꼭꼭 걸어 잠

그는 폐쇄성에 있다고 할까. 해서 프레지 리는 한국에서 태어나긴 했으나 한국을 좋게 생각하지 않았었다. 아니, 정보가 전혀 없었다. 한국을 보다 좋게 생각했다면 좀더 일찍 방문했을지도 모른다.

그랬던 것이 뒤늦게 한국을 방문하게 되고 김규리 교수의 안내를 받으면서 조국에 대한 이미지를 재고하게 되었다. 특히 안동에서 지낸 며칠 동안의 기억은 가장 값진 추억으로 남을 것이었다. 조국인 한국은 뿌리와 전통이 있는 나라라는 것을 눈으로, 몸으로 확인하고 느꼈다.

그것이 한국을 다시 생각하게 하는 계기가 되었다.

프레지 리는 한국을 다녀온 뒤로 뿌리를 찾고 싶다는 생각이 더더욱 간절해졌다. 그는 어디를 가든 전쟁고아로 한국에서 입양된 사람이라는 것이 꼬리표처럼 따라다녔다.

그것은 미국의 우월한 힘과 정의를 과시하고 소수민족인 프레지 리를 얕보거나 깎아 내리려는 속뜻이 깔려 있었다.

나이가 들고 어른이 된 뒤에도 따라다녔으며 출세를 하고 사장이 된 뒤에도 알게 모르게 작용하고 있었다.

그런 저들에게 내 조국은 역사나 전통을 가진 나라라는 것을 드러내어 자랑하고 싶어서라도 조상의 뿌리를 찾고야 말겠다는 신념이 더더욱 굳어지기만 했다.

규리는 여름방학 동안을 안동에서 보낸 셈이었다.

안동에 뿌리를 내리고 사는 이 씨의 본은 어디고, 어디가 있으며 지금도 집성촌을 이루고 살고 있는지, 게다가 낙동강을 따라 형성된 자연부락 중, 이 씨들이 사는 마을이 있는지 등을 조사하느라고 여름 방학을 꼬박 보내다시피 했던 것이다. 그리고 두 물줄기가 합쳐지는 내나 강이 어디, 어디에 있는지도 조사했다.

안동지방을 조사하는 것으로는 부족해서 밑으로는 예천 지방, 위로는 진보며 영양까지 조사했으나 짚이는 데가 없었다.

안동에서 행세하는 이 씨는 단연 진성 이 씨였다. 진성 이 씨는 청송에 집성촌을 이루고 살고 있으나 퇴계 선생을 배출했기 때문에 안동에서 보다 이름을 떨쳤다고 할 수 있다.

다음으로 고성 이 씨였다. 그런데 고성 이 씨는 최근에 와서 이름을 떨쳤거나 출세한 사람이 없었다. 이괄의 난이 고성 이 씨에게 얼마나 피해를 입혔는지 짐작이 가고도 남았다. 그리고 재령 이 씨가 있었으나 세를 이루지 못했다고 할까, 거의 알려지지 않았다.

이 밖에도 한산 이 씨, 영천 이 씨, 경주 이 씨도 있었으나 집성촌을 형성하지 못한 채 여기저기 흩어져 살고 있었다.

규리는 아르바이트 학생을 동원해 봉화에서 낙동강 줄기를 따라 오르내리면서 강가에 있는 마을마다 들러 고성 이 씨를 탐색했으나 안동댐이 들어서면서 집단으로 이주했기 때문에 포기할 수밖에 없었다.

그리고 영양에서 출발을 해서 반변천을 따라 내려오면서 냇가 가까이 있는 마을마다 들러 고성 이 씨를 추적했으나 임하댐으로 집단 이주한 탓으로 더 이상 탐문할 수도 없었다.

아래로는 안동에서 예천, 예천에서 점촌까지 낙동강을 따라 내려오면서 두 강이 합쳐지는 데가 두 군데 있었다.

그러나 두 강이 합쳐지는 지점 가까이 있는 마을은 없었다.

처음 두 강이 만나는 곳은 영주에서 흘러내리는 내성천이 예천읍을 관통한 한천과 합쳐지는 지점이었다.

예천군 호명면 원곡리, 속칭 범유리 고개란 마을이 있었다.

그런데 이 씨 성을 가진 사람은 살고 있지 않았다.

두 번째는 내성천이 흐르다가 문경에서 흘러내리는 영강과 만나는 지점인 예천군 용궁면 향석리 정저 마을과 문경시 영순면 원달지 갯가란 마을이 있었으나 그곳에는 이 씨가 두 집밖에 살고 있지 않았다.

그 외에도 영강이 낙동강과 만나는 합강인 의성군 풍양면 삼강리가 있으나 강가 마을이 아니었다.

그런 곳을 제외하면 삼강이 만나는 지점은 안동시 정상동 앞의 합강뿐이었다. 안동댐이 들어서기 전만 해도 정상동 귀래정 바로 앞은 낙동강 강물이 정면에서 흘러와 정자 바로 밑에서 반변천 강물을 만나 서로 뒤엉키고 부딪쳐서 소용돌이하다 돌아서 나가기 때문에 정자 바로 밑에는 깊이를 알 수 없는 넓은 소가 생겼다고 한다.

이를 모르고 성안에서 멱 감으러 왔다가 무작정 뛰어들어 헤어나지 못하고 빠져 죽는 일이 한 해에 두어 건씩 발생하기도 했다.

프레지 리가 말한 어릴 때의 기억을 근거로 추리하면, 정상동 귀래정 부근이 아닐까 하는 추측도 가능하다.

그런데 이를 뒷받침할 만한 근거나 증인은 없었다.

그런데 74년도에 편집한 국립지리원 간행 『2만 5천분의 1 지도』의 안동지방을 보면 강물이 귀래정 밑으로 흐르는 것으로 표시되어 있어서 프레지 리의 말을 뒷받침하고 있으나 단서가 되지 못했다.

규리는 동사무소에 가서 정상동의 호적을 샅샅이 뒤졌다.

그녀는 창고 속에 처박아 둔 먼지 쌓인 원적까지 뒤졌다.

정상동 18번지에 적을 둔 호주 이명(李銘)의 원적을 보고 그녀는 놀라지 않을 수 없었다. 이명과 부인 권인희는 한국 전쟁이 발발한 그 해 9월, 사망한 것으로 기재되어 있었기 때문이었다.

그 뿐만이 아니었다.

그의 아들 영(瑛)도 그 해 9월에 사망한 것으로 기재되어 있었다.

세 사람의 사망 일자가 일치한다는 것은 인민군들에게 집단학살을 당했거나 피난 중에 공습이나 포격으로 한꺼번에 죽은 것이 아닌가 하는 지레 짐작을 낳게 할 수는 있었다.

그런데 이명의 아들 영이 바로 프레지 리라고 하더라도 결정적인 단서가 없는 이상 안타깝게도 추측으로 끝낼 수밖에 없었다.

왜냐하면 부모가 사망한 지 오래되었기 때문이었다. 그것도 어디 묻혔는지 전혀 알 수 없는 상황에서 유전자감식도 할 수 없다.

규리는 이응태와 원이 엄마에 대한 자료를 가능한 한 수집할 만큼 수집했다. 그러나 신춘문예에 응모했을 정도로 문장력은 다소 있다손 치더라도 소설을 집필할 수는 없었다.

그녀로서는 여전히 자료가 부족했고 확신이 서지 않아 집필은 차일피일 미뤄지기만 했던 것이다.

10월 들어 나흘간의 축제가 있었다. 축제 때는 강의가 없다.

해서 규리는 다소 시간적인 여유를 가질 수 있었다.

몇 번이나 찾은 적이 있는 국립도서관 족보자료실로 가서 저간에 발간된 진성 이 씨 족보며, 재령 이 씨 족보는 물론 고성 이 씨 족보를 있는 내로 꺼내놓고 6·25가 발발한 그해에 작고한 사람이 있는지 샅샅이 뒤지기 시작했다.

그러나 6·25때 죽은 사람이 한두 명이 아니어서 찾기가 쉽지 않았고 대상을 좁혀 부부가 한 날 한 시에 죽은 사람을 추적하기 시작했다.

그녀는 삼일 동안 틀어박혀 진성 이 씨며 재령 이 씨의 족보를 뒤졌으나 그런 사람은 찾을 수 없었다.

살아남은 가까운 친척이 족보에 올릴 때 부부가 죽었기 때문에 수록하지 않은 점도 고려해서 추적했으나 소득이 없었다.

끝으로 고성 이 씨 족보를 뒤지기 시작했다.

한말에 발간된 족보며 76년에 나온 족보와 96년에 나온 족보까지 보관되어 있었다. 76년에 발간된 『고성이씨족보』 권9에 수록되어 있는, 안동으로 이주해 산 13세 이후의 유수공파 편을 추적했다.

규리는 15세인 이명정과 일선 문 씨의 아들인 요신, 그의 둘째 아들인 17세 웅태의 자손을 추적하다 놀랍게도 성회 이후로 대가 끊이지 아니하고 계속 이어져 왔음을 확인할 수 있었다.

그리고 새로운 사실도 발견했다.

30세인 명(銘) 이후로는 후손이 수록되어 있지 않았다. 기재되지 않았다는 것은 소재를 알 수 없거나 또는 절손된 것을 의미한다.

명에 대한 기록을 보니 1950년 행방불명으로 기재되어 있었다.

뿐만 아니라 배필인 안동 권씨 또한 행방불명이었다.

그렇다면 이웅태의 자손은 13세나 지속되어 오다가 명에 와서 대가 끊긴 셈이었다. 그것도 1950년에 행방불명이라고 기재되어 있었으니 피난을 가다가 폭격을 받아 죽었을 지도 모를 일이었다.

또 묘에 대한 기록이 전혀 없는 것으로 보아 시신을 거두어 묻어주지 않았기 때문일 수도 있다는 생각이 들었다.

규리는 원이 엄마가 순절을 포기하고 웅태의 대를 잇기 위해 인고의 삶을 산 지순함이 명의 대에 와 끊겼는가 생각하니 안타까웠으나 한편으로는 프레지 리가 한 말을 확인할 수 있어 다행이었다.

그러나 이런 생각은 어디까지나 추측이지 어떤 근거나 자료에 의해서 판단한 것은 아니었다. 생각할수록 가슴만 답답했다.

12월 8일은 아침부터 마음이 들뜨기만 했다.

프레지 리가 두 번째 한국을 방문하기 때문일까. 도착시간은 오후 3시 50분인데도 벌써부터 들떠 있다니, 도시 알 수 없는 일이었다.

규리는 원고를 쓰다가 덮고 급히 화장을 했다. 화장을 오래 하는 편은 아니었다. 간단하게 화장을 하고 집을 나섰다.

초겨울 날씨치고는 따뜻했다. 퇴근 시간 전이라 올림픽대로는 한산했다. 그녀는 FM방송을 들으면서 한가하게 차를 몰았다.

규리는 비행기 도착시간보다 10분 늦게 공항에 도착했다. 10분 정도 늦는 거야 만나는데 차질이 없을 것이다. 입국수속을 밟다 보면 빨리 나온다고 해도 3~40분은 지나야 나오기 때문에 느긋한 마음으로 찾기 쉬운 곳에 차를 주차시키고 출구 쪽으로 갔다.

그런데 귀빈이 입국하는 것은 아닐 텐데 신문사며 잡지사 기자들은 물론이고 방송사의 카메라맨까지 장사진을 치고 있었다.

인기 연예인이라도 귀국하는 것일까.

극성스런 팬이 없는 것으로 보아 연예인은 아닐 것이었다.

규리는 그 이유를 곧 알 수 있었다. 그것은 플래카드 때문이었다.

플래카드가 하나만 내걸린 것이 아니었다. 사람을 찾는다면 피켓으로도 충분할 텐데 플래카드를 내걸고 사람을 찾다니.

거기에는 놀랍게도 피터 영 리라는 이름이 쓰어 있었다.

이름 밑에는 '47년 만의 조국 방문, 진심으로 환영합니다'란 글귀도 보였다. 커다란 글자 밑에는 K방송사 '일요 스페셜' 팀이라고 쓰어 있는가 하면, M방송사 '성공시대' 제작팀이라고 쓰어 있었다.

규리는 몹시도 당황했다. 아무도 모르게 와서 뿌리를 찾겠다던 프레지리의 애초 의도와는 다르지 않는가.

리가 매스컴에 알리기라도 한 것일까?

그건 아닐 것이었다.

그는 매스컴에 알려지는 것을 극히 싫어했기 때문이었다. 물론 매스컴에 알려진다면 뿌리를 찾는 데 유리한 점이 있을지는 모른다. 그들은 다방면의 정보를 가지고 있기 때문이다. 그렇다고 하더라도 움직이는 데는 불편한 점이 한두 가지가 아닐 것이다.

나중 알고 보니 본인의 의사와는 전혀 상관도 없이 기자들이 냄새를 맡고 진을 치고 인터뷰를 요청하려고 했으며 자사 프로에 출연해 줄 것을 부탁하려고 대거 몰려 왔던 것이다.

입국자가 다 빠져나간 뒤에도 프레지 리는 좀체 나타나지 않았다. 다른 비행기를 탄 것은 아닐까?

규리는 비행기를 타기 직전, 통화를 했기 때문에 그럴 리는 절대 없다고 생각했다. 기자들이 진을 치고 있는 것을 알고 의도적으로 뒤늦게 나오려고 하는 것인지도 모른다.

그녀는 리가 기자들이 진을 치고 취재를 할 만큼 그런 비중 있는 인물인지는 생각지도 못한 일이었다.

그때 핸드폰이 요란하게 울렸다. 규리는 가방에서 폰을 급히 꺼냈다.

"여보세요, 프레지 리, 저 김규립니다."

"안녕하셔요. 저, 프레지 리이시더. 나오다 보니 플래카드가 걸려 있고 기자들이 있는 것 같아 의도적으로 늦게 나가려고 하니더. 기자들이 돌아가거든 연락해 주세요. 그러면 나가겠니더."

"알았어요. 그럼 이따가 연락할게요."

그랬었구나. 그런 일이 있었구나.

규리는 기자들이 '이거 거짓 정보에 우리가 놀아난 것 아냐' 하고 투덜대며 허탕치고 돌아간 다음이었다.

그제야 규리는 통화해서 나와도 좋다고 알렸다.

조금 뒤, 프레지 리가 모습을 드러냈다. 그새 정이 들었는지 반가웠다. 프레지 리도 규리를 보고 손을 흔들며 하얀 미소를 지었다.

"죄송하니더. 이렇게 기다리게 해서요."

"전 오히려 재미있었는데요."

그는 규리를 보고 물었다

"제가 온다는 것을 기자들이 어떻게 알았지요?"

"저 소스 제공하지 않았어요."

"알아요. 누가 그걸 모르니껴. 미국에 있을 때, L.A 지사를 통해 '성공시대'며, '일요 스페셜에' 출연시키고 싶다는 섭외가 여러 번 들어온 것을 거절했습디. 이제 생각하니 그런 끈기라면 냄새를 맡고 따라붙을 수도 있다는 생각이 드니더."

"그랬었군요. 저도 무슨 영문인지 몰라 당황했는데……"

"죄송하니더. 귀띔이라도 했어야 했는데요."

규리는 프레지 리를 태우고 김포대교를 왼쪽에 두고 올림픽 대로로 들어섰다. 여의도 부근에 이르자 퇴근시간이라 차가 밀렸다.

기껏 시속 10킬로 정도로 달릴 수 있을까. 거북이걸음을 해야만 했다.

규리는 고개를 한껏 돌려 프레지 리에게 말했다.

"'성공시대'는 몰라도 '일요 스페셜'에는 출연하시지요?"

"제 주제에 당키나 하니껴."

"무슨 말씀을 그렇게 하세요. 검앙도 지나치면 악이 된대요. 신생님 같은 분이 출연하셔야 무게가 더해질 것 아니겠어요."

"만나자마자 과찬만 하니더."

규리는 생각했다. 프레지 리는 어디가 달라도 다르다는 생각이 들었다. 보통 사람이라면 스스로 나서서 출연시켜 달라고 백을 동원한다, 촌지를 갖다 준다 하고, 기를 쓰고 달려들 텐데, 그는 그렇지 않았다.

해서 그녀는 기대를 무너뜨리지 않을 사람, 사람 하나는 제대로 본 모양이라고 생각했고 더욱 가까이 느껴지기까지 했다.

잠실대교 못 미처 지점에서 우회전해 L호텔 앞에 차를 주차시켰다. 카운터로 가서 예약한 방을 확인하고 객실로 올라갔다.

"오늘은 피곤하실 테니까, 쉬시고 내일 만나요."

규리는 피곤할 것 같아서 인사만 나누고 헤어지려고 했다.

"전 괜찮으니끼, 있다가 가시지요."

"그렇다면 조금만 있다가 갈게요."

"고맙니더, 김 교수님."

프레지 리는 선물 꾸러미 하나를 그녀 앞으로 내밀었다.

"김 교수님께서 제게 선물한 한복 있지 않습니꺼. 한복을 입고 파티에 갔다가 얼마나 칭찬을 받았는지 모릅니다. 해서 그냥 올 수 없어 선물을 준비했니더. 펴 보시지요. 그 동안 신세도 많이 졌는데 선물 하나 못했니더. 마음에 드셨으면 좋겠는데요."

"제가 그런 선물을 받아도 되는지 모르겠어요."

"교수님이라면 받고도 남음이 있니더."

규리는 잘 포장된 포장지를 조심스레 뜯었다.

뜯어보니 예쁘게 생긴 보석함이었다. 그녀는 보석함을 열었다.

자연산 흑진주 반지와 귀고리며 팔찌가 세트로 들어 있었다.

"저, 부담스러워서 이런 거, 받지 않을래요."

"부담스럽다니요. 그렇게 생각한다면 저로서는 섭섭한데요. 김 교수님의 바쁜 시간을 제가 얼마나 빼앗았니꺼. 그에 비하면 아무 것도 아이시더. 기꺼이 받아 주셨으면 영광이겠니더. 제 생전 처음 하는 선물인데 거절당한다면 그 심정이 어떤가도 고려해 주시지요."

나는 네게로부터
불빛 속에서나
어둠 속에서나
사랑의 선물을 받았습니다.

나는 네게로부터

이별의 아픔,
뼈를 깎는
아픔의 선물도 받았습니다.

그런데도
나는 미움의 선물,
한의 선물은
받지도 주지도 않으렵니다.

―시「선물」

  규리는 한참이나 생각했다. 인사동에서 친구가 운영하는 한복집에 들렀을 때, 프레지 리가 한복을 입어보고 마음에 들어 사면서 값을 지불하려고 해서 애를 먹은 것이 문득 생각났다.
  더욱이 정성껏 준비한 선물을 끝까지 사설하는 것도 예의가 아닐 깃 같은 생각이 들었고 상대방의 입장을 고려해서 이왕 받을 바에야 흔쾌히 받는 것이 좋을 것 같았다.
  "좋아요. 주시는 선물이니까 받겠습니다."
  "선물을 받아줘서 고맙니다."
  "아니에요. 제가 오히려 감사해야지요."
  "천만의 말씀이시다."
  규리는 선물보다는 프레지 리의 뿌리를 찾기 위해 그간 조사한 자료를 보여주면서 조목조목 말하려고 했다.
  그러나 그가 너무나 실망할까 봐 당분간 말하지 않기로 했다. 지금까지 조사한 바로는 불가능하다고 할 수밖에 없었기 때문이었다.
  어쩌면 학술진흥원에 프로젝트를 신청해서 심의 끝에 당선되어 지원금까지 지급받았다가 중도에서 연구를 포기하고 반납한 적이 있었다. 그 때의 그 기분과도 같은 씁쓸함이 물씬 배어났던 것이다.

규리는 이튿날 점심 때, 그를 만나 함께 식사했다.

"선생님, 그 동안 노력했으나 좋은 소식이 없습니다."

"미안해 할 것 없니더. 그게 쉬운 일이라면 누가 못하겠니껴. 노력할 수 있는 데까지 최선을 다하는 수박에요. 찾지 못해도 좋니더. 제가 찾으려고 노력했다는 것만으로도 만족하니더."

"선생님께서 뿌리를 찾았으면 좋겠어요. 해서 선생님의 기뻐하는 모습을 하루라도 빨리 보고 싶답니다."

"기회를 보아 저와 함께 안동을 갑시더. 저도 나름대로 노력을 많이 했니더. 뿌리를 찾는 데 도움이 될까 해서 심령 전문가를 만나 어릴 때의 기억을 되살리는 훈련도 받아 뒀니더."

"대단하서라. 정말 그렇게 하셨어요?"

"그랬니더. 그랬고 말구요."

규리는 핏줄에 대해 절실하게 느껴보지 않아서인지 리가 지나치게 핏줄에 대해 애착을 가지는 것이 아닌가 생각되었다.

규리는 서둘러 종강을 했다. 종전 같으면 16주를 채우고 시험을 쳤으나 이번 학기는 16주로 강의를 끝내고 한 주는 시험으로 대체했다. 그것은 순전히 프레지 리 때문이었다.

규리는 안동을 가기 위해 프레지 리를 만났다. 리는 예천까지 비행기를 타고 가서 렌트 카를 이용하자고 했으나 그녀는 차가 있는데 그럴 필요가지 없다면서 차를 굳이 가지고 가겠다고 우겼다.

"지난번에도 신세를 졌는데 또 지니껴?"

"그런 말은 하지 마세요. 제가 좋아서 하는 일인데요, 뭘."

규리의 자존심은 남다르다고 해야 했다.

누가 시켜서는 좀체 하지 않았다. 스스로 내켜야 하는, 마음이 동해야 일을 하는 그런 성미였던 것이다.

그녀가 프레지 리의 뿌리를 찾기 위해 애쓰는 것은 소설을 쓰기 위한 자료수집상 필요했으나 그를 생각하는 마음도 있었다.

프레지 리도 마음을 열어놓고 대화할 수 있는 사람이 드문 세상에 그런 사람을 만났다는 그것만으로도 행복한 데다 대화도 자연스럽고 더욱이 부담이 가지 않아서 좋았다. 그녀를 만나고 있으면 새로 인생을 시작하는 것 같은 신선함이 늘 함께 했던 것이다.

그래서 그녀가「사랑의 화신」같은 생각을 지울 수 없었다.

너무너무 시원스런 인상,
보고 또 보아도
꽤 괜찮은 사람.
곱게 나이 들어
들꽃같이 순수하기 때문에
질투심마저
불러일으키는 여인.

가장 고운 꽃다운 나이
서른셋에서 마흔 셋
그 나이는
남편이 아내를 가꿔주기 때문에
억만금 다이아몬드로도
살 수 없는
리즈시절의 황금기.

그 나이에 괜찮은 사람을 만나

스스로 연출을 해서

사랑을 잉태시켜

기다림과 그리움의 주인공으로

남은 여인이라면

사랑의 화신이 분명할 테지.

―시「사랑의 화신」

"미안하니더. 제가「사랑의 화신」인 것만 같은 김 교수님을 너무 혹사시키는 것은 아닌가 해서……"
그녀가 그를 좋아하게 된 동기는 그의 솔직함 때문인지도 모른다.
그러나 지금은 그게 아니었다.
"갑자기 무슨 소리예요?"
규리는 내숭 떠는 것을 싫어하는 성미였는데도 내숭을 떨다니…
"제가 좋아서 가져가요. 그러면 되겠어요?"
"좋니더. 전 김치 물만 마시겠시더."
"진작 그렇게 나오셨어야지요."
규리는 중부고속도로로 들어서서 달리다가 음성에서 내려섰고 지방도를 달리다가 3번 국도를 타고 달렸다. 그리고 충주를 거쳐 수안보, 이화령 터널을 지나 새재 입구에서 점심을 먹고 출발했다.
점촌을 오른 쪽으로 두고 예천, 이어 안동에 도착했다.
도착하니 아직 해가 남아 귀래정부터 들렀다.
프레지 리는 귀래정에서 해가 질 때까지 머물렀다.
벌써 정상동 택지지구는 조성이 거의 마무리 단계에 접어들고 있기 때문에 마을이 있었다는 흔적조차 찾을 수 없었다.

그러나 귀래정 부근만은 옛 모습을 그런 대로 간직하고 있다.

프레지 리는 뭔가 짚이는 것이 있는지 귀래정 주변을 배회하면서 생각에 잠기기도 하고 은행나무를 오래도록 바라다보기도 했다.

그리고 귀래정 앞 낙동강 가로 나가 안동댐이 준공된 뒤, 체육공원이 조성되어 있는 법흥교 쪽을 바라보기도 했으며 고개를 돌려 임하댐으로 물이 준 반변천을 응시하기도 했다.

아무리 둘러보아도 어릴 때의 추억을 일깨울 만한 것은 보이지 않았다. 더욱이 사람조차 모두 이주한 뒤라 물을 만한 데도 없었다.

상전벽해라는 말을 정말 실감할 정도였다. 그가 심령술 대가를 만나 기억을 되살리는 훈련을 받았다고 해도 주변이 너무나 변했기 때문에 기억을 되살리기란 불가능했다.

규리는 프레지 리의 얼굴에 절망감이 스쳐가는 것을 놓치지 않았다. 그런 표정을 보니 남의 일 같지 않아 가슴이 아팠다.

날이 어두워서야 프레지 리와 함께 호텔로 돌아왔다.

규리는 이튿날 아침 일찍 프레지 리를 데리고 원이 엄마가 수없이 오간 길을 따라 영양군 입암면 홍구리로 갔다.

임하댐으로 새로 길을 냈으나 굴곡지기는 전과 다름없었다.

가랫재를 넘고 합강을 지나 진보를 좌측으로 두고 달렸고 영덕과 영양으로 가는 갈림길에서 좌회전해서 조금 가다가 홍구리로 들어섰다.

추수를 끝낸 농촌은 어디 없이 쓸쓸했다.

규리는 프레지 리와 함께 원이 엄마의 발자취가 묻어 있을지도 모를 골목을 돌아다녔고 일월암 밑 농암으로 가서 그 위에 앉아 400여 년 전의 일을 상상해 보기도 했다.

그러나 뿌리를 찾는 데는 아무런 도움이 되지 못해 발길을 돌렸다. 그런데도 프레지 리는 포기하는 것 같지 않았다. 그런 끈기가 있었기에 오늘이 있게 한 것은 아닐까 하는 생각까지 들게 했다.

규리는 안동으로 돌아오는 길에 A대학에 들렀다. A대학 박물관에서는 지난 9월 25일부터 11월 24일까지 정상동 고성 이 씨 묘출토분 복식을 소재로 '450년만의 외출'이란 특별전시회를 가졌는데 지금까지 계속해서 전시하고 있어 프레지 리에게 보여주고 싶었기 때문이었다.

A대학은 박물관이라고 해서 건물이 따로 있는 것도 아니었다. 지방 국립대학의 재정 형편을 보여주는 듯 대학 본부 건물 3층을 임시 박물관으로, 그것도 반을 사용하고 있었다.

규리는 리와 함께 복식을 전시한 전시대를 둘러보았다. 둘러보다가 생각나는 것이 있었다.

귀래정 주인 이언형을 만났을 때, 대학에서 원한다면 일선 문 씨의 미이라를 기증하려고 했다는 말을 들은 적이 있었다. 이왕지사, 미이라를 기증받아 보전처리를 해서 함께 전시했으면 하는 아쉬움이 들었다.

물론 보존처리를 하는 데는 기술적인 문제며 비용문제가 수월찮을 것이라고 짐작은 되나 4~5천 년 전의 미이라가 아니더라도 나름의 가치는 있을 터인데 그렇게 하지 않았다는 것이 안타까웠다.

규리는 아무런 단서도 얻지 못한 채 안동을 출발했다.

돌아오는 길은 갈 때보다도 발걸음이 무거웠다. 프레지 리로서는 뿌리를 찾는 것을 포기해야 할지도 모르기 때문이었다.

이화령 터널을 지나 수안보에서 쉬었다.

규리는 원탕이 있는 여관에 들러 온천욕을 했다. 온천수에 몸을 담그고 있으니 기분이 한결 개운해졌다.

그들은 산채 비빔밥으로 점심을 먹고 출발했다.

"선생님, TV에 출연하세요. 싫더라도 그렇게 하세요. 매스컴을 타다 보면 뿌리를 찾을 수도 있을지 누가 압니까?"

"저도 생각지 않은 것은 아니었니더."

"선생님. 이제는 그 길밖에 없는 것 같아요. 그렇게 하세요."

프레지 리는 얼굴이 많이 알려지는 것은 그렇다 치더라도 그에 따르는 부작용도 고려하지 않을 수 없었다. 미국 굴지의 회사 사장, 미국 정계에 영향력을 미치는 사람, 게다가 십억 달러의 재력가라고 한다면 민주화과정에 야기된 갈등, 가진 사람은 무조건 세금을 포탈해서 돈을 모은 부정 축재자로 보는 시각 자체가 불쾌한 탓도 있었다.

더욱이 한국 경제에 이바지한 재벌의 기여도는 결코 무시할 수 없는데도 재벌이라는 이름만으로 무조건, 무조건이다 하고 죽일 놈, 살릴 놈으로 보는 시각 또한 마음에 부담을 안겨줬다.

"선생님, 다시 한번 잘 생각해 보세요."

"그 점은 좀 더 두고 생각해 봅시다."

동 서울 톨 게이트가 가까워오자 차가 밀렸다.

규리는 동 서울 톨게이트를 간신히 빠져 나오사 방향을 틀어 구리 판교 고속도로로 들어섰다. 터널을 지나 하남 인터체인지에서 내려섰다. 그러고 보니 L호텔보다는 규리의 아파트가 가까웠다.

"선생님, 제 아파트에 들러 커피나 마시고 가세요."

"영광이시더. 초대까지 받다니."

규리는 아파트 주차장에 차를 세우고 프레지 리와 함께 엘리베이터를 탔고 7층에서 내려 키를 따고 안으로 들어섰다.

"지저분하지만 들어오세요. 저, 이렇게 살아요."

그러면서 생긋 웃는 모습이 아직은 앳된 데가 남아 있었다.

"예쁜 숙녀가 살고 있어서인지 분위기부터 다른데요."

"그렇게 칭찬해 주시니 고맙습니다."

프레지 리는 숙녀 혼자 사는 집이 이상해 보였는지 앉지도 않은 채 서서 두리번거리며 한참이나 거실을 살피는 것이었다.

"앉으세요. 제 집은 삼풍백화점이 아니니까요."

"……? ……아, 네."

"앉아서 잠시만 기다리세요. 제가 차를 끓여서 가져올게요."

규리는 프레지 리가 서재로 사용하는 거실 서가에서 책을 꺼내어 들여다보는 동안 물을 끓이면서 다과상도 준비했다. 프레지 리는 차를 내왔는데도 여전히 서가의 책을 보고 있었다.

"이제 그만 보시고 앉아서 차나 드세요."

"김 교수님은 장서가 참으로 많으시다. 놀랬니다."

"장서라고 하기엔 되레 부끄러워요."

차를 마시면서 이야기를 하다 보니 여덟 시가 되었다.

규리는 KBS '역사 스페셜'에서 원이 엄마의 한글편지에 대해 집중적으로 조명한다는 예고가 있었는데 깜빡 잊을 뻔했다.

"선생님, 저와 함께 '역사 스페셜'을 보고 가세요. 이번 스페셜에서는 원이 엄마의 한글편지에 대해 집중적으로 취재해서 조명한다고 예고했으니까 어떤 단서를 얻을지도 모르잖아요."

"추적 60분에서 이미 다뤘다는데 또 제작해서 방송하니껴?"

"그래요. 그것도 연말 특집으로 방송한답니다."

규리는 녹화 준비를 하고 8시 10분이 되자 TV를 켰다.

틀자마자 뒷면에 원이 엄마가 쓴 한글편지를 대형화면으로 클로즈업시키면서 프리랜서로 활동하고 있는 탤런트 유성촌이 등장했다.

그의 목소리는 어느 때보다도 힘이 있어 보였다.

"지난 4월 24일, 안동시 정상동에서 무연묘를 해체하다가 망자의 가슴을 덮은 한지의 한글편지 한 장이 발견되었습니다.

조선판 '사랑과 영혼'이라고 할 편지는 400여 년 동안이나 묵묵히 남편의 무덤을 지켰기 때문에 더더욱 우리의 심금을 울려주고 있습니다. 편지는 너무나 온전해서 최근의 것으로 오인할 수 있으며 출토된 유물은 400년 전의 것이라고는 믿을 수 없을 정도입니다."

이어 원이 엄마의 한글편지가 확대되면서 화면을 덮었다.

"어디 그뿐이겠습니까. 유물을 정리하다가 망자의 머리맡에서 머리카락을 잘라서 삼은 미투리가 발견되었습니다. 머리카락을 잘라 신을 삼다니요? 그런데 너덜너덜한 편지지에 '이 신 신어 보지도 못하고' 하는 안타까움과 애절함이 깃든 구절을 읽을 수 있었습니다. 아내는 병든 남편을 위해 병 수발을 하면서 머리카락을 잘라 쾌유를 빌면서 미투리를 삼았을 것이며 남편이 그런 신을 신어 보지도 못하고 죽었으니 아내의 안타까움은 오죽 했을까요. 이로 미루어 보더라도 이응태란 사람은 요절했음이 분명합니다. 편지에 의해 임신 중이었음도 확인되었습니다.

수의를 수습할 때, 어떤 옷은 시체에 붙어 분리되지 않았으며 수의를 수습한 뒤에야 시신은 미이라에 가까울 정도로 하얀 피부, 검은 턱수염, 잘 생긴 턱과 온전한 손목 부위를 드러냈다고 합니다. 그리고 열여덟 장의 편지도 발견되었는데 아홉 장은 아버지가 아들에게 보낸 편지로 아들이 죽기 일 년 전에 초서로 쓴 것이었습니다.

그런데 이게 웬일입니까.

족보에는 기재되지 않았는데 아버지가 쓴 편지 서두에 '자응태기서'라고 써어 있는 데서 무덤의 주인이 이응태임이 밝혀졌으며 31세에 요절한 것까지도 알 수 있었습니다. 형이 아우를 위해 지은 만시에서도 무덤의 주인이 이응태임이 밝혀졌구요.

이응태는 안동에서도 이름 있는 무관 자제이며 수습된 수의를 실측한 바로는 180센티미터가 넘는 키에 건장한 체구를 가진 남자임이 분명합니다. 그러나 그의 처에 대한 기록은 전무합니다.

양반 가문에서는 아내의 본과 그 아버지의 벼슬 이름까지 기재하는 것이 관례로 되어 있는데도 일체 기록이 비치지 않는다?

그렇다면 데릴사위로 들어간 것은 아닌지 모르겠습니다.

안동을 떠나 진보현 홍구리로 가서 살았다는 기록이 족보에 기재되어 있습니다. 그렇다고 해서 홍구리에서도 고성 이 씨의 것으로 보이는 묘를 확인할 수 없으며 단지 무덤의 흔적만 남은 초라한 무연묘는 있다고 합니다. 그 무덤이 원이 엄마의 무덤은 아닐까요? 원이 엄마의 무덤이 아니라면 원이 엄마는 지금 어디쯤에서 잠자고 있을까요?"

규리는 관심이 많아서인지 '역사 스페셜'에 심취했고 자기도 모르는 새 눈가에는 눈물이 홍건히 고여 흘러내리기까지 했다.

프레지 리를 보니 그도 눈가가 촉촉이 젖어 있었다.

나이든 사내의 감정을 흔들어서 눈물을 빼놓을 정도라면 지금 방영되고 있는 프로는 확실히 성공했다고 장담할 수 있다.

"족보에 의하면 문 씨는 본이 일선이며 그네의 아버지는 군수를 지낸 계창이라고 기재되어 있습니다. 뿐만 아니라 일선 문 씨의 손자인 이응태의 이름도 기재되어 있었습니다.

그렇다면 처가의 족보에 이름이 올라 있지 않을까 해 국립도서관 중앙자료실 족보 보관실에서 며칠을 두고 경상도 권세가의 족보를 뒤졌으나 이응태의 이름은 찾을 수 없었습니다. 또한 인조반정 2등 공신이며 응태의 조카뻘이 되는 이괄이 반란을 일으켜 역적으로 능지처사 당했기 때문에 의도적으로 누락시킨 것인지는 모르겠습니다. 살아서는 고성, 죽어서는 철성이란 말이 유래했으니까요.

이응태의 무덤에서 수습된 수례지의로 부인의 옷 넉 점과 아이의 옷 한 점 나왔습니다. 부인의 옷으로 보아 원이 엄마의 키는 150센티미터가 넘는 아담한 체격이며 아이는 5~6세로 추정됩니다."

유성촌은 시청자들의 눈시울이 절로 뜨거워지도록 진행했다.

"원이네는 '남도 우리같이 서로 어여뻐 여겨 사랑했을까?' 하고 고백하고 있습니다. 유교사회, 더구나 사대부 집안에서 부부간의 애정표시를 터부시했는데 이런 표현이 가능했을까요? 이미 편지를 통해서도 알 수 있었듯이 이응태는 귀래정에서 나 성장했다는 사실입니다. 요신은 자상한 아버지였으며 아들인 웅태 또한 효성스런 아들임이 분명합니다. 자주 전염병이 돌았으며 응태의 어머니는 잔병이 많았습니다. 그리고 무인 집안답게 매사냥을 즐겨 했습니다.

편지의 사연에는 장인 안부도 묻고 있습니다.

그렇다면 몇 안 되는 안동 권세가의 자제가 처가살이를 했다는 것이 여러분은 이해가 됩니까? 학봉 김성일도 생가인 내앞을 떠나 처가가 있는 금계리로 가서 살았으며 독락당 이언적도 생가인 양동을 떠나 처가가 있는 영일로 가서 살았습니다. 점필제 김종직도 생가가 있는 선산을 떠나 처가가 있는 밀양으로 가서 살았구요.

임진, 병자 양란 이전에는 결혼을 하면 처가로 가서 살았기 때문에 처가살이는 우리가 생각하듯이 수치가 아니었으며 태어난 아이는 외가가 어릴 적에 자란 고향이었습니다.

결혼하면 남자가 여자 집에 들어가서 산다? 얼핏 들으면 이해가 가지 않을지 모르겠으나 그런 풍습이 임란 전에는 있었습니다. 이응태도 결혼 뒤에 처가가 있는 홍구로 가서 살았으며 죽기 전에 본가로 돌아왔기 때문에 그 뒤 편지는 발견되지 않았습니다. 원이 엄마의 한글편지에 '자내'라는 말이 열세 번이나 나옵니다. 15, 6세기에는 2인칭 대명사로 '자내'란 단어를 썼다고 합니다. 그것도 하소체와 호응되었음이 최초로 밝혀졌으며 400여 년 전의 편지에 의해 조선조 남녀관계는 평등했으며 특히 부부유별이 아닌 대등한 관계거나 동등한 관계임이 밝혀졌습니다."

규리는 시청을 하면서 프레지 리를 훔쳐보았다. 프레지 리는 아예 손수건을 꺼내들고 눈가를 닦으면서 보고 있었다.

"유성룡 가문의 재산분배의 기준이 된『분재기』에 보면, 딸 아들이나 남녀를 차별하지 않았으며 율곡 이이 집안의『분재기』에도 대등하게 분배했음이 나타나 있습니다.『경국대전』에도 보면 남녀가 동등하다고 기록되어 있습니다. 시집온 여자가 자식이 없을 때는 그 재산은 본가로 귀속시킨다고 되어 있으며 여성이 상속받은 재산은 결혼 후에도 자기가 관리한다고 기록되어 있고요. 이언적가의『봉사록』을 보면 아들 딸 구별 없이 순서대로 맡아 제사를 지낸다고 기재되어 있답니다.

조선조 중기에 제작된 하남 윤 씨의『봉사록』에 출가한 딸까지도 아버지의 재산을 상속받는다고 기재되어 있습니다.

이처럼 중기까지는 여성도 남자와 다름없이 경제적인 평등을 누렸습니다. 그런데 두 차례의 전쟁을 겪는 동안 남녀평등은 사라지고 서서히 차별이 생겨났으며 남성위주로 흘렀던 것입니다.

15~6 세기는 여성도 법적이나 경제적으로 평등한 지위를 누렸으며 부부 사이는 서로 존경하고 사랑했음이 분명합니다.

그러면서 해로하기를 소망했던 것입니다. 이응태 씨 부부도 육신은 이별했으나 영혼만은 해로했을 것입니다.

'남도 우리같이 서로 어여삐 여겨 사랑했을까? 남들도 우리 같을까?' 하고 한결같이 속삭였는데 어찌 그런 일을 생각지 아니하시고 나를 버려두고 자네 먼저 가셨는가요. 자네 여의고는 난 도저히 살 수 없으며 자네한테 가고자 하니 날 어서 데려가 주세요.'

412년 전에 쓴 편지가 우리의 가슴을 이렇게 적셔 줄 수 있을까요? 부부유별이 엄존했던 유교사회인 조선조 중기에 남편을 일러 자네라고 무려 열세 번이나 지칭할 수 있었을까요?

긴 어둠을 지킨 한글로 쓴 편지 하나가 이렇게까지 사람들에게 감동을 낳게 할 수 있다니, 참으로 놀랍지 않습니까?

그럼 이맘쯤 해서 오늘 역사 스페셜은 마치도록 하겠습니다."

프로가 끝난 지도 오래인데 여운은 쉬 가시지 않았다.

규리의 볼에는 소리 없는 눈물이 흘러내렸다.

그녀뿐이 아니었다. 프레지 리도 눈이 벌겋게 충혈이 되어 있었고 여전히 감동이 남아 있는지 말을 하지 않았다.

참으로 우연의 일치인지도 모른다. 그것도 순간적으로 일어난 우연의 일치였다. 프레지 리가 손수건이 너무 젖었던지 왼손을 들어 눈가를 문질렀다. 바로 그 순간이었다. 하얀 와이셔츠 소매가 당겨 올라가면서 손등과 손목 부위가 드러났다. 그와 동시에 흐릿하나마 인위적으로 새긴 듯한 ※자 표시가 드러났던 것이다.

규리는 너무나 놀란 나머지 말문이 막혔다.

그런데도 그녀는 침착했다. 좋아하기에는 아직 이르다고 자제하면서 흥분을 가라앉혔다.

다소간의 시간이 흘러서야 그녀는 말을 붙였다.

"선생님, 제게 왼쪽 손목 좀 보여주세요?"

"갑자기 왜 그러니꺼?"

"보고 싶어서요. 보여 주세요."

프레지 리가 손목을 내밀었다. 규리는 몹시 흥분되는데도 침착성을 잃지 아니하고 꿈결에도 잊지 못할 ※자 표시를 다시 한번 확인했다. 그의 손목 부위에는 분명히 ※자 표시가 있었다.

"선생님, 손등에 이 표시 언제부터 있었어요?"

"저도 모르겠니더. 철이 들고부터 남이 보면 창피할까 해서 손을 씻을 때는 돌로 긁기도 했으니꺼."

"그러셨어요. 알겠습니다. 지금부터 제가 그 동안 준비한 슬라이드를 보여드릴 테니까, 선생님께서는 놓치지 마시고 자세히 보세요."

규리는 환등기를 꺼내놓고 준비한 슬라이드를 한 장씩 넘기면서 프레지 리의 표정을 살폈다. 먼저 일선 문 씨의 손목을 확대한 화면을 보여줬다. 문 씨의 손등에는 ※자 표시가 너무나도 선명했다.

순간, 프레지 리의 표정이 달라졌다.

눈은 퐈리처럼 확대되었고 긴장 탓인지 땀까지 흘리고 있었다.

규리는 다른 각도에서 찍은 화면을 몇 장 더 보여줬다.

"김 교수님, 이런 것을 어디서 구했니껴?"

"지금은 묻지 마시고 그냥 보기만 하세요."

"아, 네. 시키는 대로 하겠니더."

규리는 원이 엄마가 쓴 한글편지 말미에 있는 수결 부분에 어렴풋이 남아 있는 ※자 표시를 찍어 확대한 화면까지 보여줬다.

그녀는 보여주면서 프레지 리의 표정을 훔쳐보았고 이웅태의 손등을 찍은 화면은 확대해서 보여주기까지 했다.

프레지 리는 놀랍다는 경지를 넘어 경이의 표정을 지었다. 그는 끝내 참지 못하고 눈물을 글썽이면서 말했다.

"김 교수님, 이제야 제 조상이 누군지 알 수 있을 것 같니더."

갑자기 프레지 리가 규리를 얼싸안았다.

얼마나 시간이 흘렀는지 모른다.

프레지 리는 뒤늦게 규리를 안았던 것을 놓아주고 흐르는 눈물을 닦을 생각도 하지 않은 채 일어서더니 넙적 절을 하는 것이었다.

"고맙니더. 참으로 고맙니더."

"선생님, 이러지 마시고 일어나세요."

"고맙니더. 정말 고맙니더. 이렇게 고마울 데가…"

"제가 되레 미안하게 이러지 마시고 일어나시라니까요."

"절을 한다고 해서 뭐 달라 지니껴. 그냥 두시더."

뒤늦게 일어난 프레지 리는 규리의 손을 덥석 잡더니 좀체 놓아주지 않았다. 그녀는 그가 좋아하는 것도 그렇거니와 일선 문 씨의 예언이 지금에 와서 들어맞은 것이 더욱 신기했다.

더욱이 원이 엄마가 순절을 포기하고 남편인 이응태의 대가 끊기지 않게 대를 이어준 고귀한 마음씨, 그런 이름 없는 한 여인에게 압도되어 정신을 차릴 수 없을 지경이었다.

"김 교수님, 참으로 고맙니더. 이 은혜를 무엇으로 갚아야 할지 모르겠니더. 고맙니더. 정말 고맙니더."

"제게 고마워할 게 아니라 일선 문 씨가 고맙고 성도 이름도 알 수 없는 선생님의 조상인 원이 엄마에게 고마워해야지요."

"아, 알아요. 알고 있니더."

사람은 제 아무리 큰 충격을 받았더라도 어느 정도 시간이 흐르면 누구든 제 정신으로 돌아오기 마련이듯이 프레지 리도 뒤늦게 정신으로 돌아왔다. 그는 이제 조상이 누구인지 뿌리를 찾았다.

늦기는 했으나 명에 이르러 대가 끊긴 것을 일선 문 씨가 그랬듯이, 아니 원이 엄마가 그랬듯이 대를 이어 줄 의무가 있다는 생각이 문득 들었던 것이다.

규리는 프레지 리를 만난이래, 그의 뿌리를 찾아 주기 위해 여섯 달이나 노력했는데도 수확이 없어 그 동안 받은 스트레스는 말로 다할 수 없었다. 그랬는데 결정적인 단서를 그 누구도 아닌 리 스스로가 제공해 줬다는 사실이 한동안 믿어지지 않았다.

정말 세상은 소설 같다더니 뿌리를 확인하는 순간이야말로 바로 베스터셀러 소설. 바로 그것이었다.

뿌리를 확인한 순간, 프레지 리의 "오 마이 갓" 하는 표정은 그 어떤 명배우라도 연기할 수 없을 만큼 가장 진솔한 것이었다.
사람은 슬퍼서도 울지만 기쁠 때도 눈물을 흘린다.
기쁠 때의 눈물이야말로 진짜 눈물이듯이 프레지 리는 규리가 있는데도 흐르는 눈물을 닦으려고 하지 않았다.
흐르는 대로 그냥 뒀다.
얼마나 시간이 경과했는지 모른다. 오랜 시간이 지난 뒤에서야 프레지 리는 제 정신으로 돌아올 수 있었다.
"김 교수님이 제 평생소원을 풀어 주셨으니 저도 교수님의 소원 하나쯤은 들어주고 싶습니다. 소원이 뭔지 말씀해 보셔요."
"이 나이에 소원은 무슨 소원이 있겠어요."
"사양 마시고 말씀하셔요. 하나 정도는 들어줄 수 있습니다."
"없다니까, 그러시네."
"그러면 좋습니다. 생각나면 언제라도 말씀해 주셔요."
"알았어요, 생각나면 말씀드릴 게요."
"김 교수님, 부탁이 하나 더 있습니다. 안동을 함께 가고 싶은데 동행해 주실 수 있을는지요? 간곡하게 부탁드립니다."
"그런 부탁이라면 최대한 시간을 내 볼게요."
"고맙니더. 고맙니더."
규리는 농담을 할 수 있는 여유까지 생겼다.
"지금부터 선생님께 강의 좀 해야겠어요."
"하시더. 듣겠니더."
규리는 『고성이 씨족보』 전질을 복사하지 못하고 1권과 7권만 복사했다. 1권에는 시조에 대한 기록이 수록되어 있으며 7권은 유수공파가 수록되어 있어서였다.

그녀는 1권부터 펼쳐놓고 고성 이 씨 조상에 대해 설명했다.

"선생님의 본관은 고성이에요. 시조는 이황(李璜)으로 고려 덕종 2년, 그러니까 1033년이 되네요. 지금부터 965년 전이지요. 밀직부사로 재직 시, 거란의 침공을 물리친 적이 있었답니다. 그 공으로 병부상서, 지금으로 치면 국방부 장관에 올랐답니다.

그리고 왕으로부터 철령(뒤에는 철성, 지금의 고성)이란 본관을 하사 받았으며 고성 이 씨의 시조가 되었답니다."

"고성 이 씨의 유래가 그렇게도 오래되었니껴?"

"김해 김씨나 경주 박씨에 비하면 오래된 것도 아니랍니다."

"그런 성씨는 역사가 얼마나 되니껴?"

"기원 전이니까, 최소한 2천 년은 넘었겠지요. 그건 그렇고요. 7권 이쪽을 들여다보세요. 설명해 드릴게요."

규리는 7권을 펴서 프레지 리 앞으로 내밀었다.

"이녕성이란 이름을 보세요."

"이명정이라면 문 씨의 남편이 아이니껴?"

"그래요, 선생님. 온전한 미이라로 모습을 드러내어 전국적인 매스컴을 타게 되었던 장본인이랍니다.

그분이야말로 손등과 손목이 접히는 주름살 부위에 ※자란 문양을 남겨 선생님께서 뿌리를 찾을 수 있게 한 분이기도 하구요. 이를 뒷받침하듯이 무연묘로 있다가 이장 때 출토된 편지에 의해 무덤의 주인이 이응태로 밝혀졌으며 원형에 가까운 미이라의 형태로 모습을 드러낸 그의 손목 부위에도 ※자 표시가 있었고요.

원이 엄마가 쓴 한글편지에도 자세히 들여다보면 선생님 손등에 표시된 ※자와 같은 ※자 표시가 남아 있었답니다."

"정말 우연의 일치 같더이다."

"일선 문 씨의 선견지명과 조선조판 '사랑과 영혼'이 빚은 원이 엄마의 애절한 사랑의 결과라고 할 수 있겠지요. 그것도 두 사람 다 남성이 아니라 여성으로, 대를 이어주기 위해 희생한 셈이라고 할까.

두 어른 다 대단한 여성이라고 할 수 있지 않을까요?"

"듣고 보니 딱이 그렇군요."

"선생님의 17세 손이 바로 미이라로 출토된 일선 문 씨고요. 또한 원이 엄마의 14세 후손이 바로 선생님이 되는 셈이지요."

"그, 그렇겠군요. 내가 누군지 짐작이 갈시다."

"선생님, ※자는 무엇을 상징하는지 아시겠어요?"

"모, 모르겠니더."

"서양에서는 가문을 나타내는 문장은 중세부터 있었습니다. 우리나라는 가문을 나타내는 문장은 없으나 개인이나 왕실을 상징하는 인장은 중국의 영향을 받아 발달했답니다. 전각 문화라고 할까.

이런 점으로 보아 가문을 상징하는 문양은 일선 문 씨의 손등 부위에 새겨진 것이 유일하다고 할 수 있습니다."

"그, 그러니꺼. 알아 듣겠니더."

"선생님, 그러면 ※자에 대해 말씀 드릴까요?"

"말해 주시지. 김 교수 아니면 누가 하니꺼."

"저도 해석하느라고 고생 좀 했답니다.

조선조 중종 때 수구파가 대궐 뜰에 있는 나무의 나뭇잎에 '주초위국(走肖爲國)', 곧 조가 나라를 세운다는 문구를 꿀물로 써서 벌레가 뜯어먹게 하고 이를 따서 하늘의 예지인 것처럼 왕에게 일러 바쳐 기묘사화의 빌미를 마련해서 급진 세력인 조광조 일파를 축출했듯이 '주초위국'에서 힌트를 얻었다고 할 수 있습니다. 그리고 '좌칠우칠횡산도출인'(左七右七橫山倒出人)에서도 힌트를 받았구요."

"저는 무슨 의미인지 전혀 모르겠니더."

"그럴 거예요. 선생님께서는 미국에서만 사셨으니 모르는 것이 당연하지요. 이(李) 자를 획수로 풀어보면 십팔자(十八子)가 되지 않겠어요. 여기서 子를 생략하면 十八만 남지요. 이를 합치면 나무 木이 되고요. 이 木을 전서로 고쳐 써서 변형한 글자가 바로 ※자인 셈이지요. 결국 李씨 집안을 상징한 것이라고 하겠지요."

"들을수록 감탄이 절로 나오니더."

"안동에 사는 고성 이 씨 굉의 자손은 인조반정시 공신이었던 응태의 먼 조카뻘인 이괄의 난으로 연좌되어 벼슬길이 막혔으니 명문가가 몰락한 것이나 다름없답니다. 그런 탓인지 모르겠습니다. 그 뒤로는 세상에 드러내놓고 자랑할 만한 인물이 나지 못했답니다."

"아, 네."

"그런 것을 예상하고 일선 문 씨의 미이라며 원이 엄마의 한글편지가 선생님의 귀국에 맞춰 세상에 모습을 드러냈거나 출도된 것이 아닌가 생각합니다. 그 동안 이름 없는 집안으로 있었으나 이제는 집안을 빛낼 인물 하나는 나와야겠다고 지하에 있는 두 분 어른께서 생각했는지도 모르지요. 그것도 좁은 한국 땅에서보다는 세계적으로 이름 있는 사람을 바로 일선 문 씨의 후손이며 온갖 고난을 극복하고 살아낸 원이 엄마, 그네가 손을 잇게 했다는 것을 확인시켜 준 것이나 다름없지요. 더욱이 밀레니엄을 한 해 앞둔 시점에서 선생님은 뿌리를 찾았으니 타이밍이 희한하게 들어맞았다고 할까."

"아……?!"

"정상동을 중심으로 해서 이굉의 후손이 살았으며 뒷산에는 이굉의 묘를 중심으로 해서 크고 작은 무덤들이 있었답니다.

효칙의 무덤이며 손자인 명정, 그리고 증손자인 몽태의 묘며 무연묘로 있다가 주인이 밝혀진 웅태의 묘까지 말입니다. 희한하지 않습니까."
　규리는 명쾌하게 프레지 리의 조상에 대해 설명했다.
　그로서는 특강료를 듬뿍 지불한다고 해도 아깝지 않을 것이었다.
　"성상동 택지개발 때문에 선생님께서는 우연히도 조상의 뿌리를 찾게 된 셈이지요. 선생님을 두고 새옹지마란 말이 생겼는지도 모르겠어요. 와주탄은 황지에서 발원한 낙동강과 일월산에서 발원하는 반변천이 합류하는 지점으로 귀래정 바로 밑이며 지금은 용상동 둔치공원이 조성된 지점과 일직선상에 있었으나 안동댐으로 모래사장으로 변했답니다. 선생님께서 엄마의 눈을 피해 멱을 감은 곳이 와부탄일 겁니다."
　"듣고 보니 그런 생각이 날 듯도 하니더."
　프레지 리가 뿌리를 확인한 기쁨도 가시기 전이었다. 규리는 그와 함께 승용차를 몰고 안동으로 향했다. 다섯 시간이나 달린 끝에 안동에 도착했고 낙동강 다리를 건너 귀래정으로 갔다.
　귀래정 주인은 집에 있었다. 그는 규리를 알아보고 인사했다.
　"교수님께서 또 오셨군요. 궁금한 것이 있는가 보지요?"
　"네. 그 동안 안녕하셨어요?"
　귀래정 주인은 "아, 네." 하고 의례적으로 대답하는 것이었다.
　"소개할 분이 있습니다. 프레지 리라고, 지금 미국에서 살고 있답니다. 선생님, 인사하세요. 이언형 어르신입니다."
　"처음 뵙겠니더. 피터 영 리라고 하니더."
　이언형은 무슨 영문인지 몰라 얼떨떨한 표정을 지었다.
　규리는 이언형을 몇 번 만났으나 팔순 노인이라 적당한 호칭이 생각나지 않아서 어르신네로 계속 불렀다.
　"이 선생님께서도 어르신네와 같은 항렬인지도 모릅니다."
　그러자 이언형은 특별한 관심을 나타냈다.

"같은 항렬이라니, 본이 같다는 말 아이니꺼?"

"저로서는 잘은 모르지만 아마 그럴 것도 같습니다."

이언형은 종씨란 동질감 때문인지도 모른다.

그는 프레지 리의 손을 덥썩 잡아 방으로 들어가자며 밀다시피했다.

"방으로 들어가서 우리 족보를 펼쳐놓고 따져 봅시다."

두 사람은 방으로 들어갔다. 이언형은 프레지 리와 큰절로 인사를 나누고 나자 선반 위에 있는 고리짝을 내렸다.

"먼저 무슨 파인지 말씀해 보시오."

"13세 유수공파의 31세 손이랍니다. 무연묘로 있다가 이장시 비로소 이름이 밝혀진 17세 웅태의 직손이기도 하고요."

"웅태의 직손이라면 유수공파의 종손이 아닌가."

그는 종손이라는데 그만 숨이 넘어갈 듯 놀라는 것이었다.

"종손이라니, 뭔 말이니꺼?"

"웅태의 형이며 종손인 봉태의 자손은 이팔의 난으로 멸문지화를 면하긴 했으나 연죄 되어 벼슬길이 끊긴 데다 손마저 귀했습니다. 해서 웅태의 후손을 양자해서 종손을 이었으나 손이 귀해 겨우겨우 대를 이어왔지요. 여기 보시오. 30세인 명에 와서 대가 끊기고 말았소. 6·25사변이 나던 그해 9월이라고 해요.

부부가 영이라는 일곱 살 난 아들을 데리고 피난을 갔다가 집으로 돌아오는 길에 비행기 폭격으로 세 사람 다 몰사해서 대가 끊겼지요. 시신도 거두지 못해 묘를 쓰지 못했다고 하니더. 나는 31세인데 유수공파 문중에서 회의를 열어 종손으로 입적시켜 줬습니다."

그의 이야기는 규리의 추적에 의해 밝혀진 사실과 일치했다.

"아, 그러니꺼. 말씀해 줘서 고맙니더."

프레지 리는 규리를 감사하는 눈길로 바라보았다.

"그런데 어쩐 일로 오시게 되었소?"
"영감이 이끌었다고나 할까. 무조건 와 보고 싶어졌답니다."
"동생분이 된다니 따질 것도 없이 아는 대로 말하리다."
"좋니더, 형님. 어서 들려주시지요. 평생을 두고 알고 싶었니더."
"이굉 할아버지의 후손은 귀래정을 축으로 삼았니더."
"아, 그러세요. 어서 어서요."
 한 가문이 어디에 터를 잡고 어떻게 살아가느냐 하는 것은 깊은 인연으로도 설명할 수 없는 그 무엇이 있었다.
"시조는 경남 고성에 있습니다. 1세에서 5세까지는 묘소가 실전이나 6세부터는 어딘인지 알고 있니더."
 고성 이 씨의 역사는 11세까지는 안동과 무관했었다.
 그러다가 12세 이중으로부터 시작해서 현 종손인 이언형에 이르기까지 귀래정 하나만을 지켜낸 것이라고 할 수 있었다.
 종가를 유지하지 못했으니 그럴 수밖에 없었다. 오늘날까지도 귀래정이 종가보다도 더욱 위엄 있게 낙동강을 굽어보고 있었다.
 귀래정 쪽마루에서 보면 북쪽으로 낙동강이 한눈에 들어온다.
"원래는 귀래정 바로 밑까지 물이 들어왔어요. 저기서 쏟아져 내린 물이 이리로 휘돌아 나갔니더. 양쪽 물길이 만나 강의 남쪽안을 휘돌아 나가는 곳이 바로 귀래정 아래였어요. 해서 귀래정은 물길이 부딪치며 휘돌아나가는 암벽 위에 서 있는 셈이지요.
 그랬으니 귀래정 아래 소는 굉장히 깊었니더. 저 건너편에서 보면 귀래정이 마치 물위에 떠 있는 것처럼 보였니더. 안동댐이 건설되면서 물길이 바뀌어 지금은 강물로부터 멀어지게 되었지만요. 정자 밑 소에는 팔뚝만 한 잉어가 우글댔구요."
"그랬을 겁니더."

규리는 이언형의 이야기를 들으면서 새로운 사실을 알 수 있었다. 귀래정 종가는 오랜 동안 적막 속에 갇혀 있었음을.

그랬던 것이 뜻밖의 택지개발로 인해 귀래정 종가를 누르고 있던 세월의 장막을 단숨에 걷어냈다. 일선 문 씨의 미이라, 원이 엄마가 쓴 애잔한 한글편지가 세월의 벽을 뛰어넘어 현실 속으로 들어왔던 것이다.

그것도 당연히 혈족이라는 거대한 강물 위에 지어지는 또 다른 다리라는 사실을 알게 된 것과 마찬가지로.

앞으로도 세월은 쉼 없이 흐를 것이었다. 일선 문 씨의 미이라와 원이 엄마의 한글편지가 매스컴을 타 가문의 실체를 새삼 절감한 그들의 삶은 수백, 수천 년을 두고 또 내려갈 것이었다.

그리고 수많은 세월이 흐른 뒤, 사람들의 가슴 속에 살아남을 기억 하나쯤은 생기고 또 생길 것이었다.

밤을 새워 이야기를 하더라도 부족할 것 같은 느낌을 받았는지 프레지리가 화제를 돌려 말했다.

"이제 형님이라고 해도 되겠니더. 그리고 말씀 낮추서요.

원이 엄마의 한글편지는 이미 화제가 된 걸로 알고 있니더. 해서 말씀인데요. 귀래정 부근에다 원이 엄마를 기리는 뜻으로 편지비를 세웠으면 하는데, 형님께서는 어떻게 생각하니껴?"

"세울 수 있으면 좋겠지요. 그런데 비를 세우자면 비용이 꽤 들게요. 대가에게 글씨도 받아야 하고요. 돌도 좋은 것을 쓰자면 돈이 수월찮게 들거요. 그런 많은 돈을 어떻게 염출하니껴?"

"형님, 돈 걱정은 하지 않으셔도 되니더. 비를 세우되 누구의 이름으로 세우느냐를 생각하시지요. 그게 중요할시더."

두 사람의 대화 사이에 규리가 끼어들었다.

"대화 중에 죄송해요. 문중의 이름으로 비를 세우는 것도 그렇겠네요.

이 선생님 이름으로 비를 세운다고 해도 모양새가 좋지 않은 것 같구요. 비용 일체는 이 선생님이 대더라도 이렇게 하는 것이 어떻겠어요? 안동에 문협 지부가 있으니까 지부의 협력을 얻어 비를 세우든가, 아니면 수의를 기증했으니 A대 박물관의 이름을 빌리든가요. 그도 아니면 A대학에도 국어국문학과나 학회가 있을 것이니 학과나 학회에 부탁하면, 이름 빌리는 거야 어렵지 않을 것입니다. 그리고 비를 세우는 것만으로 끝내서는 안 되겠지요. 또한 이를 널리 알려야 합니다.

그러자면 비가 있는 이 귀래정을 중심으로 매년 백일장을 개최해야 합니다. 문협 지부 주관도 좋고 A대학의 국어국문학과의 주관도 좋아요. 게다가 방송사의 후원이 있으면 더욱 좋구요. 비용 일체를 댄다면 현실적으로 어려운 일도 아니라고 생각합니다."

"대학 교수라 안목부터가 저와는 다릅니다. 김 교수님께서는 A대학에 아는 교수가 있으시니껴?"

"동문은 여럿 있으나 잘 아는 교수는 한 분뿐입니다."

"그렇다면 김 교수님께 일임해도 되겠니껴?."

"그건 그렇게 하세요. 제가 힘써 볼게요."

"고맙니다. 김 교수님께 너무 많은 부담을 주는 건 아니지 모르겠니다. 그리고 이 귀래정을 관광 코스에 포함시키는 것도 좋을 겁니다. 그러자면 볼거리가 있어야 하니더. 원이 엄마의 편지비를 예술적으로 세울 필요가 있으며 귀래정을 보다 잘 가꿔야 하구요. 또한 수의를 전시하고 있는 A대 박물관도 관광 코스에 포함시키면 좋을 것 같니더. 하회 마을을 중심으로 해서 하루는 봉정사와 도산서원 코스를, 그리고 하루는 귀래정으로 해서 A대 박물관, 그리고 안동댐이나 임하댐을 코스로 잡으면 안동은 거쳐 가는 관광지가 아니라 묵으면서 즐기는 관광도시가 될 겁니다. 하회와 봉정사는 영국 여왕이 다녀가지 않았니껴."

이미 세계적으로 널리 알려졌으니까, 늦기 전에 개발해야지요. 지역경제에 일조한다는 뜻에서도 귀래정 주변을 단장하며 편지비도 예술적으로 세웠으면 하니더. 김 교수님께서 말했듯이 귀래정 주변에서 매년 6월 1일을 기해 원이 엄마를 기리는 백일장을 개최하면 더욱 좋겠구요."

그러자 이언형은 도저히 믿어지지 않는다는 듯 반신반의했다.

"말처럼 그렇게 쉽게 성사될까? 난 자신이 없는데."

"그 점은 제가 노력해 보겠니더."

규리도 옆에서 묵묵히 듣고 있다가 한 마디 덧붙였다.

"어르신께서는 이 선생님을 믿어도 될 것입니다."

"또 하나 하고 싶은 일이 있니더. A대학 박물관에 전시하고 있는 수의를 미국으로 옮겨 전시하고 싶니더. 미국의 매장문화란 아주 단순해서 일선 문 씨 할머니의 수의와 웅태 할아버지의 수의를 전시한다면 많은 관심을 불러일으킬 수 있을 것이니더. 김 교수님께서 선물한 한복을 입고 회사에 출근했더니 모두가 탄복했니더. 해서 생각한 것이니더. 이를 추진하기 의해 A대 박물관으로 가서 총장이나 박물관장, 아니면 담당자라도 만나보려고 하니더."

"내가 동행하면 언제라도 전시품을 볼 수 있을 걸세."

"필요하다면 협조를 구하겠니더."

"협조는 무슨 협조. 내 일과 다름없는데."

프레지 리는 태어난 고향에다 뭔가를 남기고 싶었다. 또한 종씨를 만난데다 같은 항렬을 만났으니, 그것도 종손이 없는 유수공파에 양자로 입적했다 하니 이야기가 끝이 없었고 게다가 자기가 당연히 해야 할 종손으로서 역할을 도맡아 지금까지 귀래정을 지켜왔으니 그에게 어떤 방법으로든 다소의 고마움을 표시하고 싶었다.

"형님, 갑시더. 제가 한턱 내겠니더."

프레지 리는 안동 황우전문 음식점으로 가서 안동소주를 반주로 이언 형과 주거니 받거니 하면서 밤늦게까지 술을 마셨다.

이튿날은 A대학을 찾아갔다. 규리는 먼저 이은숙 교수를 만났다.

이은숙 교수는 방학인데도 일이 있는지 연구실에 나와 있었다.

"선생님 인사하세요. 학교 후배이자 의류학과 학과장인 이은숙 교수구요. 이 교수, 이분은 미국에서 온 프레지 리라고 해요."

"이은숙입니다. 잘 부탁드립니다."

"피터 영 리라고 합니다. 저도 안동 출신이시더."

리는 안동 출신이라는 말을 하고 보니 감회가 새로워졌다.

"아, 그러세요."

이 교수는 안동 출신이라는데 더욱 놀란 표정을 지었다.

규리는 그런 표정을 몰래 지켜보면서 부탁했다.

"이 교수, 총장이나 박물관장을 한번 만났으면 하는데요."

"긴급한 것이 아니면 만나지 않는 것이 좋겠는데요."

"왜요? 만났으면 해서 이렇게 달려왔는데……"

"다름이 아니라 현 총장인 견진설은 지금 총장 선출을 간선으로 몰아가고 교수운영위원회에서는 직선을 주장하고 있기 때문에 학내가 시끄럽기 때문이랍니다."

"겉으로는 조용한 것 같은데요."

"만나 봐도 아무런 도움을 받지 못할 거예요."

"언제쯤 만나는 것이 좋을까요?"

"내년 3월이면 교육부로부터 새 총장이 임명될 겁니다. 제 생각으로는 그때 만나는 것이 좋을까 합니다."

"그게 좋다면, 그렇게 하지요."

프레지 리는 편지비를 세우는 것하며 원이 엄마의 백일장 문제는 전적으로 규리에게 맡기고 미국으로 갔다.

규리는 할 일이 많아 몸을 둘로 쪼갠다고 해도 부족할 것 같았다.
그런데도 일이 많으면 많을수록 살맛을 느끼는 체질 덕인지 스트레스도 쌓이지 않았다. 더욱이 내켜서 하는 일이었기 때문인지도 모른다.

규리는 겨울방학 내내 안동에서 살다시피 했다. 그리고 편지비를 세우는 문제며 백일장 문제를 다방면으로 알아보았다.

그녀는 A대 국어국문학과 학과장을 만났다. 손인선 교수는 젊고 패기가 있었다. 안동 지역에 있는 대학으로서 우리 학과가 자진해서 주선해야 하는데 그렇게 하지 못해 오히려 미안하다고까지 했다.

"원이 엄마의 한글편지를 비로 세웠으면 해서요."

"아, 그러세요. 거 좋은 아이디어입니다."

"비는 문협 지부의 명의로 세울까도 생각했습니다. 그러나 문화의 주체는 어디까지나 대학이다 싶어 상의 드리는 것입니다."

"저도 전적으로 동감입니다."

"비를 세우는 비용은 일체 부담할 테니까 국어국문학과나 인가 받은 어문학회의 이름으로 비를 세울 수는 없을까요?"

"저로서는 동감입니다만 학과 교수회의를 열어 의견을 듣고 결정해야 할 것 같습니다. 아마 학과 교수들도 반대하지 않을 겁니다. 벌써 박물관에서는 수의를 기증 받아 특별전시회를 열었으며 강사 한 분이 원이 엄마의 한글편지를 가지고 학회에 논문도 발표했으니까요.

우리와는 벌써부터 인연을 맺고 있는 셈이지요."

"그렇게 말씀하시니 고맙습니다."

며칠 뒤, 손 교수로부터 학과회의에서 동의했다는 연락이 왔다.

해서 한 가지 문제는 해결을 보았다.

규리는 원이 엄마의 편지를 현대문으로 옮긴 것을 가지고 여초 김응현 선생을 찾아갔다. 그것도 그를 잘 아는 사람과 함께 찾아가서 인사를 올렸다. 여초 선생은 북경에서도 알아주는 서예가이며 대한민국 미술대전 서예부분 심사위원장을 여러 번 맡기도 했었다.

선생은 자존심이 강해 아무리 돈을 많이 지불한다고 해도 글이 마음에 들지 않으면 글씨를 써 주지 않는 고집도 있었다.

"선생님, 그 동안 안녕하세요. 고명은 많이 들었습니다. 저는 김규리라고 합니다. 매스컴에서 특집으로 방송해 알고 계시리라고 생각합니다. 원이 엄마의 한글편지 말이에요. 선생님의 글씨를 받아서 비를 세웠으면 해서요. 이렇게 염치없이 찾아뵈었답니다."

"아, 그러세요. 앉으시지요."

"저는 한글편지를 읽고 얼마나 감동을 받았는지 모릅니다."

"그 집안과는 어떤 사입니까?"

장편소설 『450년만의 외출』이 출판된 지 10여년 만에 원이 엄마의 한글편지 시비가 세워졌으나 소설과는 달리 초라하다(출처, 잘놀자여행연구소)

"저는 그 집안과는 아무 사이도 아닙니다."

"아무 사이도 아니라구? 그런데 글씨를 받으러 왔다구?"

"선생님, 그렇습니다."

"그렇다면 써 드려야지요."

규리는 돌을 보러 다닐 필요가 없었다.

여초 선생의 글씨만 받아 새기는 단골 석재사가 있어 돌은 그곳에서 알아 구해 줬기 때문이었다.

미아리 고개에 있는 천일석재 사장은 천일석이었다.

"저도 원이 엄마의 한글편지에 대해 관심이 많았었는데 게다가 여초 선생의 글씨를 새긴다면 제게도 영광입니다."

"고맙습니다."

돌은 사장이 권유하는 대로 바다 돌인 오석(烏石)으로 했다.

비는 크지도 작지도 않았다. 하나는 원이 엄마가 쓴 한글편지 원본을 확대해서 세우고 또 하나는 누구나 쉽게 읽게 현대문으로 옮긴 한글편지, 여초 선생이 쓴 글씨를 새겨서 세우기로 했다.

규리는 비와 동상 건립 문제를 해결해 놓고 한국문협 안동지부를 찾아가서 원이 엄마의 백일장 문제를 상의했다.

시조시인이기도 한 권오기 안동지부장은 찬성은 하면서도 지금 육사 백일장을 개최하고 있는데 자금문제로 전국적으로 확대하지 못하고 있다면서 난색을 짓기도 했다. 규리는 소요 비용 문제라면 이쪽에서 전적으로 부담하겠다고 거듭 제의했다.

그제야 지부장은 임원회의를 열어 결과를 알려 주겠다고 했다.

며칠 뒤, 주최하겠다는 연락이 와 백일장 문제도 해결되었다. 그에 대비해서 지방 방송사의 협찬도 받아뒀다.

이제는 제막식과 백일장 개최만이 남았다.

드디어 6월 1일, 관계기관과 뜻 있는 사람들이 모여 제막식을 가졌다.

미국에서 온 프레지 리며 UL대 총장은 물론 시장을 비롯해서 문협 관계자, 대학 교수 등 다수가 참석했다.

원이 엄마가 쓴 한글편지, 원문 그대로를 새긴 비부터 제막했다. 비문을 새긴 글씨는 햇빛을 받아 선명하게 드러났다.

자리를 옮겨 현대문으로 옮기고 여초 선생이 쓴 편지비를 제막했다. 선생의 글씨는 어디가 달라도 달랐다.

서체는 힘이 넘쳤으며 그것도 살아서 꿈틀대는 것만 같았다.

프레지 리는 감격에 겨워 답사했다.

"안동은 옛부터 추로지향으로 일컬었으며 역사가 깊고 전통이 살아 있는 고장입니다. 이런 고장에 또 하나의 명물이 탄생했습니다. 러시아의 문호 톨스토이가 여든의 나이로 가출을 했다가 감기가 들어 얼어 죽은 무

장편소설 『450년만의 외출』이 출판된 지 10여년 만에 원이 엄마상이 세워졌으나 소설과는 달리 너무 초라하다(출처, 잘놀자여행연구소)

명의 역이 세계적인 관광지가 되었습니다. 그리고 괴테가 갈벤하임 마을에서 겪은 체험을 소재로 『젊은 베르테르의 슬픔』을 써 명작이 되는 바람에 갈벤하임 마을이 세계적인 관광지가 되었듯이 안동도 원이 엄마의 편지로 말미암아 세계적인 관광명소가 되었으면 더 바랄 것이 없겠습니다. 끝으로 소개할 분이 있습니다. 제게는 은인이기도 하고요, 뿌리를 찾아주신 분입니다. 비를 세우는 데 있어 물심양면으로 애쓰신 S여대 김규리 교수이십니다."

김규리가 소개되자 장내는 뜨거운 박수가 터져 나왔다.

홍보가 잘 되었는지 백일장에 참석한 사람들은 어림잡아 천 명은 넘을 것 같았다. 시제로 산문부는 '편지'이고 시부는 '귀래정'이 내걸렸다. 참석자들은 최선을 다해 글을 지었으며 지은 글을 제출 받아 문협 회원들이 심사해서 즉석에서 시상했다.

그런 큰 행사를 치르면서도 한 치의 실수나 차질도 빚어지지 않았다.

저녁에는 프레지 리가 주최한 만찬이 있었다.

만찬이 끝나자 리는 별도로 A대 총장을 만났다. 그 자리에는 UL대 총장도 참석했다. 프레지 리는 취지부터 설명했다.

"지금은 국내뿐 아니라 국제적으로 학문교류가 활발해야 한다고 생각합니다. 미국의 저명한 UL대학과 국립인 A대학과의 학술교류를 전제로 자매결연을 맺고자 합니다. 그리고 매년 10명에서 20명 정도 우수한 졸업생을 UL대학에서 받아 교육시킬 것도 제안합니다."

A대학으로서는 이의가 있을 수 없었다. 양교 총장이 서명함으로써 자매결연도 끝났으며 이제 실무만이 남았다.

프레지 리는 A대 총장에게 정식으로 협조를 부탁했다.

"총장님, 협조 해 주십시오. 박물관에 전시하고 있는 '450년만의 외출'을 UL대학 박물관에서도 전시하고 싶습니다. 모든 것은 제가 주선할 테니까, 가능하다면 총장님께서는 허락만 해 주시면 되겠습니다."

"저로서도 대환영이니 당연히 협조해 드려야지요."

"귀 대학은 박물관 건물이 따로 없어 불편할 것입니다. 안동 특유의 전통을 살려 박물관을 짓는다면 도와 드리겠습니다."

"고맙습니다. 그렇지 않아도 새로 추진하고 있는 도서관 건물은 안동을 대표하는 건물로 지으려고 계획하고 있습니다."

"그렇습니까. 그렇다면 '450년만의 외출'도 도와주세요."

"그 점은 걱정하지 마십시오. 주요 보직자와 박물관장, 사무국장까지 참석시켜 검토해 보겠습니다. 미국 전시에 대한 전문가의 조언을 받아 빠른 시일 내에 이루어지도록 노력도 하겠습니다."

"총장님, 고맙습니다."

자매결연은 뜻밖에도 성과를 거뒀다. 관계자의 협조로 '450년만의 외출'은 UL대학 전시를 위해 빈틈없이 추진되고 있었다.

서울중앙박물관을 찾아가 '한국미술 5천년 유럽 순회전시'를 기획한 담당자를 만나 조언을 구하기도 했다. 그래도 혹 차질이라도 빚을까 해서 다른 전문가들도 만나 조언을 들었다.

그렇게 해서 두 달 준비 끝에 '450년만의 외출'이 UL대 전시를 위해 나들이를 하게 되었다.

오픈은 새 천년의 밀레니엄도 넉 달 남짓 남은 99년 8월 20일 오전 10시, 장소는 UL대 박물관 특별전시실이었다.

UL대 총장은 물론 A대 총장도 특별 초청되었다. 양교 총장의 간단한 축사가 있은 뒤, 전시실을 돌아보았다. 참석자들은 한결같이 전시된 수의를 돌아보면서 경탄을 마지않았다.

이어서 교수회관으로 자리를 옮겨 UL대 총장이 주최하는 만찬이 있었다. 주빈은 다른 사람 아닌 프레지 리였다.

프레지 리가 해마다 기부금을 많이 낸 탓도 있었으나 '450년만의 외출'을 주선했기 때문이었다.

그의 옆에는 규리가 있었다. 그녀는 프레지 리가 어떤 위치에 있는 사람인지 실감하지 못했다가 L.A에 와서야 알았다.

L.A에서는 프레지 리를 모르는 사람이 없으며 회사 사장실에 들렀을 때에야 정말 그렇구나 하는 생각이 들었다. 전문비서만 셋을 두고 있었으며 경호원 둘이 그림자처럼 붙어 다녔다.

세계에서 바쁘기로 둘째가라고 하면 서운할 정도로 쉴 틈이 없음도 알았다. 저런 바쁜 분이 어떻게 한국을 세 번이나 방문했을까를 생각하니 뿌리가 새삼 중요함을 깨달았다.

만찬은 성황리에 끝났다. 프레지 리는 규리를 차에 태우고 집으로 돌아왔다. 그의 집은 태평양 연안, 바다가 내려다보이는 언덕에 있어 거실에 앉아서도 한눈에 태평양을 바라볼 수 있었으며 수평선으로 떠오르는 달도 볼 수 있었다. 바다 위에는 반달도 떴다.

태평양 바다 위에 떠 있는 달도 서울의 달과 다름없었다.

프레지 리는 와인을 따라 규리에게 건넸다.

"김 교수님, 그 동안 염치없이 부탁만 해서 한없이 미안했습니다."

"미안해 할 것 없습니다. 제가 좋아서 한 것뿐인데요."

"마지막으로 부탁 하나 더해도 되겠니꺼?"

"하세요. 그런데 제가 들어줄 수 있는 것이었으면 좋겠어요."

"어려울 수도 있지만 들어줄 수 있으리라 생각하니더."

"선생님, 미리부터 겁주지 마세요. 저, 겁나 죽겠어요."

"겁을 주다니요. 그래서는 아니됩니다."

프레지 리는 정중하게 예의를 갖추고 정면으로 바라보았다.

"선생님, 갑자기 왜 이러세요?"

"아, 아이시더. 412년 만에 원이 엄마의 한글편지가 세상에 알려졌듯이 저 또한 412년 동안은 몰라도 12년 동안만이라도 김 교수님과 함께 지내고 싶니더. 아니 412년이면 더 좋고요. 허락해 주시겠니껴?"

내가 너를 생각하는 마음은
해맑은 가을날
가슴 조이며
구만리 창공을 바라보는
하늘같은 높일 테지.

내가 너를 생각하는 마음은
바닷가에 서서
수평선 바라보며
그리움으로 늘 운다는
눈 먼 처녀보다
몇 십 배 더한 것일 테지.

―시「생각하는 마음」

생각하고 생각한 끝에 리는 시「생각하는 마음」처럼 그녀를 사랑하는 지선(至善)은 마음에 있다는 것을 깨달을 수 있었다.

그렇다. '몇 십 배 더한 마음'을 가슴에 깊이 갈무리해 두고 생의 동반자로서 함께 할 것임을 다짐하고 다짐했는지 모른다.

"선생님, 저에게「생각하는 마음」이란 시로 프러포즈하는 거예요?"

"제가 프러포즈의 법도에 어긋났다면 용서해 주십시오."

"아, 아니에요. 오히려 감동을 받았는데요."

"그렇다면 허락하시는 겁니꺼?"

"지금 세상에 이런 일이 있을 수가… 시로서 프러포즈를 하다니요. 저로서는 전혀 예상치도 못한 일이라서 몹시 당황했다 할까…"

"그, 그러니꺼. 그렇다면 저로서는 마음이 놓이시더."

"지금 와서 우리 사이 형식적인 절차가 필요할까 싶네요."

"아, 네. 제가 그런 면에서 많이 부족하니더."

"부족하긴요. 일 없다는 듯이 청혼하는 게 오히려 이상하지 않겠어요. 좋아요. 원이 엄마의 한글편지가 412년 만에 세상에 알려졌으나 저는 오랜 시간 동안, 선생님을 기다리게 하지 않을 것입니다."

"고맙니더. 정말 고맙니더."

규리는 이럴 때, 다른 여성들은 어떤 표정을 지었을까를 생각했으나 그 어떤 표정도 상상되는 것이 없었다. 다만 청혼을 받고 왠지 모르게 속으로 눈물을 삼킨 것이 전부라면 전부였다.

그녀는 그리고 열두 해라는 나이 사이만 극복할 수 있다면 받아들여도 좋을 것 같기도 했다.

하자, 왠지, 왠지는 그 이유가 분명하지 않았으나 순간 규리는 프레지리와 격렬한 사랑을 나누고 싶다는 생각으로 벌써부터 마음이 활짝 열려 있었다. 아니, 그녀가 비록 청혼을 받지 않았다고 하더라도 그와 함께 강렬한 사랑을 나누고 싶다는 생각을 하고 있었는데 게다가 원이 엄마의 한글편지가 갑자기 떠올랐으니…

자네 저를 향한 마음이 어떠했는지, 저 또한 자네 향한 마음이 어떠했는지 너무나도 잘 아시면서요, 네. 한데 눕기만 하면 늘 자네더러 '여보, 남도 우리같이 서로 어여삐 여겨 사랑했을까. 남도 우리 같을까' 하고 한결같이 속삭였는데…

프레지 리의 저택은 태평양 연안, 바다가 내려다보이는 언덕 위에 위치해 있기 때문에 거실에 앉아서도 한눈에 태평양을 바라볼 수 있었으며 수평선으로 떠오르는 달도 볼 수 있었다.

지금 바다 위에는 반달이 떠 있었다. 태평양 바다 위에 떠 있는 달도 서울의 달과 다름없다는 안도감에서였을까.

사람의 마음을 들뜨게 하는 정말 무드 있는 밤이었다.

규리는 프레지 리를 뚫어져라 하고 바라보았다. 그것도 아주 아까운 거리에서. 그도 푹 젖은 눈으로 그네를 바라보았다.

와인을 한 잔 한 탓만은 아니었다.

두 사람은 순간순간, 정감이 움직이는 대로 행동했다. 그들은 얽혔고 힘껏 포옹했으나 리는 스스로를 자제했다.

그러면서 마음이 진정되기를 기다렸다.

그렇게 진정하려고 애썼으나 마음은 왠지 모르게 중심을 잃고 허둥댔다. 아니, 마음은 한없이 떨어댄다고 할까.

사시나무 떨 듯이.

자기에게 접근해 오는 뭇 여성들이 얼마나 많았던가. 그런 여성들은 상처를 받아도 쉽게 치유될 수 있을 테지만 규리만은 다를 것이다.

그네는 섬약하고 가냘프지 않는가.

상처를 받으면 덧나 죽을지도 모르잖아. 이 여자는, 여린 이 여자는 와이프가 되기 전까지는 손대지 마.

규리는 가까이서, 아주 가까이서 리의 숨소리를 들었다. 숨소리를 듣고 있을수록 남자의 존재가 그렇게 크게 보일 수 없었다.

프레지 리는 그녀의 가슴에서 얼굴을 떼더니 뺨을 비벼댄다. 대단히 정열적인 데다 공격적이었으나 자제할 줄도 아는 듯했다.

그런 자제는 나이 탓만은 아니었다. 그것은 프레지 리가 오랜 외국생활에서 덤으로 얻은 삶의 일부인지도 모른다.

프레즈 리라면 좋은 느낌이 들고도 남음이 있었다. 왠지는 모르지만 여성 스스로 폭 안겨들게 마련인 그런 느낌이…

규리는 오랜만에 성숙한 여자로 다시 태어났다.

사랑을 받을 수도 있고 사랑을 할 수도 있다는 것을 알고 감격의 눈물을 흘릴 수 있게 된 것을 신에게 한없이 감사해야 했다.

그것도 느리면서 감질나지 않게 한번도 가보지 못한 미지의 세계를 향해 한 발 한 발 옮겨 놓았다.

잠시 멈칫하던 리는 그녀의 가슴으로 파고들었다. 규리도 그의 가슴 안으로 파고들면서 뺨에서 얼굴을 떼고 취한 눈으로 그의 깊은 눈을 들여다 보았다. 들여다보면서 그녀는 이 순간을 영원히 망막에 담아두기 위해서는 몸부림이라도 쳐야 할 것 같은 생각을 했다.

그에 뒤질세라 리는 그네를 끌어안았다. 그리고 뜨거운 키스를 했다. 혀가 얼얼하도록. 그녀도 마주 입맞춤했다.

오랜 키스는 태평양으로 흘러갔다.

그제야 그녀는 두 팔로 그의 목을 둘렀다. 프레즈 리도 한 손으로는 그녀의 허리를 감싸 안았고 나머지 한 손으로는 그녀의 목덜미며 뺨, 머리칼을 쓸어 내렸다.

이어 그네의 안으로 그가 통째로 들어오려고 했다.

규리는 소리쳤다. 소리친다는 것이 목안에서 맴 돌았다.

완전한 사랑은 오랜 준비와 주도면밀한 연출에 의해서만이 완벽하게 치러낼 수 있음을, 그것도 한 사람이 아닌 두 사람에 의해 성취될 수 있음을 말하려 하는데 입안에서만 맴돌았다.

"서, 선생님, 조 조금만 기다려 주세요."

규리는 그를 몸에서 떼어냈다.

자기의 영혼까지 사랑할, 그녀의 인생을 몽땅 사랑할, 그리고 세월이 흐르면 흐를수록 잊히어지는 것이 아니라 어떻게 그렇게 생생하게 되살아나는지를 깨달을 수 있는 있는 그 무엇의 사랑을, 그네는 그런 생각으로 오랜 세월, 추억의 충실한 노예가 되고 싶은, 오늘의 이미지가 너무나 또렷해서 금석으로 새겨놓을 수 있는 사랑을, 그녀의 몸 위에서 그가 어떻게 행동했는지, 그의 배가 자기의 배를 어떻게 훑고 지나갔는지, 살아 있는 배위에서 그가 허리 운동을 어떻게 반복했는지 하나도 빠뜨리지 아니하고 기억할 수 있는 사랑을 연출하려고 했다.

규리에게는 추억 속의 일은 과거에 있는 것이 아니라 현실에, 지금에 있다. 강한 섹스만이 중요한 것은 아니었다. 문제는 서로가 사랑한다는, 사랑하고 싶다는 정감이 보다 중요했다.

이 세상에서 여성의 옷 벗는 소리보다 더 정감 있는 소리는 도시 없을 것이었다. 비록 런던 심포니의 연주라고 할지라도.

그녀는 면티를 벗었다. 팬츠도 벗었다. 셔츠도 벗었고 팬티도 벗었다. 그리고 핑크색 레이온 잠옷을 걸쳤다.

리는 그러는 그녀의 몸에서 잠시도 눈을 떼지 않았다.

그러다가 그녀를 번쩍 안아서 시트에 눕히더니 타월 위에서 안데스 산맥의 푸마처럼 초원을 누비고 다녔다.

그는 멋대로 행동하는 하나의 야생 동물이 되었다. 강한 야생 동물이 되어 그녀의 몸 위에 올라 입술과 귀에 키스를 퍼부었다.

그가 지칠 줄도 모르고 사랑의 행위를 오랫동안 지속시킬 수 있다는 것도 놀라웠거니와 그녀가 숨죽이며 살아온 숨은 성을 하나하나 깨워나게 데는 정말 놀라지 않을 수 없었다.

그것은 단순히 육체적인 차원의 문제가 아니라 정신을 온통 지배하는 차원이었다. 프레지 리는 여자를 사랑할 줄을 알고 있었다.

사랑의 행위 중에 그는 감미롭게 속삭였다. 그것은 그녀에게 있어 꿈결에 들려오는 제왕의 목소리와도 같았다.

"규리, 사랑해. 이 세상 그 누구보다도 규리, 당신을 사랑해."

"저도 선생님을 사랑해요, 사랑해요."

"이제는 선생님 소리는 그만 할 때가 되지 않았소."

"영, 갑자기 당신이 좋아지니 어쩌지요?"

규리는 참으로 어렵게도 영이라는 이름으로 말했다.

'사랑해.' 하는 말은 사랑하는 순간의 격정으로 흔히 할 수 있는 말이었으나 그로서는 태어나 처음으로 하는 진심에서 우러나온 말이었다.

프레지 리의 사랑 행위는 강렬했다.

흔히 남성에게서 볼 수 있는 그런 강렬함과는 달랐다. 그것은 육체적으로 강하다는 의미가 아니었다.

육체 이상 그 무엇, 바로 정신이 지배하는 강력한 무기가 있었다.

규리는 구름을 타고 날아나니면서 속삭였다.

"리, 사랑의 행위가 너무 강해 전 겁이 덜컥 났답니다."

규리는 솔직히 겁이 났다. 그와 결혼이라도 해서 함께 산다면 말라죽지 하루도 살아 있을 것 같지가 않았던 것이다.

프레지 리는 모든 면에서 규리를 지배했다.

그는 왼쪽 어깨를 애무하면서 그녀의 몸속으로 들어가 사랑을 시작했다. 눈도 귀도 없는 물건은 염치고 체면이고 없이 가려운 데는 긁고 부족하다 싶으면 반복했다.

귀에다가는 부드러운 말로 속삭이고, 말을 하는 사이, 키스를 퍼붓고 갈비뼈가 으스러지게 끌어안기도 했다.

그러면서 규리의 몸속을 끝도 없이 비상하는 것이 아닌가.

그네는 세상이 온통 미쳐 돌아가고 있는 착각을 느꼈으나 태평양 해안의 가로등은 여전히 주변에 불빛을 발사시키고 있었다.
 규리는 숨을 몰아쉬면서도 그에게 끌렸고 그가 가고자 하는 곳으로 끌려갔다. 그는 낯설고 이상한 곳으로 그녀를 데려갔다.
 머잖아 바람이 불어와 그 불길을 끌 것이었고 꺼져가는 그 불길이 그녀를 망각으로 빠뜨릴 지도 모른다.
 프레지 리가 말하는 것 같았다. 그것도 아주 먼 곳에서.
 육체뿐만 아니고 정신적으로도 오르가즘을 만끽하게 해 줄 수 있다고, 육체의 절정과 정신적인 절정이 일치하는 순간, 오르가즘은 비로소 노래를 한다고, 오케스트라와 관현악의 합주 이상으로, 그리고 원한다면 얼마든지 지속시킬 수도 있다고.
 그러나 열락(悅樂)의 새 소리에 빠져 규리는 무슨 뜻인지 알아듣지 못했다. 뒤늦게 그녀가 깨달은 것은 일종의 사슬에 묶였다가 비로소 풀려난 것 같은 해방감을 맛보았다는 것 이외는.
 프레지 리는 이성의 호기심을 풀어 주었고 남자와 여자가 어떻게 하나가 되는가를 가르쳐 주었으며 겨울이 가면 봄이 오고 봄이 가면 왜 또 여름이 와야 하는가까지도 일깨워주었다.
 규리는 몸을 비틀면서 이상스런 신음소리를 내고 입에서는 작고 기어드는 소리가 연신 반복되었을 때, 문득 시「연출」이 떠올랐다.

　마흔을 가까이 둔 여성이
　괜찮은 사람을 만나기란
　가뭄에 콩 나는 것보다
　더 어렵다고들 한다.
　그네는 서른 중반의 나이에
　꽤 괜찮은 사람을 만나

스스로 연출가가 되었음이니…

힘이 세어 겁이 덜컥 나고
그 정열 받아주지 못할까
사랑행위 내내 안달했으며
둘이 함께 생활하다가는
뼈만 남을 것 같다는
황홀한 생각마저 들었으니
연출은 성공한 것이러니…

—시「연출」

이심전심이었을까. 프레지 리는 규리의 마음을 알아챘는지 아래에 있는 여자의 배 위에서, 배가 배를 맞대고 깊이 들어가 있는 그녀 안에서 오랜 여행을 끝냈으며 목석지인 종착역에서 내렸다.

프레지 리는 종착역에 내려서야 깨달았다.

뒤늦게 뿌리를 찾았으니 이제라도 그 뿌리를 이어줄 후손이라도 잉태한 것이라고, 그리고 왜 지금까지 여자를 얻어 결혼하고 살림을 차리지 않았는지, 그것은 이 규리라는 여인을 만나기 위해서임을.

지금까지 홀로 외로운 삶을 살아오면서 이제는 그 외로움을 떨어뜨리고 살아갈 수 있음을, 하물며 이렇게 먼 미국까지 그녀를 데려와서 완벽하게 사랑했으며 앞으로도 지속적으로 사랑할 수 있음을.

"당신은 제게 이 세상에서 가장 멋진 사랑을 줬어요."

"두고 보세요. 지금 한 사랑은 아무 것도 아닐 테니까. 앞으로는 그 몇 배 이상으로 두고두고 사랑할 것임을 생각하면 아무 것도 아닐…"

"전 지금도 죽다 살았는걸요. 그렇다면 계속 죽어야겠네요."

프레지 리는 이 여자는 겪을수록 보통 여자가 아니라는 생각, 꽤 괜찮은 여자, 아니 두고두고 생각나는 여자, 더욱이 사랑의 화신이 현신한 것이 아닌가 싶었다. 사랑의 화신으로 어쩌면 이렇게도 마음에 쏙 들게 뒤처리를 할 수 있을까에 대해 탄복하지 않을 수 없었다.

뿐만 아니었다. 그는 그네의 「속눈썹」이 되어 남은 생을 함께 하고 싶다는 생각으로 충만했음에야 더 말해 무엇 하랴.

너의 짙은 속눈썹으로
켜켜이 묵은
현을 퉁기어
고운 화음
초승달에 걸어둡니다.

세상을 살아가다가
생의 앙금 생기어
그리움 식으면
속눈썹을 불쏘시개로
이 가슴을
또 다시 타오르게 하렵니다.

—시「속눈썹」

태평양의 바다는 여전히 잔잔했고 고요했다.
프레지 리는 밤바다를 보다가 지금도 꿈결에 있는 양 착각했다. 착각 속에서 그는 규리에게 애소하듯 속삭였다.
"내가 지금까지 살아온 이유를 이제야 알 것 같소. 학문을 위해서도, 출세를 위해서도, 명성을 위해서도, 부를 위해서도 그 무엇도 아니었소. 오직 당신을 만나 사랑하기 위해서임을 이 순간 깨달았소. 내가 살아온 과거보다 당신만을 사랑하며 오로지 당신만을 생각하며 앞으로 살아가겠소. 당신의 속눈썹이 되어 살아가겠소."

규리는 가슴이 너무 벅차 아무런 대답도 할 수 없었다. 온몸으로 웅하기 전에는 지금 어떤 대답인들 무슨 소용이 있을까.

프레지 리의 품에 안겨 시달리느라고 지금도 다리가 후들거림을, 간은 몇 번이나 떨어졌다 붙었기 때문에 기막힌 밤이었음을.

이것이 원이 엄마가 '남도 우리같이 서로 어여삐 여겨 사랑했을까. 남도 우리 같을까.' 하고 그토록 절절히 사랑했던 참 사랑이었을까.

그는 사랑을 하고 난 뒤의 열없음인지, 아니면 순진함이 남아 있어서인지 자리를 피하려는 게 분명했다.

"규리 씨, 미안하외다. 조용히 생각할 일이 생각나서 자리를 잠시 비우리다. 그러니 기다리시 말고 잠이나 푹 자 둬요. 피곤할 텐데."

프레지 리가 생각난 일이란 것이 다름 아닌 이 밤이 가기 전에 그녀를 위해 인생 설계를 빈틈없이 마련해 두는 것이었다.

조용히 밤을 새워서라도 그녀를 위해 무엇을 할 것인가를, 그녀의 행복을 위해 남은 생을 어떻게 살아야 할 것인가를. 그렇게 하자면 밤을 새워 생각하고 생각해도 오히려 부족할 것 같았다.

"밤도 늦었는데 또 일을 하시게요?"

"죄송하니더. 지금 하지 않으면 안 될 것 같아서… 죄송하니더."

"좋아요. 몸에 무리가 가지 않는다면 그렇게 하세요."

리는 그녀가 불편한 점이 있는지 없는지 살피고 방을 나갔다. 그는 서재로 가서 창가에 앉아 바다를 바라보면 생각에 젖었다.

"앞으로 그녀를 위해 무엇을 할 것이며 어떻게 해 줘야 한다?"

그녀에게 할 수 있는 일이란 남은 생이라도 함께 하며 인생의 동반자로서 행복하게 해 주며 그 행복을 지켜주는 것이라고.

프레지 리가 방을 나가자 규리는 이내 잠자리에 들었으나 잠이 쉬 들 리 없었다. 시차 때문만도 아니었다. 피곤해서는 더 더구나 아니었다.
그런데 오늘 밤만은 예외인지 그렇지 않았다.
지금 프레지 리와의 사랑이 지금까지의 외로움을 씻어 버리고 삶은 살아줄 만하다는 부푼 희망을 심어준 탓일까.
규리는 이리 뒤척, 저리 뒤척이며 프레지 리의 세계로 들어가 스스로 연출한 작품을 어떻게 하면 보다 소담스럽고 소중하게 가꿀 수 있을까를 생각하면서 단꿈을 타고 밤 내내 훨훨 날았다.

읽고 나서

뿌리, 그 근원을 향한 물음

김주현(문학평론가)

1

작가 김장동의 장편소설 『450년만의 외출』을 받은 것이 지난 11월 2일 오후 무렵이었다. 『450년만의 외출』이 10월 25일 발간되었으니 아직도 따끈따끈한 김이 모락모락 피어오른다.

나는 그날 즉시 『450년만의 외출』을 읽어가기 시작했다.

이미 2년 전, 텔레비전을 통해 익히 알고 있는 내용, 그것도 내가 무척이나 관심을 가지고 있었던 안동시 정상동 '미이라 발굴 사건'을 문학적으로 형상화한 것이었다.

나는 무척 흥미진진하게 느껴졌다.

그것은 작가가 그 동안 추구해 온 세계와는 다른 세계이자 과거의 이야기를 오늘에 되살리고 있다는 점에서 더욱 그랬다.

초반부에서 흥미를 더해준 것은 무엇보다도 '온전한 미이라로 세상에 나온 이유'부터인데 추리적 기법과 작가가 발굴현장을 찾아가는 데서 독자 또한 동행하고 있다는 강한 느낌을 주게 하는 현장감, 그리고 우리나라의 미이라발굴사와 제작방법, 의복 및 염습에 대한 각종 지식까지 덤으로 얻을 수 있다는 것이었다.

　－요신은 원이 엄마에게 직접 먹을 갈게 했다. 그리고 문양을 새기기에 앞서 며느리에게 '※'자의 유래부터 설명했다.
　"※자는 고성 이 씨 유수공파임을 입증하는 문양이야. 시할머니 되시는 분이 돌아가시면서 유언을 했기 때문에 이를 받아들여 우리 가문의 유풍으로 삼아 새기는 게야. 너도 잘 들어뒀다가 실천하기 바란다. 며늘애기는 ※자를 새기는 방법에 대해 눈여겨볼 것이며 앞으로 태어나는 아기는 돌 전후해서 손등과 손목 부위가 접히는 데 새기도록 해라. 그리고 집안끼리 오가는 내간에도 말미에 수결한 다음, ※자를 표시하도록 하거라. 힘들거나 어려운 것도 아니다."
　"네, 아버님. 명심하겠습니다."
　"너도 우리 집안사람이 되었으니 결코 잊어서는 아니 된다."
　"네, 아버님. 명심하고 또 명심하겠습니다."
　몇 번 다짐을 받고도 마음이 놓이지 않는 모양이었다.
　요신은 바늘에 먹물을 듬뿍 묻혔다. 원이의 손을 잡고 손등과 손목이 접히는 데다 ∪자를 새기고 이어 ∩자 하나를 더 새겼다.
　그리고 위에서 아래로 ｜자를 새겨 ※자 표시를 만들었다.－
　　　　　－「남도 우리 같이 서로 어여뻐 여겨 사랑했을까」에서

　『450년만의 외출』에서 문양을 새기는 과정을 서술함으로써 '木'자 문양을 통한 상상력의 개입은 사실을 보다 문학적이고 흥미 있게 하는데 기여하고 있으며 소설의 짜임을 보다 튼튼하게 얽고 있는 셈이다.

2

나는 『450년만의 외출』을 읽어가면서 어디까지가 사실의 영역인지, 어디까지가 허구의 영역인지 분간하기 어려웠다.

―이 소설을 쓸 때, 실재 있었던 인물이 등장하며 문중의 이야기가 나오기 때문에 매우 조심스럽게 접근하지 않을 수 없었다. 그것은 이미 살고 간 사람을 욕되게 하는 것은 아닐까 해서였다.
그렇다고 실재 살았던 인물이나 문중 이야기라고 해서 있는 그대로를 소설로 옮긴 것은 아니다. 실재 인물을 등장시켰기 때문에 조그만 사실 하나까지도 소홀히 취급할 수 없었다.
그렇게 해서 태어난 『450년만의 외출』은 문중의 이야기가 아니라 우리 조상이 살아왔고 우리들이 살고 있는, 미래지향적인 이야기로 독자에게 비쳐지기를 바란다.―
―「머리말」에서

작가의 의도대로 나도 몰래 이야기에 빨려들었다고 할까. 이를테면 문양이나 프레지 리, 그리고 김규리의 존재도 현실처럼 느껴졌다.
그것은 『450년만의 외출』이 잘 씌어졌다는 것일 것이다.
뛰어난 소설은 작품을 현실로 받아들이도록 하고 또한 소설 속의 인물을 살아 있는 인물로 착각하게 하는 힘을 갖고 있다.
이 소설은 임진왜란과 이괄의 난을 중심으로 한, 한 가문의 고난사와 한국전쟁의 와중에 겪은 한 가족의 비극을 그리고 있다.
일선 문 씨에서 이응태, 그리고 이명으로 이어지는 가계가 흥미롭게 연결되어 있다.

뿐만 아니라 일선 문 씨의 문양, 원이 엄마의 한글편지는 한 가문임을 확인케 하는 결정적인 단서가 되고 있다.

그리고 프레지 리가 핏줄을 확인하는 방법을 족보나 호적에 의거하지 않고 문양에 의거했다는 것도 더욱 적극적이지 않을 수 없다.

미이라 발굴이라는 극적 사건을 가지고 뿌리 확인으로 연결시킨 것도 현실과 허구를 연결시키는 장치로 활용되고 있다.

현실적으로 정상동 미이라 발굴과 고성 이 씨 집안의 내력을 소설로서 재구하고 거기에다 현대사의 새로운 비극을 결부시켜 마치 잊혀 질 뻔했던 가문의 역사와 개인의 뿌리를 확인하게 된다는 데 이 소설의 묘미가 있는 것 같다.

『450년만의 외출』은 역사가 개인에게 가하는 엄청난 비극을 감내하고 살아가는 인고의 고전적 여인상과 자칫 한국전쟁과 현대사의 수난 속에 묻힐 뻔했던 개인의 정신적 지향인 뿌리를 찾아가는 현대인의 모습을 동시에 그리고 있다.

고성 이 씨들이 겪은 가문의 불행은 지난 역사의 이야기이며 사실의 영역에 가까운 것이라면 프레지 리는 그 속에서 발원한 현대의 허구적 이야기이다.

그러나 전혀 허구적이게 보이지 않는 것은 작가의 '사명감 같은 것'에서 비롯한 작가의 정체성(政體性) 추구 때문일 것이다.

나는 이 작가의 다른 소설을 읽어 오면서 그가 계속적으로 추구하고 있는 것이 사랑(낭만의 미학)과 개인의 운명문제가 아닌가 추측했다.

그리고 그것이 작가가 고전소설 연구자이기 때문일지도 모른다는 생각을 한 적이 있다.

이번 소설에도 그러한 사랑이 들어 있다.

'여보, 남도 우리 같이 서로 어여삐 여겨 사랑했을까. 남도 우리 같을까.'의 주인공 웅태와 원이 엄마를 다사로운 사랑으로 얽어놓고 있다.

작가는 여기에다 웅태의 죽음은 가족 공동체의 사랑으로 확대되는 계기를 마련해 놓기까지 했다.

3

가족 공동체의 사랑뿐만 아니라 개인의 '뿌리 찾기'라는 새로운 문제의식도 들어 있다. 원이 엄마의 사랑은 비극적인 결과(순절)을 낳을 뻔했지만 그보다 '뿌리의식'이 강조되면서 '성회'를 낳아 대를 잇게 하는 주제로 이어지게 된다.

또한 고아였던 영이 피터 영 리로, 그리고 프레지 리에서 다시 고성 이씨 유수공파의 종손으로 자신을 확인하게 되는 과정이야말로 개인의 핏줄에 대한 인식이며 뿌리 찾기인 셈이다.

프레지 리의 핏줄 확인은 규리를 통해 이뤄지는데 그녀는 다시 유수공파의 종부로서의 역할을 암시하고 있다.

─참으로 우연의 일치인지도 모른다. 그것도 순간적으로 일어난 우연의 일치였다. 프레지 리가 손수건이 너무 젖었던지 왼손을 들어 눈가를 문질렀다. 바로 그 순간이었다. 하얀 와이셔츠 소매가 당겨 올라가면서 손등과 손목 부위가 드러났다. 그와 동시에 흐릿하나마 인위적으로 새긴 듯한 ✳자 표시가 드러났던 것이다.

규리는 너무나 놀란 나머지 말문이 막혔다.

그런데도 그녀는 침착했다. 좋아하기에는 아직 이르다고 자제하면서 흥분을 가라앉혔다.

다소간의 시간이 흘러서야 그녀는 말을 붙였다.

"선생님, 제게 왼쪽 손목 좀 보여주세요?"

"갑자기 왜 그러니껴?"

"보고 싶어서요. 보여 주세요."

프레지 리가 손목을 내밀었다. 규리는 몹시 흥분되는데도 침착성을 잃시 아니하고 꿈결에도 잊지 못할 ✳자 표시를 다시 한번 확인했다. 그의 손목 부위에는 분명히 ✳자 표시가 있었다.–

―「시공을 초월한 만남」에서

뿌리 찾기에서 비롯된 자신에 대한 인식과 그 과정에서 규리에 대한 사랑은 동시적인 것이다. 웅태와 원이 엄마의 사랑 확인과 그 결과로서 성회가 태어나게 되며 성회는 죽은 아버지 웅태와 형 원이를 대신해서 가문의 대를 잇게 된다.

―프레지 리는 이성의 호기심을 풀어 주었고 남자와 여자가 어떻게 하나가 되는가를 가르쳐 주었으며 겨울이 가면 봄이 오고 봄이 가면 왜 또 여름이 와야 하는가까지도 일깨워주었다.

규리는 몸을 비틀면서 이상스런 신음소리를 내고 입에서는 작고 기어드는 소리가 연신 반복되었을 때, 문득 시「연출」이 떠올랐다.

이심전심이었을까. 프레지 리는 규리의 마음을 알아챘는지 아래에 있는 여자의 배 위에서, 배가 배를 맞대고 깊이 들어가 있는 그녀 안에서 오랜 여행을 끝냈으며 목적지인 종착역에서 내렸다.

프레지 리는 종착역에 내려서야 깨달았다.

뒤늦게 뿌리를 찾았으니 이제라도 그 뿌리를 이어줄 후손이라도 잉태한 것이라고, 그리고 왜 지금까지 여자를 얻어 결혼하고 살림을 차리지 않았는지, 그것은 이 규리라는 여인을 만나기 위해서임을.

지금까지 홀로 외로운 삶을 살아오면서 이제는 그 외로움을 떨어뜨리고 살아갈 수 있음을, 하물며 이렇게 먼 미국까지 그녀를 데려와서 완벽하게 사랑했으며 앞으로도 지속적으로 사랑할 수 있음을.―

―「시공을 초월한 만남」에서

그리고 프레지 리의 뿌리는 김규리를 만남으로써 확인되며 그 지점에 이들의 사랑도 함께 존재하게 된다. 이들의 사랑은 또 그들의 뿌리를 인식케 하는 매개체가 될 것이며 잊혀졌던, 아니 끊어질 뻔했던 뿌리는 계속해서 다시 다음 세대로 이어질 것이다.

장편소설 『450년만의 외출』은 현실적인 소재를 역사적, 추리적 상상력에다 현장 사진까지 동원했기 때문에 독자를 사로잡는 매력을 갖고 있다고 생각되는 이유라고 할 수 있다.

그리고 특정지역의 로칼에 대한 풍물, 민속, 인물지, 장례의식에 준한 염습 및 복식에 대한 상식은 물론 미이라 제작사와 기법 등 다양한 지식과 견문을 덤으로 넓힐 수도 있다.

따라서 이 정도의 소설이라면 자신 있게 독자들에게 한번은 반드시 읽어볼 만한 값진 소설이라고 권유하고 싶다.

　　김장동은 동국대학교 국문학과 졸업 및 동 대학원을 수료, 한양대학교 대학원에서 문학박사를 취득. 경력으로는 국립대 교수, 대학원장, 전국 국공립대학교 대학원장 협의회 회장 등을 역임했음.
　　저서로『조선조역사소설연구』,『조선조소설작품논고』,『고전소설의 이론』,『국문학개론』,『문학 강좌 27강』등.
　　월간문학 소설부분으로 문단에 등단해 소설집으로『조용한 눈물』,『우리 시대의 神話』,『기파랑』,『천년 신비의 노래』,『향가를 소설로 오페라로 뮤지컬로』등. 장편소설로는『첫사랑 동화』,『후포의 등대』,『450년 만의 외출』,『이 세상에서 가장 오랜 시간에 걸쳐 쓴 편지』,『대학괴담』. 문집으로는『시적 교감과 사랑의 미학』,『생의 이삭, 생의 앙금』이 있으며『김장동문학선집』9권을 출간하다.
　　시집으로『내 마음에 내리는 하얀 실비』,『오늘 같은 먼 그날』,『간이역에서』,『하늘 밥상』,『하늘 꽃밭』. 미발간 시집으로『부끄러움의 떨림』,『사랑을 심다』,『작은 맛 큰 맛』. 시선집『한 잔 달빛을』,『산행시 메들리』,『살며 사랑하며』. 인문학 에세이집으로『마음을 움직이는 배려』,『이야기가 있는 국보 속으로』등이 있다.

450년만의 외출

초판 1쇄 인쇄일	2023년 4월 10일
초판 1쇄 발행일	2023년 4월 24일
지은이	김장동
펴낸이	한선희
편집/디자인	정구형 우정민 김보선
마케팅	정찬용 이보은
영업관리	한선희
책임편집	정구형
인쇄처	으뜸사
펴낸곳	국학자료원 새미(주)
	등록일 2005 03 15 제25100-2005-000008호
	경기도 고양시 일산동구 중앙로 1261번길 79 하이베라스 405호
	Tel 02-442-4623 Fax 02-6499-3082
	www.kookhak.co.kr
	kookhak2010@hanmail.net
ISBN	979-11-6797-114-2 (94800)
	979-11-6797-109-8 (세트)
가격	20,000원

* 저자와의 협의하에 인지는 생략합니다.
  잘못된 책은 구입하신 곳에서 교환하여 드립니다.
  국학자료원·새미·북치는마을·LIE는 국학자료원 새미(주)의 브랜드입니다.